古典文獻研究輯刊

二三編

曾永義 主編

第30冊

**石麟文集（第十一卷）：
戲曲若干問題論略**

石　麟　著

國家圖書館出版品預行編目資料

石麟文集（第十一卷）：戲曲若干問題論略／石麟 著 -- 初版 --
新北市：花木蘭文化事業有限公司，2021〔民 110〕
目 2+268 面；19×26 公分
（古典文學研究輯刊 二三編；第 30 冊）
ISBN 978-986-518-369-1（精裝）
1. 中國戲劇 2. 戲曲評論
820.8   110000441

ISBN-978-986-518-369-1

9 789865 183691

古典文學研究輯刊
二三編　第三十冊   ISBN：978-986-518-369-1

石麟文集（第十一卷）：戲曲若干問題論略

作　　者　石　麟
主　　編　曾永義
總 編 輯　杜潔祥
副總編輯　楊嘉樂
編　　輯　許郁翎、張雅淋　美術編輯　陳逸婷
出　　版　花木蘭文化事業有限公司
發 行 人　高小娟
聯絡地址　235 新北市中和區中安街七二號十三樓
　　　　　電話：02-2923-1455／傳真：02-2923-1452
網　　址　http://www.huamulan.tw 信箱 service@huamulans.com
印　　刷　普羅文化出版廣告事業
初　　版　2021 年 3 月
全書字數　207114 字
定　　價　二三編 31 冊（精裝）台幣 82,000 元　　版權所有・請勿翻印

石麟文集（第十一卷）：
　戲曲若干問題論略

　　石麟　著

作者簡介

石麟，1953 年出生於湖北省黃石市。曾任湖北師範大學文學院教授，中南民族大學文學院教授，現為湖北大學客座教授。同時擔任中國《水滸》學會會長，中國《三國演義》學會副會長，中國散曲學會理事，湖北省屬高校跨世紀學科帶頭人，湖北省有突出貢獻中青年專家。先後出版專著《章回小說通論》《話本小說通論》《中國傳統文化概說》《中國古代小說批評概說》《說部門談》《稼稗兼收》《李攀龍與後七子》《野乘瑣言》《傳奇小說通論》《通俗文娛體育論》《中華文化概論》《從「三國」到「紅樓」》《閒書謎趣》《中國古代小說評點派研究》《稗史迷蹤》《石麟論文自選集‧戲曲詩文卷》《中國古代小說文本史》《從唐傳奇到紅樓夢》《古代小說與民歌時調解析》《石麟文集類編》（五卷本）《中國古代小說批評史的多角度觀照》《施耐庵與〈水滸傳〉》《俗話潛流》二十三部，與人合著《明詩選注》《金元詩三百首》二書，主編教材三套，參編參撰書籍十種，撰寫《中華活頁文選》六期，並在《文學遺產》《明清小說研究》《戲劇》《古代文學理論研究》《藝術百家》《文史知識》《中國文學研究》《中華文化論壇》等刊物上發表學術論文二百二十多篇。

提　　要

　　戲曲與小說同源，是一根青藤上的葫蘆兄弟。治小說者對古代戲曲完全一竅不通的話，是不可能真正達到目的的。戲曲研究與小說研究相比較而言，有一個更大的難點──舞臺性。除了文學因子之外，諸如音樂、舞蹈、雜技、美術、化妝等都是戲曲研究者應該注目的內容。本冊所選論文二十餘篇，主要包含兩個方面：一方面是戲曲文學研究，包括思想內容、人物形象、藝術手法甚至文化解讀；另一方面則是戲曲藝術研究，包括宮調、曲牌、科班、功法、傳授等等。戲曲之外，本冊還有一些研究散曲的論文，對元、明、清三代的散曲名家和民間講唱的探研也發表了筆者的一得之見。之所以將散曲和時調歸於本卷，主要是因為對於戲劇而言，散曲、時調在「音樂性」和「歌唱」等方面屬戲劇的必備藝術元素。

目次

宮調・諸宮調・元曲宮調——兼談宮調與曲牌
　　的關係 …………………………………………… 1

略談元曲家對宮調的選用習慣 ………………… 13

元劇作家對宮調的習慣選擇及其審美心理 ……… 23

包公・迤逗・文房四寶——戲曲資料讀箚三則 …… 33

《竇娥冤》第三折淺論 …………………………… 39

從譚記兒說起——關漢卿雜劇寫人藝術談片 …… 45

《西廂記》導讀 …………………………………… 49

驚夢・離魂・再生 ………………………………… 71

金批《西廂》敘事研究 …………………………… 75

金批《西廂》三題 ………………………………… 85

戲曲名著的深遠影響及其教育典範作用——以
　　《西廂記》《牡丹亭》為例 ………………… 95

多角度接收與選擇性釋放——對明成化民間說
　　唱詞話《石郎駙馬傳》的文化解讀 ………… 107

康李之交與《中山狼》雜劇 ……………………… 117

《牡丹亭》導讀 …………………………………… 123

「湯沈之爭」芻議 ………………………………… 139

情在山林市井間——元人散曲文化層面剖析 …… 145

金元散曲中的通俗之作 …………………………… 153

馮惟敏散曲臆探 …………………………………… 157

曲中異軍「青門體」——沈仕散曲談片 ………… 163

明清民歌時調及其文學淵源管見 ………………… 167

從士大夫家樂到民間科班——明清及民國期間
　傳統戲曲教育模式說略 ………………………… 179

四功五法・口傳心授・文化蘊含——略談舞臺
　藝術教學與戲曲文化培養相結合問題 ………… 193

雛伶清淚如鉛水——明清小說中的戲曲教育描
　寫 ……………………………………………… 205

明代散曲鑒賞七篇 ………………………………… 221

　王磐四首 ………………………………………… 221

　唐寅《南商調山坡羊》 ………………………… 226

　陳鐸散曲二首 …………………………………… 227

明代民歌時調鑒賞三十二篇 ……………………… 231

　《正宮叨叨令》 ………………………………… 231

　《正宮醉太平》 ………………………………… 232

　《南雙調鎖南枝・風情》 ……………………… 233

　《南商調山坡羊》 ……………………………… 235

　《掛枝兒》二十首鑒賞 ………………………… 236

　《山歌》八首鑒賞 ……………………………… 259

宮調・諸宮調・元曲宮調
——兼談宮調與曲牌的關係

　　凡涉及中國古代文學中與音樂相關文體之教學、研究者，均無法繞行「宮調」這一問題。古人所謂「宮調」其實就是我們今天的「調名」。那麼，宮調從何而來？宮調在金元之際的諸宮調和元曲（含劇曲和散曲）這幾大藝術形式中的應用狀況如何？宮調與曲牌之間具有何種聯繫？這幾個問題，正是本文所要探討的。

一

　　簡而言之，宮調是「聲」和「律」相互作用的結果。

　　「聲」，我們今天稱為「音階」，按音高次序排列而成的音列為：1（do）、2（re）、3（mi）、4（fa）、5（sol）、6（la）、7（ti），稱為七聲音階。但在古代，一開始卻只發現五聲音階：宮、商、角、徵、羽，相當於現代簡譜中的1、2、3、5、6。後來，又加上變徵、變宮兩個音。變徵相當於$^\#$4，比現在的4（fa）高半音，比徵（sol）低半音；變宮則相當於7（ti）。這樣，就形成了古代的七聲音階：宮（1）、商（2）、角（3）、變徵（$^\#$4）、徵（5）、羽（6）、變宮（7）。

　　「律」，是對某一段樂曲音高的定位。據說最早的定音儀器是用十二根質量、粗細相同而長度不同的竹管或金屬管製成的，可分別吹出十二個高度不同的標準音，這就是「十二律」。十二律的全部名稱從低到高（括號內是相對的現代調名）依次為：黃鐘（C）、大呂（$^\#$C）、太簇（D）、夾鍾（$^\#$D）、姑洗（E）、仲呂（F）、蕤賓（$^\#$F）、林鍾（G）、夷則（$^\#$G）、南呂（A）、無射（$^\#$A）、

應鍾（B）。

從理論上講，五聲音階的五種調式分別以十二律定音，就有十二宮四十八調，合稱六十宮調。同樣的道理，七聲音階的七種調式分別用十二律定音，就有十二宮七十二調，合稱八十四宮調。參照顧學頡《元明雜劇》，可圖解如下：

表1　八十四宮調

聲＼律	宮	商	角	變徵	徵	羽	變宮
黃鍾	正宮	大石調	正黃鍾宮角	正黃鍾宮變徵	正黃鍾宮正徵	般涉調	大石角
大呂	高宮	高大石調	高宮角	高宮變徵	高宮正徵	高般涉調	高大石角
太簇	中管高宮	中管高大石調	中管高宮角	中管高宮變徵	中管高宮正徵	中管高般涉調	中管高大石角
夾鍾	中呂宮	雙調	中呂正角	中呂變徵	中呂正徵	中呂調	雙角
姑洗	中管中呂宮	中管雙調	中管中呂角	中管中呂變徵	中管中呂正徵	中管中呂調	中管雙角
仲呂	道宮	小石調	道宮角	道宮變徵	道宮正徵	正平調	小石角
蕤賓	中管道宮	中管小石調	中管道宮角	中管道宮變徵	中管道宮正徵	中管正平調	中管小石角
林鍾	南呂宮	歇指調	南呂角	南呂變徵	南呂正徵	高平調	歇指角
夷則	仙呂宮	商調	仙呂角	仙呂變徵	仙呂正徵	仙呂調	商角
南呂	中管仙呂宮	中管商調	中管仙呂角	中管仙呂變徵	中管仙呂正徵	中管仙呂調	中管商角
無射	黃鍾宮	越調	黃鍾角	黃鍾變徵	黃鍾正徵	羽調	越角
應鍾	中管黃鍾宮	中管越調	中管黃鍾角	中管黃鍾變徵	中管黃鍾正徵	中管羽調	中管越角

不過，表1中的這八十四種宮調只是理論上存在，古人在音樂創作實踐中並沒有全部使用。據宋代陳暘《樂書》卷一百五十七載：「俗樂之調，有七宮、七商、七角、七羽，合二十八調，而無徵調也。故正宮、高宮、中呂宮、道調宮、南呂宮、仙呂宮、黃鍾宮，是謂七宮；越調、大石調、高大石調、雙

調、小石調、歇指調、林鍾商，是謂七商；越角、大石角、高大石角、小石
角、雙調角、歇指角、林鍾角，是謂七角；中呂調、正平調、高平調、仙呂
調、般涉調、高般涉調、黃鐘羽，是謂七羽。」可知在當時就只有二十八種宮
調在音樂實踐中得以運用。

　　金、元時期諸多藝術形式所用宮調，目前所知只有十六種，燕南芝庵《唱
論》中卻提到了十七種：「大凡聲音，各應律呂，分於六宮十一調，共計十七
宮調：仙呂宮唱，清新綿邈。南呂宮唱，感歎傷悲。中呂宮唱，高下閃賺。黃
鐘宮唱，富貴纏綿。正宮唱，惆悵雄壯。道宮唱，飄逸清幽。大石唱，風流醞
藉。小石唱，旖旎嫵媚。高平唱，條物滉漾。般涉唱，拾掇坑塹。歇指唱，急
並虛歇。商角唱，悲傷宛轉。雙調唱，健棲激嬝。商調唱，悽愴怨慕。角調
唱，嗚咽悠揚。宮調唱，典雅沉重。越調唱，陶寫冷笑。」上述十七種中，唯
獨「典雅沉重」的「宮調」找不到出處。上面的「八十四宮調」表格中見不到
「宮調」這種宮調，而元代周德清《中原音韻》、陶宗儀《南村輟耕錄》和明
代的朱權《太和正音譜》中，都曾將當時使用的宮調及其所屬曲牌排列出來，
卻異口同聲說元曲常用宮調不超過十二種，更沒有看到「唱典雅沉重」的「宮
調」。因此，我們不得不懷疑芝庵先生的記載有小小失誤，或者是付諸棄梨時
刊印有誤。另外，《唱論》中的「角調」目前亦未找到應用的例證，而《西廂
記諸宮調》運用過一次的「羽調」則在《唱論》中未曾涉及。

　　相比較而言，元曲使用的宮調比諸宮調要少，元曲中的劇曲又比散曲選
用的宮調要少。在現存元雜劇作品中，常用的只有五宮四調，通稱為「九宮」，
即：仙呂宮、南呂宮、中呂宮、黃鐘宮、正宮、大石調、雙調、商調、越調。
另外，「般涉調」在轉調時也會得到應用。元散曲與元雜劇相比，在使用宮調
方面除了「般涉調」可獨立使用外還多出了「小石調」和「商角」，而諸宮調
則比元散曲又多出了「高平調」「道宮」「羽調」「歇指調」四種。結論是元雜
劇用了十種宮調，元散曲用了十二種宮調，諸宮調用了十六種宮調。宮調被
上述三種藝術形式使用的頻率，可參看下表：

表2　現存諸宮調與元曲中的宮調使用情況

作品 宮調	西廂記 諸宮調	劉知遠 諸宮調	天寶遺事 諸宮調	元雜劇	元散曲	合　計
仙呂宮	54	15	19	278	212②③	578

南呂宮	5	8	9	78	415④	515
中呂宮	25	4	3	105	940	1077
黃鐘宮	16	10	9	13	77⑤	125
正　宮	9	6	1	96	261⑥	373
大石調	28	3	5	4	25	65
雙　調	19	1	7	152	1846⑦	2025
商　調	4	4	2	30	192	232
越　調	7	1	2	54	502	566
般涉調	14	14	5	3	31	67
高平調	8	5	0	0	0	13
道　宮	2	1	0	0	0	3
小石調	1	0	0	0	7	8
羽　調	1	0	0	0	0	1
歇指調	0	4	0	0	0	4
商　角	0	2	0	0	4	6
其　他	0	0	0	1①	17⑨	18
總　　計	193	78	62	814	4529	5676

說明：

①《圯橋進履》缺頁，第一折不知用何宮調。

②王舉之小令〔一半兒〕2首，其宮調寫作〔仙宮〕，無此宮調名稱，或為〔仙呂〕之誤，故計入〔仙呂宮〕一欄。

③沈和有〔仙呂·賞花時〕套，為南北合套。無名氏有〔仙呂·小醋大〕套，為南曲。

④王德信有〔南呂·四塊玉〕套、鄭光祖有〔南呂·梧桐樹〕套、張氏有〔南呂·青衲襖〕套，均為南北合套。無名氏有〔南呂·七賢過關〕4首、〔南呂·十樣錦〕套、〔南呂·香遍滿〕套2首，均為南曲。

⑤荊幹臣有〔黃鐘·醉花陰〕套，為南北合套。

⑥范居中有〔正宮·金殿喜重重〕套、方伯成有〔正宮·端正好〕套、李子昌有〔正宮·梁州令〕套、無名氏有〔正宮·汲沙尾〕套，均為南北合套。無名氏有〔正宮·白練序〕套，為南曲。

⑦ 無名氏有〔雙調・珍珠馬〕套，為南北合套，〔雙調・一機錦〕套，為南曲。

⑧ 杜仁傑有〔商調・集賢賓〕套，為南北合套。無名氏有〔商調・字字錦〕套，為南曲。

⑨ 周文質有「時新樂」小令 5 首、喬吉有「豐年樂」小令 1 首、曹德有「三棒鼓聲頻」小令 1 首，均不知宮調。張鳴善有《詠雪》1 首、無名氏有《月蝕》《大雨》2 首、侯克中有殘曲 1 句、周德清有殘曲 5 首、張玉蓮有殘曲 1 首，均失宮調牌名。以上數例，統計入「其他」之中。殘曲知其宮調者，則已統計入相應處。

簡單分析一下表 2，可得出以下結論：

第一，諸宮調作家最喜歡使用的宮調是清新綿邈的「仙呂宮」，元雜劇作家也一樣，而元散曲作家則對健棲激嫋的「雙調」更為青睞。這中間的差別，大概是由諸宮調、元雜劇以敘事為主，元散曲以抒情為主所造成的。

第二，「羽調」「道宮」「歇指調」「商角」「小石調」「高平調」在選用頻率上分別排列倒數第一至第六。看來，諸如「飄逸清幽」「急並虛歇」「悲傷宛轉」「旖旎嫵媚」「條物滉漾」這樣一些情調演唱的難度較大，或者所表達的聲情頗為罕見。

第三，「仙呂宮」的使用相對平衡，元散曲和元雜劇都在兩百多次，三種諸宮調都使用了數十次。使用最均衡的是「般涉調」，元曲和諸宮調基本上是一比一。使用落差最大的是雙調和越調，都是元散曲使用特多，諸宮調使用特少，比例均在五六十倍以上。

由上可見，諸宮調、元雜劇和元散曲，各種不同的講唱藝術形式在選擇宮調時既有共性，也有個性。

二

什麼曲牌隸屬於何種宮調，在曲學研究者那兒應該是不可忽視的問題。有一篇通過《金瓶梅詞話》來研究《西廂記》在明代的演本情況的文章，就反覆提及這一問題：「〔鬥鵪鶉〕是《王西廂》雜劇第四本第二折〔越調〕的首曲。這次是成套演出。」「〔油葫蘆〕刻畫了張生等待鶯鶯幽會時的心情，乃是該折〔仙呂宮〕的第三曲。這也是成套演出，但略去前面〔點絳唇〕、〔混江龍〕兩曲未唱。」（楊緒容《從〈金瓶梅詞話〉看〈西廂記〉在萬曆時期的演本形態》）那麼，宮調和曲牌中間究竟是什麼關係呢？

周德清《中原音韻》有云：「樂府共三百三十五章（自軒轅制律一十七宮

調，今之所傳者一十有二）」。陶宗儀《南村輟耕錄》卷二十七《雜劇曲名》中說：「稗官廢而傳奇作，傳奇作而戲曲繼。金季國初，樂府猶宋詞之流，傳奇猶宋戲曲之變，世傳謂之雜劇。金章宗時，董解元所編《西廂記》，世代未遠，尚罕有人能解之者。況今雜劇中曲調之冗乎？因取諸曲名，分調類編，以備後來好事稽古者之一覽云。」朱權《太和正音譜》亦云：「樂府共三百三十五章（尊儀樂章，不入譜內。自黃帝制律一十七宮調，今之所傳者一十有二）」。以上三家均以宮調為綱，分別將各種曲牌歸於各宮調名下，這就產生了元曲中宮調與曲牌關係的三個系統。三說之中，朱權基本照抄周德清，而陶宗儀的說法卻有很大不同。現將三處綜合，並參以現存諸宮調三種中宮調使用的情況，去其重複，得到金元之際宮調與曲牌之關係的結果如下：

〔黃鐘〕三十九章：〔醉花陰〕、〔喜遷鶯〕、〔出隊子〕、〔刮地風〕、〔四門子〕、〔水仙子〕、〔寨（賽）兒令〕、〔神仗（杖）兒〕（亦作「煞」）、〔節節高〕、〔者剌古〕、〔願成雙〕、〔賀聖朝〕、〔紅錦袍〕（即〔紅衲襖〕）、〔晝夜樂〕、〔人月圓〕、〔彩樓春〕（即〔拋球樂〕）、〔侍香金童〕、〔降黃龍袞〕、〔雙鳳翹〕（即〔女冠子〕）、〔傾杯序〕、〔文如錦〕、〔九條龍〕、〔興隆（龍）引〕、〔尾聲〕、〔掛金索〕、〔金殿樂三臺〕、〔塞雁兒〕、〔接接高〕、〔喜遷鶯纏令〕、〔柳葉兒〕、〔快活爾纏令〕、〔侍香金童纏令〕、〔雙聲疊韻〕、〔黃鶯兒〕、〔降黃龍袞纏令〕、〔整金冠令〕、〔間花啄木兒〕、〔整乾坤〕、〔快活年〕。

〔正宮〕四十八章：〔端正好〕、〔袞（滾）繡球〕（亦作〔子母調〕）、〔倘秀才〕（亦作〔子母調〕）、〔靈壽杖〕（即〔呆骨朵〕）、〔叨叨令〕、〔塞鴻秋〕、〔脫布衫〕、〔小梁州〕、〔醉太平〕、〔伴讀書〕（即〔村裏秀才〕）、〔笑和尚〕、〔白鶴子〕（〔中呂〕出入）、〔雙鴛鴦〕、〔貨郎兒〕（入〔南呂〕轉調）、〔蠻姑兒〕、〔窮河西〕、〔芙蓉花〕、〔菩薩蠻〕、〔黑漆弩〕（即〔學士吟〕、〔鸚鵡曲〕）、〔月照庭〕、〔六幺遍〕（即〔柳梢青〕）、〔甘草子〕、〔三煞〕、〔啄木兒煞〕（亦入〔中呂〕）、〔煞尾〕、〔朝天子〕、〔四換頭〕、〔十二月〕、〔堯民歌〕、〔蠻姑兒〕、〔剔銀燈〕、〔道和〕、〔柳青娘〕、〔攤破滿庭芳〕、〔虞美人纏〕、〔應天長〕、〔萬金臺〕、〔文序子纏〕、〔文序子〕、〔甘草子纏令〕、〔梁州纏令〕、〔梁州三臺〕、〔梁州令斷送〕、〔賺〕、〔三臺〕、〔應天長纏令〕、〔錦纏道〕、〔貨郎兒帶太平年〕。

〔大石調〕三十三章：〔六國朝〕、〔歸塞北〕（即〔望江南〕）、〔卜金錢〕（即〔初問口〕）、〔怨別離〕、〔雁過南樓〕、〔催花樂〕（即〔播鼓體〕）、〔淨瓶

兒〕、〔念奴嬌〕、〔喜秋風〕、〔好觀音〕（亦作〔煞〕）、〔青杏子〕、〔蒙童兒〕（即〔憨郭郎〕）、〔還京樂〕、〔荼蘼香〕、〔催拍子〕、〔陽關三迭〕、〔鶩山溪〕、〔初生月兒〕、〔百字令〕、〔玉翼蟬煞〕、〔隨煞〕、〔玉翼蟬〕、〔女冠子〕、〔林裏雞近〕、〔鷓鴣天〕、〔伊州袞〕、〔吳音子〕、〔梅梢月〕、〔伊州袞纏令〕、〔紅羅襖〕、〔洞仙歌〕、〔感皇恩〕、〔伊州令〕。

〔小石調〕六章：〔青杏兒〕（即〔青杏子〕，亦入〔大石調〕）、〔天上謠〕、〔惱煞人〕、〔伊州遍〕、〔尾聲〕、〔花心動〕。

〔仙呂〕八十章：〔端正好〕（楔兒）、〔賞花時〕、〔八聲甘州〕、〔點絳唇〕、〔混江龍〕、〔油葫蘆〕、〔天下樂〕、〔那吒令〕、〔鵲踏枝〕、〔寄生草〕、〔六幺序〕、〔醉中天〕、〔金盞兒〕（即〔醉金琖〕）、〔醉扶歸〕、〔憶王孫〕、〔一半兒〕、〔瑞鶴仙〕、〔憶帝京〕、〔村裏迓古（鼓）〕、〔元和令〕、〔上馬嬌〕、〔遊四門〕、〔勝葫蘆〕、〔後庭花〕、〔柳葉兒〕、〔青哥兒〕、〔翠裙腰〕、〔六幺令〕、〔上京馬〕、〔袄神急〕、〔大安樂〕、〔綠窗愁〕、〔穿窗月〕、〔四季花〕、〔雁兒〕、〔玉花秋〕、〔三番玉樓人〕（亦入〔越調〕）、〔錦橙梅〕、〔雙雁子〕、〔太常引〕、〔柳外樓〕、〔賺煞尾〕、〔江西後庭花〕、〔攤破天下樂〕、〔低過金盞兒〕、〔賺煞〕、〔賺尾〕、〔得勝樂〕、〔六幺遍〕、〔醉落魄纏令〕、〔整金冠〕、〔風吹荷葉〕、〔醉落魄〕、〔點絳唇纏〕、〔醉奚婆〕、〔惜黃花〕、〔戀香衾〕、〔整花冠〕、〔繡帶兒〕、〔剔銀燈〕、〔臺（哈、唅）臺（哈、唅）令〕、〔一斛叉〕、〔滿江紅〕、〔樂神令〕、〔醍醐香山會〕、〔六幺實催〕、〔瑞蓮兒〕、〔河傳令纏〕、〔喬合笙〕、〔臨江仙〕、〔朝天急〕、〔點絳唇纏令〕、〔相思會〕、〔喜新春〕、〔香山會〕、〔醉落託〕、〔戀香衾纏令〕、〔繡裙兒〕、〔整乾坤〕、〔後庭花煞〕

〔中呂〕六十六章：〔粉蝶兒〕、〔叫聲〕、〔醉春風〕、〔迎仙客〕、〔紅繡鞋〕（即〔朱履曲〕）、〔普天樂〕、〔醉高歌〕、〔喜春來〕（即〔陽春曲〕）、〔石榴花〕、〔鬥鵪鶉〕、〔上小樓〕、〔滿庭芳〕、〔十二月〕、〔堯民歌〕、〔快活三〕（〔正宮〕出入）、〔鮑老兒〕、〔古鮑老〕、〔紅芍藥〕、〔剔銀燈〕、〔蔓菁菜〕、〔柳青娘〕、〔道和〕、〔朝天子〕（即〔謁金門〕）、〔四邊靜〕、〔齊天樂〕、〔紅衫兒〕、〔蘇武持節〕（即〔山坡裏羊〕）、〔賣花聲〕（即〔升平樂〕，亦作「煞」）、〔四換頭〕、〔攤破喜春來〕、〔喬捉蛇〕、〔煞尾〕、〔鮑老袞〕、〔雙鴛鴦〕、〔白鶴子〕（〔正宮〕出入）、〔窮河西〕、〔乾荷葉〕、〔菩薩蠻〕、〔牆頭花〕、〔鵲打兔〕、〔酸棗兒〕、〔鎮江回〕、〔鵪鶉兒〕、〔鴛鴦兒〕、〔風流體〕、〔香風合纏令〕、〔碧牡丹〕、〔牧羊關〕、〔碧牡丹纏令〕、〔木魚兒〕、〔棹孤舟纏令〕、〔雙聲疊韻〕、

〔滿庭霜〕、〔古輪臺〕、〔踏莎行〕、〔木蘭花〕、〔千秋節〕、〔安公子賺〕、〔賺〕、〔渠神令〕、〔安公子纏令〕、〔酥棗兒〕、〔木笪綏〕、〔拂霓裳〕、〔六幺序〕、〔六幺令〕。

〔南呂〕三十章：〔一枝花〕（即〔占春魁〕）、〔梁州第七〕、〔隔尾〕、〔牧羊關〕、〔菩薩梁州〕、〔玄鶴鳴〕（即〔哭皇天〕）、〔烏夜啼〕、〔罵玉郎〕、〔感皇恩〕、〔楚江（天）秋〕（即〔採茶歌〕）、〔賀新郎〕、〔梧桐樹〕、〔紅芍藥〕、〔四塊玉〕、〔草池春〕（即〔鬥蝦蟆〕）、〔鵪鶉兒〕、〔閱金經〕（即〔金字經〕）、〔翠盤秋〕（亦入〔中呂〕，即〔乾荷葉〕）、〔玉交枝〕、〔煞〕、〔黃鐘尾〕、〔三煞〕、〔隨尾煞〕、〔攤破採茶歌〕、〔瑤臺月〕、〔應天長〕、〔枝花纏〕、〔傀儡兒〕、〔轉青山〕、〔梁州〕。

〔雙調〕一百一十五章：〔新水令〕、〔駐馬聽〕、〔喬牌兒〕、〔沉醉東風〕、〔步步嬌〕（即〔潘妃曲〕）、〔夜行船〕、〔銀漢浮槎〕（即〔喬木查〕）、〔慶宣和〕、〔五供養〕、〔月上海棠〕、〔慶東原〕、〔撥不斷〕（即〔續斷弦〕）、〔攪箏琶〕、〔落梅風〕（即〔壽陽曲〕）、〔風入松〕、〔萬花方三臺〕、〔雁兒落〕（即〔平沙落雁〕）、〔德（得）勝令〕（即〔陣陣贏〕、〔凱歌回〕）、〔水仙子〕（即〔凌波仙〕、〔湘妃怨〕、〔憑夷曲〕）、〔大德歌〕、〔鎮江回〕（〔中呂〕出入）、〔殿前歡〕（即〔小婦孩兒〕、〔鳳將雛〕）、〔滴滴金〕（即〔甜水令〕）、〔折桂令〕（即〔秋風第一枝〕、〔天香引〕、〔蟾宮曲〕、〔步蟾宮〕）、〔清江引〕、〔春閨怨〕、〔牡丹春〕、〔漢江秋〕（即〔荊囊怨〕）、〔小將軍〕、〔慶豐年〕、〔太清歌〕、〔小陽關〕、〔搗練子〕（即〔胡搗練〕）、〔秋蓮曲〕、〔掛玉鉤序〕、〔荊山玉〕（即〔測磚兒〕）、〔竹枝歌〕、〔沽美酒〕（即〔瓊林宴〕）、〔太平令〕、〔快活年〕、〔亂柳葉〕、〔豆葉黃〕、〔川撥棹〕、〔七弟兄〕、〔梅花酒〕、〔收江南〕、〔掛玉鉤〕（即「掛搭沽」）、〔早鄉詞〕、〔石竹子〕、〔山石榴〕、〔醉娘子〕（即〔醉也摩挲〕）、〔駙馬還朝〕（即〔相公愛〕）、〔胡十八〕、〔一錠銀〕、〔阿納忽〕、〔小拜門〕（即〔不拜門〕）、〔慢金盞〕（即〔金盞兒〕）、〔大拜門〕、〔也不羅〕（即〔野落索〕）、〔小喜人心〕、〔風流體〕（〔中呂〕出入）、〔古（忽）都白〕、〔唐（倘）兀歹〕、〔河西水仙子〕、〔華嚴贊〕、〔行香子〕、〔錦上花〕、〔碧玉簫〕、〔祆神急〕、〔驟雨打新荷〕、〔駐馬聽近〕、〔金娥神曲〕、〔神曲纏〕、〔德勝樂〕、〔大德樂〕、〔楚天遙〕、〔天仙令〕、〔新時令〕、〔阿忽令〕、〔山丹花〕、〔十棒鼓〕、〔殿前喜〕、〔播海令〕、〔大喜人心〕、〔醉春風〕、〔間金四塊玉〕、〔減字木蘭兒〕、〔高過金盞兒〕、〔對玉環〕、〔青玉案〕、〔魚遊春水〕、〔秋江送〕、〔枳郎兒〕、

〔河西六娘子〕、〔皂旗兒〕、〔本調煞〕、〔鴛鴦煞〕、〔離亭宴帶歇指煞〕、〔收尾〕、〔離亭宴煞〕、〔落梅花〕、〔荊湘怨〕、〔梧桐樹〕、〔太平歌〕、〔掛打燈〕、〔蝶戀花〕、〔棗卿調〕、〔雕刺鴰〕、〔文如錦〕、〔惜奴嬌〕、〔御街行〕、〔芰荷香〕、〔倬倬戚〕、〔柳葉兒〕、〔鴛鴦尾煞〕。

〔越調〕四十七章：〔鬥鵪鶉〕、〔紫花兒序〕、〔金蕉葉〕、〔小桃紅〕、〔踏陣馬〕、〔天淨紗〕、〔調笑令〕（即〔含笑花〕）、〔禿廝兒〕（即〔小沙門〕）、〔聖藥王〕、〔麻郎兒〕、〔東原樂〕、〔絡絲娘〕、〔送遠行〕、〔棉答（搭）絮〕、〔拙魯速〕、〔雪裏（中）梅〕、〔古竹馬〕、〔鄆州春〕、〔眉兒彎〕、〔酒旗兒〕、〔青山口〕、〔寨兒令〕（即〔柳營曲〕）、〔黃薔薇〕、〔慶元貞〕、〔三臺印〕（即〔鬼三臺〕）、〔憑欄人〕、〔耍三臺〕、〔梅花引〕、〔看花回〕、〔南鄉子〕、〔糖多令〕、〔小絡絲娘〕、〔煞〕、〔尾聲〕、〔上平西纏令〕、〔鬥鵪鶉纏令〕、〔錯煞〕、〔廳前柳纏令〕、〔蠻牌兒〕、〔山麻稭〕、〔水龍吟〕、〔揭缽子〕、〔疊字三臺〕、〔緒煞〕、〔渤海令〕、〔醉扶歸〕、〔眉兒彎煞〕。

〔商調〕二十四章：〔集賢賓〕、〔逍遙樂〕、〔上京馬〕、〔梧葉兒〕（即〔知秋令〕）、〔金菊香〕、〔醋葫蘆〕、〔掛金索〕、〔浪來裏〕（亦作「煞」）、〔雙雁兒〕、〔望遠行〕、〔鳳鸞吟〕、〔玉抱肚〕（亦入〔雙調〕）、〔秦樓月〕、〔桃花娘〕、〔高平煞〕、〔尾聲〕、〔後庭花〕、〔青哥兒〕、〔隨調煞〕、〔柳葉兒〕（〔仙呂〕出入）、〔文如錦〕、〔定風波〕、〔廻戈樂〕、〔拋球樂〕。

〔商角調〕七章：〔黃鶯兒〕、〔踏莎行〕、〔垂絲釣〕、〔蓋天旗〕（以上四曲牌《南村輟耕錄》入〔商調〕）、〔應天長〕、〔尾聲〕、〔定風波〕。

〔般涉調〕十五章：〔咱遍〕、〔臉兒紅〕（即〔麻婆子〕）、〔牆頭花〕、〔瑤臺月〕、急曲子（即〔促拍令〕）、耍孩兒（即〔磨合羅〕）、〔煞〕、〔尾聲〕（與〔中呂〕〔煞尾〕同）、〔太平賺〕、〔柘枝令〕、〔夜遊宮〕、〔哨遍纏令〕、〔沁園春〕、〔長壽仙衮〕、〔蘇幕遮〕。

〔高平調〕七章：〔木蘭花〕、〔於飛樂〕、〔糖多令〕、〔牧羊關〕、〔尾〕、〔青玉案〕、〔賀新郎〕。

〔道宮〕六章：〔解紅〕、〔憑欄人纏令〕、〔賺〕、〔美中美〕、〔大聖樂〕、〔尾〕。

〔羽調〕一章：〔混江龍〕。

〔歇指調〕三章：〔枕屏兒〕、〔耍三臺〕、〔永遇樂〕。

綜合分析，有以下特點和值得注意的問題：

　　第一，屬於「雙調」的曲牌最多，「羽調」的最少。而「雙調」在元人散曲中使用頻率特別高，「羽調」則只有《西廂記諸宮調》使用過一次。這種情況倒也成為正比。由此亦可證明「雙調」是一種表現力很強的調式。

　　第二，「雙調」而外，「仙呂宮」「中呂宮」「正宮」「越調」也是所屬曲牌較多的宮調，結合本文表 2 來看，這幾種宮調在元雜劇中使用頻率頗高，可見，「清新綿邈」「高下閃賺」「惆悵雄壯」「陶寫冷笑」這幾種情調或許比較適合於敘事、抒情相結合的劇曲唱詞。

　　第三，以上文字中不斷出現「〔中呂〕出入」「入〔南呂〕轉調」「亦入〔中呂〕」「亦入〔越調〕」「〔正宮〕出入」「亦入〔雙調〕」等注釋，表示某一曲牌同時屬於兩個或兩個以上的宮調。過去，有人稱這種現象為「借宮」，意謂某一曲牌從甲宮調借入乙宮調。其實，應該說成是「跨」宮調或「兼」宮調更為準確一些。有的曲牌，雖然沒有「出入」「亦入」之類的注釋，但同樣也是「跨」宮調或「兼」宮調的，如「水仙子」既入〔黃鐘〕又入〔雙調〕，「四換頭」既入〔正宮〕，又入〔中呂〕等。

　　第四，有的曲牌後面注明「子母調」云云，指的是在同一套曲中兩支曲牌迴旋反覆使用的一種形式，如母子相依狀。最常見的「子母調」是〔正宮〕「端正好」套中的「衮繡球」和「倘秀才」二曲，如鄭廷玉《看錢奴買冤家債主》第二折，這兩支曲子就反覆使用了四個來回。

　　第五，至於「么篇」，或寫作「幺篇」，其實就是「後篇」的意思，亦即將前面那支曲牌重來一次。南曲中管「幺篇」叫「前腔」，言簡意賅，而北曲中寫作「么篇」，是偷懶的做法，嚴格而言是寫了錯別字。因為「幺」是繁體字「後」的一部分，故而以偏概全。寫作「么篇」，就解釋不通了。故而，本文一律改為「幺篇」。另有「六么令」「六么序」「六么遍」等曲牌，有的書中「六么」寫成「六幺」，同樣是偷懶寫錯字的行為。因為唐宋舞曲中有「綠腰」，或作「六幺」，在許多地方的方言中「綠」與「六」讀音是一樣的，都讀為「lou」（入聲）音。故而「六幺」即為「綠腰」，而「六么」是講不通的。

　　第六，必須再次明確，本文所討論的宮調與曲牌的關係主要是就北曲而言。有些劇本，北曲和南曲都有演出者，如王實甫《西廂記》，在元代自然是用北曲演唱的，但入明以後，情況發生變化：「從《西廂記》自身的舞臺演出傳播情況來看，作為北曲的演唱在明代中期伴隨著唱腔的衰落逐漸被南戲聲腔改造，由於北曲唱法是由地方戲曲聲腔與方言結合，在全國的演出傳播過

程中，為了被更多的觀眾接受而北曲南唱。」（薛慧《明清時期〈西廂記〉傳播接受的小說化轉向》）這種北曲南唱的變數，本文是不能包含的。

　　關於宮調和曲牌之間的問題還有很多，本文只是做了一點粗略的統計，並在統計數據的基礎上做了一點最淺層的分析。目的有二：一是為了引起大家的興趣，二是為了拋磚引玉。總之，希望有更多的同仁深入探討宮調與曲牌的問題。

（原載《文化藝術研究》2015 年第一期）

略談元曲家對宮調的選用習慣

　　眾所周知，元曲包括元雜劇和元散曲兩大方面。這裡所謂元曲家，指的就是這兩方面的作家。當然，在元代有很多作家是既寫劇本又作散曲的，但也並非全都「兩棲」。因此，我們必須確定一個重點：本文在舉例的時候，以散曲為主，劇曲為輔。

一

　　什麼是「宮調」？簡單地說，它是「音階」和「十二律」相互作用的結果，這種結果是為某一段樂曲「定音」的，因此也可以說「宮調」就是一段樂曲的調式，大致相當於西洋樂中的「C調」「D調」「E調」「F調」什麼的。

　　在中國古代，最早只有五聲音階——「宮」、「商」、「角」、「徵」、「羽」，相當於現代簡譜中的 1、2、3、5、6。後來，又加上「變徵」和「變宮」。「變徵」相當於現代簡譜中的「#4（fis）」，比現在的 4（fa）要高半音，比「徵」（5）又低半音。「變宮」則相當於現代簡譜中的 7（ti）。這樣，就形成了古代的七聲音階：宮（1「do」）、商（2「re」）、角（3「mi」）、變徵（#4「fis」）、徵（5「sol」）、羽（6「la」）、變宮（7「ti」）。

　　音階的音高是相對的，它們隨著樂調的變化而變化。宮、商、角、變徵、徵、羽、變宮都可作為第一級音。音階的第一級音不同，調式也就不同。每個調式只要第一級音的音高確定了，相鄰的其他各級音高也隨之而確定。古人用來確定基礎音高的是「律」，據說就是 12 根用竹管或金屬管製成的長短不同的定音儀器，可吹出 12 個高度不同的標準音，這就是所謂「十二律」。十二律的全部名稱從低到高依次為（括號內是相當的現代調名）：黃鐘（C）、大

呂（#C）、太簇（D）、夾鍾（#D）、姑洗（E）、仲呂（F）、蕤賓（#F）、林鍾（G）、夷則（#G）、南呂（A）、無射（#A）、應鍾（B）。這十二律中，單數的六律稱為「陽律」，又稱之為「律」；偶數的六律稱為「陰律」，又稱「呂」。合稱「六律六呂」或簡稱「律呂」。

必須明確，元曲中的宮調所根據的乃是「十二不平均律」，因為它是根據「三分損益法」計算出來的，也就是將一個 8 度分為 12 個不完全相等的半音。這種方法非常古老，在《管子·地員篇》中就有記載了。「三分損益法」的具體操作方式是從一個被認定為基音（首律）的弦或管的長度出發，把它三等分，然後再去一分謂之「損一」，即乘以 2／3，或加一分謂之「益一」，即乘以 4／3，以此來確定另一個律的長度。以此類推，直到在弦或管上得出比基音略高一倍或略低一倍的音，就完成了一個音階中的十二律的計算。然而，按「三分損益法」計算出來的結果，十二個「律」中相鄰兩律的長度差（或頻率差）並不完全相等，因此，稱為「十二不平均律」。同時，比基音高八度或低八度的音並不是剛好翻了一倍，而是略高或略低於一倍。這種情況對於「變調」或演奏「和聲」，存在著一定的缺陷。因此，在將近兩千年的時間裏，不少音樂家都在探討並企圖解決這一問題。直到明代音樂家朱載堉（1536～1611）創造了「新法密率」之後，得出了「十二平均律」，這一問題才得到圓滿解決。

從理論上講，五聲音階的五種調式或七聲音階的七種調式分別用十二律定音，亦即「5×12」或「7×12」，就可得出 60 種或 84 種宮調。不過，古人在音樂創作實踐中並沒有廣泛使用這麼多宮調。據載，宋代就只有 28 種宮調被應用。（陳暘《樂書》）元代，常用的則只有 17 種宮調——仙呂宮、南呂宮、中呂宮、黃鐘宮、正宮、大石調、小石調、般涉調、商角調、雙調、商調、越調、道宮、高平調、歇指調、角調、宮調。（周德清《中原音韻》、陶宗儀《輟耕錄》）其中，現存散曲和劇曲之標明宮調者，只有前 12 種。

對於上述 17 種宮調，元代燕南芝庵在《唱論》一文中，用極為簡略的語言進行了描繪。其間與元曲創作相關的 12 種宮調的被描繪狀態如下：仙呂調唱清新綿邈，南呂宮唱感歎傷悲，中呂宮唱高下閃賺，黃鐘宮唱富貴纏綿，正宮唱惆悵雄壯，大石唱風流蘊藉，小石唱旖旎嫵媚，般涉唱拾掇坑塹，商角唱悲傷宛轉，雙調唱健捷激裊，商調唱悽愴怨慕，越調唱陶寫冷笑。

那麼，元曲家在使用宮調時具有什麼樣的習慣特點？創作散曲與劇曲時

對宮調的選擇有什麼相同之處和不同之處？每一位曲作家在自己的創作過程中又是否形成了自己的特色？這些，正是本文企圖回答的問題。

二

為了說明問題，我們不妨先來看看下面兩個統計總表。（本文所統計元散曲運用宮調表格的材料據隋樹森《全元散曲》，元雜劇運用宮調表格材料據臧晉叔《元曲選》和隋樹森《元曲選外編》。）

表一　今存元散曲運用宮調情況總表

宮調 ＼ 體式	小　令	套　數	合　計
雙　調	1754	88	1842 注②
仙呂宮	150 注①	62	212 注③
中呂宮	910	30	940
越　調	465	37	502
南呂宮	279	136	415 注④
正　宮	228	33	261 注⑤
商　調	166	26	192 注⑥
黃鐘宮	54	23	77 注⑦
般涉調	0	31	31
大石調	5	20	25
小石調	6	1	7
商角調	0	4	4
總　計	4017	491	4508 注⑧

注：

① 王舉之小令【一半兒】二首，其宮調寫作【仙宮】，無此宮調名稱，或為【仙呂】之誤，故計入【仙呂宮】一欄。

② 無名氏有【雙調·珍珠馬】套為南北合套、【雙調·一機錦】套為南曲。

③ 沈和有【仙呂·賞花時】套為南北合套。無名氏有【仙呂·小醋大】套為南曲。

④ 王德信有【南呂·四塊玉】套、鄭光祖有【南呂·梧桐樹】套、張氏有【南呂·青

—15—

袱襖】套均為南北合套。無名氏有【南呂·七賢過關】4 首、【南呂·十樣錦】套、【南呂·香遍滿】套 2 首均為南曲。

⑤范居中有【正宮·金殿喜重重】套、方伯成有【正宮·端正好】套、李子昌有【正宮·梁州令】套、無名氏有【正宮·汲沙尾】套均為南北合套。無名氏有【正宮·白練序】套為南曲。

⑥杜仁傑有【商調·集賢賓】套為南北合套。無名氏有【商調·字字錦】套為南曲。

⑦荊幹臣有【黃鐘·醉花陰】套為南北合套。

⑧周文質有「時新樂」小令 5 首、喬吉有「豐年樂」小令 1 首、曹德有「三棒鼓聲頻」小令 1 首、無名氏有「甜水令」小令 4 首，均不知宮調。張鳴善有《詠雪》1 首、無名氏有《月蝕》《大雨》2 首、侯克中有殘曲 1 句、周德清有殘曲 5 首、張玉蓮有殘曲 2 句均失宮調牌名。以上數例，均未計入「總計」之中。殘曲知其宮調者，則已統計入表中。

表二　今存元雜劇劇本運用宮調情況總表

折數＼宮調	楔子	第一折	楔子	第二折	楔子	第三折	楔子	第四折	第五折	合計
仙呂宮	72	167	12	2	14	0	9	0	0	276
南呂宮	0	0	0	66	0	10	0	2	0	78
中呂宮	1	0	0	31	0	52	0	18	0	102
黃鐘宮	0	0	0	1	0	3	0	9	0	13
正宮	2	1	1	43	0	35	0	13	1	96
大石調	0	1	0	1	0	2	0	0	0	4
雙調	0	0	0	6	1	19	0	121	4	151
商調	0	1	0	9	0	13	0	1	0	24
越調	0	0	1	12	0	34	0	7	0	54
其他	0	1 注①	0	4 注②③④	0	7 注⑤⑥⑦⑧⑨	0	0	0	12
總計	75	171	14	175	15	175	9	171	5	810 注⑩

注：

① 《圯橋進履》缺頁，第一折不知用何宮調。

② 《曲江池》第二折末、淨唱輓歌【商調・尚京馬】。

③ 《還牢末》第二折正末在唱正曲之前先唱【中呂・普天樂】小曲。

④ 《西遊記》第二十二出（第六本第二折）唱詞由【商調】轉【仙呂】又轉【商調】。

⑤ 《薛仁貴》第三折禾旦唱【雙調・豆葉黃】小曲。

⑥ 《羅李郎》第三折淨字唱【商調・金橘香】小曲。

⑦ 《西遊記》第三齣唱詞由【商調】轉【仙呂】又轉【商調】。

⑧ 《西遊記》第十五出（第四本第三折）行者唱【中呂・朝天子】小曲。

⑨ 《符金錠》第三折唱詞【中呂】轉【般涉調】。

⑩ 據上表，我們可以知道在今存元雜劇中「五宮四調」加上「般涉調」共十種宮調一共至少用了 810 次。實際上的數字還不止這些，因為在有些元雜劇劇本中還有某些人物所唱的「小曲」「零曲」「變調曲」均未標明宮調。聊舉數例：《瀟湘雨》第二折淨唱【醉太平】、第四折搽旦唱【醉太平】，均屬小曲。《朱砂擔》第一折正末唱【喜秋風】、第三折淨唱【麼篇】，均屬零曲。《小尉遲》第二折淨唱【清江引】小曲。《竹葉舟》第四折外唱【村裏迓鼓】、【元和令】、【上馬嬌】、【勝葫蘆】4 支小曲。《金安壽》第一折歌兒唱【滿堂紅】、【大德歌】、【魚遊春水】、【芭蕉延壽】4 支小曲。《貨郎擔》第四折副旦唱【轉調貨郎兒】至「九轉」帶「煞尾」共 10 支變調曲。《智勇定齊》第二折搽旦唱【撼動山】小曲。《黃鶴樓》第二折村姑唱【豆葉黃】、【禾詞】2 支小曲。《衣襖車》楔子正末唱【賞花時】、【麼篇】2 支小曲。《黃花峪》第一折旦唱【南駐雲飛】小曲。此外，《陳母教子》楔子正旦唱【賞花時】，《澠池會》楔子正末唱【賞花時】，《貶黃州》楔子末唱【賞花時】，《射柳捶丸》楔子正末唱【賞花時】均未標宮調。如果將上述 16 條例證加在一起，則現存元雜劇作品中對多種宮調的運用不會少於 826 次。

根據以上兩張總表，我們可以得出初步結論如下：

第一，元曲作家在選擇使用宮調的頻率高低問題上，傾向性特別明顯。散曲中，最受歡迎的是「雙調」（1842 次），其次是「中呂宮」（940 次），再次是「越調」（502 次）。使用得最少的是「商角調」（4 次），其次是「小石調」（7 次），再次是「大石調」（25 次），而「般涉調」（31 次）和「黃鐘宮」（77 次）的應用也都沒有超過 100 次。在劇曲中，最受歡迎的是「仙呂宮」（276 次），其次「雙調」（151 次），再次「中呂宮」（102 次）。除了「般涉調」只用

作「轉調」之外，宮調被使用得最少的是「大石調」（4次），其次是「黃鐘宮」（13次）。

第二，兩相比較，我們可以看到，劇曲與散曲在使用宮調頻率高低的問題上既有相同處，也有不同點。二者在用得較少的宮調方面，傾向是一致的。綜合「倒排名」的結果是：「商角調」、「小石調」、（此二種劇曲未用）「大石調」、「般涉調」、（劇曲只用作轉調）「黃鐘宮」。但是在用得最多的宮調方面，散曲和劇曲則同中見異了。「雙調」是最受歡迎的，散曲中第一，劇曲中第二。「中呂宮」也不錯，散曲中第二，劇曲中第三。這是所謂「同」的一面。異的一面則反映如下：「仙呂宮」在劇曲中排名第一，在散曲中卻居於第六。「越調」在散曲中排名第三，在劇曲中卻也落到了第六位。

第三，進而言之，「仙呂宮」雖然在散曲中「總分」屈居第六，但如果看單項，情況又發生了變化：在套數中它卻排名第三。聯繫它在劇曲（其實也是套數）中排名第一的事實，我們可以斷定：「仙呂宮」這種宮調是比較適合用來演奏套數的。就劇曲而言，仙呂宮又多半被用於「第一折」和「楔子」。在現存元雜劇劇本的一百七十一本戲中，第一折所用的宮調只有三個例外，一個不明，其他一百六十七個全都選用的仙呂宮；另外，在全劇開頭的七十五個楔子中，除三個例外，其他七十二個也全用仙呂宮；至於其他的楔子，用宮調者者一共有三十八個，其中用仙呂宮者竟有三十五個。看來，「清新綿邈」的仙呂宮是非常適合用作開場戲或過渡戲的宮調。

三

當我們對元曲的宮調使用情況有了一個整體認識之後，我們再來看一些創作個案。這裡，我們選擇一些散曲作品較多的作家來進行表格統計。

表三　創作小令 50 首以上兼套數 5 套以上作者統計表

宮調＼作家體式	關漢卿小令	套數	馬致遠小令	套數	貫雲石小令	套數	曾瑞小令	套數	喬吉小令	套數	張可久小令	套數	湯式小令	套數	合計
雙調	25	3	66	7	46	2	2	2	127	3	332	0	94	8	717
仙呂宮	5	2	12	4	0	1	0	0	0	2	12	1	0	6	45
中呂宮	17	1	6	2	8	1	53	1	36	0	203	1	31	0	360

越　調	0	2	5	0	7	2	0	1	32	1	49	0	14	0	113
南呂宮	5	3	26	1	7	1	29	1	8	4	74	6	0	47	212
正宮	4	0	0	0	11	0	1	1	4	0	40	1	25	4	91
商　調	1	0	0	3	0	0	10	1	1	1	30	0	2	2	51
黃鐘宮	0	1	0	1	0	0	0	3	0	0	15	0	4	1	25
般涉調	0	1	0	3	0	0	0	6	0	0	0	0	0	1	11
大石調	0	2	0	2	0	1	0	1	0	0	0	0	0	0	6
不知宮調	0	0	0	0	0	0	0	0	1	0	0	0	0	0	1
總　　計	57	15	115	23	79	8	95	17	209	11	755	9	170	69	1632

表四　創作小令 100 首以上或套數 10 套以上者統計表

作家體式 宮調	盧摯		張養浩		徐再思		朱庭玉		汪元亨		合　計
	小令	套數	小令	套數	小令	套數	小令	套數	小令	套數	
雙　調	91	0	67	1	46	0	0	6	60	0	271
仙呂宮	0	0	0	0	3	0	0	8	0	0	11
中呂宮	18	0	77	0	22	0	0	0	20	0	137
越　調	1	0	12	0	16	0	4	0	0	0	33
南呂宮	2	0	4	1	4	0	0	7	0	1	19
正　宮	1	0	1	0	0	0	0	0	20	0	22
商　調	7	0	0	0	6	0	0	0	0	0	13
黃鐘宮	1	0	0	0	6	0	0	0	0	0	7
般涉調	0	0	0	0	0	0	0	5	0	0	5
總　　計	121	0	161	2	103	0	4	26	100	1	518

　　表三所列，是小令、套數兩方面的作品都比較多的作家；表四所列，則是只在小令或套數某一方面作品較多的作家。但無論如何，他們都可以代表元代散曲作家之多產者。因此，以他們為例來做個案分析，應該說是比較靠得住的。

　　綜合以上數表，可以發現如下問題：

　　其一，「雙調」仍然是最受歡迎的，尤其是在小令的創作中更受作家們的青睞。這與「仙呂宮」的情況不太一樣，「仙呂宮」是在散曲和劇曲中均以套數見長，而「雙調」則在劇曲中以套數、尤其是用於第四折的套數見長，到了散曲中，它反而以小令見長了。

　　其二，這些代表作家對有些宮調使用得極少，甚至不用。如表三、表四中諸代表作家對於「商角調」、「小石調」根本就不用，對於「大石調」的運用只有 6 次、「般涉調」的使用只有 17 次（全部是套數，主要是曾瑞用了 6 次，朱庭玉用了 5 次）。更為有趣的是在劇曲運用中不可一世的「仙呂宮」，在這些散曲多產者的手中，統共只用了 56 次。

　　其三，有些作家運用宮調的選擇面頗為廣泛，關漢卿的散曲創作運用了 10 種宮調，馬致遠、曾瑞、湯式都運用了 9 種，張可久 8 種，喬吉 7 種（還有一支小令不知宮調），貫雲石也是 7 種。十分湊巧的是，這些作家大都出現在小令、套數雙豐收的表三之中。

　　其四，在運用宮調時最具有「平均主義」思想的恐怕是朱庭玉了。這是一位以創作套數為主的作家，他留下的小令只有區區 4 首，全部用的是「越調」，而他現存的 26 首套數的宮調選擇就更有意思了：「仙呂宮」8 次，「南呂宮」7 次，「雙調」6 次。

　　其五，與上述情況相反，有些作家在宮調的選用上卻明顯地體現了各自的偏愛或偏惡。表四中有 5 位散曲作家，一共給我們留下了 518 篇作品，但選用宮調最多的作家也只有 7 種（盧摯和徐再思），只相當於表三中選擇宮調最少的作家。更有意味的是，在這 518 篇作品中，竟有 271 篇選用「雙調」、137 篇選用「中呂宮」，兩者相加共有 408 篇次，占總數的 4 / 5 以上。真可謂「不比不知道，一比嚇一跳」。

　　其六，再看幾個特例。汪元亨共有 100 支小令，卻只用了 3 種宮調，其中，僅「雙調」就用了 60 次之多。張養浩的 161 支小令只選用了 5 種宮調，且特別偏愛「中呂宮」（用了 77 次）和「雙調」（用了 67 次）。盧摯也是一個極端的偏愛者，121 支小令中居然用了 91 次「雙調」。馬致遠和喬吉也不甘落後，前者 115 支小令用了 66 次「雙調」，後者 209 支小令用了 127 次「雙調」。運用「雙調」超過小令作品半數的還有貫雲石，79 支小令中也有 46 次。當然，如果從絕對數字來看，用「雙調」最多的散曲作家無疑是張可久。「雙調」，這種「健捷激嫋」的調式，在小山樂府中竟然被不同的辭句組合表現

了 332 次。

　　通過上面的述說，我們已經可以看到元曲家在散曲和劇曲的創作過程中對宮調選用的許多有趣的現象。當然，以上四張統計表格中所蘊含的意義，絕非筆者文中所談的幾點。進而言之，通過這種統計和分析，我們所能領略和窺探到的更深層次的很多問題，更不是這一篇淺薄的文章所能解釋清楚的。在這裡，筆者只有在朦朦朧朧的「知其然」的狀態中，等待方家學者們明明白白的「知其所以然」的教誨了。

（原載《戲劇——中央戲劇學院學報》2009 年第四期）

元劇作家對宮調的
習慣選擇及其審美心理

　　眾所周知，傳統戲曲創作離不開對宮調的選擇運用。那麼，元雜劇作家是怎樣選擇運用宮調的呢？他們的這種選擇具有何種「習慣性」？又體現了什麼樣的審美心理？這些，就是本文意欲探討的問題。

　　元代燕南芝庵在他的《唱論》一文中，對當時流行的 17 種宮調的「聲情」進行了簡要的描繪。這裡，我們將其間與元雜劇創作相關的五宮四調的聲情摘錄如下：仙呂調唱清新綿邈，南呂宮唱感歎傷悲，中呂宮唱高下閃賺，黃鐘宮唱富貴纏綿，正宮唱惆悵雄壯，大石唱風流蘊藉，雙調唱健捷激嫋，商調唱悽愴怨慕，越調唱陶寫冷笑。此外，作為轉調時得到運用的「般涉調」唱「拾掇坑塹」。

　　由上可見，選擇什麼樣的宮調來表演自己「一本四折」的劇本，對元雜劇作家而言是至關重要的，因為這裡存在一個劇本內容的「文情」與舞臺演出的「聲情」相得益彰的問題。

　　接下來，我們來看看元雜劇作家在選擇宮調時的習慣。為了說明問題，我們先來看看下面幾個統計表。（本文所統計元雜劇運用宮調諸表材料均據臧晉叔《元曲選》和隋樹森《元曲選外編》）

　　我們不妨將現存劇本三個及三個以上的元雜劇作家在雜劇創作時運用宮調的情況分別列表如下。之所以選擇今存劇本三個或三個以上的作家作為統計對象，主要是因為一、兩個劇本不能體現「習慣性」，所謂「事不過三」嘛！

馬致遠今存雜劇劇本運用宮調情況表

劇名＼折數	第一折	第二折	第三折	第四折
漢宮秋	仙呂宮	南呂宮	雙調	中呂宮
薦福碑	仙呂宮	正宮	中呂宮	雙調
岳陽樓	仙呂宮	南呂宮	正宮	雙調
陳摶高臥	仙呂宮	南呂宮	正宮	雙調
黃粱夢	仙呂宮	商調	大石調	正宮
青衫淚	仙呂宮	正宮	雙調	中呂宮
任風子	仙呂宮	正宮	中呂宮	雙調

關漢卿今存雜劇劇本運用宮調情況表

劇名＼折數	第一折	第二折	第三折	第四折	第五折
玉鏡臺	仙呂宮	南呂宮	中呂宮	雙調	無
謝天香	仙呂宮	南呂宮	正宮	中呂宮	無
救風塵	仙呂宮	商調	正宮	雙調	無
蝴蝶夢	仙呂宮	南呂宮	正宮	雙調	無
魯齋郎	仙呂宮	南呂宮	中呂宮	雙調	無
金線池	仙呂宮	南呂宮	中呂宮	雙調	無
竇娥冤	仙呂宮	南呂宮	正宮	雙調	無
望江亭	仙呂宮	中呂宮	越調	雙調	無
西蜀夢	仙呂宮	南呂宮	中呂宮	正宮	無
拜月亭	仙呂宮	南呂宮	正宮	雙調	無
裴度還帶	仙呂宮	南呂宮	正宮	雙調	無
哭存孝	仙呂宮	南呂宮	中呂宮	雙調	無
單刀會	仙呂宮	正宮	中呂宮	雙調	無

緋衣夢	仙呂宮	南呂宮	越調	雙調	無
詐妮子	仙呂宮	中呂宮	越調	雙調	無
陳母教子	仙呂宮	南呂宮	中呂宮	雙調	無
五侯宴	仙呂宮	南呂宮	正宮	商調	雙調

白樸今存雜劇劇本運用宮調情況表

折數　　劇名	第一折	第二折	第三折	第四折	第五折
牆頭馬上	仙呂宮	南呂宮	雙調	中呂宮	無
梧桐雨	仙呂宮	中呂宮	雙調	正宮	無
東牆記	仙呂宮	正宮	中呂宮	越調	雙調

李文蔚今存雜劇劇本運用宮調情況表

折數　　劇名	第一折	第二折	第三折	第四折
燕青搏魚	大石調	仙呂宮	中呂宮	雙調
圯橋進履	缺頁不明	南呂宮	正宮	雙調
蔣神靈應	仙呂宮	南呂宮	越調	雙調

王實甫今存雜劇劇本運用宮調情況表

折數　　劇名	第一折	第二折	第三折	第四折
麗春堂	仙呂宮	中呂宮	越調	雙調
西廂記一本	仙呂宮	中呂宮	越調	雙調
西廂記二本	仙呂宮	中呂宮	雙調	越調
西廂記三本	仙呂宮	中呂宮	雙調	越調
西廂記四本	仙呂宮	越調	正宮	雙調
西廂記五本	商調	中呂宮	越調	雙調
破窯記	仙呂宮	正宮	中呂宮	雙調

高文秀今存雜劇劇本運用宮調情況表

劇名 ＼ 折數	第一折	第二折	第三折	第四折
雙獻功	正宮	仙呂宮	雙調	中呂宮
遇上皇	仙呂宮	南呂宮	中呂宮	雙調
襄陽會	仙呂宮	越調	中呂宮	雙調
澠池會	仙呂宮	中呂宮	正宮	雙調

石君寶今存雜劇劇本運用宮調情況表

劇名 ＼ 折數	第一折	第二折	第三折	第四折
曲江池	仙呂宮	南呂宮	中呂宮	雙調
秋胡戲妻	仙呂宮	正宮	中呂宮	雙調
紫雲庭	仙呂宮	南呂宮	中呂宮	雙調

尚仲賢今存雜劇劇本運用宮調情況表

劇名 ＼ 折數	第一折	第二折	第三折	第四折
單鞭奪槊	仙呂宮	正宮	越調	黃鐘宮
柳毅傳書	仙呂宮	越調	商調	雙調
三奪槊	仙呂宮	南呂宮	雙調	正宮

鄭廷玉今存雜劇劇本運用宮調情況表

劇名 ＼ 折數	第一折	第二折	第三折	第四折
疏者下船	仙呂宮	越調	中呂宮	雙調
後庭花	仙呂宮	南呂宮	雙調	中呂宮
忍字記	仙呂宮	南呂宮	雙調	中呂宮
金鳳釵	仙呂宮	中呂宮	南呂宮	雙調

武漢臣今存雜劇劇本運用宮調情況表

劇名＼折數	第一折	第二折	第三折	第四折
老生兒	仙呂宮	正宮	越調	雙調
玉壺春	仙呂宮	南呂宮	中呂宮	雙調
生金閣	仙呂宮	越調	南呂宮	雙調

張國賓今存雜劇劇本運用宮調情況表

劇名＼折數	第一折	第二折	第三折	第四折
合汗衫	仙呂宮	商調	中呂宮	雙調
羅李郎	仙呂宮	南呂宮	商調	雙調
薛仁貴	仙呂宮	商調	中呂宮	雙調

鄭光祖今存雜劇劇本運用宮調情況表

劇名＼折數	第一折	第二折	第三折	第四折
倩女離魂	仙呂宮	越調	中呂宮	黃鐘宮
王粲登樓	仙呂宮	正宮	中呂宮	雙調
㑳梅香	仙呂宮	大石調	越調	雙調
周公攝政	仙呂宮	中呂宮	越調	雙調
三戰呂布	仙呂宮	雙調	中呂宮	正宮
智勇定齊	仙呂宮	中呂宮	越調	雙調
伊尹耕莘	仙呂宮	中呂宮	正宮	雙調
老君堂	仙呂宮	中呂宮	黃鐘宮	雙調

楊梓今存雜劇劇本運用宮調情況表

折數＼劇名	第一折	第二折	第三折	第四折
霍光鬼諫	仙呂宮	中呂宮	正宮	雙調
豫讓吞炭	仙呂宮	正宮	越調	中呂宮
敬德不伏老	仙呂宮	中呂宮	越調	雙調

喬吉今存雜劇劇本運用宮調情況表

折數＼劇名	第一折	第二折	第三折	第四折
金錢記	仙呂宮	正宮	南呂宮	雙調
揚州夢	仙呂宮	正宮	越調	雙調
兩世姻緣	仙呂宮	商調	中呂宮	雙調

秦簡夫今存雜劇劇本運用宮調情況表

折數＼劇名	第一折	第二折	第三折	第四折
東堂老	仙呂宮	正宮	中呂宮	雙調
趙禮讓肥	仙呂宮	正宮	越調	雙調
剪髮待賓	仙呂宮	正宮	中呂宮	雙調

楊訥今存雜劇劇本運用宮調情況表

折數＼劇名	第一折	第二折	第三折	第四折
劉行首	仙呂宮	正宮	中呂宮	雙調
西遊記一本	仙呂宮	中呂宮	商調轉中呂宮轉商調	雙調
西遊記二本	仙呂宮	雙調	南呂宮	正宮
西遊記三本	仙呂宮	南呂宮	大石調	越調
西遊記四本	仙呂宮	中呂宮	正宮	越調
西遊記五本	仙呂宮	南呂宮	正宮	黃鐘宮
西遊記六本	仙呂宮	商調轉中呂宮轉商調	越調	雙調

賈仲明今存雜劇劇本運用宮調情況表

折數\劇名	第一折	第二折	第三折	第四折
金安壽	仙呂宮	南呂宮	商調	雙調
對玉梳	仙呂宮	正宮	中呂宮	雙調
蕭淑蘭	仙呂宮	越調	雙調	黃鐘宮
升仙夢	仙呂宮	中呂宮	越調	雙調

根據以上表格，分析元雜劇諸家在創作時使用宮調的情況，我們可以得出如下結論。

首先，在選擇使用宮調的頻率高低問題上，作家們的傾向性表現得特別明顯。最受歡迎的是「仙呂宮」（276 次），「雙調」其次（151 次），再次「中呂宮」（102 次）。除了「般涉調」只用作「轉調」之外，宮調被使用得最少的是「大石調」（4 次），其次是「黃鐘宮」（13 次）。進而言之，仙呂宮又多半被用於「第一折」和「楔子」，「雙調」則多用於「第四折」。

其次，有的作家在使用宮調時帶有很強的「固定性」，有的作家則更多一些「變動性」。最具固定性的作家是石君寶和秦簡夫。石君寶的三個劇本所用的宮調僅僅只有第二折一個用「正宮」，兩個用「南呂宮」，其他的則整齊劃一：第一折統統用「仙呂宮」，第三折統統用「中呂宮」，第四折統統用「雙調」。秦簡夫的三個劇本，除了第三折兩個用「中呂宮」，一個用「越調」外，第二折統統用「正宮」，第一折、第四折則與石君寶完全一樣。石君寶、秦簡夫而外，固定性比較大的作家還有武漢臣、張國賓、喬吉，他們的共同點是第一折全都用「仙呂宮」，第四折全部用「雙調」，只有中間兩折有些變化。相對而言，選用宮調「變動性」比較大的是王實甫，在他今存的七本戲中，沒有任何一折戲統統用同一種宮調。其次是楊訥，他所寫的七本戲除了第一折所用宮調全都相同外，其他各折卻都是充滿變化的。再次是高文秀，他主要是《雙獻功》一劇所用宮調與眾不同。至於其他作家使用宮調的情況，多在上述兩端之間，基本穩定而又略有變化。

第三，相對而言，寫連臺本戲的作家使用宮調比較注重變化，如王實甫之《西廂記》和楊訥之《西遊記》，尤其是《西遊記》後三折戲的宮調使用可謂極富變化。而寫單本戲最多的關漢卿在使用宮調時卻不太喜歡變化，在他

的十七個劇本中，第一折居然全部用「仙呂宮」，第四折用「雙調」的佔了十四個，第二折用「南呂宮」的也佔了十三個，只有第三折稍稍活動一些，但換來換去也只用了「中呂宮」「正宮」「越調」三種宮調。

第四，在元雜劇通常一本四折的情況下，作家們對每折戲宮調的選擇也呈現出一種規律性。一般說來，第一折比較固定，絕大多數作家選用「仙呂宮」。其次是第四折，大多數作家選用「雙調」。第三折最為「活躍」，包括「般涉調」在內的十種宮調全都被使用，而且一些「轉調」現象也大都出現在這裡。有人認為元雜劇一本四折的敘事依次有「起」、「承」、「轉」、「合」的意味，這種選用宮調的習慣似乎也間接地證明了這一說法。第一折的「起」與第四折的「合」，一般說來變化較小，因而所選的宮調也相對穩定。第三折的「轉」，最富變化性，宮調的運用自然就比較活躍多變了。

其五，在現存元雜劇劇本的一百七十一本戲中，第一折所用的宮調只有三個例外，一個不明，其他一百六十七個全都選用的仙呂宮；另外，在全劇開頭的七十五個楔子中，除三個例外，其他七十二個也全用仙呂宮；至於其他的楔子，用宮調者一共有三十八個，其中用仙呂宮者竟有三十五個。看來，「清新綿邈」的仙呂宮非常適合用作開場戲或過渡戲的宮調。

其六，如果說，「清新綿邈」的仙呂宮比較適合於劇本的開頭和過渡的話，那麼，「健捷激嫋」的雙調則比較適合於劇本的結尾。在一百七十一本戲的第四折裡，用雙調的居然有一百二十一個。有五本戲寫了五折，居然有四個用的是雙調。可見，大多數作家都喜歡將自己劇本演出的結末體現出「豹尾」的風采。

其七，上述一百七十一本戲的第二折，所用宮調比較複雜一些，但也有「三家分晉」的意味。「感歎傷悲」的南呂宮為首，佔了六十六個。其次是「惆悵雄壯」的正宮，有四十三個。第三名是「高下閃賺」的中呂宮，也有三十一個。其他的如越調、商調、雙調、仙呂調、大石調、黃鐘宮，加在一起也只有三十一個。第三折的情況更複雜，包括般涉調在內的十種宮調全部都有人使用，但卻是諸侯紛爭、群雄競立的局面。最多的是中呂宮，有五十二次。其次是正宮三十五次，再次是「陶寫冷笑」的越調三十四次。其他諸宮調，均只在二十次以下。可見，元雜劇的「豬肚」，不僅「文情」上浩浩蕩蕩、橫無際涯，在「聲情」上也是千回百轉、異彩紛呈的。

其八，越是聲情涵蓋面廣泛的宮調，就越容易被人採用，反之亦然。如

清新綿邈的仙呂調，健捷激嫋的雙調，高下閃賺的中呂宮，惆悵雄壯的正宮，感歎傷悲的南呂宮等等，都帶有感情色彩的普遍性。而像陶寫冷笑的越調和悽愴怨慕的商調，被選用的頻率就大大降低了，因為「陶寫冷笑」也罷，「悽愴怨慕」也罷，並不是那種帶普遍性的感情。至於有的宮調在元雜劇中用得很少，當然有各方面的原因，但其中最根本的一條恐怕是它所表達的聲情太具「獨特性」。如黃鐘宮的富貴纏綿，大石調的風流蘊藉，在生活的大舞臺中有多少人常常具有這種趣味或情調？生活大舞臺缺乏的東西，在戲曲的小舞臺上也是不可能過多表現的。

有一點必須說明，芝庵《唱論》中諸如「清新綿邈」等提法，文字簡約，意義晦澀，這也是中國古代文學批評的那種「只可意會，不可言傳」的特殊方式的體現。幸而有周貽白先生《戲曲演唱論著輯釋》一書中對此加以箋釋，讀者自可參看，這裡就不剿竊前賢成果了。

綜上所述，元代雜劇作家在創作過程中對於宮調的選擇是非常講究的。而這些「講究」集中在三個問題：第一是絕大多數作家具有共同的習慣性，第二是某些作家具有自己獨特的習慣性，第三是大都注意了文情與聲情的和諧統一。而這三點結合在一起，又能從某一個角度反映元雜劇作家們的審美心理和趣味。（本文有刪節）

（原載《藝術百家》2005 年第三期）

包公・迤逗・文房四寶
——戲曲資料讀箚三則

　　在中國古典戲曲的發展演變過程中，有許多相關的資料保存在各種文獻裏面，這需要我們對它們進行挖掘、爬梳和整理。有些看來很小的問題，但弄清楚以後卻也饒有趣味。

一、包公「日斷陽夜斷陰」之由來

　　從元代雜劇到京劇，中國古代戲曲舞臺上活躍著一位黑臉的正直官員——包拯，關於包拯斷案的戲被稱為「包公戲」。在許多包公戲中，都涉及包公與鬼神打交道的內容，甚至民間還流傳著這位包老爺「日斷陽夜斷陰」的故事。

　　例如元代無名氏雜劇作品《玎玎璫璫盆兒鬼》第四折中，就有關於包公這方面的描寫。劇中帶領「盆兒鬼」到開封府告狀的張老漢，就曾經在大堂上面對包公說過：「上告待制老爺聽端的，人人說你白日斷陽間，到得晚時又把陰司理。」分明指出包公「日斷陽夜斷陰」。接下去，當「盆兒鬼」進入大堂向包公申訴自己的冤情時，包公本人也說：「那廳階下一個屈死的冤鬼，別人不見，惟老夫便見。兀那鬼魂，你有甚的冤枉事，你備細說來，老夫與你做主。」可見包公能夠在別人都無法看見的前提下與鬼魂單獨「對話」。

　　諸如此類包公與鬼神打交道的故事，或涉及包公斷案時相關的神異描寫，在京劇舞臺上中也多次出現。如《黑驢告狀》中有包公審案用陰陽鏡的情節，《雙包案》中有包公請貓神捉拿五鼠精的情節，《五花洞》中有包公請天兵降伏五毒精的情節，《鐵蓮花》中有包公用還魂棒救活冤死者的情節，如

此等等，不一而足。而在《探陰山》、《鍘判官》等劇中，包公甚至一再赴陰曹、探陰山，甚至還將陰曹地府中徇私枉法的判官鍘死。由此可見，包公戲與陰曹、鬼神往往脫不了干係，而人們賦予包公這些神通和本領，也是為了讓他能夠更好地執法如山，為民眾平反冤獄。

關於包公成為「陰」「陽」兩棲的清官的由來，肯定有多種說法。這裡，提供一則資料，一則唐代的資料，可以作為包公「日斷陽夜斷陰」傳說的來源之一。

唐代唐臨（600～659）的《冥報記》（《太平廣記》或作《冥報錄》）中有一篇《柳智感》，該篇一開始就說道：「河東柳智感，以貞觀初為長舉縣令。一夜暴死，明旦而蘇。說云：『始忽為冥官所追，大官府使者以智感見，謂感曰：「今有一官闕，故枉君任之。」智感辭以親老，且自陳福業未應便死。王使戡籍信然。因謂曰：「君未當死，可權判錄事」智感許諾』。」於是，這位陽間的縣令柳智感就在陰曹地府當上了「客座兼職判官」，排位第六。從此，柳智感就忙碌於陰陽兩界之間。篇中還寫道：「日暮，吏送智感歸家，蘇而方曉，自歸家中。日暝，吏復來迎，至彼旦。故知幽顯晝夜相反矣。於是夜判冥事，晝臨縣職。」

這就是典型的「日斷陽夜斷陰」，而且該篇還告訴讀者，陰間與陽間的晝夜是恰恰相反的，陰間的白天就是陽間的黑夜，陰間的黑夜就是陽間的白天。故此，這位柳縣令在陰陽兩界都是上「白班」。歷史上的包拯是宋朝人，在這位柳縣令之後。作為歷史人物的包拯，是不可能「日斷陽夜斷陰」的。但是，當包拯作為清官的代表進入民間傳說和民間戲曲之後，他就會被老百姓和民間藝人「神化」。而《太平廣記》又正是宋代以後的民間藝人從事通俗文學創作時的必讀書，所謂「幼習《太平廣記》，長攻歷代史書」（羅燁《醉翁談錄·舌耕敘引》）是也。值得注意的是，上面引用的那篇材料——《冥報記》，恰恰就被收錄在《太平廣記》之中。這樣，兩者之間關係的發生就成為一種可能了。

二、「迤逗」的「迤」字之讀音

明代戲曲家湯顯祖「臨川四夢」之一的《牡丹亭》第十齣《驚夢》中女主人公杜麗娘有唱詞云：「停半晌整花鈿，沒揣菱花，偷人半面，迤逗的彩雲偏。」這裡的「迤逗」一詞，多種注釋本的釋義基本上是相近的。如朱東潤主

編的《中國歷代文學作品選》（上海古籍出版社 1980 年 7 月版）注曰：「迤（yǐ乙）逗，牽引，引惹。」徐朔方、楊笑梅校注的《牡丹亭》（人民文學出版社 1962 年 4 月版）注曰：「迤（tuó）逗的彩雲偏──迤逗，引惹，挑逗。」馮金起《明代戲曲選注》（上海古籍出版社 1983 年 9 月版）注曰：「迤逗（以豆 yǐdòu）──引惹。」

從以上注釋可以看出，大家對「迤逗」一詞的釋義並無分歧，但對於「迤」字的注音卻大不一樣，基本上有兩種讀法──「yi」或「tuo」。查《辭海》《辭源》《漢語大字典》等工具書，「迤」字則兩種讀音具備，如果加上音調的區別，則有 yí（移）yǐ（乙）tuó（拖）三種讀音。而且，有些工具書中「迤逗」組詞時，則注明「迤」讀「tuó」。可見，這中間頗有爭議。

那麼，戲劇舞臺上演員在演唱時「迤」字怎麼發音呢？答案是讀「yǐ」。為此，還發生過一場爭論。據梅蘭芳述、許姬傳記《舞臺生活四十年》一書記載：1950 年，梅蘭芳演《遊園驚夢》時，「迤」字唱的就是「yí（移）」音。隨即，有一位名叫宋雲彬的觀眾在《新民報》上發表了一篇文章，認為梅蘭芳唱錯了，這個字應讀「tuó」音。梅蘭芳知道以後，還對此作過一番解釋，他的朋友也幫他查了一些資料，說明了讀「yí」的道理。並說，當時南方的曲家，都唱「移」字音。

那麼，「迤逗」的「迤」字，到底應該讀哪個音呢？

目前所知，「迤逗」一詞，最早見於元曲。例如：馬致遠《任風子》第三折：「想當日范杞良築在長城內，乾迤逗的個姜女送寒衣。」王實甫《西廂記》第一本第二折：「迤逗得腸慌，斷送得眼亂，引惹得心忙。」同劇第四本第二折：「我著你但去處行監坐守，誰著你迤逗的胡行亂走。」康進之《李逵負荊》第一折：「待不吃呵，又被這酒家旗兒將我來相迤逗。」石君寶《秋胡戲妻》第二折：「他道誰迤逗俺渾家來。」同劇第四折：「誰著你戲弄人家妻兒，迤逗人家婆娘。」楊景賢《劉行首》第二折：「我我我迤逗的他心內焦。」如此例子甚多，不勝枚舉。問題在於，我們怎麼知道這些「迤」字唱什麼音呢？儘管在上引作品中凡出自《元曲選》者，如《任風子》《李逵負荊》《秋胡戲妻》等，於相應的每一折後面大都有「音釋」云「迤音移」，但這種「音釋」就能作為「迤逗」之「迤」讀音的權威說法嗎？

最能夠反駁《元曲選》中這種「音釋」的是《元曲選》本身，在上引《劉行首》一篇的「音釋」中，居然注云：「迤音拖。」如果說這種自相矛盾的「音

釋」還不能說明問題的話，我們就再引一些資料來進一步證明吧。

上面提到的徐朔方、楊笑梅校注《牡丹亭》那段注釋的後面還有一句話：「迤逗，元曲中或作拖逗。」此言不錯，元曲中的「迤逗」是常常寫作「拖逗」的。例如：蕭德祥《殺狗勸夫》第一折：「不是我將父母相拖逗，也是你歹孩兒窮孝順。」張國賓《薛仁貴》第二折：「哦！我則道又是那一個拖逗我的小喬才。」也有寫作「拖鬥」的，如佚名《小尉遲》第三折：「我見他遮截得來省氣力，倒拖鬥的我氣喘狼藉。」如此等等，不一而足。這些「拖」字，《元曲選》中再也沒有「音釋」為「移」，當然應該讀作「tuó」音。

進而言之，「迤逗」寫作和讀作「拖逗」，並非為元曲所專有，同時或此後的多種文學樣式中還多次出現了相同的情況。聊舉數例：《詞林摘豔》三〔粉蝶兒套〕「花落春愁」篇云：「想雕鞍何處追遊，夢兒中幾番拖逗。」沈仕〔南呂懶畫眉套〕《麗情》（梁辰魚改作）篇云：「渾如吞卻線和鉤，不疼不癢常拖逗。」金聖歎批評《水滸傳》第三回夾批：「卻偏唱戰場二字，拖逗魯達，妙不可當。」「迤逗」，也有寫作「駝逗」的，如《醉翁談錄》丙集卷之二《花衢實錄‧柳屯田耆卿》篇云：「花心偏向蜂兒，有鶯共燕，吃他駝逗。」還有寫作「迄逗」的，如《勘金環》第三折：「他著那閒言語將咱來迄逗，他將那巧言詞把我來追求。」甚至還有寫作「拖拖逗逗」的，如《西湖佳話‧西泠韻跡》云：「二人正拖拖逗逗，歡然而飲，忽賈姨走來，笑說道：『好呀，你二人竟不用媒了。』」以上所引的「拖逗」「駝逗」「迄逗」「拖拖逗逗」的讀音當然是「tuódòu」而不是「yídòu」。

用不著再繁瑣論證了，到這裡應該明白：「迤逗」與「拖逗」（「拖鬥」、「駝逗」、「迄逗」等等）其實一也。「迤」，理所當然讀作「拖」（tuó），而不能讀作「移」（yí）或「乙」（yǐ）。

三、文房四寶

湯顯祖《牡丹亭》第七齣《閨塾》中有一段絕妙的調笑文字，當酸腐不堪的陳最良叫杜麗娘的丫鬟春香「取文房四寶來模字」時，春香拿上來的卻是這樣的筆墨紙硯——「畫眉的細筆」（筆）、「螺子黛」（墨）、「薛濤箋」（紙）、「鴛鴦硯」（硯），從而對陳最良進行了辛辣的嘲諷。其實，這樣一種以「詼諧」調笑「莊嚴」的插科打諢，並非湯顯祖的發明，早在元雜劇中就有相類似的描寫。楊文奎《翠紅鄉兒女兩團圓》第一折寫年已六旬的韓弘道無子，娶

一妾春梅有孕，其妻張氏在嫂子李氏的挑唆下，尋死放賴地逼迫韓弘道休棄春梅。在他們的對話中，就有對「文房四寶」的調侃。請看：「正末（扮韓弘道）云：『二嫂，你休覓死處，嗨！我這男子漢，到這裡好兩難也呵。……則不如休了他者。只少著紙墨筆硯，奈何？』二旦（扮韓妻張氏）云：『兀的不是剪鞋樣兒的紙，描花兒的筆？你快寫，不寫時我便尋死也。』正末做寫科云：『寫就了也，二嫂你與他去。』」

兩相比較，《翠紅鄉兒女兩團圓》中通過對「筆墨紙硯」的調侃性的描寫，是為了突出鄉村富戶家女人的橫蠻潑辣，而《牡丹亭》中對「文房四寶」的調笑文字，則體現了閨中小女子對冬烘老先生的諷刺。但無論如何，後者是從前者那裡借鑒過來的。然而，前者雖然首先提到「紙墨筆硯」四樣，接下來卻又只涉及到其中的「紙筆」兩樣，作者的想像力有限；後者則將文房四寶一一寫到，不僅想像豐富，而且更具有趣味性，這就頗有些點鐵成金的意味了。

（原載《廈門教育學院學報》2005 年第四期）

《竇娥冤》第三折淺論

　　《竇娥冤》是元代大戲曲家關漢卿的代表作。在這個劇本中，作者成功地塑造了竇娥這個既善良又剛強的女性形象。而最能充分表現竇娥的反抗性格和悲劇命運的，則是該劇的第三折。這一折戲的內容，曾作為一篇課文選進高中語文教材。同時，在普通高校漢語言文學專業的元雜劇課程中也經常涉及這一片斷。因此，我們有必要對《竇娥冤》第三折從課堂教學的角度進行分析探究。

　　從舞臺氣氛的角度解讀《竇娥冤》第三折，可分為三大段落。

　　第一段落，從開場到竇娥唱詞「只落得兩淚漣漣」。

　　一開始，作者就通過監斬官「今日處決犯人，著做公的把住巷口，休放往來人閒走」的語言，再加上公人的「鼓三通、鑼三下」，還有劊子手的「磨旗、提刀」和「行動些」的催促語，營造出一種緊張的舞臺氣氛。

　　眾所周知，古代處決犯人多半在市廛中心的十字街頭，而廣大市民又有觀看殺人的習慣。這樣，就形成了一種特殊的文化現象——法場文化。法場文化的特點之一就是由於人員龐雜並且擁擠不堪而造成的現場緊張氣氛。要想將這種緊張氣氛搬上舞臺，作者必須運用虛寫與實寫相結合的辦法，而大手筆關漢卿恰恰做到了這一點。

　　上述監斬官、公人、劊子手的語言和行為，以及鼓聲和鑼聲，就是利用虛實結合的方式表現了刑場上群眾擁擠不堪的局面和紛繁複雜的場景。同時，又給下文竇娥的唱詞「等他四下裏皆瞧見」埋下伏筆。

　　然而，第一段落的主體卻並非這些「白」與「科」，而是竇娥的唱詞【端正好】和【滾繡球】兩支曲子。通過這兩支曲子的演唱，作者讓竇娥咒天地、

罵鬼神，充分發洩了這位受冤屈而無處申辯的年輕寡婦的萬般無奈和滿腔憤懣。請看：「頃刻間遊魂先赴森羅殿，怎不將天地也生埋怨。」「地也，你不分好歹何為地？天也，你錯勘賢愚枉做天！」這樣，就造成了一種悲憤情調，並且是在陰森恐怖的法場上的「悲憤」。

第二段落，從劊子云「快行動些」到竇娥唱詞「負屈銜冤」。

這一段落又可分為兩個小的層次：先是讓竇娥提出「前街裏去心懷恨，後街裏去死無冤」。經過劊子手的詢問，竇娥自敘身世並說明要「繞道」而行的原因——怕婆婆見她「餐刀」慘狀。經過這樣的鋪墊以後，才放手寫出竇娥與蔡婆刑場哭別的又一個悲劇氣氛的高潮。

在婆婆的哭喊聲中，竇娥再次重複冤案情節。此舉絕非閒筆，一方面是作者再一次提醒臺下的觀眾，竇娥是冤屈的；另一方面，又通過竇娥自己的陳述，再一次向場上圍觀的群眾傾訴自己的冤情。

本段落的核心部分在竇娥的兩段唱詞【快活三】和【鮑老兒】中的五個「念竇娥」和一點微薄的「生命報酬」的要求。其詞云：「念竇娥葫蘆提當罪愆，念竇娥身首不完全，念竇娥從前以往幹家緣；婆婆也，你只看竇娥少爺無娘面。念竇娥伏侍婆婆這幾年，遇時節將碗涼漿奠；你去那受刑法的屍骸上烈些紙錢，只當把你亡化的孩兒薦。」

竇娥，苦命的竇娥，被冤屈的竇娥，在生命即將走向終點的時候，對曾經相依為命並且是自己用生命挽救下來的婆婆所提出的「要求」竟然是如此可憐。昂貴的生命「付出」與幾張紙錢、半碗涼漿的「索取」形成了鮮明的對照。作者於此處蓄意通過竇娥的「唱」與「白」，造成了一種「悲苦」的舞臺氣氛。這種舞臺氣氛的營造，直接體現了竇娥性格善良的一面，同時，又間接地通過善良者的無辜被害更激起觀眾的滿腔憤慨。

第三段落，從劊子做喝科云「兀那婆子靠後」到本折戲的結束。

這一段落的重點是竇娥臨刑所發的「三大誓願」，通過這三大誓願的一一提出和依次「兌現」，整個舞臺上的戲劇氣氛陡然變得十分「悲壯」起來。具體情況，下面詳析。

上述三大段落之間，舞臺氣氛由「悲憤」到「悲苦」再到「悲壯」，形成三次大的轉換。雖然三大段落同樣都充滿著悲劇意味，但又從不同的角度調動了觀眾的情緒，使觀眾情不自禁地隨著劇情的發展和舞臺氣氛的營造時而憤怒、時而悲泣、時而神搖心動。其中，尤以第三段落中竇娥三大誓願的表

演最為扣人心弦，形成了《竇娥冤》一劇高潮中的高潮，同時，也最具有「直觀性」的悲劇效果。

三大誓願，一是「熱血飛練」，即竇娥表明：「要一領淨席，等我竇娥站立；又要丈二白練，掛在旗槍上：若是我竇娥委實冤枉，刀過處頭落，一腔熱血休半點兒沾在地下，都飛在白練上者。」二是「六月降雪」，即竇娥聲言：「大人，如今是三伏天道，若竇娥委實冤枉，身死之後，天降三尺瑞雪，遮掩了竇娥屍首。」三是「亢旱三年」，即竇娥發誓：「大人，我竇娥死的委實冤枉，從今以後，著這楚州亢旱三年！」

三大誓願歸結到一點，都是竇娥這個悲劇主人公希望有驚天動地的反常現象出現，從而表明自己的冤屈。在這裡，作者借用了萇弘冤死而血化碧玉、鄒衍下獄而六月飛霜、周青屈殺而大旱三年這幾個歷史故事和傳說，並將它們集中起來表現竇娥的千古奇冤。從而，使竇娥的反抗精神具有了超現實、超自然的巨大力量。

如果仔細體味一下，就會發現竇娥三大誓願的實現或即將實現所造成的舞臺氣氛與悲劇效果又各不相同。

第一樁誓願寫「冤血」，作者運用的是直接表現法。

試想：舞臺上行刑問斬之後，竇娥滿腔憤怒的熱血隨著閃閃的刀光噴濺而出，直射白練。斑斑血痕，刺人眼目。這無論是演員表演也好，或是通過道具來表現也好，總之都會給觀眾以強烈的感官刺激，使人感到陣陣腥風集於鼻端，點點血珠晃動眼簾。這一刻，空氣凝固了，時間凝固了，人們的呼吸也差不多「凝固」。當此時，誰還能夠高聲喧嘩，誰還能夠談笑風生，誰還能夠左顧右盼，誰還能夠指手畫腳？除非他是木人土偶！須知，觀眾面對著的是一個無辜生命的鮮血，是一個屈死的弱女子的鮮血。只要是一個稍具正義感的人，都會被竇娥的一腔鮮血激起周身熱血的沸騰，都會感到一種令人窒息的痛苦。而這，正是作者所需要的由舞臺氣氛所造成的悲劇效果。

第二樁誓願寫「冤氣」，作者運用的是氣氛烘托法。

這裡，作者著重描寫了竇娥一腔冤氣所招致的漫天飛雪。為了進一步渲染舞臺氣氛，在漫天飛雪到來之前，作者先寫了「浮雲為我陰，悲風為我旋」的悲壯環境。就在這一臺浮雲、滿面悲風的場景中，竇娥倒了下去。隨即，一場紛紛揚揚的大雪竟然在炎炎的六月從天而降，掩蓋著那屈死者的屍體。一

時間，整個舞臺都籠罩著一重濃厚的悲劇氣氛。這裡，作者一方面以雪的潔白象徵著竇娥的純潔無辜，另一方面又以極端反常的自然現象來暗示那黑暗社會的是非顛倒，大自然的紊亂恰好象徵著社會的無序。通過這樣的藝術處理，竇娥的一腔冤氣就不僅直沖蒼穹，而且還衝擊著觀眾的心扉；同樣，悲劇氣氛也不僅僅籠罩著舞臺，而且還深深地包裹著觀眾的靈臺。而這一切，都是由那挾帶著竇娥冤氣的暑天大雪的特定舞臺氣氛所造成的。

第三樁誓願寫「冤魂」，作者運用的是懸念牽心法。

由於舞臺表演在時、空兩方面的限制，在這一折戲裏作者不可能寫出亢旱三年的實際效果。怎麼辦？作者只好通過監斬官的語言來作一「預示性」的交待：「這死罪必有冤枉。早兩樁兒應驗了，不知亢旱三年的說話，準也不准？且看後來如何。左右，也不必等待雪晴，便與我抬他屍首，還了那蔡婆婆去罷。」

請注意整個「刑場」一折戲即將落幕時的舞臺氣氛：「竇娥的血都飛在那丈二白練上，並無半點落地」；「內做風科」（舞臺音響效果），劊子手說：「好冷風也！」監斬官吃驚地說：「真個下雪了，有這等異事！」最後是遵從監斬官的吩咐，「眾應科，抬屍下」。所有這些，都是具有「直觀性」效果的。

當臺下的人們眼睜睜地看著臺上的「公人」在那慘烈的場景中抬著竇娥的屍體下場的時候，作者實際上也就順理成章地設置了一個懸念，而觀眾也自然而然地會對竇娥第三樁誓願能否實現牽腸掛肚、耿耿於懷。但由於前面兩樁誓願在舞臺上真真切切的實現，觀眾的審美興奮點已經開始悄然轉移，大家由對竇娥悲劇命運的單純同情轉而形成一種對竇娥冤魂的無比信賴以及對竇娥以誓願「復仇」的急切期待。他們不僅認為竇娥的第三樁誓願應該實現，而且認為這「亢旱三年」的誓願必定能實現，並期待著它盡快實現！

在封建時代的中國，廣大民眾普遍認為自然現象與社會問題有內在聯繫，天災與人禍有內在聯繫。因此，碰到乾旱、水澇、風暴、冰雹、地震、海嘯等自然災害，人們就會覺得這些都是由於某種社會問題造成的，至少與某些社會問題有密不可分的聯繫。這種認識當然是不科學的，甚至是極其荒謬的，但當時的人們就相信這個，其奈他何？關漢卿正是於有意無意之間利用了這種「集體無意識」，利用了這種深厚的文化積澱，從而給現場觀眾一種悲

劇感動和審美啟迪。通過作者的精心結構，竇娥的冤魂就帶著深層的文化意蘊而在觀眾的頭腦中固執地盤旋，而竇娥第三大誓願「亢旱三年」能否「兌現」也就永遠牽動著觀眾的心，促使他們不由自主地「走進」以後的情節，「走進」下一幕。

綜上所述，關漢卿筆下的竇娥三大誓願首寫「冤血」，直接而強烈地刺激觀眾感官；次寫「冤氣」，使觀眾的心靈在舞臺的悲劇氛圍影響下劇烈悸動；再寫「冤魂」，使觀眾處於急切的期待和持久的思考之中。三大誓願環環相扣、層層深入，呈現著一種由外及內、由淺及深的遞進態勢。

南戲作家高明有言：「論傳奇，樂人易，動人難。知音君子，這般另做眼兒看。」（《琵琶記》第一齣）這種「樂人易，動人難」的說法甚至影響到中國古代戲曲理論。《竇娥冤》，作為我國古典悲劇的代表作，它之所以能夠通過一個年輕寡婦被冤殺的悲劇而打動數百年來千千萬萬觀眾的心，除了作者對生活的深入觀察以外，除了作者具有驚人的膽識和眼光之外，除了竇娥故事本身的感人之處之外，又是與作者具有善於營造一種悲劇意味極其濃烈的舞臺氣氛的藝術手段分不開的。戲劇，離不開衝突。一般的戲劇衝突大都是體現於活躍在舞臺上的人物之間，但《竇娥冤》第三折的戲劇衝突卻呈現出另一種狀況。該折戲中，除了蔡婆、劊子手、監斬官分別與竇娥有幾句陪襯性的對話以外，全場幾乎成為竇娥的「獨角戲」，尤其是三大誓願，更可視作竇娥的內心獨白。竇娥的對立面，絕不是那行刑的劊子手，也不是那威風八面的監斬官，甚至也不僅僅是誣陷竇娥的張驢兒和草菅人命的桃杌太守，而是當時那「衙門從古向南開，就中無個不冤哉」（《竇娥冤》第四折）的黑暗社會。這樣一個龐大的「對立面」是無法直接搬上戲劇舞臺的，這就需要作者調動種種藝術手段去「誘導」觀眾把這個「對立面」從舞臺後面挖掘出來。而要「調動」觀眾，又首先必須激發觀眾的感情，使之情不自禁地進入作者為他們精心設置的「感動場」和審美境地。而要實現這一切，又首先必須依賴或利用戲劇這種舞臺藝術的最大長處——直觀性。

要做到這一點並非易事，並不是每一位劇作家都能充分利用這種「直觀性」的。他需要劇作家在寫作劇本的時候最好能夠「手則握筆，口卻登場，全以身代梨園」（李漁《閒情偶記》卷二），而不是脫離舞臺這個特殊的「語境」。從這一特定的角度看問題，關漢卿是一個並不多見的真正合格的劇作家。他「驅梨園領袖，總編修師首，撚雜劇班頭」。（賈仲明弔詞）他「躬踐排場，面

傅粉墨，以為我家生活，偶倡優而不辭」。（臧晉叔《元曲選序》）他是一個集編劇、導演、演員為一體的藝術家。只有這樣的藝術家，才能充分調動一切藝術手段為自己筆下的劇本服務，為自己所創造的人物形象服務。

（原載《現代語文》2011 年第二十五期）

從譚記兒說起
——關漢卿雜劇寫人藝術談片

中秋之夜，一輪明月高掛長空。譚記兒在戰勝兇殘的楊衙內之後，踏著如水的月光，帶著滿心的喜悅凱旋了。此時，讀者一面為主人公的勝利而高興，一面又回味著望江亭中那緊張激烈的一幕，而譚記兒——這個正義、勇敢、機智的女性形象，也就不知不覺地留在讀者心頭、留在中國戲曲史的人物畫廊之中。

文學作品中不朽的藝術形象，從來都不是靠作者拙笨的鼓吹才在人們心目中站起來的。關漢卿筆下的譚記兒之所以如此光采照人，正因為作者把她放到了鬥爭的漩渦中去撞擊、搏鬥，才顯示出她性格的光輝。請看，當惡勢力的浪頭向著無辜者衝擊而來時，白士中這位堂堂潭州太守一籌莫展，唯有唉聲歎氣而已。但譚記兒卻迎著惡濁浪頭而上，決計深入虎穴，以鬥爭來捍衛自己的尊嚴和幸福。在與楊衙內面對面的鬥爭中，她始終掌握主動權，利用對方好色的弱點，把那濁物玩於股掌之上，最終酒醉之，奪取了勢劍金牌，化險為夷。在整個鬥爭過程中，作者並未宣揚譚記兒如何機智、勇敢，但譚記兒的大智大勇卻深深烙印於讀者心頭。

在尖銳的矛盾衝突中展現人物性格，正是關漢卿雜劇塑造人物的重要手段。

譚記兒勝利了，但在勝利之後她又有什麼舉動呢？她並不是指著爛醉如泥的楊衙內痛罵一頓，也不是拿著勢劍金牌匆匆而逃，而是「且回身將楊衙內深深的拜謝，您娘向急颭颭船兒上去也」。（《望江亭》第三折）多麼從容不

迫，多麼富有情趣。這樣的俏皮話兒，且不說那呼天搶地的竇娥在冤魂報仇後說不出，就是那一向被人們認為與譚記兒性格相近的趙盼兒也不是這種口吻。趙盼兒的性格其實比譚記兒更為熱烈、更為直率。她在取得勝利之後，對花花公子周舍則是辛辣的嘲諷：「我特故抄與你個休書題目，我跟前見放著這親模」，「便有九頭牛也拽不出去。」（《救風塵》第四折）洋洋得意之情溢於言表。同樣，這等熱辣辣的語言，譚記兒也是決計不用的。為什麼呢？因譚是太守夫人，趙是風塵妓女，夫人說話自然要含蓄一些，妓女說話自然要熱辣一些。如果夫人、妓女說起話來都是一個腔調，關漢卿還能成其為關漢卿嗎？

由此可見，各種不同的人物有著不同的語言，是關漢卿雜劇寫人藝術的又一成功之處。

語言如此，內心活動的揭示又何嘗不是這樣？各種不同出身、不同教養的人物的思想活動，在關漢卿筆下也是迥然不同的。

還是從譚記兒說起吧。她未嫁白士中之前，是個寡婦。她對寡居的寂寞是這樣表達的：「我則為錦帳春闌，繡衾香散，深閨晚，粉謝脂殘，到的這日暮愁無限。」（《望江亭》第一折）此處所體現者，乃是學士未亡人的愁情苦緒。但同是寡婦，竇娥的表白則迥然有異：「嫁的個同住人，他可又拔著短籌，撇的俺婆婦每都把空房守，端的個有誰問，有誰瞅？」（《竇娥冤》第一折）竇娥是市井人家的寡婦，不比學士夫人，她不會說什麼「錦帳春闌，繡衾香散」一類的話，而只能直截了當地說「端的個有誰問，有誰瞅」。譚記兒有譚記兒的表達法，竇娥有竇娥的表達法，讀者是絕不會張冠李戴的。

關漢卿雜劇中的人物，並不是生活在太空之中，他們有各自不同的生活環境。還是從譚記兒說起，她守寡之時，歎訴心中的苦悶，其所處的環境是：「則這花枝裏外，竹影中間，氣吁的片片飛花紛似雨，淚灑的珊珊翠竹染成斑。」（《望江亭》第一折）這樣的景色，用來襯托一個書香人家的孀婦之愁苦是再確切不過了。然而，《拜月亭》中的王瑞蘭母女逃難時所碰到的卻是：「風雨催人辭故國！行一步一歎息，兩行愁淚臉邊垂。一點雨間一行悽惶淚，一陣風對一聲長吁氣。」（第一折）這真是情景交融，深沉地醞釀出一種離鄉背井的悽惶情緒。景物描寫到了垂死的竇娥身邊，則是「浮雲為我陰，悲風為我旋」（《竇娥冤》第三折）這樣悲壯而又叩擊人心的場面了。譚記兒守寡家中，環境是恬靜的，而她也正是在這恬靜之中倍感寡居生活的空虛無聊，故

而作者用飛花似雨、淚竹成斑這樣美好而寧靜的景致來襯托她的心理。王瑞蘭是在逃難途中，如驚弓之鳥，又急又怕，淒涼而又悲苦，所以作者用悽惶淚、長吁氣般的風雨來體現她的心情。而在法場上的竇娥，則已然痛罵天地鬼神、發下三樁誓願，這樣，就只能用大幅度運動著的悲風、浮雲來襯托她的憤激之情，從而達到渾厚悲涼之極致。

關漢卿妙筆生輝，就連周圍的環境也在時時為凸現人物性格服務。

還想借助譚記兒來談一點。譚記兒在拿著魚兒去見楊衙內的時候，分明唱道：「則這魚鱗甲鮮、滋味別，這魚不宜那水煮油煎，則是那薄批細切。」（《望江亭》第三折）表面看來，譚記兒似乎在說如何烹魚。其實不然，她是在考慮如何對付楊衙內。對付那種兇惡而又狡猾的敵人，絕不可粗率地「水煮油煎」，而只能細緻地「薄批細切」。要鬥勇，更要鬥智。一隻魚兒，竟也起到了刻畫人物性格的作用。這樣的例子，在關漢卿劇作中還可找到不少。《調風月》中的燕燕看到飛蛾撲火，便想到自己曾受人欺騙，不慎失足，有苦難言，正如這飛蛾一樣，自找苦吃。如此寫法，比直接讓燕燕喊十幾聲「苦也」要強得多。還有《謝天香》中那聰明絕頂的妓女聽到鸚鵡在籠中念詩時，她想到自己正如同鸚鵡一樣，是「越聰明越不得出籠時」。（《謝天香》第一折）這也比讓謝天香長歎幾聲「悶呀」要生色得多。

因物起興，以物喻人，也正是關漢卿塑造人物的重要手段之一。

關漢卿塑造人物形象，還有一個不同凡響的方法，那就是在主人公出場之前，先通過他人來儘量地宣傳渲染。這一點，《單刀會》最為突出。一個戲演了一半，主人公尚未登場，連讀者都會焦急起來，甚至會懷疑關漢卿是否為了遵循元雜劇一本四折的體制，沒有戲而硬湊兩折。然而，傑出的劇作家是不會幹這種笨拙之事的。稍作推敲，就會發現這前兩折戲的妙用：喬公與司馬徽兩人上場，別的不談，單表關羽的英雄業績和聲威。作者正是用先聲奪人的方法，在關羽未出場之前就通過他人之口使這一英雄人物矗立在人們的心中了。

對於反面人物，關漢卿則多用漫畫式的筆法，三言兩語就勾勒出他們的醜惡嘴臉。《竇娥冤》中的桃杌太守對著告狀的人下跪，稱他用為衣食父母，僅此一段，一個昏庸、貪婪的封建官吏就呈現在讀者面前。《望江亭》中的楊衙內與張千、李稍的幾句唱詞：「想著想著跌腳兒叫，想著想著我難熬，酪子裏愁腸酪子裏焦，又不敢著傍人知道。則把他這好香燒、好香燒，咒的他熱

肉兒跳。」（第三折）就十分生動地揭示了這幾個壞蛋做賊心虛和中計後的惶恐心理。這些地方，作者總是以簡練的筆墨而達到了理想的效果。

總之。關漢卿筆下的人物形象，之所以都如此生動、鮮明而又富於個性，除了作者對生活的深入觀察外，又與他高超的表現手法密不可分。他塑造人物的方法主要是：①在尖銳的矛盾衝突中突現人物性格；②根據人物不同的生活道路來描寫其語言和心理；③通過環境氣氛來烘托人物；④因物起興，以物喻人；⑤從他人口中宣傳、渲染英雄形象；⑥以漫畫式的筆法勾勒醜惡形象。當然，關漢卿高超的寫人手法絕不止於以上幾點，篇幅所限，余不贅言。

關漢卿之所以偉大，是與他筆下形形色色的人物形象的成功塑造分不開的。沒有這些栩栩如生的人物銘刻在讀者、觀眾的心中，就沒有關漢卿在文學史、戲曲史上的地位。

（原載《元曲通融》，山西古籍出版社，1999 年 8 月出版）

《西廂記》導讀

　　王實甫《西廂記》，簡稱「王西廂」，是中國戲曲史上最優秀的作品之一，也是元雜劇的冠冕之作。然而，它的故事情節和人物形象卻並非王實甫首創，而是經歷了從唐宋到金元的漫長演變過程。「王西廂」的內容十分豐富，其婦女觀、婚戀觀均處於當時的時代前列，鶯鶯、張生、紅娘等人物形象甚至成為某種文化符號。「王西廂」的藝術成就在元代堪稱登峰造極，無論是矛盾衝突設置、人物形象塑造、舞臺藝術再現、文學語言表述，都達到元雜劇最高水平。「王西廂」對後世影響極大，既有社會影響，又有文學影響、文化影響，尤其在戀愛觀、婚姻觀方面，對後世青年男女影響巨大，同時，對後世婚戀題材的文學創作、尤其是戲曲小說的創作更產生了直接而重大的影響。

　　王實甫《西廂記》雜劇，全名《崔鶯鶯待月西廂記》，大約成書於元成宗大德年間（1297～1307 年）。

　　元代，是一個少數民族入主中原的時代。元朝的統一，有其進步的一面，結束了自北宋末年以來的戰亂局面，促進了各民族之間的大融合，但是，元蒙貴族集團以其落後的社會制度和生產方式來統治全國，又對社會生產力的發展在一定程度上起到阻礙作用。

　　雜劇興起於金元之際，是一種有表演、有說白、有歌唱的綜合藝術形式，它具有以下基本特點：一本戲限用四折，如四折不夠，可以在開頭或折與折之間墊一場戲，叫做「楔子」。一折必須包括由同一宮調的若干曲牌按規定聯成的一「套」曲子，這一套曲子必須由正末或正旦獨唱到底，不能由幾個角色分唱。由正末主唱的叫「末本」，由正旦主唱的叫「旦本」。

（原載《中外文史經典導讀》，人民日報出版社，2018 年 10 月出版）

一、王實甫與《西廂記》

（一）王實甫簡介

王實甫，一作實父，名德信，大都（今北京）人。據近人考證，他原籍易州定興（今屬河北）。約生於元世祖中統元年（1260）以前，約卒於元順帝至元初（1335～1336）。或謂王實甫曾作過縣官，聲譽很好，升陝西行臺監察御史，因與臺臣議事不合，四十多歲就棄官歸隱了。六十多歲時，他還寫過一套散曲〔商調·集賢賓〕《退隱》，描寫自己隱居時嘯傲山林、詩酒琴棋的生活。

王實甫創作雜劇十四種，今存《西廂記》《麗春堂》《破窯記》三種及存佚曲的《芙蓉亭》《販茶船》二種，其他九種均已失傳，僅存劇目，即：《雙渠怨》《嬌紅記》《進梅諫》《多月亭》《麗春園》《明達賣子》《于公高門》《七步成章》《陸績懷橘》。另外，王實甫還作過散曲，但流傳下來的作品只有極少的幾首。

《麗春堂》全名《四丞相歌舞麗春堂》，寫金代的丞相樂善和監軍李圭因在宮中比賽射箭引起隙嫌，後來又因為打雙陸的輸贏問題發生爭吵。樂善毆打李圭，被皇帝貶謫到濟南，後又赦免回京，與李圭和解。這個劇本在一定程度上揭露了封建官吏之間的矛盾，但情節很簡單，藝術成就不高，沒有什麼戲劇趣味。然而，此劇卻有一點值得我們注意，該劇像當時為數不多的雜劇劇本《拜月亭》、《虎頭牌》一樣，是以金代為背景的，從而比較細膩真實地反映了金元時期少數民族官員們的日常生活的某些方面。

《破窯記》全名《呂蒙正風雪破窯記》，寫劉員外的女兒劉月娥彩樓上拋繡球招婿，誤中窮書生呂蒙正。劉員外不肯招呂為婿，但劉小姐堅志守窮，要與呂蒙同甘共苦。被劉員外將衣服頭面取下，趕出門去，與呂蒙正同住破瓦寒窯。後來，呂蒙正到廟裏化齋，又被長老侮弄。幸虧友人寇準帶他上京應考，一舉得中。呂蒙正得官回家，先教媒婆試探劉月娥，勸其改嫁，遭到拒絕。然後自己又裝作下第落魄的樣子回到寒窯以試探之，但劉月娥還是熱情地勸勉、安慰他。呂蒙正最後才講明實情，夫妻共享歡樂。隨即，劉員外知道女婿得中歸來，欲往相見，呂蒙正不肯認嫌貧愛富的岳父。此時，寇準出場說明隱情。原來劉員外當初因為害怕呂蒙正安於享受，誤了功名，故意不認他，並暗中囑咐長老也不理睬他，無非是激勵呂蒙正發憤上進的意思。情況說明以後，翁婿、夫妻之間大團圓結局。

《破窯記》中寫得最好的人物是劉月娥小姐。她性情溫柔而極有骨氣，不顧父親的反對和阻撓，堅決和家庭決裂，搬到破窯裏過貧賤夫妻的生活。她認為那間破瓦窯「雖然是人不堪居，我覷的勝蘭堂綠窗朱戶。」她說：「我也不戀鴛衾象床、繡幃羅帳，則住那破窯風月射漏星堂。」劉員外千方百計逼迫她回家，都遭到拒絕。她一直沒有屈服，終於熬到苦盡甘來。她那種「夫妻相待，貧和富有何妨」、「心順處便是天堂」的看法，也正代表了封建時代下層市民在婚姻問題上的進步觀念。很明顯，在反對門第觀念、主張婚姻自主這一點上，《破窯記》與《西廂記》有相通之處。正因如此，這種內容也就必然受到廣大觀眾的喜愛，直到今天仍然活在戲劇舞臺上，例如川劇《評雪辨蹤》就是根據這個戲演變而來的。

《破窯記》善於設置矛盾衝突，劇情跌宕起伏，充滿懸念。尤其有兩點值得一提。第一，窮書生得官試妻的情節。如元雜劇《秋胡戲妻》就是這種相類似的關目，此後，京劇裏的《桑園會》、《平貴回窯》等「戲妻」套子，都出於此。第二，丈人表面賤視女婿而暗中資助的情節，在元雜劇中也是熟套。如《王粲登樓》等均乃如此，此後的戲曲、小說作品亦多有模仿者。

王實甫的戲劇創作以文采見長。元末明初戲劇家賈仲明追悼王實甫的《凌波仙》弔詞說他：「作詞章，風韻美，士林中等輩伏低。」明代戲曲理論家朱權《太和正音譜》則將王實甫劇作比為「花間美人」。又稱其「鋪敘委婉，深得騷人之趣。極有佳句，如玉環之出浴華清，綠珠之採蓮洛浦。」明代戲劇家何良俊《四友齋叢說》云：「王實甫才情富麗，真辭家之雄。」

順帶說明，關於《西廂記》的作者，有王實甫作、關漢卿作、王作關續等多種說法。此處採取的是通常的說法。又，本文所引用王實甫《西廂記》《破窯記》原文，均據《元曲選外編》第一冊。

（二）「西廂」故事的來源和演變

王實甫的《西廂記》雖然膾炙人口，但「西廂」故事卻並非他的首創。在王實甫以前，這個美麗動人的故事就已經廣為傳誦五百多年了。下面，將「西廂」故事的來源和演變略作介紹。

1、唐・元稹《鶯鶯傳》

元稹是與白居易齊名的中唐詩人，他在唐德宗貞元（785～804）末年寫了一篇傳奇小說《鶯鶯傳》。由於作品的最後有元稹等人的《會真詩》，因此，這篇小說又叫作《會真記》。其故事情節大略如下：

　　貞元年間，有書生姓張名珙，漫遊到蒲州（今山西永濟縣），住在城東普救寺。恰恰有一姓崔的寡婦，在回長安的路上經過蒲州，亦住普救寺。此時，適逢當地駐軍叛亂，到處搶劫殺人。崔家錢財多，又人地生疏，十分害怕。幸虧張生在當地官府中有熟人，請官吏前來保護，崔家才幸免於難。崔老夫人為答謝救命之恩，設宴款待張生。席間，張生見到了崔家的小姐鶯鶯。因為小姐長得美豔異常，張生深愛之。經過一番周折，張生終於得到了鶯鶯。然而，一個多月後，張生卻撇下鶯鶯，到京城尋求功名富貴去了。次年，張生又另娶妻子。後來，張生路過鶯鶯的住所，還想見見她。但鶯鶯此時已經嫁人，不願與張生見面，只以一首詩謝絕之。詩云：「棄置今何道，當時且自親；還將舊來意，憐取眼前人。」

　　《鶯鶯傳》是唐人傳奇中最負盛名的作品，然而卻並非最佳之作。其關鍵在於，作品的前半部分寫張生與鶯鶯的愛情儘管非常纏綿悱惻、哀豔動人，但後半部分的詩詞、議論太多，沖淡了讀者的審美趣味。尤其是篇末的議論，堪稱拖上了一條沉重的尾巴。

　　《鶯鶯傳》中的張生，是一個典型的負心漢。他稱鶯鶯為「尤物」，說她「不妖其身，必妖於人」。而張生的朋友們也將張生對鶯鶯始亂終棄的行為稱之為「善補過」。對這些，在愛情悲劇剛剛開始的時候，鶯鶯是不可能預知的，她只能按照自己固有的心理來對待身邊的一切。當張生恃恩向鶯鶯表情達意時，鶯鶯的表現是非常沉著、非常理智的：「張生稍以詞導之，不對，終席而罷。」而後，張生在紅娘的「啟發」下，以情詞誘鶯鶯，鶯鶯卻也回以極富誘惑性的詩篇：「待月西廂下，迎風戶半開。拂牆花影動，疑是玉人來。」這當然應該看作是鶯鶯情感波瀾的蕩漾，因為她畢竟是豆蔻年華的少女，而張生又「性溫茂，美風容」，更兼有恩於崔家母女。然而，當張生跳牆赴約時，鶯鶯卻對大膽的情郎進行了義正詞嚴的指責和批判。鶯鶯的此番表演，應該看作是她情感與理智衝突的外化。她愛張生，卻又不得不戴上冷冰冰的道德面具。然而，這冷冰冰的面具終究擋不住她心頭奔流的愛的熱潮。當張生已經絕望時，鶯鶯卻主動來到他身邊，向恩愛冤家奉獻了自己。令人不解的是，鶯鶯與張生幽會，以及此後的某些行為並沒有按照人們習慣的才子佳人的戀愛模式發展，而有很多特異之處：首次與情郎相會，居然「終夕無一言」；僅僅幽會一次後，居然「十餘日杳不復知」；張生問鶯鶯對愛情之感受，回答竟是「我不可奈何矣」；明明「甚工刀札，善屬文」，而戀人「求

索再三，終不可見」；明明精通音律「獨夜操琴，愁弄凄惻」，情郎可以偷聽，然「求之，則終不復鼓」；……似乎她對張生的感情永遠在若有若無之間。其實，這正是鶯鶯在進入愛情的魔幻空間以後並沒有完全著魔而保持著清醒的理智的一種表現。她這種在感情和理智的折磨中萬分痛苦的心境，在與「愁歎」不已的張生訣別時終於以特有的方式緩緩道來：「始亂之，終棄之，固其宜矣。愚不敢恨。必也君亂之，君終之，君之惠也。則沒身之誓，其有終矣，又何必深感於此行？」鶯鶯早就料到了這一天，早就料到了這「始亂終棄」的結局。這便是鶯鶯的過人之處、特異之處。然而，特異的鶯鶯最終仍然沒有擺脫感情與理智的雙重折磨，在十分清楚自己的悲劇結局的同時，繼續演繹著這愛情的悲劇。當別離後的張生對她魚雁相投時，她仍然給張生寄書、寄物、寄情。當張生另有所娶、自身也嫁給他人以後，鶯鶯雖沒有與登門拜訪的舊情人見面，但卻寫下了兩首悲痛纏綿的辭章。在情感與理智的衝突中，清醒明白的鶯鶯到底沒能擺脫情愛的魔障，仍然掙扎於無邊的情網之中。

《鶯鶯傳》的結構頗為奇特，先敘背景，接敘才子佳人故事，中間幾經曲折，最終卻是一個發人深省的悲劇結局。如果僅就前半部分而論，寫鶯鶯的美麗、多情以及與眾不同的性格、氣質，作者亦可稱文章聖手。對張生的描寫，也有動人之處，如他和紅娘一段對話，亦可算得上是情癡情種的「高論」。紅娘形象也寫得不錯，觀其駭奔、獻計、傳書、撫背等行為，實乃一伶俐解事而又樂於助人的少女。無怪乎經董解元、王實甫進一步改造之後，數百年來她會成為「熱心媒人」的代名詞。

2、唐宋兩代關於「西廂」故事的詩歌及講唱作品

在元稹以自己年輕時的一段愛情生活為素材而創作《鶯鶯傳》的同時或稍後，就有不少文人用詩歌的形式來吟詠這一故事。元稹自己有《續會真詩》三十韻，楊巨源有《崔娘詩》，李紳有《鶯鶯歌》。

宋代，秦觀、毛滂各為鶯鶯故事寫了「調笑轉踏」，又將這一題材由文人歌詠引向更廣泛的演唱藝術領域。

《調笑轉踏》是一種用一首七言八句（前四句平韻，後四句仄韻）的引詩和一首《調笑令》來歌詠一個故事的舞曲。秦觀的《調笑轉踏》是這樣寫的：

> 崔家有女名鶯鶯，未識春光先有情。河橋兵亂依蕭寺，紅愁綠

慘見張生。張生一見春情重，明月拂牆花影動。夜半紅娘擁抱來，脈脈驚魂若春夢。春夢，神仙洞。冉冉拂牆花樹動。西廂待月知誰共，更覺玉人情重。紅娘深夜行雲送，困亸釵橫金鳳。

毛滂的《調笑轉踏》如下：

春風戶外花蕭蕭，綠窗繡屏阿母嬌。白玉郎君恃恩力，樽前心醉雙翠翹。西廂月冷濛花霧，落霞零亂牆東樹。此夜靈犀已暗通，玉環寄恨人何處？何處？長安路。不記牆東花拂樹。瑤琴理罷霓裳譜，依舊月窗風戶。薄情年少如飛絮，夢逐玉環西去。

秦觀只寫到「幽會」，毛滂則寫到「寄環」。二者的共同點是沒有涉及「尤物」之類的議論，而且還一定程度表現了對鶯鶯的同情。這些，都與《鶯鶯傳》有差別，某種意義上也是一種進步。

宋代另一位作家趙德麟，又將「西廂」故事改編為《元微之崔鶯鶯商調蝶戀花》鼓子詞。這是一篇採用民間說唱文學的形式寫成的作品，分為「說」與「唱」兩個部分。「說」的部分用散文，除首尾兩段是趙德麟所作而外，其餘的都是根據《鶯鶯傳》刪節概括而成。「唱」的部分用韻文，是趙德麟自己作的十二首《蝶戀花》詞。作者除了通過中間的十首《蝶戀花》熱情洋溢地歌詠了崔張戀愛故事而外，又在首尾的兩首《蝶戀花》以及篇末的一段散文中明確表示了對鶯鶯的同情和對張生的不滿。例如：「最恨多才情太淺，等閒不念離人怨」。如：「棄擲前歡俱未忍，豈料盟言，陡頓無憑準」。如：「張之於崔，既不能以理定其情，又不能合之於義，始相遇也，如是之篤，終相失也，如是之遽」。所有這些，都表現了一種對原作的批判性繼承和發展中前進。

3、金·董解元《西廂記諸宮調》

《西廂記諸宮調》又稱《西廂諢彈詞》、《絃索西廂》、《董西廂》。其作者為董解元。

諸宮調是一種有說有唱、以唱為主的通俗講唱藝術形式。其中說的部分用散文，唱的部分用韻文。韻文部分首先是以自成首尾的某一宮調的若干支曲子組成套數，然後聯合各個宮調的許多套數而成鴻篇巨製，故而叫做「諸宮調」。諸宮調有南北調之分，北調主要用琵琶和箏伴奏。《西廂記諸宮調》屬於北調，故而有《西廂諢彈詞》《絃索西廂》的稱謂。

董解元是諸宮調創作最偉大的作家之一。但由於資料缺乏，我們並不知道他的名字，只能根據鍾嗣成《錄鬼簿》和陶宗儀《輟耕錄》中的記載，得知

他是「金章宗時人」。「解元」不是他的名字，而是當時人對他的一種尊稱。唐朝制度，進士由鄉而貢叫「解」，後世因此稱鄉試為「解試」，稱鄉試第一名為「解元」。金、元時代，凡讀書人均可稱「解元」，如王實甫《西廂記》中的就稱張生為「張解元」。那只是一種尊稱，並不表示這位姓董的作家鄉試得中頭名。

《董西廂》通過鶯鶯和張生共同反抗封建禮教、追求幸福的愛情生活並獲得美滿結果的動人故事，揭露和鞭撻了企圖阻礙愛情自由、婚姻自主的封建勢力，熱情謳歌了青年男女為爭取自身幸福而進行的反抗封建禮教的鬥爭。與《鶯鶯傳》等作品相比，它完全改變了原有的主題和結局，從而使得「西廂」故事的文學創作進入一個新的天地。

《董西廂》在相當程度上改變和突出了原作中幾個主要人物的思想性格和精神面貌。薄情負義的張生變成了一個有情有義、始終如一的至誠君子。老夫人則成為一個嫌貧愛富、虛偽自私、言而無信的封建家長。鶯鶯的鬥爭精神大大增強，內心世界更加豐富，成為一個血肉豐滿、光彩照人的藝術典型。最為成功的是對紅娘的改造。在《鶯鶯傳》中，紅娘只是一個次要的過場人物，但在這裡卻一躍成為推動全局的重要人物。她深明大義，機智勇敢，成為不朽的藝術典型。此外，《董西廂》還增添了法本、法聰、鄭恒、孫飛虎等一些次要人物，創造了「張生鬧道場」、「兵圍普救寺」、「老夫人悔婚」、「崔鶯鶯問病」等一些生動、熱鬧的場面和情節。這樣，就使得整部作品更具趣味性。《董西廂》的作者還善於把眾多的人物、紛繁的場面、豐富的情節巧妙地融匯在一起，組成一個規模宏大、結構謹嚴、脈絡分明的藝術整體。全書文筆輕鬆活潑，語言優美動人。比如十里長亭鶯鶯送別張生時的描寫：「莫道男兒心如鐵，君不見滿川紅葉，盡是離人眼中血。」寥寥數筆，借景抒情，成功地表現了新婚夫妻的離愁別恨。給王實甫《西廂記》「長亭送別」中的著名唱段打下了基礎。

《董西廂》而外，在其前後還有一些根據「西廂」故事改編的戲劇作品如《鶯鶯六么》《張珙西廂記》《崔鶯鶯西廂記》《紅娘子》等，因為沒有文本保留下來，故不贅述。

（三）王實甫《西廂記》對《董西廂》的繼承和改造

王實甫《西廂記》雜劇，全名《崔鶯鶯待月西廂記》，簡稱《王西廂》，大約成書於元成宗大德年間（1297～1307）。

　　雜劇興起於金元之際，是一種有表演、有說白、有歌唱的綜合藝術形式，它具有以下基本特點：一本戲限用四折，如四折不夠，可以在開頭或折與折之間墊一場戲，叫做「楔子」。一折必須包括由同一宮調的若干曲牌按規定聯成的一「套」曲子，這一套曲子必須由正末或正旦獨唱到底，不能由幾個角色分唱。由正末主唱的叫「末本」，由正旦主唱的叫「旦本」。

　　王實甫創造性地利用了雜劇這種形式，他基本遵守一本四折的規律（《西廂記》第二本有的版本是四折，有的版本是五折），但由於一本戲不夠演完劇情，所以他寫成了五本二十一折的連臺本雜劇。同時，王實甫雖然基本上遵守每折由正末或正旦獨唱到底的規矩，但有時又打破了這種限制，如第一本第四折由張生主唱，鶯鶯和紅娘也各唱了一隻曲子。而第四本第四折則乾脆由張生、鶯鶯分唱。

　　《王西廂》基本上保持了《董西廂》的情節結構和主題思想。但在繼承的前提下，王實甫又對《董西廂》進行了很大程度的藝術加工和改造。

　　第一，刪除不必要的情節，使矛盾衝突更加突出。如在《董西廂》中，有一大段法聰和尚率領眾僧人與孫飛虎戰鬥場面的描寫，幾乎佔了全書六分之一的篇幅。這段描寫本身雖然很精彩，但在《王西廂》中被全部刪除。因為《西廂記》是一個愛情戲，打鬥的場面過多就會沖淡主要矛盾。

　　第二，修改不合理的描寫，使人物塑造更為成功。如《董西廂》寫鶯鶯聽到老夫人將要賴婚時，竟跑去找張生，要在法聰面前雙雙上弔。再如《董西廂》寫張生跳牆赴約受鶯鶯申斥後，竟要同紅娘「權做夫妻」。這些描寫，都有損人物形象，在《王西廂》中全部被修改。

　　第三，避免不通行的土語，使語言表達更顯雅潔。如《董西廂》中的「窮綴作，醃對付」「二歌推戶」「都知聽說」「半亞朱扉」「渾身森地」「可來慕古」「擗掠得」「伽伽地拜」「幾般來」「折倒得不戲」「九伯了法寶」「破設設」等等詞語，甚至還有一些在工具書里根本查不到的字眼、詞彙，在《王西廂》中是很少看到的。

　　還有其他方面的改造，篇幅有限，不贅言。總之，《王西廂》對於《董西廂》毫無疑問具有青藍之勝。

二、我讀王實甫《西廂記》

　　鶯鶯與張生的故事在長期流傳過程中，傳唱者突出了他們的熱情、勇敢

等等新的品格，並在他們的美滿結合中寄託了自己的理想。王實甫《西廂記》以同情封建叛逆者的態度，寫崔、張的愛情多次遭到老夫人的阻撓和破壞，從而揭露了封建禮教對青年自由幸福的摧殘，並通過他們的美滿結合，歌頌了青年男女對愛情的要求以及他們的鬥爭和勝利。從而，使得「西廂故事」最終定型，成為數百年來封建禮教束縛下的青年男女追求愛情幸福的讚歌。這種情結凝聚成一句話：願天下有情人終成眷屬！

要充分理解王實甫《西廂記》，以下幾個方面不可忽視。

（一）基本內容

唐德宗貞元十七年二月上旬，相國崔珏病逝，其夫人鄭氏攜帶女兒鶯鶯、兒子歡郎以及侍女紅娘等扶柩回博陵（今河北定縣）安葬。因路上不太平，暫停靈柩於崔相國生前修建的普救寺。一行人在「西廂下一座宅子」裏暫住，並寫信去京城，叫老夫人娘家侄兒鄭恆前來幫助扶靈返鄉。鶯鶯是一個被母親緊鎖深閨的小姐，相國在世時，已將她許配給鄭恆。只因鶯鶯父喪未滿，故未出嫁。（第一本楔子）

有書生姓張名珙字君瑞，父親也曾為官。後父母雙亡，子然一身，功名未遂，飄遊四方。進京趕考，路過河中府，欲拜望同窗好友——鎮守蒲關的白馬將軍杜確，暫住於此。在閒遊當地名勝遊普救寺時，恰遇鶯鶯手拈花枝，在佛殿上玩耍。鶯鶯的美貌一下子迷住了張生。而張生的風度，也引起了鶯鶯的注意。轉身迴避時，不由得回首秋波一轉。張生當即改變進京趕考的主意，決定在廟裏借居，設法接近小姐。（第一本第一折）

張生次日搬進寺中，此時，老夫人為給相國做道場，派紅娘與長老商量。張生路遇紅娘，呆頭呆腦地自報家門，又打聽鶯鶯的情況。結果被紅娘搶白了一頓。張生又想到與相國做道場時，鶯鶯必然出來拈香，就說自己也要追薦父母，加搭了一份齋，以便再見小姐一面。（第一本第二折）

張生住所與西廂後園僅隔一牆，他得知鶯鶯每夜都要到花園燒香，便躲在牆角偷看。這天晚上，鶯鶯格外姣媚，捧著香對天祈禱：「此一炷香，願化去先人早生天界；此一炷香，願堂中老母身安無事。」到第三炷香時，卻住了聲。機伶的紅娘看透了小姐心事，替她祝告：「願俺姐姐早尋一個姐夫！」鶯鶯不禁仰天歎息。張生看在眼裏，為情所動，吟詩一首：「月色溶溶夜，花陰寂寂春。如何臨皓魄，不見月中人？」鶯鶯聽後，情不自禁和詩一首：「蘭閨久寂寞，無事度芳春。料得行吟者，應憐長歎人。」（第一本第三折）

　　二月十五日，老夫人為亡夫做道場，很是熱鬧。鶯鶯為父親拈香，她的美麗震撼了整個佛殿，和尚們只顧看她，念經時心不在焉，甚至敲錯法器，弄滅香燭，張生則更是被驚呆了。鶯鶯看見張生，也默默產生愛意。（第一本第四折）

　　不料，普救寺飛來橫禍。河橋叛將孫飛虎聽說鶯鶯貌美，五千兵馬包圍普救寺，要奪小姐為妻。否則，就要焚燒廟宇，殺盡僧俗。老夫人無奈，只有聽從鶯鶯之計：無論何人，能退得賊兵者，以鶯鶯妻之。長老當堂宣布這一決定，張生鼓掌大笑，自稱有退兵之策。鶯鶯見狀，暗自高興。（第二本第一折）

　　張生設計，一面讓長老傳話暫時穩住賊兵，一面寫信請廟裏勇猛的火頭僧惠明衝出重圍送給在數十里外的杜確，向他求救。杜確見信，星夜引兵前來，殺退賊兵，解圍而去。（第二本第二折，或本作楔子）

　　老夫人見重圍已解，備下酒席，派紅娘請張生赴宴。張生以為婚事必成，欣喜萬分。（第二本第三折，或本作第二折）

　　誰知酒席之上，老夫人出爾反爾，意欲賴婚，叫鶯鶯拜張生做「哥哥」，給「哥哥」敬酒。這晴天霹靂，打破了兩人的好夢。崔、張當場均表示強烈不滿。紅娘也對老夫人的賴婚憤憤不平。於是，替張生謀劃，叫他月下彈琴，以情挑動小姐芳心。（第二本第四折，或本作第三折）

　　紅娘安排小姐在後園燒香，使鶯鶯聽到張生悠揚委婉的琴聲，不知不覺循聲來到了書房窗下。這時，琴音一變，張生借著《鳳求凰》的曲子盡情傾訴了對鶯鶯的愛慕和內心的苦悶。鶯鶯被淒切而又熱烈的琴聲所感動，對母親的無理行為更加不滿。（第二本第五折，或本作第四折）

　　鼓琴之後，張生為情所傷，相思成病。鶯鶯知道後，央告紅娘前去打探病情。（第三本楔子）

　　紅娘來到書房，隔窗窺見張生和衣躺在床上，面黃肌瘦，神色黯淡，好不淒涼。張生見了紅娘，連忙寫下書信，求她帶給鶯鶯。紅娘應允。（第三本第一折）

　　紅娘將書信悄悄放在鶯鶯的梳裝盒上，鶯鶯拆開看了，不由得心花怒放。卻又假裝發怒，責罵紅娘。一面寫好回信，欺紅娘不識字，假意往地下一丟，要她回覆張生。不料張生接信一看，卻高興得手舞足蹈起來。原來回信是四句詩：「待月西廂下，迎風戶半開。隔牆花影動，疑是玉人來。」分明是

約會的情書。（第三本第二折）

當晚，張生跳牆赴約。誰知見面時，鶯鶯內心深處相國小姐的尊嚴又佔了上風，當著紅娘的面，違心地用一番冠冕堂皇的大道理把張生狠狠訓斥了一通，拂袖而去。約會告吹，張生痛苦萬分。（第三本第三折）

張生受了這場冤枉氣，病情越發沉重了。老夫人派紅娘探病，鶯鶯心裏也很不安。於是又以送藥方為名，要紅娘帶去再次約會的情書。張生喜不自勝，病情頓減。（第三本第四折）

即將赴約時，鶯鶯又扭捏起來。幸虧紅娘對她進行了熱情的鼓勵和支持，才決定晚上到張生住所幽會。（第四本楔子）

鶯鶯經過激烈的思想鬥爭，懷著對幸福的愛情生活的憧憬，大膽衝破了封建禮教的牢籠，與張生私下裏結成了夫妻。（第四本第一折）

一個月後，老夫人有所察覺，怒衝衝地把紅娘叫來拷問。紅娘乾脆將真相公開，並抓住老夫人顧全相國家體面的弱點，轉守為攻。終於以其膽氣、機智和雄辯制服了老夫人，使之不得不接受既成事實，勉強承認了這門「不體面」的親事。但是，老夫人又抬出她家「三輩兒不招白衣女婿」的相國家譜，強令張生即日進京赴考，以得官與否作為能否娶鶯鶯的條件。（第四本第二折）

張生無奈，只得忍痛離別。鶯鶯長吁短歎，愁緒滿懷，送張生於十里長亭。並反反覆覆叮囑張生莫要用情與他人，無論得官不得官，一定早早歸來。（第四本第三折）

當晚，張生住宿在二十里外的草橋客店。因思念過度，夢見鶯鶯私奔而來。醒來後更覺愁情無限。（第四本第四折）

張生進京赴考，果中頭名狀元。一面等待授官，一面寫信給鶯鶯報喜。（第五本楔子）

鶯鶯得到捷報，欣喜若狂，立即回書，並寄去一些紀念物品，向張生傾訴衷情，叮嚀他千萬別忘昔日恩愛。（第五本第一折）

張生奉旨在翰林院編修國史，因思念鶯鶯，竟一病不起。養病期間，接到鶯鶯回信，更加思念心上人。（第五本第二折）

禮部尚書之子鄭恒知道了崔、張之事，趕到河中府，先求紅娘為他說合婚事，遭到紅娘的嘲笑和斥責。他又到姑媽面前挑撥是非，謊說張生中狀元後，入贅衛尚書家。老夫人聞言大罵張生，並答應仍舊招鄭恒為婿。（第五本

第三折）

張生官授河中府府尹，走馬上任。此時正是鶯鶯被逼出嫁，無計可施的時候。正好白馬將軍杜確也趕到普救寺給張生賀喜，他問明了情況，決定主持公道。張生在杜將軍、紅娘、長老等人的幫助下，揭穿了鄭恒的陰謀，並狠狠地教訓了他教訓了一頓。鄭恒又羞又怒，觸樹而死。張生和鶯鶯這對有情人終成眷屬。（第五本第四折）

（二）矛盾衝突

戲劇作品必須強調戲劇性，而戲劇性主要表現之一就是要善於設置和展開矛盾衝突。在中國古代戲曲作品中，《西廂記》毫無疑問是成功設置並展開矛盾衝突的典範。

《西廂記》中至少有五大矛盾，即：鶯鶯、張生、紅娘的聯合戰線與老夫人的矛盾，鶯鶯與張生的矛盾，鶯鶯與紅娘的矛盾，張生與紅娘的矛盾，鶯鶯自身的思想矛盾。此外，還有一些次要矛盾，如孫飛虎與普救寺僧俗的矛盾，杜將軍與老夫人的矛盾，鄭恒與張生、鶯鶯、紅娘的矛盾等等。但這些次要矛盾都是為主要矛盾服務的，有的就是一種背景或條件的展示。

那麼，在全劇中，上述五大矛盾是怎樣以錯綜複雜的態勢展開運動的呢？我們可以分為以下幾個階段來分析。

1、諸種矛盾衝突的開始——從「佛殿相逢」到「張生鬧道場」

鶯鶯在佛殿向著張生「臨去秋波那一轉」，正是對老夫人把她「門掩重關蕭寺中」的禁錮生活的不滿。張生對鶯鶯的一見鍾情，也就預示著他必然站在鶯鶯一邊與老夫人抗爭。紅娘作為鶯鶯貼身侍女，秉承老夫人意旨對小姐「行監坐守」，使她必然會被捲入這場矛盾衝突中來。由於紅娘對崔、張的同情，又決定了她立場轉變的可能性。同時，鶯鶯對紅娘有防範心理，紅娘也看不慣鶯鶯的矯揉造作，小姐與丫鬟之間的矛盾亦不可避免。再者，紅娘並不知張生底細，出於對自家小姐的責任感，她勢必斥責張生的某些「不軌」言行。還有，張生追求鶯鶯的強烈心態和鶯鶯在愛情萌發時的矜持態度也會發生劇烈的衝突。至於鶯鶯自身的思想矛盾，則更是與生俱來的，是由她既是情竇初開的青春少女又是謹守閨範的相國千金的雙重身份所決定的。從鶯鶯看見張生的那一刻開始，這一矛盾衝突就不可避免了。

2、矛盾衝突的急劇變化——「寺警」

崔、張愛情，按照正常的狀況是很難向前發展的，但這時發生了孫飛虎

兵圍普救寺的突發事件。「寺警」使得原有的諸多矛盾產生了急劇變化，使主要矛盾衝突得到暫時的轉移，全院僧俗與孫飛虎的矛盾被推到首要地位。在這突如其來的事變中，鶯鶯表現了堅強、崇高的精神，寧願犧牲自己也要保全大家的性命。老夫人再也顧不上門當戶對的婚姻，居然同意了鶯鶯的建議。張生則勇敢地站出來，擔當了獻計退賊的重任。大家都站在同一戰線上，對付共同的敵人。然而，「寺警」的作用絕非僅止於表現上述人物的性格，對於崔張愛情而言，這場變故其實是一種促進、一個推動。隨著白馬將軍的解圍，此前所有的矛盾重新恢復，但又不是簡單重複，而是以嶄新的面目重新展現。其間，最關鍵的問題是，崔張愛情再也不是朦朦朧朧的隱藏於內心或流露於隻言片語之中的萌芽狀態，而是明確無誤地擺到了桌面上來。崔張愛情追求，除了「情愛」本身的魅力之外，還帶有堅持正義的意味。

3、矛盾衝突的大轉折——「賴婚」

老夫人為了酬恩而請張生喝酒，此時的氣氛是歡樂的。但老夫人在酒宴上當場賴婚，卻導致了矛盾衝突的大轉折——一切矛盾的公開化。張生指責老夫人而後拂袖而去，鶯鶯埋怨老夫人「口不應心」，紅娘的立場則更是來了一個對立轉換——由對鶯鶯的監視對張生的防範轉為對崔張二人的同情和對老夫人的不滿。這樣，崔、張、紅的統一戰線於此時無形之中已然達成，他們與老夫人的鬥爭從此成為故事中的主要矛盾。

4、矛盾衝突在複雜、交錯的態勢中進行——從「聽琴」到「幽會」

老夫人「賴婚」以後，崔、張、紅雖然都處於矛盾的同一方面了，但由於各自的性格和處境不同，他們三人之間也存在著錯綜複雜的矛盾。紅娘是願意幫助張生和鶯鶯的，但她又對鶯鶯的那些「假意兒」不滿。鶯鶯也是希望得到紅娘幫助的，但她又時時提防紅娘去給老夫人打小報告。張生對鶯鶯有著熱烈的愛情，但又不時遭受到鶯鶯真真假假的「矯情」的折磨。鶯鶯也愛著張生，但相國小姐的身份又放不下來。張生在紅娘幫助他時卻誤解了這個正義的丫鬟，說什麼要回報她一點好處。紅娘在給張生幫忙時，又對張生世俗的眼光表示了極度的憤慨。而鶯鶯自身呢？在這一階段，一直是在勇敢與懦弱、抗爭與猶疑、感情與禮教之間徘徊。在這一系列矛盾衝突中，老夫人始終沒有出來說些什麼或做些什麼，但老夫人的「精神」卻像幽靈一樣籠罩著戲劇舞臺，籠罩著三個年輕人的心靈。何以如此？因為以上所有的矛盾都是因為老夫人及其思想的存在而存在的。試想，如果沒有老夫人及其所代表

的封建禮教，崔、張、紅三者之間的那些矛盾還會存在嗎？鶯鶯自身還會限於深深的矛盾痛苦之中嗎？

5、矛盾衝突的高潮——「拷紅」

《西廂記》的矛盾衝突，到「拷紅」一折達到高潮。紅娘代表鶯鶯，代表張生，代表所有希望婚姻自主、愛情自由的青年男女，向老夫人所代表的封建意識形態發出了正面的、強烈的進攻，當然，這也是一種轉守為攻。紅娘有理、有據、有節的說辭，使老夫人一敗塗地。當然，她也就代表了崔、張、紅聯合戰線與老夫人決戰的根本勝利。

6、矛盾衝突激烈的延續——「送別」和「驚夢」

老夫人的戰術與紅娘恰恰相反，她是反攻為守。具體做法便是逼迫張生參加科舉考試。於是，有了淒淒慘慘切切的「長亭送別」。當然，這時的鶯鶯已經大有進步了，在送別張生時，她所說的話幾乎句句與老夫人唱反調。更有甚者，作者在緊接著的「驚夢」一折中，居然讓鶯鶯在情人的夢境中徹底擺脫了封建思想的束縛，要跟從張生私奔。這是鶯鶯思想的昇華，因為是鶯鶯的行為；這也是張生思想的昇華，因為這是在張生的夢中。或者說，這裡所寫的是張生心目中的鶯鶯的昇華。這種一筆下去同時寫好了兩個人物的手法是特別高明的，古人稱之為「一擊兩鳴」法。

7、矛盾衝突的新波突起——「造謠奪親」

《西廂記》第五本的前兩折專門描寫鶯鶯與張生的兩地相思，似乎一切矛盾都已解決，只等著張生授官結親了。但是，作者還有一條埋伏了很久很久的線索未用哩！鄭恒上場，造謠奪親，老夫人改變主意，將女兒再嫁侄兒。這裡所體現的是老夫人代表的封建婚姻觀念與崔、張、紅代表的新型婚姻觀念在劇本中最後的鬥爭。這陡起的波瀾雖然很快就平息了，但卻說明了一點，作者的藝術功力是極其深厚的，絕不是不能穿魯縞的強弩之末。

從以上分析可以看到，《西廂記》所表現的矛盾衝突是極富特色的。它忽喜忽悲、一張一弛、悲喜相生、張弛交替。這就使得這部天下奪魁的戲曲巨著的情節結構宏偉而又嚴謹，曲折而不紊亂，達到了完美而精湛的藝術境地。

（三）人物形象

《西廂記》寫得最成功的人物形象當然是鶯鶯、張生、紅娘，下面略作

分析評價。

1、崔鶯鶯

崔鶯鶯是個深沉、幽靜的少女，她有著美麗的容貌，又「針黹女工、詩詞書算」無所不能，卻被深深地閉鎖在寂寞的閨中，並由於「父母之命、媒妁之言」，早就許給了「花花公子」鄭恒。她無法驅遣自己青春的苦悶，因此在遇到青年書生張珙時，就一見鍾情。到「隔牆酬韻」和「佛寺鬧齋」之後，她對張生的感情更深了一層。隨著她身上愛情萌芽的滋長，她越來越不滿於老夫人的約束，並遷怒於紅娘的跟隨，她說：「俺娘也沒意思，這些時直恁般提防著人。小梅香伏侍的勤，老夫人拘繫的緊，則怕俺女孩兒折了氣分。」在孫飛虎兵圍普救寺、張生下書、老夫人許婚之後，鶯鶯滿心歡喜，以為幸福在望；哪知老夫人食言，一場喜事化成無窮苦惱，從而激起了她對母親的不滿。在老夫人賴婚之後，鶯鶯一方面開始了內心的反抗，一方面又怕老夫人的威嚴而不敢行動。作者細緻地描繪了她的心理矛盾。她請求紅娘為她去張生那裡問病，但當她看到張生的回信時，又忽地向紅娘發起脾氣來：「小賤人，這東西那裡將來的？我是相國的小姐，誰敢將這簡帖來戲弄我？我幾曾慣看這等東西？告過夫人，打下你個小賤人下截來！」她要紅娘帶信，口說是叫張生「下次休是這般」，但寄去的卻是約張生月夜私會的詩簡。當張生應約而來時，她又翻臉不認帳，把張生教訓了一頓。經過幾次波折之後，她終於與張生私下成親。鶯鶯是個相國小姐，她的家庭教育和貴族身份，使她在熱烈追求愛情幸福的時候，不能不產生一些懷疑與顧慮，從而不斷加深了她內心的矛盾和精神的苦悶。同時由於封建家庭防範的嚴密，一個少女在封建社會輕易向人表示愛情時所可能遇到的風險，使她不能不採取隱蔽曲折的方式來達到目的。作者通過一連串的戲劇衝突，既善意地嘲笑了她與封建禮教鬥爭時所流露的性格弱點，同時細緻地描繪了她思想性格中深沉、謹慎的一面，顯示了作者對生活觀察的細緻、深刻，體現了作者創作的高度藝術技巧。

鶯鶯不僅是一個帶著封建鐐銬最終又掙脫之的追求自由者，一個被家世利益羈絆最終而又沖決之的有情人，同時，她還是一個內心與外貌一樣「陽光」的聰慧果敢、無私無畏的俠義美人。當孫飛虎兵圍普救寺逼婚的時候，大家亂作一團。鶯鶯很快在慌亂中鎮定下來，提出了「五便三計」。「五便」是避免五個方面的災難和損失：「第一來免摧殘老太君，第二來免堂殿作灰燼，

第三來諸僧無事得安存，第四來先君靈柩穩，第五來歡郎雖是未成人。」所謂「三計」，就是鶯鶯提出的三個解決方案：「想來則是將我與賊漢為妻，庶可免一家兒性命。」「我不如白練套頭兒尋個自盡，將我屍櫬，獻與賊人，也須得個遠害全身。」「不揀何人，建立功勳，殺退賊軍，掃蕩妖氛。倒陪家門，情願與英雄結婚姻，成秦晉。」須知，「五便」中的任何一「便」，都是保全他人；而「三計」中的任何一計，所犧牲的都是鶯鶯自己。像鶯鶯這樣在萬分危急時寧願犧牲自己也要保全他人的女性形象，在中國古代文學史中可以說是罕見的。堪稱鳳毛麟角，彌足珍貴。

2、紅娘

紅娘是出現於《西廂記》中的奇蹟，是中國古代文學人物畫廊中最早、最成功的婢女形象。作者竭盡全力刻畫了這一身份卑賤而又精神高貴的女性形象，賦予她正義、善良、勇敢、機智、坦率、潑辣、誠懇、熱情的動人性格。

「寺警」以前，紅娘是受老夫人委派來服侍同時監守鶯鶯的，但老夫人賴婚以後，紅娘覺得老夫人背棄信義，不講道德，立足點轉到張生、鶯鶯一邊，決定幫他們傳書遞柬、穿針引線，甚至出謀劃策，甚至誘導鶯鶯走上反抗鬥爭的道路。這一切，都源自紅娘本身的正義感。至於紅娘的勇敢與機智，在「拷紅」一折中表現得非常充分。她以丫鬟之賤壓倒了丞相夫人之尊，靠的什麼？除了正義感之外，就是她超常的勇敢與機智，還有她潑辣尖銳的語言。當然，她的潑辣不僅僅針對老夫人，對張生的酸腐無能、鶯鶯的矯揉造作，她都用火一般的語言予以辛辣的嘲諷。此外，紅娘善良、誠懇、坦率性格特徵也在作品中得到充分展現。她被鶯鶯冷言冷語斥責過，被張生世俗眼光侮辱過，甚至還被鶯鶯欺騙、利用過，但她從大局出發，並不在乎別人對她怎麼樣，而是抱定了自己認為應該怎樣就怎樣，仍然直率地指出崔、張的缺點和毛病，仍然滿腔熱情地去幫助他們。

紅娘是一面鏡子，老夫人的無理、鄭恒的無恥、張生的無能、鶯鶯的無奈都在這面晶瑩無瑕的明鏡照耀下原形畢露。

3、張生

張生既是一個「至誠種」，又是一個「風魔漢」，還是一個「銀樣蠟槍頭」。

張生對鶯鶯的愛情追求是執著、熱烈的，甚至帶有幾分傻乎乎的瘋狂。為了鶯鶯，他幾乎嘗試了在那個時代一個讀書人所能用到的所有方法；為了

鶯鶯，他也可以拋棄身邊一的一切、一切的一。因此，這樣一個「至誠種」兼「風魔漢」的角色還是令人感到非常可愛的。張生在原則問題上很有幾分氣節，譬如老夫人賴婚的時候，他居然敢於當面頂撞一番而後拂袖而去。但在更多的時候，他卻是一個「銀樣蠟槍頭」。這主要體現在兩個方面：一是碰到困難和挫折時，他通常的表現除了流淚、生病，就是「解下腰帶，尋個自盡」。二是只要能達到目的，他會很快妥協。例如當老夫人以得官與否作為他能否娶鶯鶯的充分必要條件來要挾他時，這位「白衣婿」居然毫無抗拒地滿口答應。從這裡，我們又看到了中國古代讀書人的劣根性。在堅定、沉著、柔韌方面，張生既不如鶯鶯，更不如紅娘。

惟其如此，張生才是一個活生生的、真實而又可愛的藝術典型。

（四）戲劇語言

從某種意義上講，《西廂記》不僅是一部戲劇，也是一部詩劇。該劇的語言既充滿詩情畫意又符合劇中人物性格，同時，還富有舞臺表現力。以上三點的有機結合，自然就使之成為中國戲曲史上戲劇語言的成功典範。

為了說明問題，我們不妨先看「長亭送別」中那幾段情景交融的描寫：

【端正好】碧雲天，黃花地，西風緊。北雁南飛。曉來誰染霜林醉？總是離人淚。

【滾繡球】恨相見得遲，怨歸去得疾。柳絲長玉驄難繫，恨不倩疏林掛住斜暉。馬兒迍迍的行，車兒快快的隨，卻告了相思迴避，破題兒又早別離。聽得道一聲去也，鬆了金釧；遙望見十里長亭，減了玉肌：此恨誰知？

……

【叨叨令】見安排著車兒、馬兒，不由人熬熬煎煎的氣；有甚麼心情花兒、靨兒，打扮的嬌嬌滴滴的媚；準備著被兒、枕兒，則索昏昏沉沉的睡；從今後衫兒、袖兒，都搵做重重疊疊的淚。兀的不悶殺人也麼哥！兀的不悶殺人也麼哥！久已後書兒、信兒，索與我淒淒惶惶的寄。

《西廂記》的曲辭，不僅如詩如畫，而且有聲有色。且看「鶯鶯聽琴」的一段妙喻：

【禿廝兒】其聲壯，似鐵騎刀槍冗冗；其聲幽，似落花流水溶

溶；其聲高，似風清月朗鶴唳空；其聲低，似聽兒女語小窗中，喁
喁。

除了如詩如畫、有聲有色的「雅言」而外，《西廂記》作者對俗語方言的運用
也可謂「輕車熟路」。請看「請宴」時紅娘眼中張生的酸態：

【滿庭芳】來回顧影，文魔秀士，風欠酸丁。下工夫將額顱十
分掙，遲和疾擦倒蒼蠅，光油油耀花人眼睛，酸溜溜螫得人牙疼。

這還是對張生「醜態」的外在化描寫，而張生與鶯鶯「佛殿相逢」時的內心激
動則簡直是是一種近乎瘋狂的「醜態」。請觀賞：

（末做見科）呀！正撞著五百年前風流業冤。

【元和令】顛不刺的見了萬千，似這般可喜娘的龐兒罕曾見。
則著人眼花撩亂口難言，魂靈兒飛在半天。他那裡盡人調戲軃著香
肩，只將花笑拈。

⋯⋯

【賺煞】餓眼望將穿，饞口涎空咽。空著我透骨髓相思病染，
怎當他臨去秋波那一轉！休道是小生，便是鐵石人也意惹情牽。

不僅曲辭寫得如此香氣鬱馥、精彩絕倫，《西廂記》的賓白也是臻於化境的文
字。且看張生與紅娘的一段對話：

（末迎紅娘祇揖科）小娘子拜揖！

（紅云）先生萬福！

（末云）小娘子莫非鶯鶯小姐的侍妾麼？

（紅云）我便是。何勞先生動問？

（末云）小生姓張，名珙，字君瑞，本貫西洛人也，年方二十
三歲，正月十七日子時建生，並不曾娶妻。

（紅云）誰問你來？

（末云）敢問小姐常出來麼？

（紅怒云）先生是讀書君子，孟子曰：「男女授受不親，禮
也。」君知「瓜田不納履，李下不整冠」。道不得個「非禮勿視，非
禮勿聽，非禮勿言，非禮勿動」。俺夫人治家嚴肅，有冰霜之操。內
無應門五尺之童，年至十二三者，非呼召，不敢輒入中堂。向日鶯
鶯潛出閨房，夫人窺之，召立鶯鶯於庭下，責之曰：「汝為女子，不

告而出閨門，倘遇遊客小僧私視，豈不自恥。」鶯立謝而言曰：「今
當改過從新，毋敢再犯。」是他親女，尚然如此，何況以下侍妾乎？
先生習先王之道，尊周公之禮，不干己事，何故用心？早是妾身，
可以容恕，若夫人知其事呵，決無干休。今後得問的問，不得問的
休胡說！

看了這段對話，他們二人當時的身份、處境、心情還用得著再作分析嗎？這
就是《西廂記》語言的魅力。

三、《西廂記》的影響與研究

王實甫《西廂記》是元雜劇的壓卷之作，也是中國古代戲劇的典範之
作。劇本本身的影響之大、後人續作仿作之多以及學術界研究成果之豐碩，
在中國古代戲曲史上都是無與倫比的。

（一）《西廂記》的影響

從《西廂記》產生之日起，就開始吸引人們的注意力。至少有十四本以
上的元雜劇中的人物提到《西廂記》中的人和事。例如在宮大用《范張雞黍》
中，當范巨卿唱到「則《春秋》不知怎的發」時，王仲略就說：「小生不曾讀
《春秋》，敢是《西廂記》？」這裡范巨卿說的是儒家經典《春秋》，王仲略則
以為他說的是《西廂記》。因為《西廂記》又叫《春秋》。明·單宇《菊坡叢
話》云：「《西廂記》人稱為《春秋》。或云：曲止有春秋而無冬夏，故名。」

明·馮夢龍編《古今譚概·佻達部十一·僧壁畫〈西廂〉》載：丘瓊山過
一寺，見四壁俱畫《西廂》。曰：「空門安得有此？」僧曰：「老僧從此悟禪。」
丘問：「何處悟？」答曰：「是『怎當他臨去秋波那一轉』。」一個僧人與一個
文人參禪悟道的問答語，所引用者居然是《西廂記》中的曲辭。這個作品的
深入人心可見一斑。

《西廂記》對追求愛情的青年男女的影響更是直接而巨大。清·余治
《得一錄》云：「金陵一名家子，過目成誦，年十三，博通經史，一日偷看《西
廂》曲本，忘食廢寢，七日夜而元陽一走，醫家云心腎絕矣，乃死。」這段記
載很可能有誇張的成分，但其中所說青年人讀《西廂》到了「廢寢忘食」的地
步還是基本可信的。

文學創作領域，《西廂記》的影響也廣泛而深刻。《西廂記》問世不久，
與王實甫同時的雜劇作家白樸就模仿創作了《東牆記》，鄭德輝則創作了《㑳

梅香》和《倩女離魂》。王季烈在《孤本元明雜劇提要》中說：「《東牆記》……事與《西廂》相同。」梁廷枏在《藤花曲話》中說：「《㑳梅香》如一本《小西廂》。」明代，則有湯顯祖的傳奇戲《牡丹亭》。小說方面，也有不少作品深受《西廂記》影響。《紅樓夢》的作者重筆描寫了張生、鶯鶯的故事在寶玉、黛玉身上所引起的強烈共鳴。（第二十三回）晚清小說《青樓夢》中也曾大量引用《西廂記》中的詞句。（第六回）

（二）《西廂記》的改編、續作和評論

王實甫《西廂記》出現以後，用民間講唱文學方式表演該題材的作品層出不窮，不計其數，僅傅惜華編《西廂記說唱集》中的作品，就累計達幾十萬字。其中，除了趙德麟的《元微之崔鶯鶯商調蝶戀花》鼓子詞以外，其他作品都產生於《西廂記》之後。戲劇方面，明代傳奇戲有李日華《南西廂記》、陸采《南西廂記》、周公魯《翻西廂記》，還有清代查繼佐《續西廂》、程端《西廂印》、碧蕉軒主人《不了緣》等等。一直到「五四」以後，還有根據《西廂記》改編的話劇。京劇和各種地方戲，也都有改編「西廂故事」的作品。如京劇《紅娘》，豫劇《拷打紅娘》，河北梆子《打紅娘》，滇劇《鶯鶯餞別》，評劇《崔鶯鶯》，楚劇《三才子》等等。至於川劇、越劇、豫劇、蒲劇、江淮劇等地方劇種，則都有《西廂記》的劇目。

歷史上文學批評家們高度評價《西廂記》的言論，亦屢見不鮮。聊舉數例：

「新雜劇，舊傳奇，《西廂記》天下奪魁。」（元末明初賈仲明《凌波仙》弔詞）

「北詞以《西廂記》為首。」（明·都穆《南濠詩話》）

「北曲故當以《西廂》壓卷。」（明·王世貞《曲藻》）

「《西廂記》為傳奇冠」。「獨戲文《西廂》作祖。」（明·胡應麟《少室山房筆叢》）

「馬東籬、張小山自應首冠，而王實甫之《西廂》，直欲超而上之。」（明·徐復祚《三家村老委談》）

「詩何必古選，文何必先秦？降而為六朝，變而為近體，又變而為傳奇，變而為院本，為雜劇，為《西廂》曲，為《水滸傳》……皆古今至文，不可得而時勢先後論也。」（明·李贄《焚書·童心說》）

「古曲之中，取其全本不懈，多瑜鮮瑕者，惟《西廂》能之。」（清·李

漁《閒情偶寄》）

明清兩代還有很多以特殊的評價方式——校注、評點來研究《西廂記》者，如王伯良、李卓吾、王世貞、魏浣初、湯顯祖、徐文長、羅懋登、凌濛初、閔遇五、汪然明、李日華、陳眉公、孫月峰、張深之、徐士范、孫鑛、邱瓊山、唐伯虎、蕭孟昉、董華亭、金在衡、顧玄緯、梁伯龍、焦猗園、何元朗、黃嘉惠、劉麗華、毛西河、朱璐、尤展成、錢西山、沈君徵等等。尤其是明末清初的著名文學批評家金聖歎，居然將《離騷》、《莊子》、《史記》、「杜詩」、《水滸傳》、《西廂記》並稱為「六才子書」。其中，《第六才子書》即金本《西廂記》，人稱「金西廂」。金批《西廂》的文字，主要包括兩大方面，一是《序一》（慟哭古人）、《序二》（留贈後人）、《讀第六才子書西廂記法》等文章，二是附著於劇本的折前總批和文中夾批。金批《西廂》的內涵十分豐富，從敘事藝術到人物塑造，從遣詞造句到審美效果，在很多方面都提出了一些卓絕特異的說法，也體現了金聖歎不同流俗的藝術見解。

十八世紀末，《西廂記》傳到日本，有岡島獻太郎、田中從吾軒等人的多種譯本。

近代以來，《西廂記》研究也取得了非常豐碩的成果。這裡，以郭沫若《西廂記藝術上之批判與其作者之性格》一文中的一段話作為本文的結束：

> 我國文學史中，元曲確佔有高級的位置。禾黍之悲，河山之感，抑鬱不得志之苦心，欲死不得死、欲生不得生的渴望，遂驅英秀之士群力協作以建設此尊嚴美麗之藝堂。吾人居今日而遊此藝堂，以近代的眼光以觀其結構，雖不免時有古拙陳腐之處，然為時已在五百年前，且於短時期內成就得偌大個建築，吾人殆不能不讚美元代作者之天才，更不能不讚美反抗精神之偉大！反抗精神，革命，無論如何，是一切藝術之母。元代文學，不僅限於劇曲，全是由這位母親產生出來的。這位母親所產生出來的女孩兒，總要以《西廂》為最完美，最絕世的了。《西廂》是超過時空的藝術品，有永恆而且普遍的生命。《西廂》是有生命之人性戰勝了無生命的禮教底凱旋歌，紀念塔。（載郭沫若《文藝論集》，光華書局，1930 年版）

（原載《中文經典名著導讀》，化學工業出版社，2010 年 10 月出版）

驚夢・離魂・再生

　　《西廂記》中有幾個鶯鶯？當然只有一個，就是那個經過了激烈的自我鬥爭和對封建勢力反抗，爾後與情人大膽結合的鶯鶯；也就是那個雖然對封建家長逼情郎赴試深懷不滿，但又只能在家中焦心盼望愛人歸來的鶯鶯。這個鶯鶯，雖然具有反抗精神，但畢竟還是一個相國小姐，她對愛情只能是帶著鐐銬的追求，她的勝利，也只能是帶有妥協性的勝利。

　　值得慶幸的是，《西廂記》的作者畢竟不願意讓鶯鶯的思想停留在這樣一個水平上。他揮動著藝術的魔杖，又塑造了一個張生夢境中的鶯鶯。你看她不顧山遙路遠，千辛萬苦地追趕上情人，並發出了鏗鏘有力的誓言：「不戀豪傑，不羨驕奢，自願的生則同衾，死則同穴。」這是什麼？這就是私奔！是現實生活中那個鶯鶯想做而不敢做、也不能做的事。張生夢中的鶯鶯是已經打碎了鐐銬，拋棄了相國小姐的尊榮，完全不同於現實的鶯鶯的新人了。

　　然而，儘管作者煞費苦心，使鶯鶯的叛逆性格和反抗精神發展到了這樣的高度，但這畢竟是太虛幻了。鶯鶯的思想只不過是在情人雲霧般的夢境中才得到了昇華，作者也只是寫出了張生想像中的鶯鶯。從這一點看來，「驚夢」與其說是寫鶯鶯，毋寧說是寫張生，寫出了張生對愛人的思念和希望。

　　但是，哪怕只是在雲霧中的昇華也罷，鶯鶯畢竟在舞臺上掙脫了滿身的束縛，堅定地站立了起來。幸運得很，就目前所知，她是我國古典戲劇中第一個得力於作者浪漫主義創作方法而獲得成功的追求愛情的女性典型。

　　同是寫對愛情強烈的追求，同是運用浪漫主義的手法來塑造叛逆封建的女性，鄭光祖對張倩女的描寫比王實甫又進了一步。倩女不再是愛人夢中的

形象，而是靈魂出竅，直趨王生，向愛人表白：「我情願舉案齊眉傍書榻，任粗糲淡薄生涯，遮莫戴荊釵，穿布麻。」就是這個靈魂的倩女，與王生一起赴京師，又一起回家，最後又與家中那個臥床不起害相思病的倩女之身合為一體。

　　鄭光祖對倩女的描寫，是從肉體和靈魂兩個方面來進行的。這一個肉體、一個靈魂，卻正好表現了張倩女思想解放的要求和現實對她的束縛的矛盾。不難看出，倩女之魂的所作所為，正是倩女思想衝破牢籠，追求自由、愛情的表現；而倩女之身所受的痛苦，又正是封建社會迫害、摧殘婦女的真實寫照。作者寫倩女之身，是對封建禮教殘酷無情的揭露和抨擊；而作者寫倩女之魂，則是對其叛逆精神的讚揚和歌頌。總之，作者通過倩女的「離魂」告訴人們：情之所鍾，雖身隔千山萬水而靈魂卻是相通的，精神的活動和感情的交流是鎖不住的。這正是一種理想衝破現實、個性衝破封建禮教束縛的生動表現。

　　很顯然，鄭光祖對倩女「離魂」的描寫是受了王實甫寫「驚夢」的影響的，但魂靈的活動又到底比夢境的描寫更具體，更實在。因而，「離魂」對於「驚夢」來說，正是中國古典戲曲家們在描寫叛逆女性的浪漫主義手法上又提高了一步。這個浪漫主義傳統，一直到湯顯祖在《牡丹亭》中對杜麗娘為愛情「死而復生」的描寫，又得到了發揚光大。

　　杜麗娘也是一個積極追求愛情自由的女子。她通過夢境懂得了愛情，她迫切地需要愛情。不幸的是，生活在中國的封建社會裏，她雖有愛情的烈火在胸中燃燒，但也只能在這團烈火中死去。湯顯祖滿懷悲痛地寫下了這個女子的死，並通過她的死控訴了封建社會的宗法禮教，這已經夠動人心魄了。但死還不是事情的結束，情之所至可以死人，難道就不可以生人嗎？在杜麗娘的前面，已經有過鶯鶯的「驚夢」和倩女的「離魂」，杜麗娘為什麼不能夠再生呢？能，能夠的。湯顯祖繼承並發展了戲劇創作中的浪漫主義創作方法，他筆下的杜麗娘果然再生了。她在愛情的烈火中死去，又在愛情的烈火中得到了新生。她是一隻兩翼燃燒著愛情火焰的鳳凰，活生生地、大膽地回到了人世間，並在那漫長而又黑暗的封建社會裏倔強地扇動著雙翅，播散著愛情的火種。

　　毫無疑問，再生後的杜麗娘較之「驚夢」中的鶯鶯和「離魂」中的倩女，又要實在得多。她不像夢境中的鶯鶯那樣飄渺虛幻，也不像靈魂的倩女那樣

迷離恍惚，而是一個活生生的人。在以浪漫主義手法塑造叛逆女性的創作道路上，湯顯祖接過了王實甫、鄭光祖的旗幟，並把它舉得更高了。

從「驚夢」、「離魂」到「再生」，我們可以看出中國古典戲劇大師們在運用浪漫主義創作方法的道路上所留下的清晰腳印。實際上，走在這條道路上的遠遠不止王實甫、鄭光祖、湯顯祖三人，運用這種創作方法的也不僅僅侷限於戲劇作家。清代小說家蒲松齡也是繼承了這種創作方法，假形於花妖狐魅，塑造了一大批敢於反抗鬥爭的女性形象，皮黃戲中的《雙蝴蝶》、《紅梅閣》等也都很好地運用了這種創作方法。

或許有人會問：上述劇作家為什麼要借助於這種浪漫主義創作方法而不讓自己的女主人公以活人的身份直接、大膽地達到她們的目的呢？任何事物的產生和存在都有自己的原因。這些劇作家之所以要通過夢境、魂靈、再生以至幻化等手段來實現那些少女們的美好願望，並非要故弄玄虛或故作驚人之筆。其實，他們當時也並不知道浪漫主義為何物，當然也就談不上自覺地運用於創作中。他們之所以這樣寫，乃是出於不得已。

在那個時代，嚴酷的現實就是這樣：鶯鶯的私奔只能在夢中出現。因為封建主義的代表人物老夫人對她拘束得緊，而且用「功名利祿」的大棒打得鴛鴦兩處飛。現實中的鶯鶯當然不可能衝破一切束縛私趕張生。倩女同樣如此，也是她母親把她鎖在青瑣裏的病榻上，因而只有靈魂飛越高牆。杜麗娘呢？更是時時刻刻受到父母、塾師的封建道德的薰陶和約束，被緊緊地關閉在錦屏之內。在她們的房門口總是有父母、嚴師這些封建衛道士們把守著，她們活動的天地只能是繡房、花園、燈前、月下，她們的婚姻只能經過父母之命、媒妁之言，自己沒有絲毫的選擇餘地。她們是籠中鳥，雖然在心靈的深處可以默默地愛上一個意中人，卻不能隨著愛人一起遠走高飛。在她們的身上，套著沉重的封建禮教的鎖鏈。這種生活，是我國封建社會裏婦女們的普遍生活，這種命運，也是她們的共同命運。她們不滿這種生活，渴望著踏開封建禮教的藩籬去領略那溫煦的愛情的春風，但由於封建制度壁壘森嚴，她們的願望無法得以實現。於是，她們的理想就和當時的現實產生了矛盾。

這種矛盾，一些目光銳利的劇作家、小說家們是看到了的。他們既看到了這股發自青年婦女們心中的追逐戀愛自由的熱潮，同時也看到了封建堤防的牢不可破。怎麼辦？讓這股熱潮在高大的堤防面前碰得浪花飛濺而掉轉頭

去嗎？這與這些劇作家、小說家們進步的美學理想顯然是大相徑庭的。於是，他們讓這愛情的「小娃子」插上了神異的雙翅，飛越這道堤防。這雙翅膀，就是作者借主人公的靈魂、幻化等來實現她們的美好理想。運用浪漫主義手法，這雖然未能真正解決她們的理想與現實之間的尖銳矛盾，但對人們畢竟是一個很大鼓舞，對封建禮教也是一種撻伐。

正是這神異的雙翅，把崔鶯鶯、張倩女、杜麗娘心中愛情的火星扇成熊熊的火炬，數百年來照耀著更多的年輕女性在追求愛情自由的道路上大膽向前。

（原載《黃石師範學院學報》1981 年第二期）

金批《西廂》敘事研究

　　明末清初的文學批評家金聖歎在 1641 年對「第五才子書」《水滸傳》進行了全面的批評以後，又於 1656 年展開了對「第六才子書」《西廂記》的評點。他首先對王實甫《西廂記》動了「割尾」手術，將第五本與前四本分離開來。但與「腰斬」《水滸》相比，這一次他卻留了點情面，仍然將割掉的《西廂記》第五本附在全書後面，並且也作了評點，只不過那些評點文字基本上都是貶損言辭。當然，這也是聖歎先生之慣技。對一位作家也罷，一部作品也罷，一個人物形象也罷，他素來都是褒揚之而捧上天，貶損之而摔下地的。

　　金聖歎除了評點《西廂記》而外，還對《西廂記》的原文進行了部分改動。另外，他還在王伯良《古本西廂記校注》的基礎之上，對每折戲的兩字標題進行了一些改動，形成了以下名目：

　　卷一四折：驚豔、借廂、酬韻、鬧齋。

　　卷二四折：寺警、請宴、賴婚、琴心。

　　卷三四折：前候、鬧簡、賴簡、後候。

　　卷四四折：酬簡、拷豔、哭宴、驚夢。

　　金聖歎對《西廂記》的批評文字，主要有兩個大的方面，一是《序一》（慟哭古人）、《序二》（留贈後人）、《讀第六才子書西廂記法》等文章，二是附著於劇本的折前總批和文中夾批。本文就是根據這些文字來進行金批《西廂》敘事研究的。

一

　　《西廂記》是一個藝術整體，作者在提筆撰寫之時，必然有統籌規劃、

結構安排。對此，金聖歎有十分精彩的評價。

「文章最妙是目注彼處，手寫此處。若有時必欲目注此處，則必手寫彼處。……《西廂記》最是解此意。」（《讀第六才子書西廂記法》十五，以下簡稱《讀法》）

「文章最妙是目注此處，卻不便寫，卻去遠遠處發來，迤邐寫到將至時，便且住；卻重去遠遠處更端再發來，再迤邐又寫到將至時，便又且住。如是更端數番，皆去遠遠處發來，迤邐寫到將至時，即便住，更不複寫齣目所注處，使人自於文外瞥然親見。《西廂記》純是此一方法。」（《讀法》十六）

「只此起頭一筆二句十三字，便將張生一夜無眠，盡根極底，生描活見。所謂用筆在未用筆前，其妙則至於此。」（《借廂》總批）

這幾段話的核心意思是說，敘事文學的創作不能寫到哪兒算哪兒，而應有統籌安排。在行文的過程中，要注意此處與彼處的關係，要胸有成竹，要有全局觀念。那麼，怎樣才能做到全局在胸呢？

首先，對主要人物「戲份」的合理安排。

眾所周知，戲劇創作是以矛盾衝突為基礎的，而矛盾衝突又建立在人物關係的基礎之上。沒有人物就沒有衝突，沒有衝突就沒有「戲劇」。因此，對於劇本中的主要人物在劇本中戲份的安排就顯得尤為重要。一部《西廂記》，依照其矛盾衝突，可分為三大段落。第一是張生想方設法追求鶯鶯，第二是紅娘幫助張生與鶯鶯結合，第三是鶯鶯對張生的愛情回報。對此，金聖歎有十分精當的概括：「《西廂記》前半是張生文字，後半是鶯鶯文字，中間是紅娘文字。」（《讀第六才子書西廂記法》六十九）

當然，張生，鶯鶯、紅娘三人是一個矛盾的統一戰線，他們三人之間的「戲份」雖然有不同階段的重點安排，但相互之間並不是脫節的，而是相互映襯的、相互作用的。金聖歎對此也看得十分準確：「前《請宴》一篇，只用一紅娘，他卻是張生、鶯鶯兩人文字；此琴心一篇，雙用鶯鶯、張生，反走過紅娘，他卻是紅娘文字。」（《琴心》夾批）

其次，前後左右搖曳之。

劇本是由眾多的情節衝突組成的，而就情節本身而論，有主要和次要之分。對於中心情節，作者潑墨如水是常見之法。但是，有時卻必須對中心情節不作正面描寫，卻從前後左右搖曳之。誠如金聖歎所言：「僕思文字不在題

前，必在題後。若題之正位，決定無有文字。不信，但看《西廂記》之一十六章，每章只用一句兩句寫題正位，其餘便都是前後搖之曳之，可見。」（《讀法》二十五）「知文在題之前，便須恣意搖之曳之，不得便到題；知文在題之後，便索性將題拽過了，卻重與之搖之曳之。若不解此法，而誤向正位多寫作一行或兩行，便如畫死人坐像，無非印板衣摺。」（《讀法》二十六）

金聖歎還非常形象的將這種方式稱之為「獅子滾球」，他說：「文章最妙是先覷定阿堵一處，已卻於阿堵一處之四面，將筆來左盤右旋，右盤左旋，再不放脫，卻不擒住。分明如獅子滾球相似，本只是一個球，卻教獅子放出通身解數，一時滿棚人看獅子，眼都看花了，獅子卻是並沒交涉，人眼自射獅子，獅子眼自射球。蓋滾者是獅子，而獅子之所以如此滾，如彼滾，實都為球也。……《西廂記》亦純是此一方法。」（《讀法》十七）

再次，注重情節單元之間的多種關係。

一位戲劇作家，不可能對劇本中所有的情節平均使用力量，也不可能按部就班地將所有內容「順敘」下來。這樣，就導致了一部作品之中各情節單元之間的多種關係。虛寫、實寫、兼寫、預敘、補敘……，這種種方法的運用，就是為了有效調節相關情節單元之間錯綜複雜之關係的。《西廂記》的作者對此頗為用心，而金聖歎對此亦頗為注目。

在金聖歎筆下，當然沒有「虛寫」「實寫」這類概念，他稱之為「空敘」「實敘」。如在「琴心」一折衷，鶯鶯唱詞：「雲斂晴空，冰輪乍湧。風掃殘紅，香階亂擁。」金聖歎於此處批道：「只寫雲，只寫月，只寫紅，只寫階，並不寫雙文，而雙文已現。」接下來，鶯鶯繼續唱道：「靡不初，鮮有終。他做會影裏情郎，我做會畫中愛寵。」「止許心兒空想，口兒閒題，夢兒相逢。」金聖歎又批道：「不得不敘事，卻先作如許空靈澹蕩之筆。妙絕！」再往後，鶯鶯又唱：「昨日個大開東閣，我只道怎生般炮鳳烹龍。朦朧，卻教我翠袖殷勤捧玉鍾，要算主人情重。將我雁字排連，著他魚水難同。」敘述了老夫人賴婚，要張生、鶯鶯認做兄妹的事實。故而金聖歎於此處批道：「上先空敘，此更實敘，又作如許哀怨刺促之筆也。」

所謂「兼寫」，亦即一筆同時寫出事物的兩個方面。如「哭宴」一折，劇作者在寫出鶯鶯苦別離的同時，也照應到了張生的別離之苦：「只為蝸角虛名，蠅頭微利，拆鴛鴦坐兩下裏。一個這壁，一個那壁。一遞一聲長吁氣。」金批：「筆力雄大。遂能兼寫張生。」劇作者又寫：「霎時間，杯盤狼藉。還要

車兒投東，馬兒向西，兩處徘徊，大家是落日山橫翠。」金又批：「筆力雄大。遂能兼寫張生。」可見金聖歎對兼寫之法的讚賞。

《西廂記》裏有一個有趣的情節，當紅娘接過張生約會鶯鶯的情書時，她對鶯鶯看情書的態度有一段「假想」，於是就在張生面前「預演」起來：「（唱）他若見甚詩，看甚詞，他敢顛倒費神思。（白）他拽扎起面皮，道：紅娘，這是誰的言語，你將來！（唱）這妮子，怎敢胡行事？嗤，扯做了紙條兒。」金聖歎於此處批道：「此分明是後篇鶯鶯見帖時情事，而忽於紅娘口中先復猜破者，所以深表紅娘靈慧過人，而又未嘗漏泄後篇，故妙。」這段描寫大致屬於「預敘」，亦即提前講述某個後來才發生的事件。但畢竟又是紅娘的一種揣測，與後來鶯鶯的表現略有差別，故而它又屬於暗示的預敘。也就是金聖歎所說的「先復猜破」而又「未嘗漏泄後篇」。

如果說金聖歎對《西廂記》中「預敘」的揭示還頗為罕見的話，那麼，他對該劇本中「補敘」的評價卻屢見不鮮了。聊舉數例：「上既算定答對，此便忽然轉筆作深深埋怨語，而凡前篇所有不及用之筆，不及畫之畫，不覺都補出來。」（《拷豔》夾批）「自第一節至第五節，寫行來；第六節，寫已到。此第七節，則重寫未來時也。此非倒轉寫也。只為匆匆出門，其事須疾，則不應多寫家中情事，誠恐一寫便見遲留。今既至此時，正是不妨補寫也。」（《哭宴》夾批）「又補寫起句『荒郊曠野』之四字也。必不可少。」（《驚夢》夾批）

二

敘事學中有一個頗為重要的問題是敘事視角，中國古代的敘事文學（主要是戲劇和小說）作家雖然不太明白這中間的一些理論，但在實際操作過程中卻往往能不自覺地運用之，而某些戲劇小說批評家們則能運用一些自己的詞彙概念來解釋敘事視角問題，金聖歎就是其間的佼佼者。

《西廂記》的作者在敘事過程中比較重視視角轉換，而其中最常見的方式就是通過某人的眼中、口中、心中寫出另外的人物。

《前候》一折裏紅娘唱詞：「我只道拂花箋打稿兒，原來是走霜毫不構思，先寫下幾句寒溫序，後題著五言八句詩。不多時，翻來覆去，疊做個同心方勝兒。你忒聰明，忒煞思，忒風流，忒浪子。雖是些假意兒，小可的難到此。」「又顛倒寫鴛鴦二字，方信道在心為志。」這段描寫，有三重意蘊。其

一，張生寫情書時的舉止神情；其二，紅娘眼中之張生神情舉止；其三，紅娘所認為的鶯鶯心目中之張生的舉止神情。對此，金聖歎有評語云：「寫張生拂箋、走筆、疊勝、署封，色色是張生照入紅娘眼中，色色是紅娘印入鶯鶯心裏。一幅文字，便作三幅看也。」這種洞幽燭微之論，完全可以視為在當時語境中文學批評者對敘事視角問題最為深入的理解和闡發。

諸如此類的言論，在金聖歎批評《西廂記》的過程中並非絕無僅有，我們不妨再看幾例。

「寫張生直至第三遍見鶯鶯方得仔細，以反襯前之兩遍，全不分明也。」（《鬧齋》夾批）

「上節，鶯鶯看人也。此節，人看鶯鶯也。」（同上）

「真寫殺張生也。然是寫雙文看張生也。然則真看殺張生也。」「寫雙文如此看張生，真寫殺雙文也。」（《哭宴》夾批）

以上所述，乃是劇種人直接相互觀看，或者說，是作者直接借用某人的眼睛寫另一人，同時也寫了某人。然而，更妙者還在鏡花水月般的描寫——隔著窗兒看。

《前候》一折中，寫紅娘在窗外偷窺張生：「我將這紙窗兒濕破，悄聲兒窺視。多管是和衣兒睡起，你看羅衫上前襟褶裉。孤眠況味，淒涼情緒，無人服侍，澀滯氣色，微弱聲息，黃瘦臉兒。張生呵，你不病死多應悶死。」在這裡，金聖歎連連夾批：「妙！妙！便分明有一背轉女郎遷延窗下。」「從窗外人眼中寫窗中人情事，只用十數字，已無不寫盡。」「與其張生伸訴，何如紅娘覷出？與其入門後覷出，何如隔窗先覷出？蓋張生伸訴便是惡筆，雖入門覷出，猶是庸筆也。今真是一片鏡花水月。」

除了通過「視覺」來轉換敘事角度而外，劇作者還往往通過「聽覺」來轉換之。

如《琴心》一折中，作者寫鶯鶯心頭的哀怨：「那是娘機變，如何妾脫空？他由得俺乞求效鸞鳳？他無夜無明並女工，無有些兒空。他那管人把妾身咒誦？」「外邊疏簾風細，裏邊幽室燈青。中間一層紅紙，幾眼疏櫺。不是雲山幾萬重，怎得個人來信息通？便道十二巫峰，也有高唐來夢中。」這都是鶯鶯的內心活動或者自言自語，但都是通過紅娘的耳朵聽到的。這裡的敘事是通過紅娘的耳朵來進行的。像這種別具一格的敘述，金聖歎當然不會放過，故而於此處連連批道：「此雙文不覺漏入紅娘耳中之文也。如含如吐，

如淺如深，在雙文出之已算盡言，在紅娘聞之尚非的據。便令後文一簡再簡，玄之又玄，幾乎玄殺也。」「此漏入紅娘耳中之後半也。在紅娘聞之已算盡言，在雙文出之反無的據。如淺如深，如含如吐，遂成後文玄殺也。妙哉！」

當然，有時又得通過他人「口中」來敘事。如《西廂記》第二本可謂波瀾迭生，衝突不斷，作者難以靜下來專寫崔、張愛情，但崔、張愛情又是一部《西廂》正脈，是萬萬斷不得的，故而作者借紅娘之口來寫之。誠如金聖歎所言：「乃今前文之一大篇才破賊，後文之一大篇便賴婚。破賊之一大篇，既必無暇與彼一雙兩好寫此如雲、如火、如賊、如春一段神理。而賴婚之一大篇，即又何暇與彼一雙兩好寫此如雲、如火、如賊、如春之一段神理乎？千不得已，萬不得已，算出賴婚必設宴，設宴必登請，而因於兩大篇中間，忽然閒閒寫出一紅娘請宴。亦不於張生口中，亦不於鶯鶯口中，只閒閒於閒人口中，恰將彼一雙兩好之無限浮浮熱熱，脈脈蕩蕩，不覺兩邊都盡。」（《請宴》總批）

更有甚者，劇作者還將視覺、聽覺、嗅覺綜合運用而敘事：「猛聽得角兒門呀的一聲，風過處衣香細生。踮著腳尖兒仔細定睛：比那初見時龐兒越整。」金聖歎當然又是批語連連：「猛聽得者，不復聽中忽然聽得也。自初夜至此，專心靜聽，杳不聽得，因而心斷意絕，反不復聽矣。則忽然一『呀』的聽得，謂之猛聽得也。」「第一句，鶯鶯在聲音中出現。第二句，鶯鶯在衣香中出現。下第三、四句，鶯鶯方向月明中出現。」（《酬韻》夾批）

總之，金批《西廂》中關於敘事視角問題的一些論述，雖然還是比較幼稚的，但也是饒有興味的。

三

除整體構思和敘事視角這兩方面的問題之外，金聖歎還對《西廂記》許多具體的敘事技法進行了研究，略述一二。

（一）曲折與突變

金聖歎認為，戲曲創作與小說一樣，必須做到故事情節曲折多變，他說：「文章之妙。無過曲折。誠得百曲、千曲、萬曲，百折、千折、萬折之文，我縱心尋其起盡以自容與其間，斯真天下之至樂也。何言之？我為雙文《賴簡》之一篇言之。……」（《賴簡》總批）接著，金聖歎以《賴簡》為例，作了長篇

的論述，以證明《西廂記》敘事之宛轉曲折。在該折戲的夾批中，金聖歎再次強調：「夫天下百曲、千曲、萬曲，百折、千折、萬折之文，即孰有過於《西廂‧賴簡》之一篇，而奈何不縱心尋其起盡以自容與其間也哉？」在《寺警》一折的夾批中，金聖歎也大談「曲折」「跌頓」問題：「莫心苦於作書之人，真是將三寸肚腸直曲折到鬼神曲折不到之處而後成文。」「看他上文，凡用無數層折，無數跌頓，真乃一篇只是一句。」「夫下文雖得轉出張生發書請將，然其策既出最下，則於其前文欲先作跌頓勢，固不得不出於下下也。蓋行文之苦，每每遇如此難處也。」

接下來的問題是，怎樣造成行文的曲折呢？方法當然有很多，但其中很重要的一條就是「變」，甚至是猛然之間的突變。金聖歎說：「上文一路都作滿心歡喜之文，至此忽又移宮換羽，一變而為驚疑不定之文。真乃一唱三歎，千回萬轉矣。」「世間有如此一氣清轉卻萬變無方，萬變無方又一氣清轉之文哉？普天下後世錦繡才子，讀至此處，誰復能不心死哉？」（《後候》夾批）「此篇寫紅娘凡有四段，每段皆作當面鬥然變換，另是一樣章法。」（《鬧簡》總批）金聖歎甚至還給這種猛然變換情節的方法取了一個十分俏皮的名字——「龍王掉尾法」。他說：「上已正寫苦況，則一篇文字已畢。然自嫌筆勢直塌下來，因更掉起此一節，謂之龍王掉尾法，文家最重是此法。」（《酬韻》夾批）

（二）反襯

《西廂記》敘事時，多用反襯手法，金聖歎十分敏銳地看到了這一點。請看其言論：「上寫雙文快，此又忽寫雙文不快；寫快所以反襯後文不快也，寫不快所以反襯後文大不快也。」（《賴婚》夾批）

有時候，金聖歎雖然沒有用「反襯」一類的字眼，但表述的意思卻大體相同，如：「寫張生人物也。然而必略寫人，多寫打扮者，蓋句句字字都照定後篇《賴婚》，先作此滿心滿意之筆也。」「俱照定後篇《賴婚》，作滿心滿意之筆。」（《請宴》夾批）這裡所說的就是作者越是寫張生赴宴時的歡欣鼓舞，就越能反襯出老夫人賴婚以後張生的痛苦萬分。

（三）變相

「前一簡出之何其遲？遲得妙絕！此一簡出之何其速？速得又妙絕！唐人作畫，多稱變相，以言番番不同。今如此兩篇出簡，真可謂之變相矣。」

（《後候》夾批）世界上相同的事太多，而作家的根本任務之一就是要將相同的事寫出不同的藝術效果，此段金批講的就是這個問題。

那麼，為什麼相同的事會寫出「變相」的效果呢？金聖歎對此有精彩的闡述：「事固一事也，情固一情也，理固一理也，而無奈發言之人，其心則各不同也，其體則各不同也，其地則各不同也。彼夫人之心與張生之心不同，夫是故有言之而正，有言之而反也。乃張生之體與鶯鶯之體又不同，夫是故有言之而婉，有言之而激也。至於紅娘之地與鶯鶯之地又不同，夫是故有言之而盡，有言之而半也。夫言之而半是不如勿言也。言之而激，是亦適得其半也。至於言之而反，此真非復此書之言也。彼作者當時蓋熟思之，而知《賴婚》一篇，必當寫作鶯鶯唱，而不得寫作夫人唱、張生唱、紅娘唱者也。」（《賴婚》總批）

（四）伏筆與逗起

對於長篇敘事文學作品的創作者而言，運用伏筆是常有的事。《西廂記·驚豔》中老夫人有一句道白：「今日暮春天氣，好生困人。紅娘，前邊庭院無人，和小姐閒散心立一回去。」然而就是這一聲「慈命」，引出了一部《西廂》戲文，也引出了崔張二人感動千古的戀愛。對此，金聖歎不失時機地批道：「此處閒閒一白，乃是生出一部書來之根。既伏解元所以得見驚豔之由，又明雙文真是相府千金秉禮小姐。」

那麼，劇作者此後又怎樣進一步展開崔張愛情描寫的呢？當作品中寫到「驀然見五百年前風流業冤」時，金聖歎批道：「此即雙文奉老夫人慈命，暫至前庭閒散心，少立片時也。」（《驚豔》夾批）這便是所謂照應。而且，這是一種頗為複雜的照應——逗起之法，用同遊佛殿逗起二人相逢。佛殿相逢，正是崔張這一對「五百年前風流業冤」愛情火花撞擊的起點。進而言之，而佛殿及其周邊的一切建築、陳設、景致都是他們初戀的媒介與見證。對此，金聖歎多有批語：「已上於寺中已到處遊遍，更無餘剩矣，便直逼到崔相國西偏別院。筆法真如東海霞起，總射天台也。」「蓋上文以佛殿、僧院、廚房、法堂、鐘樓、洞房、寶塔、迴廊襯出崔氏別院；而此又以羅漢、菩薩、聖賢一切好相襯出驚豔也。」「寫張生遊寺已畢，幾幾欲去，而意外出奇，憑空逗巧。」「凡用佛殿、僧院、廚房、法堂、鐘樓、洞房、寶塔、迴廊無數字，都是虛字。又用羅漢、菩薩、聖賢無數字，又都是虛字。相其眼覷何處，手寫何處。」「今試看傳奇亦必用此法，可見臨文無法，便是狗嗥。」

　　當然，金聖歎對《西廂記》情節結構、敘事技法的總結和評價遠遠不止本文所及，但僅憑以上所言，亦可看出金聖歎藝術眼光的不同凡響。較之金批《水滸》而言，或許金批《西廂》的價值稍遜一籌，但我們對這份文化遺產理應予以重視。因為對金批《西廂》的敘事進行深入探討，有利於我們的敘事學研究，有利於我們的古代戲曲研究，有利於我們的戲曲批評研究。

（原載《石麟論文自選集·戲曲詩文卷》，線裝書局，2013 年 7 月出版）

金批《西廂》三題

　　金聖歎（1608～1661），原名采，字若采，後更名人瑞，字聖歎，蘇州府長洲縣人。明諸生，入清後絕意仕進，因「哭廟案」被清政府殺頭。金聖歎平生喜好評點書文，曾評點《離騷》、《莊子》、《史記》、「杜詩」、《水滸傳》、《西廂記》，並依次稱之為「第一」至「第六」才子書。

　　金聖歎曾經在《水滸傳序一》中說過：「夫古人之才也者，世不相延，人不相及。莊周有莊周之才，屈平有屈平之才，馬遷有馬遷之才，杜甫有杜甫之才，降而至於施耐庵有施耐庵之才，董解元有董解元之才。」

　　進而言之，在金批六大「才子書」中，尤以評點《第五才子書施耐庵水滸傳》和《第六才子書王實甫西廂記》最為著名。誠如馮鎮巒《讀聊齋雜說》所言：「金人瑞批水滸、西廂，靈心妙舌，開後人無限眼界，無限文心。」

　　《西廂記》被金聖歎稱之為第六才子書，並進行了逐字逐句的批點。金批《西廂》的文字，主要包括兩大方面，一是《序一》（慟哭古人）、《序二》（留贈後人）、《讀第六才子書西廂記法》等文章，二是附著於劇本的折前總批和文中夾批。

　　金批《西廂》的內涵十分豐富，從敘事藝術到人物塑造，從遣詞造句到審美效果，在很多方面都提出了一些卓絕特異的說法，也體現了金聖歎不同流俗的藝術眼光。對於金批《西廂》中與敘事相關的一些言論，筆者另文探討。這裡，僅對其中三大方面的問題——寫人藝術、語言藝術、審美效果進行探究，以就教於方家同好。

一

　　《西廂記》中的人物，男女老少、官民僧俗，林林總總也有幾十人之

多。其中，哪幾位是主人公，誰又是頭號主人公？這是閱讀欣賞這部中國古代最傑出的戲劇作品必須首先弄清楚的問題。金聖歎對此有專門的解釋：

「《西廂記》止寫得三個人：一個是雙文，一個是張生，一個是紅娘。其餘如夫人，如法本，如白馬將軍，如歡郎，如法聰，如孫飛虎，如琴童，如店小二，他俱不曾著一筆半筆寫。俱是寫三個人時所忽然應用之傢伙耳。」（《讀第六才子書西廂記法》四十七，以下簡稱《讀法》）

「若更仔細算時，《西廂記》亦止為寫得一個人。一個人者，雙文是也。若使心頭無有雙文，為何筆下卻有《西廂記》？《西廂記》不止為寫雙文，止為寫誰？然則《西廂記》寫了雙文，還要寫誰？」（《讀法》五十）

金聖歎的話是非常有道理的，從《西廂記》的文本來看，頭號主人公毫無疑問應該是雙文（鶯鶯），其次是張生、紅娘，再次才是老夫人等。這一點，從全劇的矛盾衝突設置來看，也是非常清楚的。《西廂記》中絕大多數的衝突，都是以鶯鶯為焦點而展開的。如崔、張、紅聯合戰線與老夫人的矛盾，其焦點就是鶯鶯要不要嫁與張生。如普救寺全體僧俗與孫飛虎的矛盾，其焦點就是鶯鶯會不會成為壓寨夫人。如崔、張、紅三人之間的大大小小的矛盾，其焦點就是鶯鶯敢不敢私會張生。尤其是全劇寫得最精彩的崔鶯鶯自身思想性格的矛盾，其焦點就是這位相國小姐能否衝越「身份」的自我束縛而走向新生活。至於現在京劇舞臺上以紅娘為頭號主人公的表演方式，那主要是遷就著名演員和戲曲流派的做法，又當另作別論。

進一步的問題是，怎樣處理一個劇本中眾多人物與頭號主人公之間的關係呢？方法當然有很多，但金聖歎認為最重要的是「烘托」，亦即所謂烘雲托月之法。且看他的言論：

「亦嘗觀於烘雲托月之法乎？欲畫月也，月不可畫，因而畫雲。畫雲者，意不在於雲也。意不在於雲者，意固在於月也。然而意必在於雲焉。於雲略失則重，或略失則輕，是雲病也。雲病，即月病也。於雲輕重均停矣，或微不慎，漬少痕，如微塵焉，是雲病也。雲病，即月病也。於雲輕重均停，又無纖痕漬如微塵，望之如有，攬之如無，即之如去，吹之如蕩，斯雲妙矣。雲妙而明日觀者沓至，咸曰：『良哉月與！』初無一人歎及於雲。……《西廂》第一折之寫張生也是已。《西廂》之作也，專為雙文也。然雙文，國豔也。國豔，則非多買胭脂之所得而塗澤也。抑雙文，天人也。天人，則非下土螻蟻工匠之所得而增減雕塑也。將寫雙文，而寫之不得，因置雙文勿寫，而先寫張生

者，所謂畫家烘雲托月之秘法。」（《驚豔》總批）

金聖歎認為，《西廂記》中有很多描寫張生的文字其實就是為了烘托鶯鶯。他說：「然則《西廂記》又有時寫張生者，當知正是寫其所以要寫雙文之故也。」（《讀法》五十二）

在金聖歎看來，不僅寫張生如此，寫紅娘亦如此，都是為了烘托鶯鶯。他說：「若使不寫紅娘，卻如何寫雙文？然則《西廂記》寫紅娘，當知正是出力寫雙文。」（《讀法》五十一）「亦將他人慾寫雙文之筆先寫紅娘，後來雙文自不愁不出異樣筆墨，別成妙麗。」（《借廂》夾批）

由此等而下之，其他人物的塑造，更是常常為烘托鶯鶯服務了。他連連說道：「誠悟《西廂記》寫紅娘止為寫雙文，寫張生亦止為寫雙文，便應悟《西廂記》決無暇寫他夫人、法本、杜將軍等人。」（《讀法》五十三）「誠悟《西廂記》止是為寫雙文，便應悟《西廂記》決是不許寫到鄭恆。」（《讀法》五十四）

我們不妨舉一個例子印證一番。《西廂記·鬧齋》一折寫普救寺眾人在美麗的鶯鶯面前一個個神魂顛倒：「大師年紀老，高座上也凝眺。舉名的班首真呆憊，將法聰頭做磬敲。」「老的少的，村的俏的，沒顛沒倒，勝似鬧元宵。」金聖歎認為這正是作者以眾人烘托鶯鶯，於是在此折前的總批中寫道：「忽然巧借大師、班首、行者、沙彌皆顛倒於鶯鶯，以極襯千金驚豔。」

烘托而外，金聖歎認為《西廂記》寫人的手法還有多種。此處聊說數端以為證明。

一之曰對話寫人：「此紅娘摹寫其（張生）連忙答應之神理也。『姐姐呼之』者，鶯鶯無語，則張生欲語也。『喏喏連聲』者，鶯鶯有語，則張生敬諾也。真正出神入化之筆，不知如何想得來？」（《請宴》夾批）

二之曰動作寫人：「正寫張生疾忙便行，卻陡然又用異樣妙筆寫出『來回顧影』四字，一時分明便將張生勾魂攝魄，召來紙上。」「從來秀才天性與人不同。何則？如一聞『請』便出門，一也；既出門，反回轉，二也；既回轉，又立住，三也，『顧影』者，立住也。雖聖歎亦不解秀才何故必如此，然普天下秀才則必如此。」（同上）

三之曰外貌寫人：「畫出紅娘來，畫出紅娘一雙纖手，兩道輕眉，頰邊二靨，唇上一聲來。畫絕也！」（《前候》夾批）

四之曰借物寫人：「又焉知馬之不害相思、不傷離別耶？看他初搖筆，便

全作醍醐灌頂真言，真乃大慈大悲！」(《驚夢》夾批)

五之曰借景寫人：「『月明如水』，天上不見下來也；『僧歸禪室』，靜又不是也；『鴉噪庭槐』，動又不是也。皆寫張生搔爬不著之情也，非寫景也。」(《鬧簡》夾批)

六之曰借事寫人：「斗然借廂，斗然牴突長老，斗然哭，後又斗然推更衣先出去。寫張生通身靈變，通身滑脫，讀之如於普救寺中，親看此小後生。」(《借廂》夾批)

七之曰心態寫人：「寫雙文膽小，寫雙文心虛，寫雙文嬌貴，寫雙文機變，色色寫到。」「寫雙文又口硬，又心虛，全為下文玄殺紅娘地也。妙絕！」(《琴心》夾批)

當然，更妙的還在於深入到人物的內心世界，把握住人物的三魂六魄來進行生動如畫的摹寫。如：「寫張生被紅娘切責，一時腳插不進，頭鑽不入，無搔無爬，不上不落。於是不怨自己，不怨紅娘，忽然反怨鶯鶯。真是魂神顛倒之筆。」(《借廂》夾批)

人們在萬般無奈、萬般痛苦、萬般焦急、萬般憤怒之際，往往會產生一種莫明其妙的遷怒心理，此處張生正是這種心理。王實甫寫得生動入神，金聖歎也批得一針見血。

諸如此類的例子在金批《西廂》中絕不止一處。在《酬簡》一折衷，作者寫鶯鶯與張生幽會，張生在大喜過望的同時，居然產生一種奇怪而又正常的心理——猶恐相逢在夢中。張生唱道：「我審視明白，難道是昨夜夢中來？」對此，金聖歎有一段十分精彩的批語：「偏是決無疑猜之事，偏有決定疑猜之理。蓋不快活，即不疑猜，而不疑猜，亦不快活。越快活，越要疑猜，而越疑猜，亦越見快活也。真是寫殺。」

要想深入地寫好人物的內心世界，必須顧及人物當時所處的地步、環境，甚至還要聯繫該人物此前相關的行為。只有這樣，才能寫出人物內心世界的深層狀態。在《賴簡》一折中，就有這種非常生動的描寫。紅娘曾經因為幫助張生傳書而遭到鶯鶯斥責，如今又打開院門引張生去和小姐見面。這一次，小姐是否又會出爾反爾、故作姿態呢？身為侍婢的紅娘心裏實在沒有底，因此她將張生帶到院子邊上躲藏起來，而自己則躲在一旁相機而動。對這樣一段精彩的描寫，金聖歎是通過再三閱讀才領略其中三昧的，當他讀到劇中「你且潛身曲檻邊，他今背立湖山下」時，提筆批道：「昨與一友初看，

謂此句是紅娘放好張生。此友人便大賞歎,謂真是妙事、妙人、妙情、妙態也。今日聖歎偶而又復細看,卻悟此句乃是紅娘放好自家。蓋昨日止因一簡,便受無邊毒害。今若適來關門,而反放入一人,安保雙文變詐多端,不又將捉生替死,別起波瀾乎?故因特命張生且復少停,得張生少停而紅娘早已抽身遠去,便如聳身雲端看人廝殺者,成敗總不相干矣。諺云:『千年被蛇咬,萬年怕麻繩。』真是寫絕紅娘也!」

進一步的問題是,劇作家為什麼能將劇本中的人物寫得栩栩如生、躍然紙上?金聖歎的回答是:身代妙人。當劇本中寫到張生焦急不安地等待鶯鶯出現時,金聖歎批云:

「看他寫一片等人性急,度刻如年,真乃手搦妙筆,心存妙境,身代妙人,天賜妙想。既有此文以後,尚不望人看得,安望未有此文以前,乃曾有人想得耶?」(《酬韻》夾批)

讀了這段金批,我們應該明白什麼叫做「意在筆先」了。

二

在中國古代戲曲史上,若論曲辭之優美,《西廂記》恐怕在冠亞之列。對此,中國古代戲曲批評家們基本上已取得共識。那麼,如果進一步追問,《西廂記》語言美在何處,具有何種特色?其說法恐怕就會見仁見智了。對這一問題,金聖歎當然也有自己頗為深入的探究。

首先,金聖歎非常強調《西廂記》語言簡練精當的特色。他說:「橫、直、波、點,聚謂之字,字相連謂之句,句相雜謂之章。兒子五六歲了,必須教其識字;識得字了,必須教其連字為句;連得五六七字為何了,必教其布句為章。布句為章者,先教其布五六七句為一章,次教其布十來多句為一章。布得十來多句為一章時,又反教其只布四句為一章,三句為一章,二句乃至一句為一章。直到解得布一句為一章時,然後與他《西廂記》讀。」(《讀法》二十七)

「子弟讀《西廂記》,忽解得三個字亦能為一章,二個字亦能為一章,一個字亦能為一章,無字亦能為一章。子弟忽解得無字亦能為一章時,渠回思初布之十來多句為一章,真成撒吞耳。」(《讀法》二十八)

「子弟解得無字亦能為一章,因而回思初布之十來多句為一章盡成撒吞,則其體氣便自然異樣高妙,其方法便自然異樣變換,其氣色便自然異樣

姿媚，其避忌便自然異樣滑脫。《西廂記》之點化子弟不小。」（《讀法》二十九）

這幾段相連接的話雖然說得比較繁瑣，但其中的基本意思卻是明白無誤的。《西廂記》語言的最大特色就是精練、精練、再精練，精練到此處無聲勝有聲的地步。正如金聖歎在《讀法》三十二中所言：「《西廂記》是何一字？《西廂記》是一『無』字。」這種說法雖然有點玄乎，但的確點中了問題的要害。同樣的人物，同樣的故事，同樣的景物，同樣的情節，當俗手要用千言萬語才能說個大概時，王實甫僅以聊聊數語就寫得透徹明白、生動精彩。到這樣的時候，難道讀者不覺得俗手「撒吞」（癡呆）嗎？不覺得王實甫高明嗎？《西廂記》對所有劇作家的點化正在這裡。

為了說明問題，我們不妨舉一例證。《西廂記·哭宴》一折中鶯鶯有唱詞云：「馬兒慢慢行，車兒快快隨！」兩句僅十個字，卻寫盡雙文當時特殊的心境。對此，金聖歎有一段長長的批語：「二句十字，真正妙文！直從雙文當時又稚小、又憨癡、又苦惱、又聰明一片微細心地中的描畫出來。蓋昨日拷問之後，一夜隔絕不通，今日反借餞別，圖得相守一刻。若又馬兒快快行，車兒慢慢隨，則是中間仍自隔絕，不得多作相守也。即馬兒慢慢行，車兒慢慢隨，或馬兒快快行，車兒快快隨，亦不成其為相守也。必也馬兒則慢慢行，車兒則快快隨，車兒既快快隨，馬兒仍慢慢行，於是車在馬右，馬在車左，男左女右，比肩並坐，疏林掛日，更不復夜，千秋萬歲，永在長亭。此真小兒女又稚小、又苦惱、又聰明、又憨癡一片的微細心地，不知作者如何寫出來也。」

其實，讀者諸君如果認為長亭送別的路上真正是馬兒走得慢，車兒走得快的話，那他真是「撒吞」。此處寫的是心境，鶯鶯對張生戀戀不捨的特殊心境。如果讓俗手寫來，不知該作多少文字的渲染、鋪張、排比、描摹，但即便是千言萬語，都遠遠比不上王實甫這最普通、最不起眼的十個大字：「馬兒慢慢行，車兒快快隨！」何以如此？因為王實甫傳的是鶯鶯之「神」，而俗手只是寫「形」而已。

要達到這種以少少許勝多多許的傳神寫照的效果，除了用語簡練而外，還有至關重要的一點，就是語句的新奇。同樣是《哭宴》一折，最後作者突發奇兵，寫出了傳誦千古的奇麗唱句：「四圍山色中，一鞭殘照裏。將遍人間煩惱填胸臆。量這般大小車兒如何載得起？」金聖歎於此反覆批道：「妙

句，神句！」「奇句，妙句！」可見金聖歎是真正能算得上王實甫的千載知音的。

三

以上，我們從人物塑造和語言藝術兩個方面對金聖歎批點《西廂記》的某些藝術觀點進行了初步的評價，再加上筆者在另一篇文章《金批西廂敘事研究》中所言及，金聖歎對戲曲創作的一些最基本的意見已大略展示。但這些只不過是金聖歎的基本觀點而已，或者說是中國古代戲曲批評的普遍觀點而已。金聖歎還有一些說法，在當時可謂獨樹一幟，具有極大的超前性，則更應引起我們的注意。

首先，金聖歎注意到戲曲作品獨特的審美效果。

《西廂記·賴簡》有一段鶯鶯的唱詞：「不近喧嘩，嫩綠池塘藏睡鴨。自然幽雅，淡黃楊柳帶棲鴉。金蓮蹴損牡丹芽，玉簪兒抓住酴醾架。草苔徑滑，露珠兒濕透凌波襪。」這一段寫絕妙佳人於絕妙時光在絕妙景色中行走，堪稱絕妙文字。故金聖歎提筆批道：「是好園亭，是好夜色，且處好女兒；是境中人，是人中境，是境中情。寫來色色都有，色色入妙！」

在中國古代戲曲小說作品中，能寫出如此情境交融之美妙文字者並不多，即便有《西廂記》《牡丹亭》《紅樓夢》《老殘遊記》等作品的某些片斷達到這種境地，但能對之作出準確評價的也太少。如《紅樓夢》第二十五回寫黛玉信步而行，「一望園中，四顧無人，唯見花光柳影，鳥語溪聲」。庚辰本朱筆旁批：「全用畫家筆意寫法。」顯而易見，這段脂批就是從金批《西廂》中學過來的。更有意味的是，緊接著書中寫到鳳姐問林黛玉「你往那裡去了？」又是朱筆旁批云：「該云：『我正看《會真記》呢！』一笑。」由此可見《紅樓夢》對《西廂記》的繼承，由此亦可見脂批《紅樓》對金批《西廂》的繼承。當然，這更可以表明金聖歎的審美眼光是不同凡響的。

正因如此，金聖歎進一步提出在閱讀《西廂記》這種絕妙文章時，讀者一定要首先將自己置於特殊的境地（心境）。只有在特殊的環境（心境）中閱讀特殊的作品的才能讀出特殊的味道。金聖歎說：「《西廂記》必須掃地讀之。掃地讀之者，不得存一點塵於胸中也。」「《西廂記》必須焚香讀之。焚香讀之者，致其恭敬，以期鬼神之通之也。」「《西廂記》必須對雪讀之。對雪讀之者，資其潔清也。」「《西廂記》必須對花讀之。對花讀之者，助其娟麗

也。」「《西廂記》必須盡一日一夜之力，一氣讀之。一氣讀之者，總攬其起盡也。」「《西廂記》必須展半月一月之功，精切讀之。精切讀之者，細尋其膚寸也。」「《西廂記》必須與美人並坐讀之。與美人並坐讀之者，驗其纏綿多情也。」「《西廂記》必須與道人對坐讀之。與道人對坐讀之者，歎其解脫無方也。」（《讀法》六十一至六十八）

其次，金聖歎意識到閱讀佳作要領會作者的創作靈感。

文學作品是作者的生活積累，文學作品是作者的社會解釋，文學作品是作者的情緒宣洩，文學作品更是作者的靈感觸發。所有這些，其實是相互支持的，也是缺一不可的。而作為一位讀者，就是要讀出作品中的生活積累、社會解釋、情緒宣洩、靈感觸發。其中，金聖歎尤為強調最後一點，因為靈感這個東西是稍縱即逝的，不僅作者很難抓住，而且讀者也很難把握。請看金聖歎高論：

「文章最妙是此一刻被靈眼覷見，便於此一刻放靈手捉住。蓋於略前一刻亦不見，略後一刻便亦不見，恰恰不知何故，卻於此一刻忽然覷見，若不捉住，便更尋不出。今《西廂記》若干文字，皆是作者於不知何一刻中靈眼忽然覷見，便疾捉住，因而直傳到如今。細思萬千年以來，知他有何限妙文，已被覷見，卻不曾捉得住，遂總付之泥牛入海，永無消息。」（《讀法》十八）

「今後任憑是絕代才子，切不可云此本《西廂記》我亦做得出也。便教當初作者而在，要他燒了此本，重做一本，已是不可復得。縱使當時作者，他卻是天人，偏又會做得一本出來；然既是別一刻所覷見，便用別樣捉住，便是別樣文心，別樣手法，便別是一本，不復是此本也。」（《讀法》十九）

「僕今言靈眼覷見，靈手捉住，卻思人家子弟，何曾不覷見，只是不捉住。蓋覷見是天付，捉住須人工也。今《西廂記》實又會覷見，又會捉住。然子弟讀時，不必又學其覷見，一味只學其捉住。聖歎深恨前此萬千年，無限妙文，已是覷見，卻捉不住，遂成泥牛入海，永無消息。今刻此《西廂記》遍行天下，大家一齊學得捉住，僕實遙計一二百年後，世間必得平添無限妙文，真乃一大快事。」（《讀法》二十）

靈感觸發是不可重複的。它不僅因人而異，而且因時而異、因地而異、因境而異。它如同電石火花，稍縱即逝。作者抓不住，就寫不出佳作。讀者體會不到，就沒有資格享受佳製。對靈感，讀者諸君自應響應金聖歎號召：「大家一齊學得捉住。」只有這樣，我們才沒有辜負作者苦心，才對得起金聖歎

偉大的發現。

最後，金聖歎甚至認為，一部好的作品其實是作者與讀者共同完成的。

在《讀第六才子書西廂記法》的最後，金聖歎居然連珠炮般地發表了一些在當時令人匪夷所思、瞠目結舌的言論：

「聖歎批《西廂記》是聖歎文字，不是《西廂記》文字。」（七十一）

「天下萬世錦繡才子讀聖歎所批《西廂記》，是天下萬世才子文字，不是聖歎文字。」（七十二）

「《西廂記》不是姓王字實父此一人所造，但自平心斂氣讀之，便是我適來自造，親見其一字一句，都是我心裏恰正欲如此寫，《西廂記》便如此寫。」（七十三）

「想來姓王字實父此一人，亦安能造《西廂記》？他亦只是平心斂氣，向天下人心裏偷取出來。」（七十四）

「總之，世間妙文，原是天下萬世人人心裏公共之寶，決不是此一人自己文集。」（七十五）

話已經說得夠明白了，還用得著闡釋嗎？這就是所謂接受美學的觀點，實際上已經涉及到文學作品由作者與讀者共同完成的問題。這些在二三十年以前被某些人炒得火熱的所謂前沿理論，居然被金聖歎在二三百年前寫進自己的批評著作之中。在明末清初那樣的時代和環境中，能認識到這些，使我們不得不歎息，金聖歎真是偉大！

最後，讓我們以張國光先生在《傑出的古典戲劇評論家金聖歎》一文中的一段話作為本文的結束語：「金聖歎對《西廂》的藝術性分析不僅有助於我們深入地理解這部古典名著，而且大大豐富了我國文學理論的寶庫。這是因為他是一位樸素的唯物主義者，他在《讀法》中就談到大自然一切都是『不得不然』，正如『風無存心』，『雲無定規』一樣，《西廂記》這部作品也是『並無誠心之與定規』的。但他並不否認創作是有規律可循，有方法可依的。他稱《西廂記》『今日鴛鴦既繡出，金針亦盡度』，就是要讀者學習它的創作方法。他還精闢地論述了靈感與創作的關係，要作者善於捕捉一剎那出現的靈感，只要是『靈眼忽然覷見便疾捉住』，否則就『付之泥牛入海，永無消息』。這是古代評家較少觸及的美學課題，值得我們深入探討。」

（原載《石麟論文自選集·戲曲詩文卷》，線裝書局，2013 年 7 月出版）

戲曲名著的深遠影響及其教育典範作用
——以《西廂記》《牡丹亭》為例

　　名著的力量是無窮的！戲曲經典之作《西廂記》《牡丹亭》亦乃如此。自它們問世以後，無論是評價表彰抑或涉及引用，甚至模仿改編、心靈共振、教習演出，都體現了這兩部戲曲名著巨大而深遠的影響力和在戲曲教育方面的典範作用。

一、評價表彰

　　王實甫《西廂記》出現之後，反響極大，自元至明清，評價表彰之聲不絕如縷。元末明初賈仲明《凌波仙·挽王實甫》云：「作詞章風韻美，士林中等輩伏低。新雜劇，舊傳奇，《西廂記》天下奪魁。」

　　明代諸戲曲批評家讚譽之辭更多。朱權《太和正音譜》將王實甫劇作比為「花間美人」，又稱其「鋪敘委婉，深得騷人之趣。極有佳句，如玉環之出浴華清，綠珠之採蓮洛浦。」何良俊《四友齋叢說》：「王實甫才情富麗，真詞家之雄。」都穆《南濠詩話》：「近時北詞以《西廂記》為首。」王世貞《曲藻》：「北曲故當以《西廂》壓卷。如曲中語……只此數條，他傳奇不能及。」胡應麟《少室山房筆叢·莊嶽委談下》：「獨戲文《西廂》作祖。」「今王實甫《西廂記》為傳奇冠。」徐復祚《曲論》：「馬東籬、張小山自應首冠，而王實甫之《西廂》，直欲超而上之。」蔣一葵謂：「《西廂》是王實甫撰，至草橋驚夢而止，此後乃關漢卿足成者，北曲故當以此壓卷。」（《堯山堂外紀》卷六十八）明清之際的李漁也說：「吾於古曲之中取其全本不懈、多瑜鮮瑕者，惟《西廂》能之。」（《閒情偶寄》卷一）「『影兒裏情郎，畫兒中愛寵』，此傳奇

野史中兩個絕好題目。」（《十二樓・合影樓》第三回杜濬評語）

明清兩代還有不少以特殊的評價方式——校注、評點來研究《西廂記》者，如王伯良、李卓吾、王世貞、魏浣初、湯顯祖、徐文長、羅懋登、凌濛初、閔遇五、汪然明、李日華、陳眉公、孫月峰、張深之、徐士范、孫鑛、邱瓊山、唐伯虎、蕭孟昉、董華亭、金在衡、顧玄緯、梁伯龍、焦猗園、何元朗、黃嘉惠、劉麗華、毛西河、朱璐、尤展成、錢西山、沈君徵等。尤其是明末清初著名文學批評家金聖歎，居然視《西廂記》為「六才子書」之一：「嘗謂世有才子書六，蓋《離騷》、《莊子》、《史記》、杜詩及施耐庵《水滸傳》、王實甫《西廂記》也。」（《新世說》卷二十三）

繼《西廂記》之後，湯顯祖《牡丹亭》所得到的評價表彰也不少。王思任云：「杜麗娘之妖也，柳夢梅之癡也，老夫人之軟也，杜安撫之古執也，陳最良之霧也，春香之賊牢也，無不從勦節窾髓，以探其七情生動之微也。」（《批點玉茗堂牡丹亭詞敘》）這段話，頗為客觀地指出了《牡丹亭》作者在人物塑造方面的生動性和劇中人物的個性化色彩。

沈德符有言：「湯義仍《牡丹亭夢》一出，家傳戶誦，幾令《西廂》減價。」（《萬曆野獲編》卷二十五）王驥德云：「近惟《還魂》二夢之引，時有最俏而最當行者，以從元人劇中打勘出來故也。」（《曲律・論引子第三十一》）潘之恒云：「夫結情於夢，猶可回死生，成良緣，而況其構而離，離而合以神者乎。自《牡丹亭》傳奇出，而無情者隔世可通。」（《亙史・雜篇》卷二）李漁說：「湯若士，明之才人也，詩文尺牘，盡有可觀，而其膾炙人口者，不在盡牘詩文，而在《還魂》一劇。」（《閒情偶寄・詞曲部・結構第一》）還有人對湯顯祖寫作《牡丹亭》過程中的迷狂狀態做了描述：

> 相傳臨川作《還魂記》，運思獨苦。一日，家人求之，不可得，
> 遍索，乃臥庭中薪上，掩袂痛哭。驚問之，曰：「填詞至『賞春香還
> 是舊羅裙』句也。」（焦循《劇說》卷五）

明清小說中，《牡丹亭》也是熱議話題，例如：「這邊華公子忽然念那《牡丹亭》上的兩句道：『良辰美景奈何天，賞心樂事誰家院。』華夫人笑道：『《牡丹亭》的《遊園》、《驚夢》，可稱旖旎風光，香溫玉軟。但我讀曲時，想那柳夢梅的光景，似乎配不上麗娘。』公子道：『我也這麼想，覺柳夢梅有些粗氣，自然不及麗娘。』」（《品花寶鑒》第四十一回）再如：「即如稗官野史，說部諸家，一言於才子佳人，情而生者，情而死者，比比皆然。《牡丹亭》魂歸月夜，

死猶不忘。」(《繪芳錄》第二十回)

當然，也有將《西廂記》《牡丹亭》並列讚美者：「王實甫《西廂記》、湯若士《還魂記》，詞曲之最工者也。」(王應奎《柳南隨筆》卷三)

二、涉及引用

元雜劇中，涉及《西廂記》中人和事的至少有十四本。例如宮大用《范張雞黍》中，范巨卿唱到「則《春秋》不知怎的發」時，王仲略說：「小生不曾讀《春秋》，敢是《西廂記》？」范巨卿說的是儒家經典《春秋》，王仲略則以為是《西廂記》。何以如此？因為《西廂記》又叫《春秋》。李詡《戒庵老人漫筆》：「《西廂記》人稱為春秋，或曰曲止有春秋，而無冬夏，故名。」

馮夢龍《古今譚概》載：「丘瓊山過一寺，見四壁俱畫《西廂》。曰：『空門安得有此？』僧曰：『老僧從此悟禪。』丘問：『何處悟？』答曰：『是「怎當他臨去秋波那一轉」。』」丘瓊山即戲曲家丘濬，他與一僧人參禪悟道，引用的居然是《西廂記》中的曲辭。

更多的情況則是一般性涉及，例如：「梨園新部出西廂。」(《萬曆野獲編》卷一)「原來是你西廂待月的舊交。」(《檮杌萃編》第十七回)「西廂月下，少分妙趣於張郎。」(《斬鬼傳》第七回)「打了一個鶯鶯跳過粉皮牆的反《西廂》皮磕兒。」(《兒女英雄傳》第二十六回)「嬌娘既有西廂之約，可無東道之主？」(《王嬌鸞百年長恨》)「好個學士，只這幾句《西廂》。」(《花月痕》第二十三回)「分明訪賢東閣，已成待月西廂。」(《玉嬌梨》第九回)「分明一本比西廂，點綴許多情狀。」(《歡喜冤家》第十回)「君乃風流名士，曾閱《西廂記》否？」(《合浦珠》第十回)「至於西廂待月之事，實實無之。」(《螢窗清玩》第四卷《碧玉簫》)「禪榻留雲，較勝西廂待月。」(《小豆棚》卷七)「我又不是《西廂》上的紅娘，令我與你傳書遞柬。」(《孤山再夢》第三回)「又像西廂張君瑞，眼前缺少美鶯鶯。」(《小八義》第十回)「又何須待月西廂。」(《六十種曲·四喜記》第五齣)「《西廂》之名聞之熟矣。」(《浮生六記》卷一)「學那《西廂記》中請宴的老套子。」(《醒夢駢言》第九回)

也有引用《西廂記》中句子的：「莫是『說來的話兒不應口』罷。」(《鏡花緣》第六十五回)「《西廂記》惠明云：把五千人做饅頭餡。」(《姑妄言》第二十二回夾批)「正是西廂上說得好：姐姐雖然口硬，腳步兒早已先行。」(《一

片情》第十四回）「正如西廂上的話：未見時準備著千言萬語，得相逢都變做短歎長吁了。」（《繡屏緣》第十二回）

更妙的是，《西廂記》深入人們的日常生活中：「原來四隻板箱分裝十六扇紫楠黃楊半身屏風，雕鏤全部《西廂》圖像。」（《海上花列傳》第四十八回）「一架玻璃扇面屏，畫的全本《西廂記》。」（《紅樓復夢》第九十七回）「上面寫的全是《西廂》謎兒。」（《二十年目睹之怪現狀》第七十四回）

甚至還有拿《西廂記》說笑話者：「一瞎子雙目不明，善能聞香識氣。有秀才拿一《西廂》本與他聞，曰：『《西廂記》。』問：『何以知之？』答曰：『有些脂粉氣。』」（《笑林廣記》卷二）又如：

> 玉釧忍不住笑，只聽得「劈哺」一聲，將噙的酒噴得寶玉滿面。寶玉道：「如何？我就怕你來的太猛，必有岔誤。《西廂記》曲道：『未飲心先醉。』我這是未喝面先糟了。」（《紅樓幻夢》第十五回）

與《西廂記》一樣，《牡丹亭》也經常被引用。如：「勾欄裏做《還魂記》。」（《西湖二集》第二十七卷）「《牡丹亭》有句云：不是梅邊是柳邊。」（《梅蘭佳話》第五段）「或許像《牡丹亭》裏的杜麗娘復活了不成！」（《泣紅亭》第十七回）「好似牡丹亭畔夢，今朝未識柳梅邊。」（《九尾狐》第五十六回）「用《還魂記》曲文起句。」（《孽海花》第八回）「這詩題，是仿《牡丹亭》上的兩句。」（《情夢柝》第五回）「麗娘再世，倩女還魂。」（《雪月梅傳》第十回）「目閉唇張，好似死乍還魂的杜麗。」（《拍案驚奇》卷之五）甚至到了讓文人之間以劇中人物戲謔科場新秀的地步：「乾隆庚辰一科進士，大半英年，京師好事者以其年貌，各派《牡丹亭》全本腳色，真堪發笑。」（錢泳《履園叢話》卷二十一）

三、模仿改編

《西廂記》問世不久，白樸就模仿創作了《東牆記》，稍後，鄭光祖則創作了《㑳梅香》和《倩女離魂》。據考：「《董秀英花月東牆記》……事與《西廂》相同。」至於鄭光祖《㑳梅香》，則更是一部微縮《西廂記》，晚清曲家梁廷枏在《曲話》卷二中對此有切中肯綮的分析：「《㑳梅香》如一本《小西廂》，前後關目、插科、打諢，皆一一照本模擬。……二十同也。不得謂無心之偶合矣。」

鄭光祖的另一部作品《倩女離魂》，雖然沒在情節設置方面對《西廂記》亦步亦趨，但卻在人物塑造內在氣質方面對《西廂記》有所繼承發展：

> 很顯然，鄭光祖對倩女「離魂」的描寫是受了王實甫寫「驚夢」的影響的，但魂靈的活動又到底比夢境的描寫更具體，更實在。因而，「離魂」對於「驚夢」來說，正是中國古典戲曲家們在描寫叛逆女性的浪漫主義手法上又提高了一步。（石麟《驚夢·離魂·再生》）

明清兩代，直接源自《西廂記》的續書仿作者更多，如李日華《南西廂記》、陸采《南西廂記》、周公魯《翻西廂記》、查繼佐《續西廂》、程端《西廂印》、碧蕉軒主人《不了緣》等。民國年間，有根據《西廂記》改編的話劇，還有京劇《西廂記》《紅娘》，豫劇《拷打紅娘》，河北梆子《打紅娘》，滇劇《鶯鶯餞別》，評劇《崔鶯鶯》，楚劇《三才子》等。川劇、越劇、豫劇、蒲劇、江淮劇等，都有《西廂記》劇目。至於在劇本中引用《西廂記》內容者則不勝枚舉，如：「〔外〕你這賤人要做鶯鶯？〔旦〕那裡是西廂下鶯鶯伎倆。〔外〕你這賤人就是紅娘。〔旦〕怎麼的就打梅香？生紐做紅娘？」（《荊釵記》第四十六齣）「小生與小姐深懷眷慕，幸共盤桓。將謂西廂風月。不獨張君瑞矣！」（《錦箋記》第十七齣）「我裏今夜小阿姐好像鶯鶯出燒香，身邊有我裏介一個小紅娘。若再有介會跳牆個張生來字相，大家裏崑腔昆板做介一隻北西廂。」（《蕉帕記》第八齣）

用民間講唱文學方式表演《西廂記》的作品更是不計其數，僅傅惜華編《西廂記說唱集》中的作品，就累計達幾十萬字。其中，除了趙德麟的《元微之崔鶯鶯商調蝶戀花》鼓子詞以外，其他作品都產生於《西廂記》之後。通俗小說創作也有言及受《西廂記》之影響者：「我常聽他們說小說的每每總是有個佳人，來了個才子，這才子與佳人就你貪我愛，其中總是個丫頭作線索，即如《西廂》的曲子。」（《風月鑒》第九回）而吳趼人乾脆寫了一部小說《白話西廂記》，第一回就古往今來、人間天上：「王實甫角藝妒紅樓，趼人氏揮毫成白話。」

《牡丹亭》「各種版本及改本甚多」。（《古典戲曲存目匯考》）如：沈璟《同夢記》（殘文）、馮夢龍《風流夢》、徐肅穎《丹青記》、徐日曦《牡丹亭》、陳軾《續牡丹亭》、王墅《後牡丹亭》、葉堂《納書楹牡丹亭全譜》以及一些子弟書、牌子曲、安徽俗曲、南詞、長篇彈詞、彈詞開篇等。最有趣的是蔣士銓《藏園九種曲》有《臨川夢》劇本：「凡二十出。寫湯顯祖一生事蹟，並以心

醉《牡丹亭》而死之婁江俞二娘事潤色之。」（《古典戲曲存目匯考》）

近現代戲曲中，也有模仿或改編《牡丹亭》者。京劇《春香鬧學》《遊園驚夢》，都是「梅派」傳統劇目。此外，諸如「尋夢」「鬧殤」「冥判」「拾畫」「玩真」「冥誓」等，均為各劇種流傳廣泛的單折戲。二十世紀八十年代，石凌鶴先生對「臨川四夢」進行了改寫。二十一世紀初的青春版崑曲《牡丹亭》，則更是反響強烈。

最有意味的是孟稱舜《花前一咲》，兼祧王、湯二先賢：「此劇結胎於《西廂》，得氣於《牡丹亭》，故觸目俱是俊語。」（祁彪佳《遠山堂劇品·逸品》）

四、心靈共振

明代沈璟《義俠記》第十四出寫西門慶約會潘金蓮時隨口引用：「娘子，《西廂記》說得好，『是必破工夫，明日早些兒來。』小人在此專候。」這可以看做戲臺上附庸風雅的「登徒子」與張生之心靈共振。

至於通俗小說中的登徒子們，就更加具有實踐性了：「芷馨低頭不語，雪香遂擁至帳中，曲盡綢繆。雪香曰：『《西廂》有云：你半推半就，我又驚又愛。真是今日情景。』」（《梅蘭佳話》第二十九段）「杜開先道：『小娘子，你可曉得，那《西廂記》上說得好：燈兒下共交鴛頸。若吹滅了燈，一些興趣都沒了。』玉姿便不則聲。」（《鼓掌絕塵》第六回）「於是自己來寬了小衣，便與蕭雲演《西廂·酬簡》一齣，便是梨園中演的《佳期》，有曲文一支道：……」（《海上塵天影》第三十七章）

食色性也，由《西廂記》人物情節引發的心靈共振發展到極點就是張生式的「相思病」，有人甚至因此丟了性命：「前頭我看見一什麼筆記上載著一條，說是有看了《西廂記》，思慕雙文顏色，致成相思病的。」（《新石頭記》第二回）「昔年蘇州有一富家子弟，年紀只有十五六歲，在書房裏讀書，狠是聰明伶俐。偶然見書架上有一部《西廂記》小說，他就瞞著先生觀看，日夜愛不釋手，單羨那位鶯鶯小姐，弄得茶飯懶吃，骨瘦如柴，犯了相思癆病而死。」（《九尾狐》第二十三回）「金陵一名家子，過目成誦，年十三，博通經史，一日偷看《西廂》曲本，忘食廢寢，七日夜而元陽一走，醫家云心腎絕矣，乃死。」（余治《得一錄》）

當然，對《西廂記》中人物故事產生心靈共振的例子更多還在「情感場」

中:「魏鵬聞得『兄妹』二字，驚得面色如土，就像《西廂記》說的光景。」（《西湖二集》第二十七卷）「以《西廂》之情好，而眼前憐愛，竟不能為意中人更謀一面，豈其人變耶？」（《道聽途說‧唐金之》）「定做了，西廂待月鶯鶯女，因此上，不在閨中暗約同。」（《再生緣》第十八回）「璞玉瞧見了這人，真象《西廂記》裏『呀！正撞著五百年前風流業冤』似的嚇了一大跳。」（《泣紅亭》第十四回）「爐梅想了半晌，才想起那日惟恐受罰，無意中念了一句《西廂記》上的話，登時飛紅了臉。」（《一層樓》第十五回）「生曰：『妹非千眼觀音，安能背後見人？即使臨去秋波一轉，亦豈能普照大千世界哉？』」（《淞隱漫錄‧徐慧仙》）「秋谷無意之中，因為心上想念雙林，隨口吟了幾句《西廂記》中的口白，卻被辛修甫猜破，說了出來。」（《九尾龜》第十八回）

更有甚者，這種「西廂情結」的心靈共振，有人幾乎發展到心理變態的地步，以致成為「笑柄」：

> 常峙節說：「我說個笑話，一個人愛看《西廂》，見鶯鶯美貌，眠思夢想，看看至死，他的朋友來說：『你要看鶯鶯跟我去，他現在我那裡。』這人聽見，立刻好了大半。即到他家，見一老婆婆坐在炕上，問道：『鶯鶯在那裡？』說：『你看那坐著的。』說：『這是何人？』那人道：『這是鶯鶯的孫女兒，已九十歲了。你還想要見他，斷無此理。」（《三續金瓶梅》第七回）

相比較而言，《牡丹亭》所引起後代青年男女的心靈共振更多悲劇情結而少一些輕喜劇意味。

張大復《梅花草堂筆談》卷七記載：「俞娘，麗人也，行三，幼婉慧。……《感夢》一出注云：『吾每喜睡，睡必有夢。夢則耳目未經涉，皆能及之。杜女故先我著鞭耶！』」又據焦循《劇說》卷六載：

> 《碉房蛾術堂閒筆》云：「杭有女伶商小玲者，以色藝稱，於《還魂記》尤擅場。嘗有所屬意，而勢不得通，遂鬱鬱成疾。每作杜麗娘《尋夢》《鬧殤》諸劇，真若身其事者，纏綿淒婉，淚痕盈目。一日，演《尋夢》，唱至『待打併香魂一片，陰雨梅天，守得個梅根相見。』盈盈界面，隨聲倚地。春香上視之，已氣絕矣。臨川寓言，乃有小玲實其事耶？」

還有一個流傳甚廣的《牡丹亭》三婦合評本，乃清初杭州一位姓吳名人字舒鳬的文化人先後或聘或娶或續弦的三任妻子陳同、談則、錢宜評點出版的。

吳舒鳧在《序》中對此有詳細記載：

> 一日，忽忽不懌，請於人曰：「宜昔聞小青者，有《牡丹亭》評
> 跋，後人不得見，見『冷雨幽窗』詩，淒其欲絕。今陳阿姊評已逸
> 其半，談阿姊續之，以夫子故，掩其名久矣。苟不表而傳之，夜臺
> 有知，得無秋水燕泥之感，宜願賣金釵為鍥板資。」意甚切也，人
> 不能拂，因序其事。吳人舒鳧書。

上文錢宜涉及「冷雨幽窗」詩，指的是另一癡情女馮小青及其作品。據佚名
《小青傳》載：「小青者，虎林某生姬也。……姬自後幽憤淒惻，俱託之詩或
小詞。……冷雨幽窗不可聽，挑燈閒看《牡丹亭》。人間亦有癡於我，豈獨傷
心是小青。」（《虞初新志》卷一）

　　諸如此類的心靈共振，在通俗小說中描寫更多，如：「生者可以死，死者
亦可以生。有如《牡丹亭》一本傳奇，當日杜麗娘何曾認得柳夢梅，只為被花
神攝合，在牡丹亭一夢遂相思而死。後柳夢梅拾得小姐遺容，感觸生情，幽
魂相會，還魂開棺，成為夫妻，百年偕老，你說這奇也不奇。」（《孤山再夢》
第一回）「香菱早來園中，一人往做夢之處獨立徘徊，心中想道：『我看《牡丹
亭》麗娘驚夢、尋夢，笑他太癡。那夜我自己領略著這情味，怨不得他癡情如
此。』一面想著出神，癡癡迷迷，尋到夢中好處坐下，只覺蟲聲樹影，風景淒
涼，心內又想：『麗娘夢見柳生，乃是末見其人，先有其夢。我與寶玉燕好，
雖係一夢，實有其人。況且以前合他親密，這麼比來，我幸於麗娘多矣。那
晚驚夢，今兒尋夢，既尋不著，惟有待之而已。』」（《紅樓幻夢》第十七回）
「黛玉不等紫鵑說完，聽到寶玉去做和尚一語，多時一塵不染的方寸，頓將
從前纏綿寶玉之私念勾逗起來，舊時還不盡的眼淚，重又滴了無數，恨不得
寶玉立刻站在跟前，好將婉言勸慰。才悟到夢中所見，幻出有因，直欲做《牡
丹亭》上杜麗娘去尋那不遠的夢兒。「（《紅樓夢補》第二十回）「又看《還魂
記》，見杜麗娘如此多情，別有賞識。」（《海上塵天影》第十一章）「那《牡丹
亭》裏杜麗娘所唱的『如花美眷，似水流年』兩句曲文，他雖未曾聽過，卻是
芳心自同，輾轉衾裯，不能成夢。」（《檮杌萃編》第十四回）

　　當然，對《西廂記》《牡丹亭》感觸最深的還是《紅樓夢》中的林黛玉：

> 黛玉便知是那十二個女孩子演習戲文。雖未留心去聽，偶然兩
> 句吹到耳朵內，明明白白一字不落道：「原來是奼紫嫣紅開遍，似這
> 般，都付與斷井頹垣……」黛玉聽了，倒也十分感慨纏綿，便止步

側耳細聽，又唱道是：「良辰美景奈何天，賞心樂事誰家院……」又兼方才所見《西廂記》中「花落水流紅，閒愁萬種」之句：都一時想起來，湊聚在一處。仔細忖度，不覺心痛神馳，眼中落淚。（第二十三回）

五、教習演出

《西廂記》《牡丹亭》作為戲曲經典之作，不知被多少次地演出，但成功的演出勢必經過長時間的教習、訓練，甚至還有教學方面的理論探討。這些，在古代小說中的記述尤為充分。

我們不妨先看二劇的演出情況：「伯爵道：『再沒人。只請了我與李三相陪哥，又叫了四個女兒唱《西廂記》。』」（《金瓶梅》第六十八回）「遂摻了一句道：『萃錦班能唱《西廂》全本，還略略看得。』」（《歧路燈》第九十五回）「箕芳因作《西廂記》鶯鶯的科白，乃唱道：『人間玉容，深鎖繡幃中，是怕人搬弄。……』」（《林蘭香》第二十七回）「正生道：『今日做的戲文是演《西廂》，要與那俏鴛鴦奇逢在大雄殿上。恁要在畫中求寵愛，教我在影裏做情郎。』」（《癡人福》第三回）「寶兒素性歡喜偷情，立主意要串演《西廂》，自己要扮張生，賣弄彼俏。」（《十二笑》第五笑）「俊生隨啟丹唇唱一曲《北調西廂·張生遊佛殿》，果然聲透碧霄，音貫九重。」（《杏花天》第三回）「演出《牡丹亭》杜麗娘還魂一節。」（《後紅樓夢》第六回）「寶珠道：『那麼改改，改唱《牡丹亭》如何？讓你做柳夢梅。』」（《淚珠緣》第七十五回）甚至還有二劇皆能演唱，並藉以調情者：

> 公子暗喜：有支曲兒，可以調情。遂斟一盞，手奉賽兒說：「夫人聽者！」唱的是《西廂》上「軟玉溫香抱滿懷」一套淫曲，要動賽兒之心。唱完，賽兒贊好，又要再唱。公子只得又唱《牡丹亭·尋夢》一套。（《女仙外史》第六回）

上面只是提示唱哪一段，還有直接照錄劇本原詞的：「美鶯鶯解佩環，在西廂兩情戀。雙文是雲鬟半嚲嬌聲喘，君瑞是任意風流人不倦。一個是擺柳腰故輕輕，一個是蕩花心偏款款。苦煞紅娘，戶外忍把香津咽，只到了透靈犀一點鮮。」（《繪芳錄》第二十六回）當然，也有將曲文改為更通俗的民間小調的：

> 張斜眼道：「你著巫雲姐唱個《西廂·一半兒》罷。」……巫雲

取過弦子來，又唱道：「冷清清人在西廂，喚一聲張郎，怨一聲張郎。
亂粉粉花落東牆，問一會紅娘，調一會紅娘。枕兒餘，衾兒剩，溫
一半繡床，閒一半繡床。月兒斜，風兒細，掩一半紗窗，開一半紗
窗。蕩悠悠夢繞高堂，曲一半柔腸，斷一半柔腸。」（《金屋夢》第
三十四回）

臺上幾分鐘，臺下十年功。各種演唱都是需要長時間教習、訓練的：「黛玉因
在舟中無事，時叫慶齡們過來唱曲消遣。一日慶齡唱了一套《琴心》，……紫
鵑不懂文義，但覺悠揚入耳可聽，高興起來，叫遐齡教曲。」（《紅樓夢補》第
二十四回）「秋芳道：『聽見說你的《遊園》很好，我們秋水姑娘也會這一套曲
子，教他扮春香，你指點了他的身段。況且，這齣的賓白有限，他賓白也是記
得的，就只沒有說過。』秋水道：『大奶奶，你先不用笛子，走個上場看我可
接的上來？有不是的教給我就是了。』椿齡道：『還要把鏡臺、衣服預備停當
了呢！』說著，便捏出身段，輕輕腳步，上場唱引子：『夢回鶯囀，亂煞年光
遍，人立小庭深院。』秋水便也做出身段，上場接唱：『炷盡沉煙，拋殘繡線，
恁今春關情似去年。』椿齡便說定場白，秋水接著把這段賓白說完。椿齡道：
『春香與杜麗娘的身段不同，春香的身段要活變，搖擺腳步要輕巧利便，說
白要輕快就是了。』」（《補紅樓夢》第四十七回）最令人匪夷所思的是，西洋
的能工巧匠居然還做出最早的「機器人」表演《西廂記》：

乾隆二十九年，西洋貢銅伶十八人，能演《西廂》一部。人長
尺許，身軀耳目手足，悉銅鑄成；其心腹腎腸，皆用關鍵湊接，如
自鳴鐘法。每出插匙開鎖，有一定準程，誤開則坐臥行止亂矣。張
生、鶯鶯、紅娘、惠明、法聰諸人，能自行開箱著衣服。身段交接，
揖讓進退，儼然如生，惟不能歌耳。（《新齊諧·銅人演西廂》）

戲曲表演講究「四功五法」，對這些基本功，教習們不僅需要長時間對演員進
行培養、訓練，甚至還要做出理論總結：「至於入聲作平聲呢，那《西廂記》
上的肉字，讀做時乎二字的切音，玉字、月字，都讀做於字的樣兒。」（《淚珠
緣》第七十七回）「曲之佳否，亦且繫於賓白也。如《牡丹亭·驚夢》折白云：
『好天氣也』，以下便接〔步步嬌〕『嫋晴絲吹來閒庭院』一曲，可謂妙矣。試
思若無『好天氣』三字，此曲如何接得上？有云：『不到園林，怎知春色如
許』，以下便接〔皂羅袍〕『原來姹紫嫣紅開遍』一曲。試思若無『不到園林』
二語，曲中『原來』云云，如何接得上？此皆顯而易見者也。」（吳梅《顧曲

塵談》第二章）

　　古代戲曲的作者，往往能兼任編劇、導演、演員，從某種意義上講，他們還是「教習」師父，關漢卿、梁辰魚、阮大鋮、李漁等均乃如此，而他們中間的湯顯祖也是這樣：「徐軌云：湯若士詞曲小令擅絕一世，所撰《牡丹亭記》，《西廂》並傳。嘗醉後自題云：『玉茗堂開春翠屏，新詞傳唱《牡丹亭》，傷心拍遍無人會，自招檀痕教小伶。』興致可想見也。」（姚燮《今樂考證·著錄六》）

　　綜上所述，像《西廂記》《牡丹亭》這樣的戲曲名著，不僅在文化史上具有深遠影響，從戲曲教育的角度看，他們也具有相當大的典範作用，名著的力量是無窮的！

（原載《荊楚學刊》2018 年第三期）

多角度接收與選擇性釋放——對明成化民間說唱詞話《石郎駙馬傳》的文化解讀

一般說來，中國封建社會歷朝歷代的開國之君多半都是英雄人物，但這些英雄人物身上又多半帶有「反英雄」的因素。這些「共軛」人物，往往是深謀遠慮與寡廉少恥共存，雄才大略與兇狠殘暴同在，給人以千秋功罪難以評說的困惑。其中，五代後晉高祖石敬瑭更具有「奇葩」意味，因為他竟然將開國君主與民族罪人兩者同構在自己身上。

刊印於明成化七年（1471）的民間說唱詞話《石郎駙馬傳》，對石敬瑭其人進行了頗為生動細膩的描寫。然而，這個唱本卻有一個與眾不同的地方。它對歷史上石敬瑭的故事是多角度接收，而對聽眾或讀者而言卻是一種選擇性的釋放。

一

《石郎駙馬傳》是《明成化說唱詞話叢刊》中的一種。該書是明代成化七年到十四年由北京永順堂刊印的，數百年來，一直未見各種書籍著錄。1967年，在上海市嘉定縣一個宣姓的墓中發現此書，由上海博物館收藏。該館曾在 1973 年影印此書，又在 1979 年重印。1991 年，中州古籍出版社排印出版了朱一玄先生的校點本。

在《明成化說唱詞話叢刊》所收集的十三種唱本中，《石郎駙馬傳》排列第二。該篇的故事背景是後唐末帝李從珂執政期間。李從珂原名王阿三，乃後唐明宗李亶養子，封潞王。後唐長興四年（933），唐明宗卒，子宋王李從厚

即位，是為後唐閔帝。次年，由於閔帝與潞王相互猜忌，潞王兵變，攻入洛陽，閔帝逃至衛州，被殺。潞王李從珂即位，是為後唐末帝，改元清泰。當時，後唐軍權在握的是河東節度使石敬瑭，而且，這位「石郎」還是唐明宗的東床愛婿。後唐清泰三年，李從珂欲移置石敬瑭為天平節度使，石敬瑭大為不滿，結契丹為援，與朝廷開戰。最終，契丹立石敬瑭為兒皇帝，是為晉高祖，攻入洛陽，末帝自焚，後唐遂亡。

引人注目的是，這樣一個軍閥之間爭奪政權的歷史大事件，在《石郎駙馬傳》中卻被改變為帶有宮廷倫理色彩的姑嫂矛盾糾葛，並由這種宮廷矛盾引發了五代時期後唐至後晉的改朝換代。這是一個通過講史題材而表現市民趣味的作品，書中有插圖九幅，基本能概括該篇的主要內容：唐王聚群臣，木樨公主府，木樨公主賀新年，潞王宣公主禁冷宮，潞王寫赦放公主，公主寄書下三關，石郎眾將拜刀，張國舅（舅）與石郎交戰，石郎駙馬登位。

《石郎駙馬傳》中的主要人物有五個：木樨宮公主，石敬瑭駙馬，潞王天子，皇后張三女，張國舅。其故事梗概如下：正旦之日，公主朝見哥哥潞王天子，天子令其後宮參見嫂子張皇后。這張皇后「原是風流門下之女，住在水食巷內，有名張行首」，「昔日潞王天子先考明宗在日，潞王天子去到水食巷內，面見此女，招做正宮皇后」。因此，國姑木樨宮公主從心底深處就瞧不起這位出身低賤的嫂子。不料，這張皇后竟然在國姑面前端起嫂嫂的架子來：「皇后見說姑姑到，全然不理半毫分。」姑嫂二人又因誰該先拜誰的問題發生矛盾，鬧得不歡而散。接著，皇帝聽信皇后一面之詞，將公主打入冷宮一月，受盡磨難。後因大臣保奏，天子赦免公主，又懼其攛掇駙馬報仇，賞賜給公主三千貫錢以圖息事寧人。孰料公主越想越氣，偷偷寫血書派人送往三關，要丈夫為自己報仇。石敬瑭接信大怒，起兵造反。潞王天子恐懼萬分，群臣束手無策，不得已，由國舅爺出兵禦敵。戰場上，張國舅與石駙馬殺得昏天黑地，最終駙馬用紅錦九股繩擒拿國舅，斬之。潞王無奈，只好獻出張皇后。張皇后恐懼，向公主求饒。見此情景，石敬瑭本想放過皇后，卻被部將劉知遠「單為此人生歹意，起動三關馬共人」一句話提醒，斬了皇后。隨即，駙馬又威逼潞王讓出「花世界」。最終，石敬瑭登基，成為後晉開國君主。

作為民間唱本的《石郎駙馬傳》，具有以下幾個顯著特點：

其一，表述俚俗。該篇邊講邊唱，夾敘夾議，但遣詞造句卻土得掉渣。

如書中寫潞王賞賜公主三千貫錢之後，又請妹妹吃酒賠罪，居然出現了這樣的描寫：「公主此時位坐定，傳杯敬盞酒重斟。頭羹八寶豬羊飯，四個饅頭當點心。」這大概就是老百姓心目中最豐盛的酒席了。再如寫潞王得知駙馬大兵圍城後召集文武百官會議時，書中對眾文武的噤若寒蟬進行了生動的表現：「文官好似泥莊（裝）就，武官一似木雕成。木頭塞就文官口，荸（鰾）膠占（黏）住武官唇。」雖然逼真傳神，但卻是地地道道的大眾俚俗語。

其二，情節簡單。該篇線索分明，無論是演唱者的敘述語言還是故事中的人物語言，全書只是強調姑嫂矛盾，反反覆覆述說公主受到皇后的欺負。如寫皇后虐待打入冷宮的公主：「可耐此人張皇后，分付宮娥十個人。飯使多年陳糙米，湯使南園苦菜根。」再如公主寄給丈夫的血書中寫道：「依了嫂嫂張皇后，把奴推在冷宮門。推在冷宮一個月，骨瘦如柴不似人。」再如公主見了駙馬以後當面哭訴：「姑姑兩眼流雙淚，只怨哥哥李聖人。信了嫂嫂張皇后，交（叫）我牢中吃苦辛。」

其三，主題明確。該篇作品的最後，由說唱者直接點明了寫作宗旨和主題思想：「唱盡一本忠良話，奉勸多人仔細聽。只為姑嫂爭八拜，一國山河換主人，編成一本石駙馬，說與高賢論話人。記了古人說得好，兩句言詞說得真。果是妻賢夫禍少，官清國正萬民安。奉勸人家姑共嫂，莫學官家李聖人。賢孝人家聽得唱，姑嫂兩個不相爭。」如此囉囉嗦嗦，喋喋不休，實際上表達的就是「家和萬事興」這一道理。

最為有趣的是，以上三方面又可找到它們之間的結合點：市民趣味。土俗的言辭，簡明的情節，單一的主題，都是為了適應市民趣味而形成的。進而言之，正是市民趣味這個結合點，決定了《石郎駙馬傳》對歷史上石敬瑭故事的多角度接收和選擇性釋放。

二

《石郎駙馬傳》對於歷史上石敬瑭的生平事蹟及其社會關係的記載，採取的是多角度接收的態度，亦即儘量靠近其歷史真實性。但由於這個唱本畢竟不是普及歷史知識的通俗讀物，故而，在吸收關於石敬瑭相關事蹟時往往採取了變形、淡化、暗示等方法。因而，相對於歷史事實而言，《石郎駙馬傳》中的描寫只能是真真假假、真假摻半。

首先，《石郎駙馬傳》中石敬瑭與李從珂的郎舅關係雖然基本真實，但卻

有點小問題。史載石敬瑭：「及長，性沈淡，寡言笑，讀兵法，重李牧、周亞夫行事。唐明宗為代州刺史，每深心器之，因妻以愛女。」（《舊五代史·晉書·高祖紀》）他與唐明宗之子潞王李從珂當然是郎舅關係。《石郎駙馬傳》對此多有描寫：「公主來到長朝殿，九間殿下見哥身。天子一見親妹到，御手相邀坐錦墩。」「君王此時將言問，便問張皇后一人。寡人國妹同包（胞）女，他來朝見你當身。」「同胞共母看娘面，千葉桃花一樹生。折陷同胞親妹子，哥哥枉做國王身。」像這樣反覆強調木樨宮公主與潞王天子是「同胞」兄妹的地方在書中還有很多，此不贅舉。如果對五代的歷史缺乏瞭解，一般讀者肯定會誤以為石敬瑭與李從珂是嫡親郎舅。然而，查一下潞王李從珂的根基，就知道其實不是這麼回事。據《舊五代史·唐書·末帝紀》載：「末帝諱從珂，本姓王氏，鎮州人也。母宣憲皇后魏氏，以光啟元年歲在己巳正月二十三日生帝於平山。景福中，明宗為武皇騎將，略地至平山，遇魏氏，擄之。帝時年十餘歲，明宗養為己子，小字二十三。」又據《舊五代史·晉書·后妃傳》載：「《五代會要》：高祖皇后李氏，唐明宗第三女。天成三年四月封永寧公主，長興四年九月進封魏國公主，清泰二年九月改為晉國長公主，至天福六年十一月尊為皇后。」這裡，只說李從珂是唐明宗的養子，而公主則是唐明宗的親女，並沒有載明公主的母親是誰。又據《新五代史·唐家人傳》載：「魏氏，鎮州平山人也。初適平山民王氏，生子十歲矣。明宗為騎將，掠平山，得其子母以歸。居數年，魏氏卒。」可知魏氏被明宗擄掠為妻之後，除了帶來那個拖油瓶的兒子王阿三之外，並沒有關於她另生子女的記載。如果公主的母親不是這位宣憲皇后魏氏，那麼公主與潞王就沒有任何血緣關係了。退一步講，即便公主是唐明宗搶來的老婆魏氏所生，公主和李從珂也只是同母異父的兄妹。而在宗法社會的中國，同母異父的兄妹是遠遠趕不上同父異母的兄妹的。況且，李從珂本姓王，卻從李家人手上搶了江山，當上皇帝，對此，後唐皇室宗親中的很多人是不能心悅誠服地認可的。果然，駙馬石敬瑭與潞王天子鬧翻了以後，就是憑著這一點攻擊李從珂的：「敬瑭表：『帝，養子，不應承祀，請傳位許王。』」（《資治通鑒》卷二百八十）自宋元以來，瓦舍勾欄中的說唱藝人都必須「幼習《太平廣記》，長攻歷代史書」。（羅燁《醉翁談錄·小說開闢》）一般說來，他們對帝王家的這些血脈關係的情況是最為追究的，應該清楚公主與潞王之間的兄妹關係究竟是怎麼一回事。既如此，他們為什麼又要反覆強調公主與潞王之間的「嫡親」關係呢？這是為了強調「親情」與「仇

怨」之間強烈的反差，以求達到大幅度反比的藝術效果。因為說唱藝人越是強調潞王與公主的「嫡親」關係，就越能體現潞王天子聽信枕邊風而殘害親骨肉的昏庸和無情。這是一種有意識的「變形」描寫。

其次，《石郎駙馬傳》中石敬瑭造反的原因是與歷史真實有較大差距的，但也不是毫無根據。史書中記載石敬瑭與李從珂交惡是有其深刻的心靈隱痛的：「及岐陽兵亂，推潞王為天子，閔帝急詔帝赴闕，欲以社稷為託。閔帝自洛陽出奔於衛，相遇於途，遂與閔帝回入衛州。時閔帝左右將不利於帝，帝覺之，因擒其從騎百餘人。閔帝知事不濟，與帝長慟而別，帝遣刺史王宏贄安置閔帝於公舍而去，尋為潞王所害，帝后長以此愧心焉。」（《舊五代史·晉書·高祖紀》）閔帝在萬分危急的時候，召妹婿石敬瑭入京救駕，甚至欲以國事託付。不料由於種種原因，石敬瑭沒有保護好閔帝，最終，李從厚被李從珂所殺。須知，李從珂本姓王，只是唐明宗養子，而現在是養子殺了親子，臣下殺了皇上。面對這種狀況，無論是出於公心還是出於私情，石敬瑭從道義上或情感上都應該是站在李從厚這一邊的。因此，他才覺得愧對死者，由此，也自然而然會對殺死閔帝的潞王有了一種無形的仇恨。另一方面，由於石郎駙馬軍權在握，由於駙馬與死去的閔帝走得較近，末帝李從珂對石敬瑭也會產生防範心理。儘管後來郎舅雙方都比較克制，表面上過得去，但心底的隔閡終究是會發酵的。在這一發酵過程中，有兩件事值得一提。首先是清泰二年夏，石敬瑭「屯軍於忻州，朝廷遣使送夏衣，傳詔撫諭，後軍人遽呼萬歲者數四」，石敬瑭感到很恐懼，於是「斬挾馬將李暉以下三十餘人以徇，乃止」。（同上）這樣的政治大事件，肯定會有人密報給末帝李從珂的，於是勢必發生第二件事。清泰三年，「丁未，唐主立子重美為雍王。癸丑，唐主以千春節置酒，晉國長公主上壽畢，辭歸晉陽。帝醉，曰：『何不且留？遽歸，欲與石郎反邪！』石敬瑭聞之，益懼。」（《資治通鑑》卷二百八十）身為人主，竟然對著告辭歸家的妹子說：你這樣急著回晉陽去，難道是想和妹夫一起造反嗎？身為駙馬而重兵在握的石敬瑭聽了這樣的話，難道不感覺到與舅兄天子的關係已經緊張到一觸即發了嗎？因而，石敬瑭的造反，就勢在必行了。然而，《石郎駙馬傳》對此事的處理卻是饒有興味的。該書雖然也寫了石敬瑭反出三關，但那原因實在是太過簡單：「此時石郎高聲叫，叫言國舅（舅）姓張人，好好現（獻）出張皇后，萬事都休不理論。若道一聲言不肯，殺盡官家一滿門。不動街坊並市戶，只殺朝陽宮裏人。」如此看來，似乎石敬瑭造反真的就

是為了給妻子報仇雪恨，只針對張皇后一人了。然而，當張國舅兵敗被殺，潞王天子真的獻出張皇后之後，石敬瑭又提出了進一步的要求：「石郎駙馬開言說，說與官家李聖人。好好獻出花世界，萬事都休不理論。若道一聲言不肯，李王也做沒頭人。官家見說心中怕，便獻東京一座城。」其實，站在當時石敬瑭的角度考慮問題，他既然已經殺了張皇后，是不可能再在潞王天子殿下為臣了。試想，哪一位君王能夠容忍屬下殺了自己的妻子呢？因此，石敬瑭向潞王索取花世界就成為一件箭在弦上不得不發的事，甚至還帶有幾分無可奈何。殊不知，這正是說唱藝人設置的一個情感迷局，越是寫石敬瑭的不得已，就越是體現了石敬瑭奪取天下的合理性。這樣，讀者或聽眾的同情心就自然會投向石郎駙馬一邊。而這樣一來，就達到說唱者的目的了。其實，說唱者完全明白石敬瑭為什麼要奪取潞王的天下，那只能是政治原因導致的政治行為，但他們卻將這種政治行為掩蓋在家庭倫理的紗幕之中，這就是一種有意識的「淡化」處理。

第三，也是最重要的一點，石敬瑭為戰勝末帝李從珂而割讓燕雲十六州向契丹借兵這樣一種出賣民族利益的行為，在《石郎駙馬傳》中雖然無一字提及，但卻有幾處隱隱的暗示。史書中，對這位石郎駙馬民族罪人的行徑是記敘得清清楚楚的：「石敬瑭遣間使求救於契丹，令桑維翰草表稱臣於契丹主，且請以父禮事之，約事捷之日，割盧龍一道及雁門關以北諸州與之。」「契丹主謂石敬瑭曰：『吾三千里赴難，必有成功。觀汝氣貌識量，真中原之主也。吾欲立汝為天子。』敬瑭辭讓數四，將吏復勸進，乃許之。契丹主作冊書，命敬瑭為大晉皇帝，自解衣冠授之，築壇於柳林。是日，即皇帝位。割幽、薊、瀛、莫、涿、檀、順、新、媯、儒、武、雲、應、寰、朔、蔚十六州以與契丹，仍許歲輸帛三十萬匹。」（《資治通鑑》卷二百八十）不僅正史如此記載，就連稗官野史也時有這方面的評說和敘述：「契丹主既作冊命，自解衣冠授與石敬瑭。就晉陽城南築個三層壇，敬瑭就壇上即位，諸軍皆山呼萬歲稱賀。石敬瑭舉觴為契丹壽，跪曰：『孩兒每今日遭遇聖恩，推戴為天子，全藉皇帝福蔭。請割十六州土地為皇帝謝。』那十六州，是甚州府？幽州、薊州、瀛州、莫州、涿州、檀州、順州、新州、媯州、儒州、武州、雲州、應州、寰州、朔州、蔚州。即日召大臣趙瑩、桑維翰等，寫著個文字，撥取以上十六州，請契丹主差人前去交割。又寫著個每歲貢約歲幣三十萬匹的合同文字，赴契丹主帳前交納。」（《五代史平話‧晉史平話卷上》）「卓吾子評：父事契丹

而獻幽、薊十六州土地，陷於腥膻四百三十二年，是敬瑭、維翰耳。敬瑭以此而得國，維翰以此而得相。」（《殘唐五代史演義傳》第五十回）「後因石敬瑭拜認契丹為父，借兵篡唐。」（《飛龍全傳》第一回）以上這些將石敬瑭釘在歷史恥辱柱上的表述，在《石郎駙馬傳》中隻字未見，但這並不能說明詞話作者並不清楚這一段歷史事實，而只是說明他們在一部歌唱石敬瑭的英雄傳記故事中不願意明顯袒露其「反英雄」的一面。然而，作者還是在幾處地方對這一問題做了令人不易察覺的暗示性描寫：「奴奴家書傳示你，再三上覆丈夫身。莫把大行西下路，由他外國過來侵。」「傳示我夫石駙馬，再三上覆我夫身。莫把太山西下路，由他外國過來侵。」這近乎重複的兩段話，前者出自公主給丈夫寫信時，後者出自駙馬讀妻子來信時，所指都是公主信中的言辭。尤其值得注意的是其中的「大行」「太山」各錯了一字，兩者結合而去偽存真，指的就是「太行山」，這正是當時契丹人南下的必經之地。而信中的「外國」，不是指的契丹人又是誰何？作者在這裡是明話暗說、正話反說，暗示讀者聽眾：石敬瑭是「借」了外兵才能打勝仗的。不然，一封妻子向丈夫求救的血書何以要管他從哪兒進兵、用誰的兵這些「運籌帷幄」的軍政大事呢？這樣的暗示性描寫，瞭解那一段歷史的明眼人應該一看就明白的。

三

通過以上簡單的列舉分析，我們可以得出這樣的結論：《石郎駙馬傳》對歷史上和民間傳說中的石敬瑭的相關資料是兼收並蓄的。尤其是關於石敬瑭的一些關鍵問題，這本說唱詞話的作者更是多角度吸收。但是，在表述石敬瑭故事時，作者可就是選擇性釋放了。

選擇什麼作為《石郎駙馬傳》的核心內容呢？曰：姑嫂矛盾而導致的改朝換代。為了達到這一目的，作者除了上面講到的對歷史上石敬瑭事蹟實行變形、淡化、暗示處理之外，甚至還進行虛構。如末帝張皇后，基本上是一個虛構的人物。新舊《五代史》異口同聲說末帝皇后姓劉，應州人，性格強悍，皇帝「憚之」。並沒有說她出自煙花巷中，也不張姓。雖然如此，但皇后那種令皇帝都懼怕三分的強悍性格卻是編造傳說故事的極好題材。於是，說唱詞話的作者就將其改為張姓，並說她出身於花街柳巷。這樣一來，《石郎駙馬傳》中的張皇后就成為一個集出身低賤、性格強悍、心地陰毒為一體的反面形象了。相反，作為書中頭號女主人公的公主，作者也要進行適當的包裝。在將

其寫成潞王親妹妹的同時，更強調她出身高貴、性格堅韌、充滿智慧的正面品質。這樣，姑嫂二人就形成了旗鼓相當的正反兩面的典型。而潞王天子、石郎駙馬以及國舅爺、文武百官統統成了這一場姑嫂矛盾衝突過程中的輔助形象，條件人物。

問題在於，《石郎駙馬傳》的作者為什麼要這樣做？為什麼要將一場刀光劍影的政治鬥爭附著於唇槍舌劍的姑嫂矛盾中得以體現？

這是由《石郎駙馬傳》的作者、受眾和體裁決定的。

《石郎駙馬傳》作者的本意是要寫一個唱本來反映後晉取代後唐的歷史故事。但是，這一段歷史太複雜。後唐五帝，卻是三個姓氏，尤其是後唐末帝，出身那麼「野」。石敬瑭本是後唐的駙馬，後來卻奪取舅兄的江山而代之。石敬瑭本來在軍事上是處於劣勢的，因為借了契丹人的軍隊才取得最終的勝利。石敬瑭向契丹借兵是要付出代價的，割讓燕雲十六州，並且只能做兒皇帝。更令人感到匪夷所思的是，石敬瑭做契丹人的兒皇帝卻還有著「歷史淵源」，請看以下兩段記載：「明宗聖德和武欽孝皇帝，世本夷狄，無姓氏。父電，為雁門部將，生子邈佶烈，以騎射事太祖。為人質厚寡言，執事恭謹。太祖養以為子，賜名嗣源。」（《新五代史·唐本紀》）「高祖聖文章武明德孝皇帝，其父臬捩雞，本出於西夷。自朱邪歸唐，從朱邪入居陰山。其後晉王李克用起於雲朔之間，臬捩雞以善騎射，常從晉王，征伐有功，官至洺州刺史。臬捩雞生敬瑭，其姓石氏，不知其得姓之始也。」（《新五代史·晉本紀》）

原來唐明宗、晉高祖均乃少數民族血統，而石敬瑭滅唐興晉又借助了契丹人的力量，如此複雜的不同民族君王之間改朝換代的故事，如此複雜的人際關係、政治事件、王朝更迭，一般百姓如何弄得清楚？不要說受眾的知識面了，就作者而言，他也寫不清楚。因為作者多半是民間藝人，最多是下層文人，他們能弄得清楚少數民族上層貴族之間的生活習慣、思維方式、行為準則嗎？不能！因此，他們必須將歷史故事「世俗化」。這是第一層。

再者，即便作者能夠較為成功地寫清楚不同民族的上層貴族之間的爭權奪利的鬥爭，說唱詞話這種訴諸聽覺的藝術形式能夠十分便捷地表現這種錯綜複雜的故事嗎？即便將這種說唱詞話固定為「話本」，閱讀者也多半是普普通通的老百姓，他們在閱讀這種故事的時候，能記得住中間這些陌生而複雜的內容嗎？如果記不住，就會失去閱讀的興趣。如果讀者都沒有興趣了，那

麼，說的詞話、寫的話本還有人聽、有人看嗎？這是第二層

　　既然有以上兩大障礙、來自作者知識儲備和受眾審美習慣的兩大障礙，那還不如將複雜的內容簡化之，按照廣大民眾能夠普遍接受的傳統思想、倫理道德、價值評判、審美習慣而簡化之，使之十分便捷地為更多的受眾所接受。這樣，就勢必將錯綜複雜的多民族上層貴族爭權奪利、改朝換代的故事附著在一個普通受眾最能理解和接受的姑嫂矛盾中得以表現。因此，也就有了《石郎駙馬傳》的選擇性釋放。

　　其實，《石郎駙馬傳》作者的這種選擇性釋放的做法並不是一種特異現象。在中國古代的文學作品中、尤其是通俗文學作品中，這種現象是普遍存在的。幾乎所有的俗文學作家在從事創作的過程中都會有兩個「照顧」：一是照顧自己，寫自己熟悉的內容；二是照顧受眾，讓他們樂於接受。尤其是其中的高手，更是能通過作者自己和廣大受眾都熟悉的內容，匠心獨運，從而達到兩個目的：一是在熟悉的故事中寫出新鮮感而達到陌生化的藝術效果，二是在平凡的故事中體現思想的深刻性而造成影響的深遠性。《竇娥冤》《西廂記》《拜月亭》《琵琶記》《水滸傳》《西遊記》《金瓶梅》《紅樓夢》《珍珠塔》《再生緣》《白蛇傳》《秦香蓮》等等，概莫能外！這些優秀的戲曲、小說、彈詞等俗文學作品，借用王國維先生的一句話，她們都是「活文學」。

　　多角度接收與選擇性釋放的有機結合，正是民族文化傳統在俗文學創作中的慣常表現。（本文與人合作）

　　　　　　　　　　　　（原載《中南民族大學學報》2016 年第二期）

康李之交與《中山狼》雜劇

　　明代關於「中山狼」的雜劇至少有四本，即：王九思《中山狼》一折，康海《東郭先生誤救中山狼》四折，陳與郊《中山狼》五折，汪廷訥《東郭氏中山救狼》六折。上述四種《中山狼》雜劇，陳與郊、汪廷訥所作均不傳。而且，陳與郊（1544～1611）的文學活動主要在隆慶、萬曆年間。汪廷訥生卒年不詳，但他是沈璟（1533～1610）弟子，並於萬曆年間任鹽運使，其文學活動亦當在萬曆年間。陳、汪二人較王九思（1468～1551）和康海（1475～1540）都要晚幾十年。因此，陳、汪之《中山狼》雜劇，顯然受到康、王所作之啟發。至於康、王二氏的《中山狼》雜劇，又皆本於馬中錫文言小說《中山狼傳》。馬中錫，字天祿，別號東田，成化十一年（1475）進士，其文學活動主要在弘治、正德年間，《中山狼傳》見其《東田文集》卷三。

　　「中山狼」乃忘恩獸的代名詞，如果認為有關「中山狼」的文學作品乃泛泛諷刺忘恩負義之人亦未嘗不可。問題是：為什麼偏偏在明代正德、嘉靖年間會接二連三地出現以「中山狼」為題材的小說或戲劇作品？最能說明問題的答案應該是：在當時恰恰發生了一件「忘恩負義」的事情，而且負恩之人又頗為知名，其事士林皆知。如果撰寫「中山狼」故事作品的幾位作者，又都與這件事情有某種干係的話，那就更有意味了。

　　考察明正德年間之士林，我們發現果然有此等人和事。負恩之人即李夢陽，被負之人即康海，而康海、王九思又都是馬中錫的門生，王九思又與康海、李夢陽同為「前七子」中人物，曾經是非常要好的朋友。因此，可以初步斷定，馬、王、康三人有關「中山狼」的作品，都是有感於李夢陽負恩於康海一事而發的。為了進一步弄清事情的來龍去脈，我們有必要先對康、李、王

等人交往的情況略作介紹。

李夢陽（1473～1530），初名莘，字獻吉，號空同子，甘肅慶陽（明代屬陝西）人。成化十八年（1482）隨父徙居開封，其父李正時為周府封邱王教授。弘治五年（1492）舉陝西鄉試第一，次年成進士。授戶部主事，遷員外郎。正德改元，進郎中。因反對劉瑾，罷職居開封，險些被殺。正德五年（1510）八月，劉瑾伏誅。第二年四月，詔起復，遷江西按察司副使。正德九年（1514），因與上司、同僚不和而被罷官。退居開封，徜徉於繁、吹兩臺之間十餘年而卒。有《空同集》。

康海，字德涵，號對山，陝西武功人。弘治十五年（1502）狀元，授翰林院修撰。正德初，為救李夢陽而不得已與權閹劉瑾交往。劉瑾欲拜為吏部侍郎以示籠絡，康海力辭之。劉瑾敗，康海因曾與劉瑾有交往，受牽連而削職為民。家居三十餘年，卒，以山人巾服殮之。有《對山集》。

王九思，字敬夫，陝西鄠縣（今作戶縣）人。弘治九年（1496）進士，選翰林庶吉士，授檢討。改官吏部，因劉瑾事牽連，降壽州同知，居一年，勒致仕。與康海過從甚密，鄉居而終，卒年八十四歲。有《渼陂集》。

康、李等人之所以成為朋友，主要是因為文學觀的一致。據《明史‧李夢陽傳》：「弘治時，宰相李東陽主文柄，天下翕然宗之。夢陽獨譏其萎弱，倡言文必秦漢、詩必盛唐，非是者弗道。」而康海「與夢陽輩倡和，訾議諸先達，忌者頗眾。」又據錢謙益《列朝詩集小傳‧康修撰海》載：「德涵於詩文持論甚高，與李獻吉興起古學，排抑長沙（李東陽），一時奉為標的。」同書《王壽州九思》亦云：「敬夫館選試端陽賜扇詩，效李西涯（李東陽）體，遂得首選，有名史館中。……既而，康、李輩出，唱導古學，相與訾謷館閣之體，敬夫捨所學而從之，於是始自貳於長沙矣。」由此可見，正是「唱導古學」「訾謷館閣」的共同志趣，將康、李、王等人連到了一起。

幾年後，一件震驚朝野的大事更體現了康海對李夢陽深厚的朋友之義。正德元年（1506）十月，戶部尚書韓文率群臣劾奏劉瑾等「八虎」，而明武宗卻寵信這些宦官，「勒罷公卿臺諫數十人」。（鄭曉《今言》卷二）以「五十三人黨比，宣戒群臣」。（《明史‧武宗紀》）當時身為戶部郎中的李夢陽亦在五十三人之列，並於次年春被罷官，放歸田里，潛居大梁（今開封）之墟。正德三年五月，劉瑾得知韓文上武宗的「劾宦官狀疏」竟是五品郎中李夢陽代擬，惱羞成怒，矯旨將夢陽抓到京師，必欲殺之而後快。就在這緊急關頭，康海

挺身而出，救了李夢陽一條性命。

關於康海救李夢陽一事，王世貞在《弇山堂別集》卷二十九中有詳細的記述，文太長，不便引錄。晚明何喬遠《名山藏》敘之亦頗詳盡：「劉瑾用事，以海鄉人，欲致之，海常自疏闊。其後李夢陽下獄，瑾幾殺之矣。夢陽妻弟曰左國玉者，為書通海，乞請劉。坐之，海謝國玉曰：『我固自遠劉太監，乃何惜生李子！』上馬馳至瑾門，門者阻之，海曰：『我康狀元，乃公里人。』瑾聞即攝衣出迎，坐海上坐，留海飲。海談笑睨瑾曰：『自古三秦豪傑有幾？』瑾愕然曰：『惟先生教之。』海曰：『昔桓溫問王猛三秦豪傑何以不至，猛捫虱而談世務。三秦豪傑捨猛其誰？溫闇若此哉！』瑾面發赤，疑其譏己，因問曰：『於今則幾？』海默然，屈指曰：『三人爾！昔王三原秉銓衡，進賢退不肖；今則有密勿親信在帝左右。』瑾意指己，轉發喜色，因復問曰：『尚有一人，其先生乎？無謂王猛在前吾不識。』海曰：『公何謬稱。其一人者，今李白也。海卑卑耳。』瑾固問，則曰：『昔曹操憎恨禰衡假手黃祖，此奸雄小智。李白醉使高力士脫靴，可謂輕傲力士，力士脫而不辭，容物大度也。』瑾俛首思曰：『先生豈謂李夢陽耶？此人罪當誅。』海即起辭，瑾謝曰：『我知，我知！』明日入奏，出夢陽。」

稍後，錢謙益在《列朝詩集小傳·康修撰海》中改寫此事，更為簡明：「正德初，逆瑾恨李獻吉代韓尚書草疏，繫詔獄，必殺之。獻吉獄急，出片紙曰：『對山救我！』秦人皆言瑾恨不能致德涵，德涵往，獻吉可生也。德涵曰：『吾何惜一官，不救李死？』乃往謁瑾。瑾大喜，盛稱德涵真狀元，為關中增光。德涵曰：『海何足言？今關中自有三才，古今稀少。』瑾驚問曰：『何也？』德涵曰：『老先生之功業，張尚書之政事，李郎中之文章。』瑾曰：『李郎中非李夢陽耶？應殺無赦！』德涵曰：『應則應矣，殺之關中少一才矣！』歡飲而罷。明日，瑾奏上，赦李。」

康海說劉瑾而救夢陽，是冒著很大的政治風險的。當時劉瑾權傾天下、炙手可熱，朝中正直士大夫多所不滿，視之為逆豎。而康海卻極盡朋友之義，直抵閹豎之門，利用劉瑾想培植個人勢力、抬高自己聲望的心理，抓住同是「關中」人的老鄉觀念來打動劉瑾，從而取得營救活動的成功。康海這樣做，絲毫沒有替自己打算的意思，也沒想加入劉瑾一黨。事後，劉瑾欲以吏部侍郎的高位來拉攏康海，康海堅決拒絕了。然而，康海這一行動本身，已給自己沾上了瑾黨之嫌，極其嚴重地影響了他的政治聲譽。果然，兩年之後，劉

瑾事敗伏誅，康海也因之「坐瑾黨，奪官為民。」（《名山藏》）在這種情況下，正被重新起用並升為四品按察司副使的李夢陽理應為康海辯白，而李夢陽卻不發一言，置朋友恩義於不顧。這樣，自然會招致時人和後人的不滿和譏評。在何良俊《四有齋叢說》、朱彝尊《靜志居詩話》、王士禎《池北偶談》等書中都有這方面的記載。如《池北偶談》卷十四云：「《中山狼傳》，見馬中錫《東田集》。東田，河間故城人，正德間右都御史，康德涵、李獻吉皆其門生也。按《對山集》有《讀中山狼傳》詩，云：『平生愛物未籌量，那記當年救此狼。』則此傳為馬刺空同作無疑。」

　　雖然李夢陽在被救的當時，即正德三年秋出獄後，就為康海的父親康鏞作《康長公墓碑》以示報答。且正德九年四月八日李夢陽又在寫給何景明的信中說道：「僕交遊偏四海矣。赤心朋友惟世恩、德涵與仲默耳！」（《與何子書二首》其二）但是，這種報答與感謝畢竟對康海本身不起什麼作用。況且，李夢陽是一個只在遭難時才想起朋友恩情的人，如上舉《與何子書二首》就是在江西遭「廣信獄」被撤職以後寫給何景明的。在平日，李夢陽一貫心高氣傲、目中無人，甚至對自己的岳母都要實行嘲諷報復，很容易做出對不起朋友的事。即如李夢陽與何景明的交往就是典型的例子。當李夢陽《與何子書二首》發出不久，何景明即以《得獻吉江西書》一詩回報，詩云：「近得潯陽江上書，遙思李白更愁予。天邊魑魅窺人過，日暮黿鼉傍客居。鼓枻襄江應未得，買田陽羨定何如？他年淮水能相訪，桐柏山中共結廬。」以情真意摯的言辭，表達了老朋友之間的互相理解和深切同情。但事過不久，李夢陽就寫信給何景明。指責對方作詩「有乖於先法」。何景明回信答辯，夢陽又寫信嘲笑景明：「夫子近作，乖於先法者，何也？蓋其詩讀之若搏沙弄泥，散而不瑩，又窺者弗雅也。」（《再與何子書》）這種諷刺，如果尚可看作是二人文學見解不同而論爭時的過激之辭的話，那麼，再往後李夢陽在後學晚輩面前對已經過世的何景明的指責就可以稱得上是破口大罵了：「當是時，篤行之士翕然相向，弘治之間，古學遂興。而一二輕俊，恃其才辯，假捨筏登岸之說，扇破前美。稍稍聞見，便橫肆譏評，高下古今。」（《答周子書》）這哪裏還有一點朋友的味道？而康海對何景明的態度則迥然不同。正德十三年（1518），何景明提學關中，四年後，當何景明因病辭官歸里時，康海作《送大復先生還信陽序》，略云：「大復先生居關中四年矣，今年夏六月以疾求去。」對於李、何矛盾，康海又明顯地站在何景明一邊。何景明死後，康海

為其詩文排定編次，並寫了序言：「（正德）十六年秋，仲默既卒。又三年，予次第其文為若干卷。首賦，次詩，次文，皆隨體區裁，因制列卷。題曰《何仲默集》。」兩相比較，康海之敦於朋友情誼，李夢陽之重於個人意氣，判然有別。

　　更為重要的是，當康海因救李夢陽而成為瑾黨而落職為民時，受恩者李夢陽恰被重新起用，官升江西按察司副使。這一鮮明的對比，本身就讓人難以接受，更何況李夢陽連站出來替康海說句話的行動也沒有。況且，李夢陽並不是那種膽小怕事的懦夫，此前他曾經怒打國舅、抵格權閹，此後他又敢於頂撞總督、拒揖御史。那麼，此時為什麼不能替為救自己而蒙不白之冤的康海申辯一二呢？只有一種可能，那便是他沒有把朋友的恩義放在心上。這種過河拆橋的行為不是忘恩負義又是什麼？知恩圖報，是中國人傳統的道德觀念。在一般人看來，受人滴水之恩必當湧泉相報，而受人大恩則報之以身。夢陽受康海之恩，可謂大矣，難道不該竭盡全力以報答之嗎？面對救命之大恩，難道僅僅在當時替其父寫一篇《墓碑》，在事後多年自己再次倒楣時於私人信件中稍稍提及就夠了嗎？李夢陽這種知恩不報的行為，在當時的士林中是極難通過的。即便康海本人不理論，旁人也會指責。因此，馬中錫借《中山狼》小說以譏之，王九思借《中山狼》雜劇以毀之，他們的做法均合乎常情。更何況康海畢竟有「平生愛物未籌量，那記當年救此狼」的詩句，可見德涵對夢陽還是有怨恨之意的。對照康海《中山狼》雜劇第四折東郭先生的臺詞：「那世上負恩的盡多，何止這一個中山狼麼！」應該說作者是有所指的。而劇中老丈人的一段話更是直截了當：「老先生說的是。那世上負恩的好不多也！……那負朋友的，受他的周濟，虧他的遊揚，真是如膠似漆，刎頸之交，稍覺冷落，卻便別處去趨炎趨熱，把那窮交故友，撇在腦後。……你看，世上那些負恩的，卻不個個是這中山狼麼！」想當年，李夢陽在獄中痛哭：「十年三下吏，此度更沾衣。梁獄書難上，秦庭哭未歸。」（《下吏》）並飛片紙呼喊「對山救我！」難道不是虧康狀元之「周濟」，虧康對山之「遊揚」，才免於一死麼？想當年，康海「坐瑾黨落職」，而李夢陽卻躊躇滿志地高歌：「璽書況屬臨門日，江漢須看放舟時。肯信吾曹兼吏隱，五峰彭蠡是襟期。」（《正德辛未四月十七日簡書至，於時久旱，甘澍隨獲，漫爾寫興》）並走馬上任，這不是「卻便別處去趨炎趨熱，把那窮交故友撇在腦後」了麼？

　　康海既能發出「那記當年救此狼」的喟歎，也有可能寫出《中山狼》雜

劇。不僅康海可能寫，康、李二人原先共同的朋友王九思也可能寫。康、王二人不僅有這方面的親身體驗或直觀感受，而且還有這方面的創作時間和藝術才能。據《列朝詩集小傳·王壽州九思》載：「敬夫、德涵，同里同官，同以瑾黨放逐。沂東、鄠杜之間，相與過從談讌，徵歌度曲以相娛樂。敬夫將填詞，以厚資募國工，杜門學按琵琶、三弦，習諸曲，盡其技而後出之。德涵尤妙歌彈，酒酣以往，搊彈按歌，更起為壽，老樂工皆擊節自謂弗如也。」當康、王二人酒酣耳熱之際，回憶往事，在恩師馬中錫《中山狼傳》的基礎上，以各自嫻熟的藝術才能各撰一部《中山狼》雜劇，難道不是情理中事嗎？退而言之，即便「中山狼」這一題材康、王二人均未寫成雜劇，而是當時人為康海鳴不平之作以託名康海、王九思，那批判的對象也應該是李夢陽。至於該雜劇的寓意被後人之後人引申、擴大而帶有普遍教育意義，那又是另外一回事了。

（原載《古典文學知識》2009 年第一期）

《牡丹亭》導讀

　　湯顯祖是中國戲曲史上最偉大的戲劇作家之一，他的《牡丹亭》是中國戲曲史上最優秀的作品之一，也是明清傳奇戲的冠冕之作。但是，湯顯祖在明代卻並非僅僅因為戲曲創作而知名。《明史》並未將湯顯祖置於《文苑傳》，而是在《列傳》第一百十八中為其單獨列傳，視其為政治家。同時，他又是八股文大家，被列入當時「舉業八大家」。（清·趙吉士《寄園寄所寄》卷七）詩文創作方面，他與當時風行天下的「後七子」基本對立。

一、作者介紹

　　湯顯祖（1550～1616），字義仍，號海若，又號海若士，一稱若士，自署清遠道人，晚號繭翁，江西臨川人。十三歲時，湯顯祖從泰州學派創始人王艮三傳弟子羅汝芳學習，並很崇拜泰州學派傑出思想家李贄。泰州學派否認道學家提出的人性的先天差別，認為人慾就是天性，肯定人們由於生活需要而提出的物質要求，反對禁慾主義說教，具有人文主義觀點的平等思想因素。這些思想，對湯顯祖的世界觀乃至後來的文學創作產生了深遠影響。在政治觀點方面，湯顯祖與東林黨人立場相同。在文藝思想方面，湯顯祖反對模擬古人，主張「歌詩者自然而然」。（《答凌初成》）與徐渭和「公安派」觀點相近。

　　年輕的湯顯祖與封建時代許多知識分子一樣熱衷於功名，二十一歲參加鄉試，中舉。湯顯祖二十八歲時，大學士張居正「欲其子及第，羅海內名士以張之。聞顯祖及沈懋學名，命諸子延致。顯祖謝弗往，懋學遂與居正子嗣修偕及第」，（《明史》）沈懋學狀元，張嗣修榜眼，而湯顯祖名落孫山。不僅如

此，此後八年湯顯祖一直未中進士。直到萬曆十一年，張居正已死，三十四歲的湯顯祖始成進士，授南京太常博士，遷禮部主事。後又因其上疏批評皇帝，揭發貪官，皇帝怒而將其謫徐聞典史，遷遂昌知縣。四十五歲時，湯顯祖滿懷憤懣和失望，棄官歸隱，家居二十年而卒。

退隱後的頭幾年，湯顯祖接連寫作了《牡丹亭》（1589）、《南柯記》（1600）、《邯鄲記》（1601）三部傳奇戲，加上歸隱前根據早期劇作《紫簫記》改編的《紫釵記》（1586～1591 之間），合稱為「臨川四夢」，或稱「玉茗堂四夢」。此外，他還有《紅泉逸草》《問棘郵草》《玉茗堂詩文集》等。

對於「臨川四夢」，明末王季重論曰：「紫釵，俠也；邯鄲，仙也；南柯，佛也；牡丹亭，情也。」（錢靜方著《小說叢考》）此論可謂得作者之旨。這四部作品之所以叫做「四夢」，是因為每部戲都以「夢」為大關鍵。《紫釵記》寫霍小玉見到李益之前，夢見黃杉人給她一雙鞋子，後鮑四娘告訴她：「鞋者，諧也。李郎必重諧連理。」（第四十九齣）《南柯記》《邯鄲記》所寫，本身就是「夢」。《牡丹亭》也有杜麗娘、柳夢梅「同夢」情節。

二、創作背景

（一）《牡丹亭》故事的來源和演變

關於《牡丹亭》的故事來源，作者曾經在《牡丹亭題詞》中交代過：「傳杜太守事者，彷彿晉武都守李仲文、廣州守馮孝將兒女事。予稍為更而演之。至於杜守收拷柳生，亦如漢睢陽王收拷談生也。」這裡，涉及《李仲文女》《馮孝將》《談生》三篇文言小說作品。三篇故事，描寫了女鬼希望「死而復生」的三種狀態：徐玄方之女被男方救活，成為夫妻；李仲文女則因為男方過早暴露而未能再生，因此抱恨而別；睢陽王女雖然也因為男方好奇揭秘而未能還陽，但卻留下一子。《牡丹亭》中杜麗娘還魂不同程度分別受到上述小說的影響當無問題，但對湯顯祖《牡丹亭》發生直接影響的卻是一篇話本小說《杜麗娘慕色還魂》。

《杜麗娘慕色還魂》與《牡丹亭》除少數地方略有不同外，基本情節大體一致。該篇以詩入話：「閒向書齋覽古今，罕聞杜女再還魂。聊將昔日風流事，編作新文勵後人。」結末處是大團圓：「這柳夢梅轉升臨安府尹，這杜麗娘生兩子，俱為顯宦，夫榮妻貴，享天年而終。」話本與傳奇戲的不同之處主要有：話本故事發生在廣東南雄府，傳奇戲則改在江蘇淮安府；話本中杜麗

娘有弟名興文，傳奇戲則改她是杜寶獨生女；話本中柳夢梅是杜寶後任南雄知府柳思恩之子隨父任上，傳奇戲改為書生子然一身；話本寫杜麗娘還魂後柳家派人傳書杜寶，杜寶大喜，傳奇戲則寫柳夢梅遵妻子所託尋找丈人，結果遭受拷打。

（二）明代社會與傳奇戲

1、湯顯祖所處的時代

湯顯祖生活的明代嘉靖、隆慶、萬曆時代已進入中國封建社會末期，種種社會矛盾交織並激化。皇權集中，政治腐朽，特務橫行，宦官當道，土地兼併激烈，人民苦不堪言。

明代，婦女所受到的壓迫尤為嚴重。她們必須嚴守封建禮教的藩籬，婚姻不能自主，寡婦不能改嫁，所謂「餓死事極小，失節事極大」。（《二程子抄釋》）明太祖朱元璋登基不久，就令群臣修《女誡》，明成祖仁教皇后親撰《內訓》，又輯《古今列女傳》，由成祖作序，刊布天下。乃至於《明史》所載「節婦烈女」多達三百零八人，在二十四史中「盛況空前」。更有甚者：

> 明興，著為規條，巡方督學歲上其事。……其著於實錄及郡邑志者，不下萬餘人，雖間有以文藝顯，要之節烈為多。（《明史·列女傳序》）

正是在這種處處講理、人人論天的情況下，湯顯祖勇敢地站出來，寫出了反封建禮教的《牡丹亭》，並公然宣稱自己的文學觀念，據朱彝尊《靜志居詩話》載：

> 義仍填詞。妙絕一時，語雖斬新，源實出於關、馬、鄭、白，其《牡丹亭》曲本，尤極情摯。人或勸之講學，笑答曰：「諸公所講者『性』，僕所言者『情』也。」（卷十五）

當然，湯顯祖的思想並非無本之木，明代中後期，已朦朧呈現出資本主義萌芽。隨著市民運動的蓬勃發展，諸如泰州學派這樣的新的學派也脫穎而出，這又使得市民文學在宋代之後又掀起高潮。

2、傳奇戲的體制

明代傳奇戲在體制上有別於元雜劇，而是宋元南戲的繼承和發展。

南戲與北雜劇有很大區別：第一，北雜劇多為一本四折，南戲沒有固定的「齣」數。第二，北雜劇一折戲限於一個宮調、通押一韻；南戲可以變換宮調，甚至南北合套，並可換韻。第三，北雜劇一本戲一人主唱到底，南戲凡登

場角色均可唱曲。第四，北雜劇唱北曲，南戲在音樂上以南曲為主。第五，北雜劇與南戲在行腔方面也有不同。第六，北雜劇沒有繁瑣的開頭，南戲開頭有較為複雜的「家門大意」。

明代傳奇戲與南戲也有區別：第一，早期南戲並不「尋宮數調」，傳奇戲受南九宮十三調限制。第二，南戲分齣，但並不標明「齣數」「齣名」；傳奇戲則標明「齣數」，而且每「齣」有名目。第三，南戲開場儀節繁瑣，傳奇戲則通常在第一齣以兩隻曲子解決問題，說明創作緣起和劇情梗概。第四，南戲用韻根據方言，傳奇戲押運有專門的韻書，要求嚴格。

三、湯顯祖《牡丹亭》解讀

《牡丹亭》是一部長達五十五齣的大型悲喜劇，該劇通過杜麗娘現實生活的悲劇和幻想世界的喜劇，暴露了殘酷的封建制度、尤其是封建婚姻制度對人們社會理想的摧殘，傳達了在封建禮教重壓下廣大青年男女要求個性解放、戀愛自由、婚姻自主的呼聲，具有強烈的反封建禮教精神。

（一）基本內容

《牡丹亭》的基本內容，湯顯祖在第一齣《標目》中有簡要介紹：

> 杜寶黃堂，生麗娘小姐，愛踏春陽。感夢書生折柳，竟為情傷。寫真留記，葬梅花道院淒涼。三年上，有夢梅柳子，於此赴高唐。果爾回生定配。赴臨安取試，寇起淮揚。正把杜公圍困，小姐驚惶。教柳郎行探，反遭疑激惱平章。風流況，施行正苦，報中狀元郎。

（二）矛盾衝突

從矛盾衝突的角度看問題，《牡丹亭》的主線是「情」與「理」的對抗。在劇本中，作者賦予「情」以超越生死的力量。杜麗娘為情而生，為情而死，為情死而復生。貫穿《牡丹亭》全劇的，主要就是杜麗娘、柳夢梅之「情」與封建家長、塾師所恪守的「理」之間的衝突。作者堅定地站在為追求愛情不顧一切的青年男女一邊，熱烈歌頌了他們生死不渝的愛情和為愛情而鬥爭到底的精神，並賦予杜麗娘以美好的理想。現實生活中得不到的東西，就讓她在理想境界中獲取。同時，調動一切藝術手段，把杜麗娘從悲劇的深淵中拔救出來，給她以光明燦爛的美好結局。這些地方，充分顯示了湯顯祖的進步理想，同時，對封建衛道士們的頑固不化也是一個沉重的打擊，給要求個性

解放的青年男女以極大的鼓舞。

（三）人物形象

王季重對劇中人物有以下評價：「杜麗娘之妖也，柳夢梅之癡也，老夫人之軟也，杜安撫之古執也，陳最良之霧也，春香之賊牢也，無不從觔節竅髓，以探其七情生動之微也。」（《批點玉茗堂牡丹亭詞敘》）這段話，頗為客觀地指出了《牡丹亭》作者在人物塑造方面的生動性和劇中人物的個性化色彩。若論作者筆下最成功的人物形象，毫無疑問是杜麗娘，柳夢梅、杜寶也各有價值。

1、杜麗娘

杜麗娘之所謂「妖」，可以理解為她對愛情不顧一切甚至不合常理的要求，她確實嚴重脫離甚至反叛了幾千年來人們習以為常的封建禮教規定。那麼，作者是怎樣表現杜麗娘這種叛逆性格和反抗精神的呢？

首先，我們來看看「閨塾」以前杜麗娘所處的惡劣環境。整體而言，杜麗娘較之《西廂記》中的崔鶯鶯更為可憐：鶯鶯只有母親一人管教，而麗娘卻有父母雙方監管；鶯鶯的愛情發生在路途上的寺院之中，而麗娘則生活在四面高牆的府第；鶯鶯有現實生活的張生向她求愛，麗娘卻根本看不見實實在在的心上人；鶯鶯有大膽熱情的婢女紅娘傳書遞束，麗娘身邊的春香卻少不經事；鶯鶯有孫飛虎逼親這樣的突發事件為其愛情進展推波助瀾，麗娘的生活就是一潭死水。

杜麗娘所過的是地地道道的深閨小姐生活，從繡房到書房的一條直線就是她的全部。她除了「長向花陰課女工」之外，「假如刺繡餘閒，有架上圖書，可以寓目。」就連白天午覺，也要遭到父親的責問：「你白日眠睡，是何道理？」（第三齣「訓女」）

如果杜麗娘在這種環境中安詳地生活下去，那麼，她只能成為封建禮教的犧牲品。然而，作者在描寫了這一環境之後，隨即抓住「情」對杜麗娘的引誘，以及杜麗娘以「情」為思想武器向封建勢力作鬥爭這一重要線索進行描寫。一步步地表現了杜麗娘強烈的反抗精神以及她所依賴的「情」的不可戰勝的巨大力量。

杜麗娘的覺悟和反抗過程，可分為以下幾個階段。

（1）讀《關雎》悄然而歎——「閨塾」、「肅苑」

杜寶為了加強對自己獨生女兒的教育，給麗娘請了冬烘先生陳最良當老

師，並規定了教材──《詩經》。在杜寶的意思，《詩經》第一篇《關雎》講的就是「后妃之德」，（朱熹《詩集傳》）正好用來教育女兒成為一個具有「三從四德」的賢妻良母。可結果適得其反，《關雎》篇中「窈窕淑女，君子好逑」的熱烈情歌喚醒了杜麗娘的青春，她悄然而歎：「今古同懷，豈不然乎？」在春香的誘導下，她思念著離開繡房走向春光明媚的花園。

（2）遊後園幻夢生情──「驚夢」

杜麗娘偷偷離開了長年拘束自己的繡房，來到了後花園，第一次領略到大自然美妙的春光，也第一次發現自己的青春如同春光一樣美麗。她對明媚的春光發出由衷的讚美，並歎息著「錦屏人忒看的這韶光賤！」她讚美春天，讚美青春；她歎息春天，歎息青春；美麗的春光激發杜麗娘更愛自己的青春。在「春」的感召下，杜麗娘回到繡房便在夢中與一個書生幽會了。她在虛幻的境界裏懂得了愛情，得到了愛情，誰知醒來以後，仍然是令人沉悶的現實，並且還遭到母親的指責。對此，她「口雖無言答應，心內思想夢中之事，何曾放懷」？她不願再生活在這令人窒息的現實之中，她追求那如意的夢境，她發出了「有心情那夢兒還去不遠」的感慨和吶喊，她強烈地要求過那夢境中的自由生活。

（3）求夢境再尋知己──「尋夢」

對夢中生活的留戀和希冀，對現實生活的不滿，促使杜麗娘青春的覺醒，她的性格一步一步頑強起來，終於再度觸犯封建禮教的禁忌，違背父母的訓誡，執拗地去尋求理想夢境。她一個人偷偷跑到花園，回憶夢中情景，希望美夢成真，這真是一種大膽的叛逆行為，充分體現了這情竇初開的少女對愛情、自由的渴望。但是，殘酷的現實再一次粉碎了她的幻想，她尋來尋去，其結果是夢中情景杳然。於是，她感到萬分傷心，萬分失望，不禁發出深沉歎息：「咳，尋來尋去，都不見了。牡丹亭，芍藥闌，怎生這般淒涼冷落，杳無人跡？好不傷心也！」她流下了失望、悲傷的眼淚，她內心的痛苦更加重了。杜麗娘經受不住這樣殘酷的打擊，她在失望中病倒了。

（4）歸陰府一死為情──「寫真」「鬧殤」

杜麗娘的思想、行為與封建禮教之間達到了水火不相容的地步，沒有誰能夠幫助她。她對現實絕望了！在熾烈的愛情烈火燃燒中的杜麗娘只有一條道路──死亡！離開這充滿著「理」的吃人的社會。她寧願死去，也不願意自己心頭愛情的火焰就此熄滅。病中，她將自己的真容描畫下來，並題上一

詩：「近睹分明似儼然，遠觀自在若飛仙。他年得傍蟾宮客，不在梅邊在柳邊。」表達了對夢中情郎的無比留戀和期待。她在畫像的時候，還非常大膽而又驕傲地對丫鬟說：「春香，咱不瞞你，花園遊玩之時，咱也有個人兒。」到此時，她的性格經歷了一個很大的發展變化。臨死之前，為了紀念那讓人驚心動魄而又令人流連忘返的夢境，同時，也為了在陰間能繼續自己的愛情追求，她一再囑咐父母，一定要將她葬在梅花樹下，葬在那個值得紀念的、生死不忘的地方。杜麗娘死了！她的死，是對封建禮教的強烈抗議，也是那個時代追求自由女性共同的、必然的悲劇結局。

（5）訪情郎死而復活——「冥判」「魂遊」「幽媾」「冥誓」「回生」

杜麗娘死了。她的肉體離開了人世，但她的靈魂卻仍然在頑強地追求愛情。「冥判」一齣，她在陰曹地府受審時，還要求判官：「勞再查女犯的丈夫，還是姓柳姓梅？」她魂遊後花園時，還將死亡看成如夢如醉的初醒。她的鬼魂終於找到了生前愛戀的情人，於是，「魂」與「人」結合，演出了纏綿悱惻的人鬼之戀。這種結合，就柳夢梅而言，可算是「情癡情種」，而對於杜麗娘來說，她簡直就是一個充滿激情、充滿妖媚的情愛精靈！在「冥誓」一齣中，她更是大膽而直接地向柳夢梅說出自己是「鬼」，並期望柳夢梅幫助她回生，她說：「願郎留心，勿使可惜。妾若不得復生，必痛恨君於九泉之下矣。」在柳夢梅的幫助下，杜麗娘果然回生了。是什麼力量在中間起作用呢？當然是愛情！是愛情令她死去，同樣，也是愛情使她回到人間。杜麗娘對愛情的生生死死的追求，徹底沖決了封建禮教的堤防。誠如作者湯顯祖所言：「如麗娘者，乃可謂之有情人耳。情不知所起，一往而深。生者可以死，死可以生。」（《牡丹亭題詞》）正是這種超越生死的愛情，給杜麗娘以超自然的力量。換言之，《牡丹亭》的巨大思想能量，也正在於杜麗娘所堅持的那種思想——強烈地、義無反顧地愛自然、愛生命、愛自由，以個性解放為思想精髓。整部作品的藝術生命，也正在於此。

杜麗娘的死而復生，在這種「意象」產生之後的數百年間不啻是千千萬萬生活在沉沉黑夜中苦難而又追求幸福的青年女性心頭的一個火種，一盞明燈。

（6）抗父命膽大情真——「圓駕」

在《牡丹亭》最後一齣「圓駕」中，杜麗娘與父親杜寶展開了面對面的鬥爭。杜寶嚴詞責問杜麗娘，無論如何不承認柳夢梅這個女婿和死而復生的

女兒，尤其是對杜麗娘自主婚姻大為不滿。面對父親的指責，杜麗娘毫不妥協，大膽地與父親頂撞、對抗，甚至到了針鋒相對、反唇相譏的地步：「〔外〕誰保親？〔旦〕保親的是母喪門。〔外〕送親的？〔旦〕送親的是女夜叉。」接著，杜寶橫蠻不講理地說：「離異了柳夢梅，回去認你。」此時，杜麗娘再也壓不住心頭的憤怒，斬釘截鐵地告訴父親：「叫俺回杜家，辿了柳衙。便作你杜鵑花，也叫不轉子規紅淚灑。」表示自己寧可不做杜家女也要為柳生妻的決心。她捍衛愛情是如此不顧一切，只有具備了超越生死、義無反顧的真情，才在父親面前講話有如此的底氣。

總之，杜麗娘的優美形象是湯顯祖在《牡丹亭》中的一個光輝創造。作為一個藝術典型，杜麗娘代表著個性解放的思想與傳統封建禮教作鬥爭。杜麗娘之死，揭露了在封建制度的重壓下年青一代被摧殘的現實；杜麗娘的再生，卻顯示了封建叛逆者們對輝煌前景的憧憬和希望。在封建社會不可避免地走向窮途末路的前夜，杜麗娘這個藝術典型毫無疑問會成為當時青年男女的奮起反抗的一種精神力量。

2、柳夢梅

柳夢梅是一個熱烈追求愛情的青年才俊。他在花園拾到杜麗娘真容之後，被畫像打動，被上面的題詩感動。他對愛情的追求是執著的，也是大膽的。當杜麗娘告訴他自己是鬼的時候，這位書生並不害怕，而是積極幫助心愛的人起死回生。須知，按照當時法律，私挖墳墓是要背負殺頭之罪的。

柳夢梅也是具有反抗性的。他不畏強暴，性格剛強，在金鑾殿上，他嘲笑位權高位重的岳父大人。對於自己的愛情，他始終認為是正確的，不可指責的。故而，他能在所有人面前都理直氣壯、義正詞嚴。較之《西廂記》中的張君瑞，柳夢梅的反抗性更為突出。

當然，柳夢梅也有思想性格方面的缺陷性。他有比較濃厚的功名富貴思想，一心想考狀元，他是要大登科連小登科的。但總的說來，柳夢梅不失為一個成功的為愛情敢做一切的青年士子形象，並與杜麗娘互為補充、交相輝映。

3、杜寶

杜寶的思想性格具有兩重性：對國家而言，他是忠臣，勤政愛民、公而忘私、身先士卒、鞠躬盡瘁；但對於家庭而言，他卻是一個頑固不化的封建家長，是一個堅定的正統主義者。

雖然杜寶上述兩方面在作品中都有生動的表現，但作為杜麗娘、柳夢梅的對立面，廣大讀者注目的多半是後一方面。杜寶堅持以嚴格的封建思想教育女兒，在婚姻方面堅持門第觀念，以至於由此斷送了女兒的性命。杜寶對待違背封建禮教的女兒時，其表現出的態度是非常冷酷的，甚至直到女兒死前，他已經得知女兒致病的真正原因，卻仍然故作鎮靜，沒有絲毫的憐憫和諒解。在禮教與骨肉之間，他堅決選擇前者。寧可讓女兒死去，也絕不可以讓她玷辱家風。尤其是當女兒再生之後，他仍然頑固地不予承認。在這個人物身上，我們可以看到封建禮教的冷酷無情和極不合理。

（四）藝術表現

作為明清傳奇戲的經典之作，《牡丹亭》具有極高的藝術成就。

1、積極浪漫主義的創作方法

《牡丹亭》中雖然有不少現實描寫，但其關鍵處所體現的則是積極浪漫主義創作方法。

這種方法的運用，首先體現在主人公身上，作者將杜麗娘塑造成極具理想主義色彩的典型形象。請看這位覺醒女性在「尋夢」時的唱詞：「這般花花草草由人戀，生生死死隨人願，便酸酸楚楚無人怨。待打並香魂一片，陰雨梅天，守的個梅根相見。」這實際是說，如果要愛就愛，生就生，死就死，那麼人生還有什麼痛苦呢？這樣的言辭，即便在「五四」時代，也是需要一點勇氣才能喊出來的。由此可見，杜麗娘是一個極具浪漫理想的人物形象。

作者除了賦予主要人物形象以美好的浪漫氣質之外，還運用了幻想的、超現實的形式來表達愛情理想。劇中杜麗娘的「驚夢」、「再生」等關鍵情節在現實生活中都是匪夷所思的。然而，作者通過豐富的想像、大膽的構思、充滿激情的描寫，讓這些現實世界根本不可能的事變成可能，並且以優美而巨大的形象活躍在戲劇舞臺上。試想，如果沒有這些情節，杜麗娘的形象會如此感人肺腑嗎？《牡丹亭》的藝術魅力會如此經久不衰嗎？

2、獨具特色的結構形式

《牡丹亭》是一部長達五十五齣的鴻篇巨製，然其情節結構卻井然有序，針線細密，前後呼應，尤其是富於變化。作者苦心經營，做到了「靜場」與「鬧場」、「愁場」與「歡場」、「莊場」與「諧場」、「雅場」與「野場」的交相為用。例如，在「閨塾」「肅苑」之間，插入「勸農」一齣，既可調節故事

發展的節奏，又使深閨的「雅」與田園的「野」相互對照，同時，還暗點了「春」的信息。再如「寫真」一齣與後面的「拾畫」呼應，且開「幽媾」「回生」之端，更以「冥判」一齣使杜麗娘再生人間，讓讀者、觀眾於極端絕望處猛然獲得希望，從極度的抑鬱中緩過氣來。又如最後「鬧宴」「硬考」「圓駕」等齣，作者對杜寶不認女婿、不信女兒再生大寫特寫，即便是證明了女婿貨真價實、女兒死而復生之後，這個頑固家長仍然毫不讓步。雙方一直在進行著激烈的爭辯，甚至劍拔弩張。這些描寫，讓讀者、觀眾的「心弦」一直緊繃，在激烈的矛盾衝突中獲得一份快感。這種寫法，與同期和此後的很多傳奇戲作品寫到最後呈強弩之末的勢態是迥然不同的，這正是作者筆力堅硬的表現。

3、曲白相生、驚才絕豔的戲劇語言

湯顯祖的戲曲語言既有本色的一面，又有典雅的一面。他的典麗，是詞彙運用的優美與準確，是對景物和人物心理描寫的精巧和細膩。讀《牡丹亭》的曲辭，可以使我們始終感到香氣鬱馥，而且是真花的芬芳，不是施加香料的香氣。試看第十齣「驚夢」中的兩支曲子：

【步步嬌】〔旦〕嫋晴絲吹來閒庭院，搖漾春如線。停半晌、整花鈿。沒揣菱花，偷人半面，迤逗的彩雲偏。〔行介〕步香閨怎便把全身現！

【皂羅袍】原來姹紫嫣紅開遍，似這般都付與斷井頹垣。良辰美景奈何天，賞心樂事誰家院！……〔合〕朝飛暮卷，雲霞翠軒；雨絲風片，煙波畫船——錦屏人忒看的這韶光賤！

《牡丹亭》的賓白明快而生動，許多地方還富於戲劇性。如「冥誓」一齣，當鬼魂的杜麗娘對柳夢梅說「柳衙內聽根節，杜南安原是俺親爹」時，柳夢梅突然提出一個問題：「呀，前任杜老先生升任揚州，怎麼丟下小姐？」這個問題杜麗娘真是難以回答，因為她一下子還不能說明自己是「鬼」，但一個千金小姐怎麼會被陞官的父親孤零零的丟在異地他鄉呢？於是，杜麗娘急中生智，輕輕接了一句：「你翦了燈。」巧妙地岔開話題。這種富有戲劇性的描寫，不用說古代戲曲，就是在現代話劇中，也算得上成功的範例。

（五）影響

沈德符有言：「湯義仍《牡丹亭夢》一出，家傳戶誦，幾令《西廂》減價。」

（《萬曆野獲編》卷二十五）可見《牡丹亭》影響之巨大。

首先是社會影響。《牡丹亭》對後世婚姻不能自主、愛情受到挫折的女性影響猶大。以至於有些女性將自己的命運與杜麗娘的命運聯繫在一起。

與湯顯祖同時的張大復《梅花草堂筆談》卷七記載了這麼一件事：「俞娘，麗人也，行三，幼婉慧。……年十七夭。當俞娘之在床褥也，好觀文史。父憐而授之，且讀且疏，多父所未解。一日，授《還魂記》凝睇良久，情色黯然。曰：『書以達意，古來作者，多不盡意而止。如生不可死，死不可生，皆非情之至。斯真達意之作矣。』飽研丹砂，密圈旁注，往往自寫所見，出人意表。如《感夢》一齣注云：『吾每喜睡，睡必有夢。夢則耳目未經涉，皆能及之。杜女故先我著鞭耶！』」又據焦循《劇說》卷六載：

> 《碼房蛾術堂閒筆》云：「杭有女伶商小玲者，以色藝稱，於
> 《還魂記》尤擅場。嘗有所屬意，而勢不得通，遂鬱鬱成疾。每作
> 杜麗娘《尋夢》《鬧殤》諸劇，真若身其事者，纏綿淒婉，淚痕盈目。
> 一日，演《尋夢》，唱至『待打並香魂一片，陰雨梅天，守得個梅根
> 相見。』盈盈界面，隨聲倚地。春香上視之，已氣絕矣。臨川寓言，
> 乃有小玲實其事耶？」

還有一個故事也很感人，有一個流傳甚廣的《牡丹亭》三婦合評本，乃是清初杭州一位姓吳名人字舒鳧的文化人先後或聘或娶或續弦的三任妻子陳同、談則、錢宜評點出版的。吳舒鳧在《序》中對此有詳細記載：

> 人繼娶古蕩錢氏女宜。……啟篋，得同、則評本，怡然解會，
> 如則見同本時，夜分燈炧，嘗欹枕把讀。一日，忽忽不懌，請於人
> 曰：「宜昔聞小青者，有《牡丹亭》評跋，後人不得見，見『冷雨幽
> 窗』詩，淒其欲絕。今陳阿姊評已逸其半，談阿姊續之，以夫子
> 故，掩其名久矣。苟不表而傳之，夜臺有知，得無秋水燕泥之感，
> 宜願賣金釵為鋟板資。」意甚切也，人不能拂，因序其事。吳人舒
> 鳧書。

上文錢宜涉及的小青「冷雨幽窗」詩，指的是另一個癡情女性馮小青及其作品。據佚名《小青傳》載：「小青者，虎林某生姬也。……年十六，歸生。生，豪公子也，性嘈嗺憨跳不韻。婦更奇妒；姬曲意下之，終不解。……尋別去，夫人每向宗戚語及之，無不諮嗟歎息云。姬自後幽憤淒惻，俱託之詩或小詞。……冷雨幽窗不可聽，挑燈閒看《牡丹亭》。人間亦有癡於我，豈獨傷心

是小青。」（《虞初新志》卷一）

《牡丹亭》對後世文學創作的影響也很大。

首先是湯顯祖與沈璟在戲曲創作理論方面的「湯沈之爭」對後世的戲曲創作產生重大影響。湯沈之爭的主要內容，當時的戲曲理論家王驥德在其《曲律》中有一段極為概括的論述：「臨川之於吳江，故自冰炭。吳江守法，斤斤三尺，不欲令一字乖律，而毫鋒殊拙；臨川尚趣，直是橫行，組織之工，幾與天孫爭巧，而屈曲聱牙，多令歌者齚舌。」

沈璟的戲曲理論著作已經失傳，現存的明刊本《博笑記》卷首所載《詞隱先生論曲》，可以看作是沈氏戲曲理論的綱領。全文較長，僅摘其要：「欲度新聲休走樣，名為樂府，須教合律依腔。寧使時人不鑒賞，無使人撓喉捩嗓。說不得才長，越有才越當著意斟量。」湯顯祖也沒有留下系統的戲曲理論，我們只能從他的一些書信、詩歌中來考察其戲曲理論觀點。湯氏在《答孫俟居》中說：「弟在此自謂知曲意者，筆懶韻落，時時有之，正不妨拗折天下人嗓子！」湯顯祖在《答呂姜山》中還談到：「凡文以意趣神色為主。四者到時，或有麗詞俊音可用。爾時能一一顧九宮四聲否？如必按字模聲，即有窒滯迸拽之苦，恐不能成句矣！」對湯沈二人的意見分歧，筆者曾有論述：

> 這裡，我們不應只看到他們各自所說的那些過頭話，如「寧使時人不鑒賞，無使人撓喉捩嗓。」如「正不妨拗折天下人嗓子！」這樣一些話，雖然很痛快，針鋒相對，但都是雙方在論爭過程中極不全面的過激之辭。相反，我們應抓住他們各自論曲的核心，即「合律依腔」和「知曲意」。說得簡明一點，他們論爭的焦點是在於重「曲律」還是重「曲意」這個問題上。（《「湯沈之爭」芻議》）

實際上，對於湯沈之爭，王驥德在《曲律》中有一段話頗為精彩：「詞隱之持法也，可學而知也；臨川之修辭也，不可勉而能也。大匠能與人規矩，不能使人巧也。」在一個給人以規矩、一個示人以才情的前提下，後世戲曲作家「倘能守詞隱先生之矩矱，而運以清遠道人之才情，豈非合之雙美乎？」（呂天成《曲品》卷上）「曲律」與「曲意」，「斫巧斬新」與「本色當行」，合則雙美，離則兩傷，對湯沈之爭似乎應作如是觀。「湯沈之爭」最後導致明代傳奇戲兩大流派「臨川派」和「吳江派」的形成。「臨川派」又稱「玉茗堂派」，其主要作家有吳炳、孟稱舜、阮大鋮、洪昇、張堅。但有的學者意見稍有不同：「阮

大鋮標榜效法湯顯祖，後世亦有人把他歸入玉茗堂派，……卻與湯顯祖『臨川四夢』的『意趣神色』貌合而神離。」（王永健《「玉茗堂派」初探》）

《牡丹亭》之社會影響，甚至到了讓文人之間以劇中人物戲謔科場新秀的地步：

> 乾隆庚辰一科進士，大半英年，京師好事者以其年貌，各派《牡丹亭》全本腳色，真堪發笑。如狀元畢秋帆為花神，榜眼諸重光為陳最良，探花王夢樓為冥判，侍郎童梧岡為柳夢梅，編修宋小岩為杜麗娘，尚書曹竹墟為春香，同年中每呼宋為小姐，曹為春香，兩公竟應聲以為常也。更有奇者，派南康謝中丞啟昆為石道姑，漢陽蕭侍御芝為農夫，見二公者，無不失笑。（錢泳《履園叢話》卷二十一）

至於一般民眾，《牡丹亭》的影響則體現在小說之中。有些小說作品反覆涉及《牡丹亭》，如《拍案驚奇》、《西湖二集》、《雪月梅傳》、《情夢柝》、《梅蘭佳話》、《孤山再夢》、《後紅樓夢》、《補紅樓夢》、《紅樓幻夢》、《紅樓夢補》、《品花寶鑒》、《繪芳錄》、《淚珠緣》、《泣紅亭》、《夜雨秋燈錄》、《海上塵天影》、《檮杌萃編》、《九尾狐》、《孽海花》等。當然，對《牡丹亭》感觸最深的還是《紅樓夢》中的林黛玉：

> 黛玉便知是那十二個女孩子演習戲文。雖未留心去聽，偶然兩句吹到耳朵內，明明白白一字不落道：「原來是姹紫嫣紅開遍，似這般，都付與斷井頹垣……」黛玉聽了，倒也十分感慨纏綿，便止步側耳細聽，又唱道是：「良辰美景奈何天，賞心樂事誰家院……」聽了這兩句，不覺點頭自歎，心下自思：「原來戲上也有好文章，可惜世人只知看戲，未必能領略其中的趣味。」想畢，又後悔不該胡想，耽誤了聽曲子。再聽時，恰唱到：「只為你如花美眷，似水流年……」黛玉聽了這兩句，不覺心動神搖。又聽道「你在幽閨自憐……」等句，越發如醉如癡，站立不住，便一蹲身坐在一塊山子石上，細嚼「如花美眷，似水流年」八個字的滋味。（第二十三回）

四、《牡丹亭》的改編、評論和研究

《牡丹亭》又名《還魂記》《丹青記》，各種版本及改本甚多，例如：沈璟《同夢記》（殘文）、馮夢龍《風流夢》、徐肅穎《丹青記》、徐日曦《牡丹亭》、

陳軾《續牡丹亭》、王墅《後牡丹亭》、葉堂《納書楹牡丹亭全譜》以及一些子弟書、牌子曲、安徽俗曲、南詞、長篇彈詞、彈詞開篇等。

最有趣的是清代戲曲家蔣士銓的《臨川夢》：「凡二十齣。寫湯顯祖一生事蹟，並以心醉《牡丹亭》而死之婁江俞二娘事潤色之。……《藤花曲話》云：《臨川夢》竟使若士身入夢境，與《四夢》中人一一相見，請君入甕，想入非非。」（《古典戲曲存目匯考》）

近現代戲曲中，也可以看到《牡丹亭》的巨大影響，京劇《春香鬧學》《遊園驚夢》都是「梅派」傳統劇目。此外，諸如「尋夢」「鬧殤」「冥判」「拾畫」「玩真」「冥誓」等，都是各劇種流傳廣泛的單折戲。

二十世紀八十年代，石凌鶴先生對「臨川四夢」進行了改寫。二十一世紀之初的青春版崑曲《牡丹亭》，則更是反響強烈。

至於對湯顯祖及其《牡丹亭》的評論和研究，更是從湯顯祖在世時直到今天都沒有停止。我們不妨摘錄一些重要言論作一臠之嘗：

「近惟《還魂》二夢之引，時有最俏而最當行者，以從元人劇中打勘出來故也。」（王驥德《曲律·論引子第三十一》）

「余既讀湯義仍《牡丹亭還魂記》，尤賞其序。夫結情於夢，猶可回死生，成良緣，而況其構而離，離而合以神者乎。」（潘之恒《亙史·雜篇》卷二）

「《花前一咲》（北五折），孟稱舜，唐子畏以傭書得沈素香，此正是才人無聊之極，故作有情癡。然非子若傳之，已與吳宮花草同煙銷矣。此劇結胎於《西廂》，得氣於《牡丹亭》，故觸目俱是俊語。」（祁彪佳《遠山堂劇品·逸品》）

「湯若士，明之才人也，詩文尺牘，盡有可觀，而其膾炙人口者，不在盡牘詩文，而在《還魂》一劇。使若士不草《還魂》，則當日之若士已雖有而若無，況後代乎？是若士之傳，《還魂》傳之也。此人以填詞而得名者也。」（李漁《閒情偶寄·詞曲部·結構第一》）

「棠村相國嘗稱予是劇乃一部鬧熱《牡丹亭》，世以為知言。予自惟文采不逮臨川，而恪守韻調，罔敢稍有逾越。」（洪昇《長生殿例言》）

「王實甫《西廂記》、湯若士《還魂記》，詞曲之最工者也。」（王應奎《柳南隨筆》卷三）

「相傳臨川作《還魂記》，運思獨苦。一日，家人求之，不可得，遍索，

乃臥庭中薪上，掩袂痛哭。驚問之，曰：填詞至『賞春香還是舊羅裙』句也。」
（焦循《劇說》卷五）

「徐軌云：湯若士詞曲小令擅絕一世，所撰《牡丹亭記》，《西廂》並傳。
嘗醉後自題云：『玉茗堂開春翠屏，新詞傳唱《牡丹亭》，傷心拍遍無人會，自
招檀痕教小伶。』興致可想見也。」（姚燮《今樂考證·著錄六》）

「曲之佳否，亦且繫於賓白也。如《牡丹亭·驚夢》折白云：『好天氣
也』，以下便接〔步步嬌〕『嫋晴絲吹來閒庭院』一曲，可謂妙矣。試思若無
『好天氣』三字，此曲如何接得上？有云：『不到園林，怎知春色如許』，以下
便接〔皂羅袍〕『原來姹紫嫣紅開遍』一曲。試思若無『不到園林』二語，曲
中『原來』云云，如何接得上？此皆顯而易見者也。」（吳梅《顧曲塵談》第
二章）

近現代以來，《牡丹亭》研究成果更為豐碩。

（原載《中外文史經典導讀》，人民日報出版社，2018 年 10 月出版）

「湯沈之爭」芻議

　　明代後期，湯顯祖與沈璟關於戲曲創作理論方面的一場論爭，是我國戲曲史上的一樁大事。當時的一大批戲曲作家、戲曲理論家都對此十分注目，並紛紛發表各自的見解。隨即，又因此而形成「臨川」與「吳江」兩大戲曲流派，餘緒及於明末，影響乃至清初。甚至此後三百餘年。對湯沈之爭的評價、議論仍層出不窮、仁智互見。這裡，僅將筆者個人的粗淺認識略述一二。

　　湯顯祖（1550～1616），字義仍，號若士，自署清遠道人，江西臨川人。劇作有《玉茗堂四夢》等。沈璟（1553～1610），字伯英，號寧庵，又號詞隱生，江蘇吳江人。劇作有《屬玉堂十七種》等。

　　湯沈之爭的主要內容，當時的戲曲理論家王驥德在其《曲律》中有一段極為概括的論述：「臨川之於吳江，故自冰炭。吳江守法，斤斤三尺，不欲令一字乖律，而毫鋒殊拙；臨川尚趣，直是橫行，組織之工，幾與天孫爭巧，而屈曲聱牙，多令歌者齚舌。」

　　考察湯沈二人的戲曲理論與實踐，可知王驥德的話是切中肯綮的。為了說明問題，我們不妨先來看看湯沈之爭發生之前關於「曲律」方面的發展簡況。

　　早在元人雜劇北曲曲調盛行的同時甚至之前，宋、元南戲已在自行發展。從元代初年開始，南曲就已不斷吸收北曲之長，進行自我豐富。到元代後期，南曲作家更是成套地吸收北曲，從而形成南北合流的趨勢。一開始，由於南戲是從東南沿海的某些城鎮中興起的，因而它的曲調帶有更多的「村坊小曲」、「里巷歌謠」的習慣性、多樣性，並沒有標準的、系統的南曲曲譜。

大約在元泰定末年及天曆年間，有陳、白二氏（名字均佚）總結出僅為目錄式的《舊編南九宮譜》和《十三調南曲音節譜》。兩百年後，明代嘉靖年間進士蔣孝，得此二譜，並加上某些作品為實例，方有《南九宮譜》，但仍很簡略。再往後數十年，即明萬曆年間，沈璟才又根據蔣氏曲譜修訂而成《南九宮十三調曲譜》。至此，南曲才算有一個比較完備的曲譜，而由南曲戲文發展演變而成的明代傳奇，也才有了一個比較固定的聲律規矩。在這方面，沈璟自有其不可磨滅的歷史功績。

戲曲曲譜的規範化，本應對戲曲創作起著很大的推動和促進作用。但恰恰在這時候，發生了湯沈之爭。

沈璟的戲曲理論著作已經失傳，現存的明刊本《博笑記》卷首所載《詞隱先生論曲》，可以看作是沈氏戲曲理論的綱領。全文較長，僅摘其要：

「欲度新聲休走樣，名為樂府，須教合律依腔。寧使時人不鑒賞，無使人撓喉捩嗓。說不得才長，越有才越當著意斟量。」

這一段話，是針對湯顯祖而言的。湯顯祖也沒有留下系統的戲曲理論，我們只能從他的一些書信、詩歌中來考察其戲曲理論觀點。湯氏在《答孫俟居》一書中說：「曲譜諸刻，其論良快，久玩之，要非大了者。莊子云：『彼烏知禮意？』此亦安知曲意哉？……弟在此自謂知曲意者，筆懶韻落，時時有之，正不妨拗折天下人嗓子！」

在這之前，湯顯祖在《答呂姜山》的書信中還談到：「凡文以意、趣、神、色為主。四者到時，或有麗詞俊音可用，爾時能一一顧九宮、四聲否？如必按字模聲，即有窒、滯、迸、拽之苦，恐不能成句矣！」

這就是湯沈兩家論爭主要分歧之所在。這裡，我們不應只看到他們各自所說的那些過頭話，如「寧使時人不鑒賞，無使人撓喉捩嗓」，如「正不妨拗折天下人嗓子」這樣一些話，雖然很痛快，針鋒相對，但都是雙方在論爭過程中極不全面的過激之辭。相反，我們應抓住他們各自論曲的核心，即「合律依腔」和「知曲意」。說得簡明一點，他們論爭的焦點是在於重「曲律」還是重「曲意」這個問題上。

沈璟一生，直到老死，對「聲律」酷好。正如王驥德所云：「生平故有詞癖，每客至，談及聲律，輒娓娓剖析，終日不置。」（《曲律》）而湯顯祖一生，極重「曲意」。他嘗言：「予謂文章之妙，不在步趨形似之間。自然靈氣，恍惚而來，不思而至。怪怪奇奇，莫可名狀。」（《合奇序》）因此，對於沈璟等人

為便利於舞臺演出而修改他的作品的做法，湯顯祖極為反感。他在《與宜伶羅章二》的信中說：「《牡丹亭記》要依我原本，其呂家改的，切不可從。雖是增減一、二字以便俗唱，卻與我原做的意趣大不同了。」

對於重「曲律」和重「曲意」這個問題，如果表面上就事論事，似湯沈二人各有其道理。因為既是寫南曲系統的傳奇劇，當然要依《南曲譜》，即所謂「名為樂府，須教合律依腔。」否則，就變了樣，就不是傳奇劇。沈璟言之成理。反過來看，傳奇的曲律不過是一個形式問題，而傳奇作為戲劇文學，應表達人的思想感情，再現人的社會生活，只依「律」而不求其「意」，豈不成了一堆順口溜的文字？湯顯祖理亦不差。然而，我們再深一層發問：傳奇是從哪裏來的？規定傳奇的《南曲譜》又是從哪裏來的？是先有曲譜，後有創作呢？還是先有創作，後有曲譜？回顧一下前面關於《南曲譜》形成的過程，回答自然是明確的。必須先有大量作家（包括藝人）的創作實踐，然後才能從中逐步總結出曲譜來。並不是哪一位天才大師預先規定一套曲譜，然後大家來按譜填詞的。不僅明代傳奇劇如此，上溯到唐詩、宋詞、元曲，哪一種有格律的文學樣式不是先有創作，後有格律呢？我們再進一步追問：一種格律形式的形成，對新的創作具有促進意義的同時，是否又有束縛作用？這就要看各個作家的創作能力了。最好的，當然是既能符合格律，又能創造新意。如少陵之為律，稼軒之為詞，都是如此。如達不到這樣的境地而求其次，那麼只有兩種選擇。一是追求格律的嚴整而妨害新意，一是追求意趣的表達而衝破常規。將這兩種選擇再加以比較，又不難發現：以暫時的觀點看問題，兩者可謂利弊互見；但從發展的觀點看問題，則後者勝過前者。因為在突破舊規矩的過程之中，往往有著新規矩的孕育。儘管這種新的探求常常處於失敗的境況，但，失敗是成功之母，這個道理，大家都明白。因此，從這個意義上講：湯沈二人的「曲律」「曲意」孰為重之爭，應該說湯顯祖的意見更為可取。借用我國傳統的評價詩詞創作的兩個概念來表述：依沈氏的觀點來創作，不過「能品」耳；若依湯氏的觀點來創作，或許會產生「神品」。

過去論者，有將湯沈之爭視作「格律派」與「文采派」的對立。實際上，「格律」與「文采」這兩個概念不能構成一對矛盾。真正與「曲律」相對的概念應是「曲意」，而與「文采」相對的概念則應是「本色」。在湯沈二人的理論論爭及各自的創作實踐中，這兩對矛盾往往是交織在一起而體現的，因而極易混淆。前一對矛盾，即「曲律」「曲意」的問題已如上述，下面談談後一對

矛盾，即「文采」與「本色」的問題。

沈璟的劇作，的確具有「本色」的特點。所謂「本色」，主要是指的語言通俗易懂，它常與「當行」連用。所謂「當行」，即指劇作家對舞臺實踐的熟悉。因此，「本色當行」的劇作家寫出來的作品，一般來說，都比較適合於舞臺演出，也比較容易為觀眾所盡快接受。它已不僅僅是戲劇文學，而且是戲劇文學與舞臺藝術的結合物。這裡，且舉沈璟的代表作《義俠記》中的一段為例。在「除凶」中，作者寫武松唱道：

〔雁兒落〕覷潑毛團體勢凶，呀！這狼牙棍先摧迸。俺這裡趨前退後忙，這孽畜舞撲張牙橫。

〔得勝令〕呀！閃的他回身處撲著空，轉眼處又亂著蹤。這的是虎有傷人意，因此上冤家對面逢。你要顯神通，便做到力有千斤重。虎，你今日途也麼窮，抵多少花無百日紅，花無那百日紅。

像這樣的唱詞，融合了不少群眾語言，通俗易懂，又帶有相當程度的動作化特色，使演員便於演出，很有點元雜劇本色派的遺風。這應該說是沈璟的長處。有趣的是，沈璟的這種追求本色之長又與他的拘泥聲律之短十分複雜、微妙地糾纏在一起，這就形成了沈璟在自己理論指導下的創作特色，即：使人看起來很熟悉，聽起來很習慣，但終究沒有什麼新鮮東西，「熟」而且「俗」，難以令人提起興頭。正如王驥德所言：「吳江諸傳，如老教師登場。板眼、場步，略無破綻，然不能使人喝彩。」（《曲律》）

湯顯祖比較重視文采，這與他重視「曲意」，要求創新的理論也是一致的。就大體而言，湯氏的許多曲辭的確可謂神采飛揚，如《牡丹亭》「驚夢」中的幾支曲子：

〔步步嬌〕嫋晴絲，吹來閒庭院，搖漾春如線。停半晌，整花鈿。沒揣菱花，偷人半面，迤逗的彩雲偏。步香閨怎便把全身現！

〔醉扶歸〕你道翠生生出落的裙衫兒茜，豔晶晶花簪八寶填，可知我常一生兒愛好是天然。恰三春好處無人見。不提防沉魚落雁鳥驚喧，則怕的羞花閉月花愁顫。

〔皂羅袍〕原來姹紫嫣紅開遍，似這般都付與斷井頹垣。良辰美景奈何天，賞心樂事誰家院！朝飛暮卷，雲霞翠軒；雨絲風片，煙波畫船，錦屏人忒看的這韶光賤！

這些曲辭，的確是驚才絕豔之筆，故而從當時到如今，對湯顯祖戲曲作品的

讚美之辭比比皆是。沈德符說：「湯義仍《牡丹亭》一出，家傳戶誦，幾令《西廂》減價。」（《顧曲雜言》）葉堂說：「臨川湯若士先生天才橫逸，出其餘技為院本，壞姿妍骨，斫巧斬新，直奪元人之席。」（《納書楹四夢全譜‧自序》）吳梅說：「玉茗四夢，其文字之佳，直是趙璧隋珠，一語一字，皆耐人尋味。」（《顧曲麈談》）王季烈說：「玉茗四夢，其文藻為有明傳奇之冠。」（《螾廬曲談》）這些，都是對湯氏曲辭文采之美的讚譽之辭。然而，同樣有趣的是：湯顯祖戲曲創作的講文采、求曲意之長也恰恰是與他的唱辭許多地方不合曲律、難於歌唱之短是複雜而微妙地統一在一起的。如上引〔皂羅袍〕中的「良辰美景奈何天」一句，美則美矣，然按之曲律，應作「平仄平平仄平平」，而他卻寫成了「平平仄仄仄平平」。湯氏劇作中，這類例子確乎不少。這種矛盾現象，正如王驥德所言：「《還魂》『二夢』，如新出小旦，妖冶風流，令人魂消腸斷。第未免有誤字錯步。」（《曲律》甚至可以這樣說，湯氏劇作，在當時的情況下，作為一種戲劇文學，那的確是出類拔萃的；但作為一種戲劇藝術，作為舞臺演出本，卻有很大程度上的缺陷。這個問題至少可以從兩方面得以證明。

其一，當時有許多人改竄湯氏的劇本。除沈璟等外，吳梅還提到「當時凌初成、馮猶龍、臧晉叔諸子，為之改竄。」這些人都是當時著名的通俗文學家，他們之所以都來動手改竄湯氏的劇作，恰恰可以說明湯氏的劇作確有不夠通俗、不宜歌唱之嫌，與觀眾之間有某種程度（至少是語言）上的距離。實在話，如果把湯氏某些美妙空靈的詞句直接搬上舞臺，文化程度低一些的觀眾往往是聽不懂的。因此，這些人就要改。改過之後，自然不盡符合作者原意，但卻適合於舞臺演出。在這個問題上，這些人與湯顯祖各自的目的不同，一方面是要求一種舞臺演出的本子，帶有功利的性質；另一方面則是通過創作來傳達自己的思想感情，是一種精神的寄寓。我們大可不必溢美一方，而對另一方輕率否定。

其二，要想把湯氏劇作中的美麗文詞一字不動地與當時舞臺實用的美妙音樂結合在一起，是一件極其費力的事。這需要在同時具有精湛的音樂修養和高深的文學造詣的人手中才能完成，而當時一般的戲曲家、演員是很難做到這一點的。直到一百多年後的清代乾隆年間，一位傑出的音樂家葉堂才將玉茗堂四夢一字不改地全部譜寫了曲調。這固然可以說明湯氏劇作的文辭對於戲曲音樂的發展具有超前的刺激、推動作用，但同時又可以說明湯氏劇作

在當時的音樂家、歌唱者面前具有不合時宜的一面。

實際上，對於湯沈之爭，在當時王驥德就有一段話頗為精彩：「詞隱之持法也，可學而知也；臨川之修辭也，不可勉而能也。大匠能與人規矩，不能使人巧也。」（《曲律》）在一個給人以規矩、一個示人以才情的前提下，後世戲曲作家「倘能守詞隱先生之矩矱，而運以清遠道人之才情，豈非合之雙美乎？」（呂天成《曲品》）「曲律」與「曲意」，「斫巧斬新」與「本色當行」，合則雙美，離則兩傷，對湯沈之爭似乎應作如是觀。

（原載《石麟論文自選集·戲曲詩文卷》，線裝書局，2013 年 7 月出版）

情在山林市井間
——元人散曲文化層面剖析

　　一部中國古代文學史，它所反映的文化積澱是多層面的，但如果作最粗略的劃分，則主要有三大層面：廟堂文化、山林文化、市井文化。所謂廟堂文化，指的是符合以統治者意志為核心的國家利益的意識形態；所謂山林文化，則主要反映了在野文人的心理感受；而所謂市井文化，則表現了屬於世俗社會的思想情趣。元人散曲，大多「情在山林市井間」，所反映的主要是山林文化和市井文化。

　　隋樹森先生說：「散曲是金、元兩代新興的一種歌曲，是當時人民群眾和文人學士雅俗共賞喜聞樂見的一種通俗文學。在元代文學史上，散曲奪得了『詞』的地位，成為當時最活躍最有生命力的詩體。」（《全元散曲自序》）散曲這種文學樣式，與詩、詞、文、賦有很大的不同，與戲劇、小說也有體裁上的區別。有意味的是，上述各種文學樣式，在表現不同的文化層面時，似乎各有其適應性。大體而言，散文和賦，反映廟堂文化和山林文化者居多；戲劇、小說則更多體現著市井文化，少量反映廟堂文化；詩、詞所蘊含的文化層面最為廣泛，幾乎廟堂文化、山林文化、市井文化都能反映；而散曲，在廟堂文化之中只留下匆匆的足跡，更多地徘徊於山林、市井之間。

　　男女之情，是諸多文學樣式反映得最普遍、最恒久的內容，散曲也不例外。只不過元人散曲中的世俗意味更濃，更貼近市井生活而已。「調養就舊精神，妝點出嬌風韻。」（楊果：〔仙呂賞花時〕套）這是一個女子盼望離別已久的丈夫早早歸來的心態。「罵你個不良才，莫不少下你相思債。」（商挺〔雙調

潘妃曲〕）這是又一個女子對情郎企盼之中的愛恨交織。「剛道得聲保重將息，痛煞煞教人捨不得。」（關漢卿〔雙調沉醉東風〕）情人之間分別的痛苦是何等外露。「從來好事天生儉，自古瓜兒苦後甜。」（白樸〔中呂陽春曲〕《題情》）小女子的愛情追求又是何等執著。「喚起思量，待不思量，怎不思量。」（鄭光祖〔雙調蟾宮曲〕《夢中作》）在迷離恍惚的境界中更顯出抒情主人公的一往情深。「昨宵好夢，今朝幽怨，何日歸期。」（朱庭玉〔大石調青杏子〕套《送別》）這種夫妻間的別情較之情人間的離別又是一番情味。「花兒草兒打聽的風聲，車兒馬兒我親自來也。」（劉庭信〔雙調折桂令〕《憶別》）這個女人在送別丈夫時的苦澀與潑辣又與上一位的纏綿絕不相同。以上所述，已見一斑，再看幾段絕妙好辭。「我事事村，他般般醜。醜則醜村則村意相投，則為他醜心兒真博得我村情兒厚。似這般醜眷屬，村配偶，只除天上有。」（蘭楚芳〔南呂四塊玉〕《風情》）這真是一往無前的風流。「看看的相思病成，怕見的是八扇幃屏。一扇兒雙漸小卿，一扇兒君瑞鶯鶯，一扇兒越娘背燈，一扇兒煮海張生。」「一扇兒桃源仙子遇劉晨，一扇兒崔懷寶逢著薛瓊瓊，一扇兒謝天香改嫁柳耆卿，一扇兒劉盼盼味殺八官人。哎，天公，天公，教他對對成，偏俺合孤另。」（無名氏〔中呂十二月過堯民歌〕）這更是莫可名狀的妒忌。「解不開同心扣，摘不脫倒須鉤。糖和蜜攪酥油。活擺佈千條計，死安排一處休。恁兩個忒風流，死共活休要放手。」（無名氏〔商調梧葉兒〕《題情》）愛如斯，情如斯，直教死生相許。

像上面這樣一些描寫男女之情的作品，在元人散曲中比比皆是，甚至可以說，幾乎沒有不寫男女之情的元散曲作家。較之古典詩詞中的同題材作品，元散曲表現得更為直截了當，酣暢淋漓。這裡沒有什麼遮遮掩掩、羞羞答答，而是儘量尋求感官刺激，直接展示內心世界，當然，也有某些過分泄欲的東西。這一切，構成了此類作品特別濃烈的市井風味。而這種市井風味的形成，大致上又離不開三方面的原因：一是元代封建禮教的相對鬆弛，二是元代知識分子的「偶倡優而不辭」，三是城鎮商品經濟的發達。關於這些，前人所論甚詳，此不贅述。

元散曲中的市井文化層面，還反映在許多作品對市井百態的直接描寫。杜仁傑的〔般涉調耍孩兒〕套《莊家不識構闌》通過一個莊家漢特定的視角，向我們展示了當時戲劇演出的情形。盧摯的〔雙調壽陽曲〕《別珠簾秀》和珠簾秀的同時同調之作，則體現了翰林學士與名優女伶之間痛苦而又誠摯的交

往。關漢卿的三套〔南呂一枝花〕更體現了這位曲大家對城鎮市井生活的熟悉和瞭解。其中《贈朱簾秀》表面上字字詠「珠簾」，實際上句句描寫的都是一代名伶珠簾秀。《杭州景》則全面描繪了杭州一帶的湖光山色、市井人煙。至於《不伏老》，則更是關漢卿作為「躬踐排場，面傅粉墨」的「梨園領袖」、「編修師首」、「雜劇班頭」的戲曲偉人的自白。元散曲家筆下的市井人物，可謂百態叢生。這裡有愛馬如命、嘮嘮叨叨的小氣鬼。（馬致遠〔般涉調耍孩兒〕套《借馬》）這裡還有那「群芳會首，繁英故友」的書會才人的生活攝影。（曾瑞〔大石調青杏子〕套《騁懷》）市井中那「癡兒不解榮枯事」的紈綺子弟也在散曲家筆下原形畢露。（喬吉〔中呂山坡羊〕《冬日寫懷》）城鎮中那「衣服破碎，鋪蓋單薄」的寒士也在散曲家那裡找到了訴說貧窮的窗口。（蘇彥文〔越調鬥鵪鶉〕套《冬景》）在這裡，還有那將心血和錢財全都灑向花街柳巷從而落得個「暮年、可憐」的風流子弟。（劉時中〔中呂朝天子〕）在這裡，也還有那對著妖姬瓊奴發出「誰，不做美？呸，卻是你！」的俏聲嗔語的金閨少婦。（張可久〔中呂山坡羊〕《閨思》）至於那些市井中的剝削者、慳吝漢，自然更逃脫不了散曲家們追尋的視線、嘲弄的筆鋒。錢霖的〔般涉調哨遍〕套、無名氏的〔正宮醉太平〕《譏貪小利者》和〔商調梧葉兒〕《嘲貪漢》等篇，都對此種人等極盡諷刺之能事。此外，還有貫雲石〔雙調壽陽曲〕「魚吹浪」對杭州觀潮的描寫，還有徐再思〔中呂陽春曲〕《閨怨》對商人婦的幽怨的描寫，還有李伯瑜〔越調小桃紅〕《磕瓜》對參軍戲的描寫，還有李德載的十首〔中呂陽春曲〕《贈茶肆》對當時茶文化的描寫，還有無名氏的〔中呂滿庭芳〕「狂乖柳青」對鴇母的描寫，如此等等，許多許多的散曲作品，都從不同的角度反映了當時的市井生活。

　　無論是寫男女之情也罷，抑或是描摹市井百態也罷，元人散曲大多總是那麼詼諧、直露，甚或有幾分率意而為，充滿著瓦舍勾欄中的調笑之風。元人散曲雖不是戲劇，卻免不了「戲」。對人物的描摹，對景象的描畫，對場面的描寫，都似乎有情節在其中，有戲弄在其間。如無名氏的三支〔雙調水仙子〕，前兩支寫癡情女「今日懊悔遲」的悲憤，後一支寫負心漢說「俺是兒女夫妻」的油腔滑調，可視為一種對唱。再如無名氏的〔仙呂寄生草〕《遇美》將「人道是章臺路柳出牆花」的美女猜做是「靈山會上活菩薩」，也充滿了喜劇色彩，是瘋魔漢的內心獨白。然而，在戲笑之中，散曲家們卻又體現出一種沉重的苦澀與悲憤。周浩的〔雙調蟾宮曲〕《題錄鬼簿》對鍾嗣成及其《錄

鬼簿》中人物作出了「生待如何，死待如何，紙上清名，萬古難磨」的高度評價。在這方面，鍾嗣成本人表露得尤為突出。他用三支〔正宮醉太平〕抒寫了下層文人的落魄不遇，堪稱激憤中的幽默、幽默中的激憤。他為宮大用、鄭德輝等十幾位曲家所寫的〔雙調凌波仙〕弔詞，更有著死者與生人、同儕與自我之間的心靈共鳴。至於他的〔南呂一枝花〕套《自序醜齋》則更將滿腔悲憤發洩無遺，但其風致卻仍然是那樣的幽默詼諧。透過這些貌似尋常的遊戲之作，我們可以看到這些下層文人靈臺的顫抖。鍾醜齋因著《錄鬼簿》而成為元曲家的忠實書記員，周挺齋則因著《中原音韻》而成為元曲用韻的總結者，二人都在元曲的研究方面作出了巨大的貢獻。然而，周德清也有著與鍾嗣成一般無二的哀怨與苦悶，他的〔雙調蟾宮曲〕簡直就是一首貧士的悲歌：「倚篷窗無語嗟呀，七件兒全無，做什麼人家。柴似靈芝，油如甘露，米若丹砂。醬甕兒恰才夢撒，鹽瓶兒又告消乏。茶也無多，醋也無多。七件事尚且艱難，怎生教我折柳攀花。」

　　現實，逼著一代文人的身軀走向市井，在市井中討生活；現實，同樣逼著一代文人的靈魂飛向山林，在山林中求精神。元散曲中詠史懷古之作並不少，但除了像盧摯、睢景臣、張養浩、張可久、周德清、楊維楨等人的某些作品之外，大多數作家並不真正地詠史或懷古。他們只是借歷史寫現實，借古人寫自我，而且造出了不少翻案文章。「那裡也能言陸賈，那裡也良謀子牙，那裡也豪氣張華。」（白樸〔雙調慶東原〕）「不達時皆笑屈原非，但知音盡說陶潛是。」（白樸〔仙呂寄生草〕，或謂此篇乃范康作）這裡所體現的，正是有元一代文人對山林文化的嚮往。

　　元散曲作家通過對山林生活嚮往來表現對現實不滿的，絕非一個白仁甫。盧摯的〔雙調沉醉東風〕《秋景》、《對酒》、《避暑》、《歎世》、《閒居》（三首）諸篇，〔雙調蟾宮曲〕中從《濟陽懷古》到《箕山懷古》等十數篇作品，以及〔雙調殿前歡〕中「酒杯濃」、「酒頻沽」、「酒新篘」、「酒頻傾」等數支曲子，大都體現了作者對官場生活的厭倦和對大自然的嚮往。關漢卿的〔南呂四塊玉〕《閒適》四首，〔雙調喬牌兒〕套，也體現了一個書會才人對山林生活的渴望。至於馬致遠則更典型，他那著名的套曲〔雙調夜行船〕堪稱一篇厭惡名韁利鎖，嚮往青山綠樹的宣言。末尾二句：「便北海探吾來，道東籬醉了也。」何等灑脫，何等決絕，又何等悲酸！其實，像〔雙調夜行船〕這樣的作品，馬東籬並非僅此一套，如〔雙調行香子〕套、〔雙調新水令〕套、〔般涉調

哨遍〕套「半世逢場作戲」等，均與〔雙調夜行船〕套「百歲光陰一夢蝶」同
一機杼。小令方面，馬致遠亦多有此類作品。如〔南呂四塊玉〕《恬退》四首、
《歎世》九首，〔南呂金字經〕三首，〔雙調蟾宮曲〕《歎世》二首，〔雙調清江
引〕《野興》八首，〔雙調慶東原〕《歎世》六首，以及〔雙調撥不斷〕中的若
干篇什均反映了他那種身在市井而意馳山林的心境。貫雲石的心境也大體如
此，他的〔雙調清江引〕《知足》四首和「棄微名」、「競功名」、「避風波」諸
篇以及〔雙調水仙子〕《田家》四首、〔雙調殿前歡〕中的若干篇均體現了這位
自號酸齋的維吾爾作家「休官辭祿後，或隱屠沽、或侶樵牧」的情懷。張養浩
亦如是，他的《雲莊休居自適小樂府》多寫歸隱後寄傲林泉的生活。且舉他
頗具代表性的〔雙調雁兒落兼清江引〕為證：「喜山林眼界高，嫌市井人煙鬧。
過中年便退官，再不想長安道。」「綽然一亭塵世表，不許俗人到。四面桑麻
深，一帶雲山妙。這一塔兒快活直到老。」我們再看喬吉，這位自稱「不應舉
江湖狀元」的曲家，給我們留下了更多的屬於山林文化的散曲。〔南呂玉交枝〕
是鮮用的曲調。元人只有喬夢符寫過四首，兩首題為《閒適二曲》，兩首失題，
全部寫的宦海險惡、山林悠閒。最後一首的最後一句。作者竟大聲呼喊：「險
也啊拜將臺！」簡直是對廟堂文化的最大衝擊。與喬吉齊名的張可久，是元
代現存散曲作品最多的作家。在他的八百五十五首小令和九套套曲之中，表
現得最廣泛、最充分的仍然是閒適放逸的山林情趣。例如他的〔中呂滿庭芳〕
《山中雜興》二首的後一首：「風波幾場，急疏利鎖，頓解名韁。故園老樹應
無恙，夢繞滄浪。伴赤松歸歟子房，賦寒梅瘦卻何郎。溪橋上，東風暗香，浮
動月昏黃。」誠可謂「有不吃煙火食氣」。(《太和正音譜》)上述諸大家而外，
在胡祗遹、陳草庵、滕斌、鮮于必仁、李羅御史、任昱、徐再思、孫周卿、曹
德、查德卿、趙顯安、李伯瞻、楊朝英等作家的散曲作品中，都有這種山林文
化的趣向。無論他們的出身是高貴還是低微，無論他們是否領略過宦海風波，
無論他們屬於哪一個民族，無論他們是散曲大家還是一般作者，他們都不約
而同地在各自的散曲作品中表達了這種情懷、這種趣味。甚至可以說，包括
許多佚名的作者在內，幾乎所有的元散曲作家都未曾迴避這種題材、這種追
求，這種身在市井而心向山林的意趣。

　　然而，更有意味的是，並非所有的元散曲作家都像張養浩那樣由衷地高
唱著「喜山林眼界高，嫌市井人煙鬧」。我們有時候必須把上面一句話反過來
說，有些散曲作家心向山林但卻身在市井。或者說，他們一方面追求著山林

文化的精神享受，另一方面卻拋不下市井人煙的現實利益；他們一方面給自己營構了一個飄飄欲仙的高雅境界，另一方面卻又要實實在在地當一名凡夫俗子。他們的物質的「人」和精神的「我」有時是統一的，有時是分裂的，有時甚至是對立的統一、矛盾的存在。這才是有元一代大多數散曲家的精神底蘊。

元好問是金代遺民詩人，也是元散曲最早的作家之一，他的〔雙調小聖樂〕《驟雨打新荷》是元散曲中的名篇。然而，就是這樣一篇作品，恰恰體現了元遺山先生那種苦悶中的放達、放達中的苦悶的矛盾心理：「人生有幾，念良辰美景，一夢初過。窮通前定，何用苦張羅。命友邀賓玩賞，對芳樽淺酌低歌。且酩酊，任他兩輪日月，來往如梭。」一念本已空，眼前又是色，色即是空，空即是色。在這裡，精神的追求與物質的享受終於混合為一體。張養浩是元代散曲家中情感最豐富的作者，他能發出「興，百姓苦；亡，百姓苦」的千古慨歎，但他也寫下了〔雙調殿前歡〕《登會波樓》這樣的作品。作者在用馨香妙筆描寫了大明湖一帶「鋪翠描金」的美景之後，筆頭一轉：「被沙頭啼鳥，喚醒這夢裏微官。」歡樂與悲哀在這裡成為孿生兄弟。喬吉的〔中呂山坡羊〕《寓興》是這樣寫的：「鵬搏九萬，腰纏十萬，揚州鶴背騎來慣。事間關，景闌珊。黃金不富英雄漢，一片世情天地間。白，也是眼；青，也是眼。」這中間當然表現了對人情冷暖世態炎涼的極大憤慨，但何嘗沒有一點作者內心深處的追求？別人的富貴，自身的貧窮，在向山林投去一瞥的同時，回眸再看一看那金色的人間，作者的心恐怕也徘徊於對現實世界的留戀與對理想世界的憧憬之間吧，如果說喬夢符的《寓興》主要批判的是現實世情的話，那麼，張小山的〔雙調水仙子〕《次韻》則更重在表達一種企圖擺脫世俗而難以擺脫、嚮往逍遙而又不可乎驟得的情懷：「蠅頭老子五千言，鶴背揚州十萬錢。白雲兩袖吟魂健，賦莊生秋水篇，布袍寬風月無邊。名不上瓊林殿，夢不到金谷園，海上神仙。」諸如此類的徘徊於市井山林之間的作品，還有曾瑞的〔中呂山坡羊〕《自歎》、亢文苑的〔南呂一枝花〕套「琴聲動鬼神」、宋方壺〔中呂山坡羊〕《道情》二首以及無名氏的〔中呂朝天子〕《誌感》二首等等。他們都從不同角度呻吟著現實中的不得志，歌詠著理想化的前景。幾乎所有的作家都在探討著人生的價值和意義，險惡的官場、喧囂的世塵、寧靜的山林，常常疊印在元散曲家們的筆下。在殘酷的現實面前，他們希望脅下生雙翼，飛向那潔淨的天盡頭。但，「欲潔何曾潔」，塵世的泥潭陷住了他們的雙

足；「云空未必空」，那美好的山林多半只是一個幻影。於是，他們悲從中來，帶著時代之悲、身世之悲、人格之悲，寫下了充滿悲劇底蘊而又帶著遊戲意味的散曲作品。

元代散曲家所處的是一個特殊的時代。歷史斷層的裂變、自身價值的跌落、人格理想的破碎、傳統文學的萎縮，這一切一切，使元代散曲家們由衷地產生了一種巨大的失落感。許多在他們看來本應屬於他們的東西驟然失去，並且毫無力量重新得到。他們的心頭，只能銘刻著一個大字：悲！尤其是在元散曲作家中占絕大多數的漢族知識分子，更面臨著多重的悲劇，因為他們還必須在民族歧視的強權政治面前低下他們原本自認為高貴的頭顱。

元代的散曲家們活得實在太累了。傷心秦漢，咀嚼先賢。他們從現實中領悟到了歷史的斷層、社會的裂變。仕進無由或官場傾軋，他們從生活中讀懂了自己原來一錢不值。那樣一個嚴酷的時代，把他們狠狠地趕向市井、拋向社會底層。迎接他們的是楊柳樓心月、桃花扇底風。他們也曾享受過，也曾風流過，也曾經在這裡貢獻出他們真實的情感。但是，不，他們不願意就此沉淪、就此消磨。向上，不大可能；向下，大不甘心。於是，他們選擇了山林。無論是市井之外的山林，或是市井之內的「山林」；無論是實實在在的山林，或是虛虛幻幻的「山林」，那才是他們精神的寄託、靈魂的歸宿。這是一條古人曾經走過的路，也是一條後人可能還要走下去的路，他們選擇了，儘管是一步三回頭，他們還是選擇了這一條道路。在這裡，他們可以保持自己那一份極端自卑以後而必然萌發的自尊。在這裡，他們可以用那綠草紅葉包裹心靈的創傷，可以用清清的溪流洗滌身上的塵土和心頭的血漬。然而，他們還是不甘心。生活使他們變得似乎毫無價值，但他們對生活的體驗、深刻的體驗卻是大有價值的。他們需要有一種藝術形式作為載體來表達他們對生活的體認，於是，他們找到了散曲這種當時最活躍最有生命力的詩體。

是的，散曲，這種起自民間的歌曲形式，這種能為廣大民眾盡快接受的歌曲形式，這種既能描寫世俗生活又能表達高尚情懷的歌曲形式，是元代文人從市井中學來的。於是，他們將其中的一大部分還給了市井，而將另一大部分奉獻給山林、奉獻給他們身處其間抑或是心處其中的山林，而只將那剩下以後再剩下的一星半點拋向廟堂文化的屋簷之下。因此，我們說，元人散曲基本與廟堂無緣，她屬於市井、屬於山林。元代散曲家的真情實感，不由自主地留在了市井山林之間，不！應該說，他們自主地、由衷地留在了市井

山林之間。

　　這是一個悲哀的選擇，也是一個美妙的選擇。說它悲哀，是因為它顯示了元代文人那艱難的生活、那痛苦的心情；說它美妙，是因為它使得元代文人那坦誠的胸臆、高妙的才情與一種新鮮活潑的民間歌曲形式相結合，呈現出水乳交融般的狀態。

　　悲哉！元代文人。妙哉！元人散曲。

　　　　　　　　　　（原載《廣東職業技術師範學院學報》1999 年第三期）

金元散曲中的通俗之作

散曲興起於金，鼎盛於元，它是一種有別於「劇曲」（雜劇）的詩歌形式。散曲與雜劇最大的相同點是都能演唱，而它們二者之間最大的不同之處則有兩點：其一，雜劇以敘述故事為主要任務，散曲雖也有敘述故事的作品，但更多的則是用以抒發感情或發表議論的；其二，雜劇是一種代言體的戲劇形式，散曲雖也有少數代言的片斷，但更多的則是一種自敘體的詩歌形式。

金元散曲起自民間，後來又經過文人的進一步發展，更加成熟。因為元代有許多淪落社會風塵的下層文人，而他們又是散曲創作的主要作者，這樣，就在相當程度上保持了元代散曲的通俗性和大眾化特色。再加上還有一些無名氏的作品，或許就是一種民間創作。故而，從中國古代俗文學發展的角度來看，我們在此主要講兩方面的內容，下層文人的通俗散曲作品和民間散曲作品。

一、下層文人散曲中的通俗之作

有不少金元時代的著名散曲作家都寫過非常通俗的作品，這些作品非常適合在瓦肆勾欄或茶樓酒館中歌唱。

如關漢卿的一首《雙調沉醉東風》：「咫尺的天南地北，霎時間月缺花飛。手執著餞行杯，眼閣著別離淚。剛剛道得聲『保重將息』，痛煞煞教人捨不得，『好去者，前程萬里！』」描寫男女送別的情景，十分準確、生動，與柳永的《雨霖鈴》有些相似，但要通俗得多。再如馬致遠的一首《雙調壽陽曲》：「心間事，說與他。動不動早言兩罷！罷字兒磣可可你道是耍。我心裏怕那不怕！」寫一個被無情漢冷落的弱女子的複雜心理，卻全用口語表現。惟妙惟肖、如

見如聞。誰會相信這支小令的作者與那寫「枯藤老樹昏鴉、小橋流水人家、古道西風瘦馬」的《越調天淨沙・秋思》的是同一個人？但事實就是如此。可見像關漢卿、馬致遠這樣的散曲大家，寫起作品來當雅則雅、當俗則俗，當文人情調就文人情調，當世俗意味就世俗意味，這正是他們的過人之處。再如姚燧的一首《越調憑欄人・寄征衣》：「欲寄君衣君不還，不寄君衣君又寒。寄與不寄間，姿身千萬難。」這是多麼敏感的生活捕捉，又是多麼通俗的表達方式。這樣的作品，似乎沒有經過對生活的任何加工，但實際上，它中間提煉、加工、藝術表現的痕跡讀者是看不見的，這是一種化境，一種神來之筆所造成的化境。

諸如此類具有明顯的通俗意味的散曲作品，還有杜仁傑《般涉調耍孩兒・莊家不識勾闌》套數、關漢卿《南呂一枝花・不伏老》套數、王和卿《仙呂醉中天・詠蝶》《仙呂一半兒・題情》、商挺《雙調步步嬌・祝願》、白樸《中呂陽春曲・題情》、馬致遠《般涉調耍孩兒・借馬》套數、盧摯《雙調折桂令・田家》、鄧玉賓《正宮叨叨令・歎世》、張養浩《南呂一枝花・喜雨》套數、睢景臣《般涉調哨遍・高祖還鄉》套數、喬吉《雙調水仙子・怨風情》、劉致《雙調殿前歡・即事》、徐再思《中呂喜春來・閨怨》、李伯瑜《越調小桃紅・磕瓜》、周德清《雙調折桂令・自嗟》、鍾嗣成《正宮醉太平・落魄》《南呂一枝花・醜齋自序》套數、蘭楚芳《南呂四塊玉・風情》等等。

以上作品所反映的社會生活面是十分廣泛的，但作家們的注意力卻並不分散，而是集中在兩大問題上。一是知識分子懷才不遇的痛苦表達，二是下層人物愛情生活的真實描寫。而實際上，這兩點又是相互勾通的。元代，是一個知識分子極不受重視的時代。「儒人顛倒不如人」，統治階級數十年停止科舉考試，將絕大多數的讀書人逼向了市井山林之間。當時的知識分子被迫作出兩種選擇：要麼隱居山林之中，高唱著「歸去來兮」，詛咒著黑暗現實，表現著自身的貧困與清高；要麼廝混於市井之中，依偎著「紅巾翠袖」，沉醉於低唱淺斟，袒露著自身的才華與痛苦。他們偶而也關心民生疾苦，但這樣的作家作品太少太少。他們也回顧歷史長河，但卻是借古諷今，仍然為了表達自己的鬱悶與悲哀。他們直接批判社會的力度是遠遠比不上某些無名氏的作品的，因為無名氏的作品所關心的是整個社會，而這些著名作家的作品，雖也具有比較突出的民間色彩，但可惜他們中間的大多數人說來說去，總離不開一個「我」字。

二、元代無名氏的散曲作品

　　與上述文人的散曲作品相比，元散曲中無名氏的作品顯得更為大膽潑辣、明白流暢，更具有不顧一切的氣勢，同時也更能代表廣大民眾的思想感情。且看《正宮醉太平・譏姦佞專權》：「堂堂大元，姦佞專權。開河變鈔禍根源，惹紅巾萬千。官法濫刑法重黎民怨，人吃人鈔買鈔何曾見，賊做官官做賊混愚賢，哀哉可憐！」這只曲子那種激烈的不滿和反抗的情緒，可謂躍然紙上了。我們再看《正宮醉太平・譏貪小利者》：「奪泥燕口，削鐵針頭，刮金佛面細搜求，無中覓有。鵪鶉嗉裏尋豌豆，鷺鷥腿上劈精肉，蚊子腹內刳脂油，虧老先生下手。」對那種生活中的吝嗇鬼們可謂極盡諷刺之能事，而且寫得那麼形象、生動、傳神。還有一篇失宮調失曲牌名的《大雨》：「城中黑潦，村中黃潦，人都道天瓢翻了。出門濺我一身泥，這污穢如何可掃？東家壁倒，西家壁倒，窺見室家之好。問天工還有幾時晴？天也道：『陰晴難保！』」在自然災害面前，當時的人們就是如此束手無策，就是如此的痛苦不堪。像這樣一些直接面對黑暗現實，發出心底呼喊，甚至對那不合理的一切、醜陋的一切表示強烈諷刺的作品，還有《正宮醉太平・歎子弟》二首、《中呂朝天子・誌感》二首、《越調寨兒令・題章宗出獵》二首、《中呂滿庭芳・刺鴇母》、《商調梧葉兒・嘲謊人》等等。

　　元代無名氏散曲的另一常見內容，是那些描寫男女愛情及愛情悲劇的作品。如《中呂十二月過堯民歌・相思》「【十二月】看看的相思病成，怕見的是八扇幃屏。一扇兒雙漸小卿，一扇兒君瑞鶯鶯；一扇兒越娘背燈，一扇兒煮海張生。【堯民歌】一扇兒桃源仙子遇劉晨，一扇兒崔懷寶逢著薛瓊瓊；一扇兒謝天香改嫁柳耆卿，一扇兒劉盼盼昧殺八官人。哎！天公，天公！教他對對成，偏俺合孤另！」描寫小兒女對愛情的追求，卻不從正面說，反而列舉一連串的愛情故事來反襯，這大概也可算作是以樂寫哀吧。再看《越調小桃紅・別憶》：「斷腸人寄斷腸詞，詞寫心間事，事到頭來不由自。自尋思，思量往日真誠志。志誠是有，有情誰似，似俺那人兒。」全篇用頂真續麻的修辭手法，表達了一個女性對愛情的執著而又熱烈的追求。諸如此類的作品，還有描寫妻子盼望出門在外的丈夫早早歸來的《大石調初生月兒・閨思》，描寫女子孤獨情懷的《中呂紅繡鞋・月夜聞雁》，反映婦女們對美好愛情婚姻生活的憧憬追求的《中呂迎仙客・七月》，描寫男女打情罵俏的《中呂四換頭・題情》二首，反映被遺棄的女子對負心漢憤怒譴責的《越調寨兒令・恨負心賊》，描

寫輕薄少年與癡情女子對答的《雙調水仙子·風情》等等。

　　大體而言，元散曲中無名氏的作品較之那些著名作家的作品而言，在共同體現通俗化原則的基礎上顯得更為開放、恣肆、直率、潑辣，也更能代表普通民眾的心理，更具抗爭精神。這是元代人民大眾真正發自內心的呼聲，是在那黑暗王國的最底層所發出的憤懣痛苦而又渾濁粗重的呻吟。

　　本文題為金元散曲中的通俗之作，所論述的當然就是其中最帶俗文學意味的那一部分作品，特特在此說明。本文沒有提到的金元散曲中的傑出作家和優秀作品還有很多，種種原因，只好忍痛割棄了。（本文題目稍有更改）

　　（原載《通俗文娛體育論》，湖北教育出版社，2006 年 10 月出版）

馮惟敏散曲臆探

在明代散曲作家中，馮惟敏是最傑出的一個。

馮惟敏（1511～1580左右），字汝行，號海浮，臨朐（今屬山東）人。嘉靖十六年中鄉試，累舉進士不第。嘉靖四十一年進京謁選，授直隸淶水知縣。歷官鎮江府學教授、保定府通判等職，隆慶六年（1572）棄官歸隱，終老田園。

馮惟敏與兄惟健、弟惟訥均以詩文名齊魯間，而惟敏獨以散曲盛傳於世。其所著雜劇《梁狀元不伏老》，錢謙益以為在王九思《杜甫遊春》之上。（見《列朝詩集小傳》丁集上）其散曲今存《海浮山堂詞稿》四卷，有小令約一百七十首，套數近五十。

馮惟敏的散曲創作，堪稱明代之冠冕。與明代其他曲家相比，馮惟敏的散曲具有如下幾大特點。

第一，題材廣泛，能得心應手地以散曲的形式反映各方面的社會生活。

在馮惟敏筆下，散曲可以用來反映社會現狀、民生疾苦，亦可以用來表現生活情趣，寫景狀物；既可以用來諷刺人間百態，亦可以用來表達誠摯感情。總之，舉凡作者身邊所發生的一切事情、作者心頭所萌發的種種感受，都能通過散曲的形式得以恰當而充分的體現。

馮惟敏一輩子仕途上並不發達，只當過幾任小官。為官期間，他比較關心民瘼，尤其是歸田以後，更對農民的痛苦生活有了深入的瞭解。因此，在不少作品中，他描寫了農家的苦樂辛酸，並表現出一種與農家之苦同苦、與農家之樂同樂的心情。如《胡十八四首·刈麥有感》之一云：「八十歲老莊家，幾曾見今年麥！又無顆粒又無柴。三百日旱災，二千里放開。偏俺這臥牛城，

四十里忒毒害。」這便是「天災」給農家帶來的痛苦，然而，更嚴重的災難還是「人禍」。《刈麥有感》之三云：「穿和吃不索愁，愁的是遭官棒。五月半間便開倉，里正哥過堂，花戶每比糧。賣田宅無買的，典兒女陪不上。」在這種天災、人禍的雙重折磨面前，農夫們便只好「哭哀哀告天，那答兒叫冤」了。（《刈麥有感》之四）

在馮氏《海浮山堂詞稿》中，這種關心民瘼、與農家生活息息相關的作品不在少數。如《玉芙蓉二首·喜雨》、《玉芙蓉二首·苦雨》、《玉芙蓉二首·喜晴》以及《玉江引·農家苦》、《傍妝臺四首·優復雨》等。作者往往將自己的喜悅憂愁與農夫們打成一片，從而體現出對農事生產和農家生活的極其真切的關心與同情。

馮惟敏不僅能用散曲來反映民間疾苦，而且還能用這種生動活潑的文學樣式來諷刺社會中的種種醜惡。如《南呂一枝花·月食救護》《南呂一枝花·日食救護》兩套中對「歪學究」『瞎陰陽』的諷刺。再如《朝天子·四術》中對當時的醫、卜、相、巫的諷刺。尤其是《正宮端正好·呂純陽三界一覽》《般涉調耍孩兒·骷髏訴冤》《般涉調耍孩兒·財神訴冤》這三套曲子，通過奇妙的構思、大膽的想像，對社會中的種種醜惡進行了辛辣的嘲諷，尤其是對那些作威作福、搜刮民財的貪官酷吏更是罵得淋漓暢快。誠如作者在這三套曲子的小序或按語中所言：「迨戊午丁巳間，有酷吏按治齊魯，大獵民資，以填溪壑，累歲無厭。人人自危，莫知所止。」「嘉靖丁巳戊午間，有墨吏某，每按郡縣，輒羅捕數百千人，圄圉充塞，重足而立，夕無臥處。計民產百金已上，必坐以法竭之。凡告人命，雖誣必以實論，有厚賂，雖實必釋。由是誣告伺察之風盛興，而倚法強發民家者不可勝計。」面對這樣的殘酷現實，作者憤慨地指出：「諺云：鬼怕惡人。詎不信然！」並巧妙地借用「人所不敢言者，而仙言之」的卜者之辭來發洩自己心頭的憤怒與不滿之情。

除此而外，在《海浮山堂詞稿》中，作者還得心應手地運用散曲的形式來表現各種題材。如《黃鶯兒·午憩》《黃羅歌·灌園》充滿鄉居生活的情趣，如《朝天子六首·六友》重溫朋友間的深厚情誼，如《月兒高八首·閨情》寫深閨情怨，如《黃鐘醉花陰·清明南郊戲友人作》寫景物風俗。至於用散曲來抒發作者自己複雜思想的作品，在《海浮山堂詞稿》中更是俯拾皆是、不勝枚舉。

毫無疑問，馮惟敏是明代作家中利用散曲的形式反映生活最為廣泛的

一個。

第二，感情真摯，充分體現了一個長期沉於下僚而棄官歸隱的知識分子的心靈的流程。

除了某些「代言」「贈答」之類的作品外，馮惟敏絕大多數的散曲作品所表現的思想情緒都是誠摯的。他經常在作品中自己對自己講話，把自己胸中的塊壘乃至隱痛不加掩飾地抒發出來，使我們在閱讀他的《海浮山堂詞稿》時，能比較清晰地感受到作者的心理和情緒，從而，能把握住一個長期沉於下僚最終又棄官歸隱的知識分子心靈的流程。

馮惟敏是一個具有正義感的封建時代的知識分子，由於科場失意，他長期沉於下僚。為官期間，他能體察民生疾苦：「旱潦了田苗，怎下的惡狠狠追糧料？重並了差徭，誰能勾實<u>不</u>不戀土著。他他他生不聊，我我我怎貪饕？總不如兩袖清風歸去好。」（《雙調新水令・庚午春試筆》）同時，他又厭棄黑暗的官場，曾經將他那「六品王官」比喻成「破砂鍋換蒜皮有何希罕？死雞兒爊白菜枉愛艱難」。（《折桂令・閱報除名》四首之三）追求一種「從今後雲水青山，竹杖黃冠，遠離了世路風塵，跳出了宦海波瀾」（同上）的生活。但另一方面，他又對功名富貴並未曾全然忘懷，當他的侄兒參加會試時，他又表現出由衷的喜悅和興奮：「解卻儒衣，換上朝衣，羨沖舉九苞鳳起，任扶搖萬里鵬飛。」（《折桂朝天令・咸侄會試》二首之一）即便是馮惟敏的隱居生活，本身也帶有多重性。這裡，既有與農夫們息息相關的慨歎，也有對山水田園的娛情，甚至還有文人們的風流生活。所有這些，都被馮氏毫不掩飾地寫到了散曲作品之中。他一忽兒哀歎：「自歸來農圃優游，麥也無收，黍也無收。恰遭逢飢饉之秋，穀也不熟，菜也不熟。」（《折桂令・穀谷有感》二首之一）一忽兒又描寫：「時值新秋，一雨初晴暑氣收。翠滴山光瘦，紅濕荷香透。嗏，佳客任遨遊，買魚沽酒。醉後狂歌，舞破衣衫袖，不管人間萬種愁。」（《駐雲飛・此景亭初秋小酌》二首之一）但有時又寫出了諸如《仙子步蟾宮・八美》《仙子步蟾宮・十劣》那樣的風流文人的生活。尤其是像《仙子步蟾宮・大鼻妓》《朝天子・鞋杯》《南鎖南枝・盹妓二首》等，更屬無聊之作。這樣，就充分體現了作者生活的多面性和思想的複雜性。然而，正是將這各個方面加在一起，我們才看到了一個完整的馮惟敏；而作者本人又將這一切毫不掩飾地表現出來，也就向讀者展示了一個只屬於馮惟敏的「自我」。

　　如果說，上述幾方面乃是馮惟敏對自己的生活、思想進行了真實寫照的話，那麼，馮氏筆下一些表現親情的作品則更顯得情真意摯。如他在《雙調新水令·憶弟時在秦州》中寫道：「受盡了半生偃蹇，乞求的兩字平安。」「自離了長安，一步步音書斷；才到了關山，一程程道路難。」「二十載風霜冷淡，數千里山水彌漫。望君門空瞻霄漢，盼家音難憑魚雁。我呵，到如今意懸夢牽，不由我淚彈。」表達了一種深沉摯切的手足之情。據作者自己所言：「此詞作於嘉靖庚申之秋，筆未竟，不覺淚下。時舍弟方奔走障塞，得而覽之，覆余曰：『車中讀未竟，輒淚下。』」再如《正宮端正好·邑齋初度自述》，作者自序云：「感慕不釋，命筆填詞，至三煞，清淚下不可止。」而該套曲之三煞及二煞，恰是寫親情的片斷。作者寫道：「愧不及跪乳羔，情不如返哺烏，雙親永感悲風木。」「念平生手足親，耐尋常骨肉疏，天南地北多歧路。」像這樣一些地方，都體現了作者對親人的誠摯之情。

　　毫無疑問，在明代作家中，能像馮惟敏這樣以散曲的形式如此多角度地反映創作者主體意識的人並不多見。

　　第三，風格多樣，能調動多種藝術手段來表現作品的內容。

　　馮惟敏作為明代散曲一大家，除了作品內容廣泛、感情誠摯之外，還由於其作品風格的多樣化。無論是套數、帶過曲還是小令，馮惟敏都能採用與內容相適應的藝術方式來加以表現。

　　馮惟敏的套數，大多寫得恢宏瀟脫、跌宕多姿。如《仙呂點絳唇·李中麓歸田》套曲，作者為了表現對李開先的讚譽，一連用了李姓十餘人的典故，寫得豪放瀟脫。再如《正宮端正好·徐我亭歸田》，結尾處至「十七煞」，寫得迴旋反覆、跌宕多姿。至若《呂純陽三界一覽》《骷髏訴冤》《財神訴冤》三套曲，則更是嬉笑怒罵，極其恣肆。這種恢宏瀟脫的氣格兼之通俗生動的語言，便使得馮惟敏的套曲大多具有豪爽奔放的陽剛之氣，因而也使他贏得了「曲中辛棄疾」的美譽。

　　相對套數而言，馮惟敏的一些帶過曲或小令卻又寫得婉曲多致，令人讀之如同詞作中的佳品。如《對玉環帶過清江引·初夏》：「萬柳千鶯，終朝不住鳴，一水孤清，通宵不斷聲。竹枕醉魔醒，松窗鶴夢驚。樓閣開明，疏簾透曉星。煙靄收晴，輕波漱晚汀。池塘倒入樓臺影，玉宇風初定。一輪淡月孤，萬里遙天靜，恍疑是蓬壺方丈景。」再如《高陽臺·落花有感》：「半畝蒼苔，一番紅雨，韶光滿眼拋擲。立盡東風，可能容易收拾，狼籍。留他不住春歸也，

問那人歸在何日？望天涯暮雲千里，杳無消息。」如此小曲，直可使妙齡女郎「歌盡桃花扇底風」。從中，我們可以感受到馮氏散曲中又往往帶有婉約詞的韻味。

馮惟敏還有一些小令，雖是代婦人立心，寫閨怨閨情，卻也饒有風味。如《南玉芙蓉四首‧題怨》，大有民歌情調。尤其是最後一首的最後一句：「從今夜，恩絕愛絕，把一方汗巾兒裂做兩三截。」更讓人聯想起漢樂府民歌中的《有所思》一篇。再如《清江引‧閨思四首》，又與明代民歌時調如出一轍。且看其中第三首：「起初只說相交好，枉惹旁人笑。與了個甜棗兒，丟下個虛圈套，恨上來常將香盤兒咬。」至於像《玉抱肚‧題情十首》那樣的作品，簡直就是文人的擬民歌之作。如其中「你若是意轉心回，俺才得死裏逃生」這樣的句子，誠可謂天地間至性至情之語。此外，如《南桂枝香‧贈行二首》《南桂枝香‧夢想二首》等，均寫得情意纏綿、感情熾烈，是最好的怨曲戀歌。在這些作品中，作者充分利用了散曲直截了當、通俗明快的特點，又略加一點兒戲謔調侃，便使讀者頓時感到情味盎然。

毫無疑問，馮惟敏以其創作風格的多樣化，奠定了他在明代散曲園苑中不可動搖的地位。

第四，返本歸元，能超越明代諸家而重現早朝元人散曲的風貌。

元人散曲起自民間，又受宋詞影響。元代早期的散曲大家，均能體現自然的本色。自元代後期至明代前期，散曲為文人所書面化，日益注重詞句雕琢、格律音調等形式問題，且多用以弔古傷今、酬答唱和，漸失生機，幾乎將一種新鮮活潑的文學樣式弄死。延至明中葉，康海、王九思輩重樹粗獷自然之旗幟，可惜作品分量不夠，未能形成強大陣勢。稍後。馮惟敏登上曲壇，以終身主要精力和才華從事散曲創作，寫下了數以百計的散曲作品，並善於集前代諸家之長而摒時人之短，遂使散曲創作返本歸元，再呈元代前期之天然本色，重現散曲創作遒勁健朗之風姿。馮惟敏的散曲作品，以其廣泛的取材、誠摯的情感、多樣化的風格，進一步提高了散曲的表現力，使散曲這種流傳了數百年的文學品種再現生機，達到無事不可寫、無情不可發、無法不可用的地步。就明代散曲創作而言，馮惟敏堪稱第一大家；就整個古代散曲的發展而論，馮惟敏亦可視作「中興」的代表。

當然，馮惟敏數以百計的散曲作品並非盡善盡美，美酒既成，糟粕亦在所難免。從內容上看，馮氏散曲中有不少庸俗無聊之作，除那些吟弄風月的

豔曲之外，諸如《寄生草·四不全》這樣的嘲笑他人生理缺陷的作品，亦可謂無聊至極。再如一些贈答之作、宴會之作亦了無情趣。從形式上看，作者也難免有意逞才。有些小序，多用駢語，與曲文不能相互生發。有時，作者甚至流於玩弄文字遊戲，如《集賢賓二首·頂真敘情》等。

然而，還是那句老話：瑕不掩瑜。無論如何，在明代散曲作家中，馮惟敏是最傑出的一個。

（原載《中國古典詩歌的晚輝——散曲》，

天津古籍出版社，1994 年 12 月出版）

曲中異軍「青門體」──沈仕散曲談片

在明代的散曲家中，有一位以男女豔情為主要描寫對象的作者，他就是沈仕。

沈仕（1488～1565），字懋學，一字子登，號野筠，又號青門，別署青門山人、東海迷花浪仙，浙江仁和（今杭州）人。他是明少司寇沈銳的少子，少有才名，性曠達，好漫遊，任俠多情，流連山水，千金到手輒盡。工詩善畫，其山水畫可入「妙品」，其詩則「綺麗豐腴」。散曲尤為出色，有《唾窗絨》，不傳。謝伯陽編《全明散曲》（齊魯書社，1994 年 3 月版）輯得沈仕小令 86，套數 10，另有復出小令套數若干。本文所涉及之沈仕散曲作品，均以此版本為據。

在沈仕現存的散曲作品中，十之七八寫的是男女戀情，十之二三寫的是羈旅生活和其他內容。這種取材的比例已可看出他散曲創作的一大特點──多情好色。

進而言之，在表達男女愛悅的題材時，沈仕散曲又形成了自己的另一個特點：以濃密豔麗之筆寫男歡女愛之情。而這，又恰可借用明代一個散曲選本的名稱來進行概括──「彩筆情辭」。

沈仕的彩筆，集中體現在「濃」和「密」兩個方面。所謂「濃」，即濃欲豔情；所謂「密」，即意象密集。前者是就表現內容而言，後者是就表達方式而論。

在沈青門筆下，寫得最為濃豔的散曲作品無過於〔南商調黃鶯兒〕《美人薦枕》、〔南仙呂入雙調玉抱肚〕《美人浴裙》《美人沐浴》《佳遇》、〔南雙調鎖南枝〕《幽會》、〔南大石調催拍〕《偶遇》、〔南南呂懶畫眉〕套《幽會》

等篇章。在這些作品中，他寫了女人身體的各個部位，乃至還描寫了男歡女愛時的細節，大都可以視之為「色情」之作。但是，也有寫得新鮮活潑，帶有民歌風味者。如〔南雙調鎖南枝〕《幽會》：「爹娘睡。暫出來。不教那人虛久待。一見喜盈腮。芳心怎生耐。身驚顫。手亂揣。百忙裏解花了。繡裙帶。」

說到民歌風味，在沈仕的散曲中可不止這一處。他的很多支散曲作品的全體或局部都具有這種「濃」情「淡」出的特色。如〔南仙呂桂枝香〕《閨怨》的最後幾句：「這冤家。定是相思債。前生少欠他。」這便是活脫的小兒女口吻。而〔南雙調鎖南枝〕《詠遇》亦將濃情寫得俏皮：「他看我。我看他。急促的。怎招架。」更有趣的是〔南仙呂八聲甘州〕《託雁傳情》中寫一女性託雁傳情給情郎，竟然作了如此交代：「那人住在天涯際。門前有粉牆的。青山傍著一帶溪。正住在流水橋邊略轉西。」讀了這樣的句子，使人自然而然地聯想到同樣是明代的謝榛的一首《遠別曲》：「阿郎幾載客三秦，好憶儂家漢水濱。門外兩株烏桕樹，丁寧說向寄書人。」又使人聯想到還是明代的袁宏道的《橫塘渡》一詩：「橫塘渡，郎西來，妾東去。感郎千金顧。妾家住虹橋，朱門十家路。認取辛夷花，莫過楊柳樹。」只不過謝、袁二人從反面寫來，且更加「粗服亂頭」而已。但無論如何，這都屬於民歌的表現方式。由此亦可見，用民歌風味，同樣能很好地表達濃濃的「情」。

沈仕筆下濃濃的男歡女愛，有時還通過生動的比喻或雙關手法得以表現。如寫情人書信：「只怕花箋有盡情無盡。別恨難銷墨易銷。」（〔南南呂懶畫眉〕《臨書偶詠》）如寫思念情人的愁懷：「愁來暗覺如天樣。細思量。天猶較短。不似這愁長。」（〔南商調黃鶯兒〕《秋懷》）如寫恩愛無著落的焦慮：「把些恩和愛。如鹽在浪裏淘。奈江深沒底枉徒勞。」（〔南正宮普天樂〕套《思情》）這些生動的比喻，十分有效地幫助作者表達了抒情主人公那無窮無盡的情愛與憂愁。至於雙關手法的運用就更妙了。如〔南仙呂桂枝香〕《詠鏡題情》明寫菱花，暗寫情人：「我將他背兒磨弄。他把面兒翻轉。硬心才見。意難傳。」再如〔南仙呂二犯傍妝臺〕《詠汗巾題情》既寫汗巾，又寫負心：「當時共綰同心結。今日都將別淚收。花容易變。素質怎留。絲還未斷忍拚丟。」這樣一種手法，比直接寫濃情密意給人留下的印象更深，同時，也更好地表達了青年男女抒情主人公的濃情密意。

沈青門是寫「情」高手，其之所以「高」，就高在往往能通過筆下人物的

細微的動作、表情惟妙惟肖地寫出他們的神態和心理，真可謂傳神寫照、入骨三分。請看，作者寫一個多情而又慵懶的女性，只一句「戲將桃瓣打鸚哥」（〔南仙呂羽調排歌〕《詠所見》）就紙上生春了。而作者要寫一個含情脈脈而又帶幾分羞澀的秉燭美人，則只用「怕東風。半途吹滅。佯把袖梢籠」（〔南商調黃鶯兒〕《美人秉燭》）就韻味長留了。更有趣的是，作者為了寫一個見了來人回身飛跑的女子，竟用了一連串的動作描寫：「他回身去。一道煙。謝得臘梅枝。把他來抓過轉。」（〔南雙調鎖南枝〕《詠所見》）這樣的描寫，簡直可以用來直接進行電影拍攝了。可見作者之生花妙筆確能使筆下人物頰上生毫、生動活潑。

然而，這些動作描寫還不是最妙的。沈青門寫「情」的最佳處是心態描寫，那是真正的瞭解女人、尤其是那些「舞低楊柳樓心月，歌盡桃花扇底風」的女人的心態描寫。聊舉數例：那「寂寞孤幃淚似麻」的女子，想像著「人何處，貪花戀花」的心上人，最終發誓：「見他時任溫存須把臉兒抓。」（〔南正宮玉芙蓉〕《失題》）這種描寫是何等地真實，這種心態又是多麼地合情合理。另一個「幾日相思悶轉加」的女子，「偶聞人語隔窗紗，不覺猛地渾身乍」，結果呢？「卻原來是架上鸚哥不是他」。（〔南南呂懶畫眉〕《春日閨中即事》）這種描寫是何等深入，簡直深入到了這些女性的五臟六腑。應該說，作者對青樓生活是熟悉的，但作者絕不僅僅是以一個嫖客的身份去觀照妓女們的生活，而是對那些可憐的女性進行一種人道關懷，一種出自善良人性的觀照。這樣，他才能追魂攝魄地寫出她們的神情、態度和心理。有人曾說：「若以詞喻曲，沈仕頗似溫庭筠和柳永。」（陸侃如馮沅君《中國詩史》卷三）愚以為，沈青門散曲中那些寫得好的作品多半像柳永。那是一種濃濃的情，一種真正瞭解那些低賤而善良但同時又很美麗的女性的濃濃的「情」。

說到沈仕像溫庭筠的一面，那也是的確存在的。其主要體現就是「密」，就是作品中層層意象的堆積。這一點，在沈青門的散套中體現得更為充分。

為了說明問題，我們不妨先看一些例句：

「廝琅的金鬆了鎖鳳繩。撲騰的玉倒了牢籠井。矻磕的瑤分了別鶴琴。咭叮的碎剖了離鸞鏡。因此上羅帶緩又重增。因此上珠淚滴那曾經。因此上碧蝴蝶描難就。因此上錦鴛鴦夢不成。」（〔南北雙調合套新水令〕套《閨情》）

「空只恁霧鎖了金梯翡翠樓。塵蒙了錦被鴛鴦繡。弦絕了瑤琴鸞鳳音。

篆燼了玉鼎狻猊獸。寂寞殺傳書白雁秋。冷淡殺流詩紅葉溝。辜負殺對影青鸞鏡。淒涼殺交歡碧玉甌。」（〔南北雙調合套新水令〕套《秋怨》）

「聞他在漢南湘水。又道在渭北燕磯。又道在長安客裏曾留跡。又道在錦江湄。」（〔南仙呂八聲甘州〕套《擬閨人託雁寄情》）

「看滿徑黃花。滿林紅葉。滿地蒼苔。」（〔南正宮普天樂〕套《思情》）

「怎禁他任狂蜂。隨浪蝶。側青鸞。顛繡鳳。」（〔南南呂懶畫眉〕套《幽會》）

以上各例，無論是寫景還是抒情，無論是鼎足對（三句）還是連璧對（四句），總之都是一種意象的堆積。當然，這兩種對偶方式多半是曲牌的規定，也是古代散曲的一種獨特藝術形式。但作者在選擇曲牌時，也往往帶有自己的一種審美需要或寫作習慣。沈仕比較喜歡選擇或運用那些多用重疊句或三句以上對偶的曲牌，這與他喜愛堆積意象、追求曲辭的「密」的審美觀念是分不開的。

以上，僅就沈仕「青門體」散曲創作的兩個最突出的特點——「濃欲豔情」和「意象堆積」進行了初步的巡閱，還遠遠談不上深入的研究。其實，「青門體」散曲的特點遠不止上述二端，「青門體」的美學蘊涵也絕不僅止以上所言。進而言之，還有「青門體」散曲的藝術淵源、「青門體」散曲與中晚明社會風氣的關係、「青門體」散曲與明代民歌時調的血肉聯繫等等，如此眾多的問題，不是一篇幾千字的文章所能解決的。由於篇幅的限制，我們只能就此打住。但僅憑上述兩點，我們也已經有足夠的理由說：沈仕的散曲創作，他的「青門體」，的的確確與其他的散曲家大不相同而獨具特色，確確實實可以稱得上是明代散曲、乃至整個散曲發展進程中的「異軍突起」。

（原載《新世紀曲學研究文存兩種》，

上海古籍出版社，2003 年 12 月出版）

明清民歌時調及其文學淵源管見

　　明清兩代，各種文學樣式都進入一個大總結的階段，就連民間歌謠都出現了一個雲蒸霞蔚的喜人局面。相比較而言，明代民歌的成果更為輝煌一些。

　　明代作家卓人月曾經說過：「我明詩讓唐，詞讓宋，曲又讓元，庶幾《吳歌》、《掛枝兒》、《羅江怨》、《打棗竿》、《銀絞絲》之類，為我明一絕。」（陳宏緒《寒夜錄》引）由此可見，民間歌謠在當時影響之巨大。

　　今天所能見到的明代民歌，主要被馮夢龍收在《掛枝兒》《山歌》《夾竹桃》中，而清代的民歌時調，則可以王廷紹編輯之《霓裳續譜》和華廣生收集的《白雪遺音》為代表。

　　然而，我們要探討明清民歌時調，還得從其淵源說起。

一

　　明清民歌時調的淵源當然包括很多方面，如時代的、社會的、思想的、文化的等等，我們這裡探討的主要是其文學淵源。就文學自身發展的脈絡而言，明清民歌時調的主要來源有二：一是從《詩經》中的風詩直至唐宋時代的樂府民歌，二是唐代初露苗頭的俗曲俚詞和金元之際勃起而盛行不衰的散曲。

　　《詩經》十五國風中的很多作品，尤其是那些描寫青年男女愛情婚姻生活的作品，對後世民歌的創作影響極大。這裡有少男少女天真無邪的愛戀，正常、健康的愛情生活，如《鄭風‧狡童》《邶風‧靜女》《周南‧關雎》《召南‧摽有梅》《召南‧野有死麕》《鄘風‧桑中》《衛風‧木瓜》《鄭風‧籜兮》《鄭風‧褰裳》《鄭風‧東門之墠》《鄭風‧子衿》《鄭風‧出其東門》《鄭風‧

溱洧》《陳風‧東門之枌》等等。這裡還有反映了人們、尤其是女性在愛情婚姻方面所受到的挫折、打擊、磨難和痛苦的篇章，有的甚至就是一種震撼人心的悲劇，如《王風‧采葛》《秦風‧蒹葭》《周南‧漢廣》《邶風‧柏舟》《邶風‧谷風》《鄘風‧柏舟》《衛風‧氓》《鄭風‧將仲子》《唐風‧葛生》等等。當然，在風詩中也有對美滿幸福的婚姻進行祝福、讚頌的作品，如《周南‧桃夭》《周南‧樛木》《唐風‧綢繆》等等。上述作品，要麼寫得情真意摯，要麼寫得清新自然，要麼寫得形神兼備，要麼寫得情境交融。但無論如何，都是從歌唱者的胸臆間流出的，是人類心靈自由自在的歌唱，是真正意義上的「天籟」。這些作品，將一個「真」字傳給了明清兩代的民歌時調。

兩漢魏晉南北朝時期，則是樂府民歌甚為發達的歷史階段。漢樂府中描寫愛情婚姻生活的作品也不少。如表示堅定不移的愛情之《上邪》，如對被負心男子所拋棄的多情女深表同情的《怨歌行》，還有《有所思》《飲馬長城窟行》《白頭吟》《古豔歌》等，均是這方面的佳作。南北朝時期的樂府民歌，非常有地方特色。北朝樂府剛健雄壯，且題材廣泛。但對明清民歌時調影響更大的則是南朝樂府。六朝樂府民歌主要有出自建業一帶的「吳歌」和流行於長江中游一帶的「西曲」兩大類。這些作品幾乎全部都是情歌。如《子夜四時歌》七十五首、《子夜歌》四十二首、《懊儂歌》十四首、《華山畿》二十五首、《安東平》五首、《讀曲歌》八十九首、《石城樂》五首、《莫愁樂》二首、《三洲歌》三首、《那呵灘》六首、《西烏夜飛》五首等等。這些作品的創作、流傳地域與明清民歌時調的創作、流傳區域有著驚人的相似和重複，其精粹之作也大都集中在長江中下游一帶。為了更好地表情達意，這些民間歌手們調動了多種藝術手段。有借物抒情，有借景抒情，有通過敘事來抒情，還有利用諧音、比喻、起興、雙關等各種藝術手法來抒情。而且，這些作品語言之流暢自然，音節之流轉自如，遣辭造句之生動活潑，都達到了相當的境地。它們代表著南朝樂府成熟階段的最高成就。當然，其中絕大多數作品都具有自身獨特的韻味。這種韻味的核心就是「天然」，如出水芙蓉般的天然清麗。誠如兩首《大子夜歌》所言：「歌謠數百種，子夜最可憐。慷慨吐清音，明轉出天然。」「絲竹發歌響，假器揚清音。不知歌謠妙，聲勢出口心。」

從十五國風到南朝樂府，它們對明清民歌時調的最大影響是在情調方面，是在內在的精神氣質方面。

唐代民間詞主要集中於「敦煌曲子詞」中，詳情可察看王重民《敦煌曲

子詞集）、任二北《敦煌曲校錄》、饒宗頤《敦煌曲》、任半塘（二北）《敦煌歌辭集》等書。

　　唐代民間詞反映得最為充分的就是婦女問題。這裡有表現愛情堅貞的《菩薩蠻》（枕前發盡千般怨）。該篇完全可以與漢樂府中的《上邪》相媲美，寫出了愛情的執著、甚至是執迷。這裡還有反映在男權社會裏女性、尤其是妓女痛苦遭遇的兩首《望江南》（「天上月」和「莫攀我」）。無論是棄婦還是妓女，她們被玩弄的命運卻都是一樣的。正因為她們所遭受的痛苦相同，故而，她們的滿腔憤怒的激情宣洩也是大體相同的。在唐代民間詞中，當然也有健康的、純潔的愛情頌歌，如有一首《鵲踏枝》運用擬人的手法，通過女主人公與靈鵲的對話，生動地體現了女主人公盼望出征在外的心上人早早歸來的複雜而微妙的心理。同樣，與愛情緊密相關的婚姻問題也受到詞作者們的特別注意。如「悔嫁風流婿」（《南歌子》）的哀怨，如「教妾實在煩惱」（《魚歌子》）的憤懣，所有這些，都形象地表現了在婚姻問題上做出犧牲、飽嘗苦果的往往是那些苦難的女性；所有這些，又都給明清民歌時調中的男女情感篇什提供了具體感人而又可供借鑒的範本。

　　唐代俚曲，目前所知的比較著名的作品基本上都出自「敦煌」這一文學寶庫中。這些作品可以說是比民間詞還要俚俗的文學樣式，它們中的不少作品深深受到宗教、尤其是佛教的影響。在內容方面，它們是宗教思想與民眾願望的結合。從形式上講，它們是傳統詩歌和民間講唱藝術的聯姻。它們對後世民歌時調也產生了重大影響。其間的代表作有《歎五更》《十二時》《五更轉》《南宗贊》《太子入山修道贊》《思婦五更轉》（題擬）《太子十二時》《女人百歲篇》等。閱讀這些作品，可以明顯感覺到它們大都是一種通俗、直白、淺近的表達，沒有多少含蓄、曲折和高雅，更談不上什麼詩情畫意、意在言外之類的詩歌創作方面的追求。在上述作品中，也有某些篇章在具備通俗曉暢的民間俚俗風貌的同時，又多多少少保持了前代樂府民歌的韻味，詩情畫意，真情流露，令人回味。

　　金元之際興起的散曲來自民間，後來又經過文人的潤飾，得到進一步的發展，更加成熟。但是，大多數元代散曲、尤其是早期散曲作品，在相當程度上保持了通俗化、大眾化特色。有不少金元時代的著名散曲作家都寫過非常通俗有趣並且適合於瓦舍勾欄或茶樓酒館中歌唱的作品。如關漢卿的一首《雙調沉醉東風》（咫尺的天南地北）描寫男女送別的情景，十分準確、生動，

與柳永的《雨霖鈴》有些相似，但要通俗得多。如馬致遠的一首《雙調壽陽曲》（心間事）寫一個被無情漢冷落的弱女子的複雜心理，卻全用口語表現。惟妙惟肖、如見如聞。還有姚燧《越調憑欄人・寄征衣》、杜仁傑《般涉調耍孩兒・莊家不識勾欄》套數、關漢卿《南呂一枝花・不伏老》套數、王和卿《仙呂醉中天・詠蝶》《仙呂一半兒・題情》、商挺《雙調步步嬌・祝願》、白樸《中呂陽春曲・題情》、馬致遠《般涉調耍孩兒・借馬》套數、盧摯《雙調折桂令・田家》、鄧玉賓《正宮叨叨令・歎世》、張養浩《南呂一枝花・喜雨》套數、睢景臣《般涉調哨遍・高祖還鄉》套數、喬吉《雙調水仙子・怨風情》、劉致《雙調殿前歡・即事》、徐再思《中呂喜春來・閨怨》、李伯瑜《越調小桃紅・磕瓜》、周德清《雙調折桂令・自嗟》、鍾嗣成《正宮醉太平・落魄》《南呂一枝花・醜齋自序》套數、蘭楚芳《南呂四塊玉・風情》等等，都是這種具有明顯的通俗意味的散曲佳作。

　　相對於文人的散曲創作而言，那些作者佚名的作品則更顯其大膽潑辣、明白流暢，且具有一種睥睨萬物、不顧一切的氣勢。如《正宮醉太平・譏姦佞專權》其間那種激烈的不滿和反抗的情緒，可謂躍然紙上。再如《正宮醉太平・譏貪小利者》，對那種生活中的吝嗇鬼們可謂極盡諷刺之能事，而且寫得那麼形象、生動、傳神。還有一篇失宮調失曲牌名的《大雨》也很有特色。在自然災害面前，當時的人們顯得那麼束手無策，痛苦不堪。還有《正宮醉太平・歎子弟》二首、《中呂朝天子・誌感》二首、《越調寨兒令・題章宗出獵》二首、《中呂滿庭芳・刺鴇母》、《商調梧葉兒・嘲謊人》等，大都是這種直接面對黑暗現實，發出心底呼喊，甚至對那不合理的一切、醜陋的一切表示強烈諷刺的作品。當然，元代作者佚名的散曲作品更為感人的另一項內容仍然是那些描寫男女愛情及愛情悲劇的作品。如《中呂十二月過堯民歌・相思》，描寫小兒女對愛情的追求，卻不從正面說，反而列舉一連串的愛情故事來反襯，這大概也可算作是以樂寫哀吧。再如《越調小桃紅・別憶》，全篇用頂真續麻的修辭手法，表達了一個女性對愛情的執著而又熱烈的追求。諸如此類的作品，還有描寫妻子盼望出門在外的丈夫早早歸來的《大石調初生月兒・閨思》，描寫女子孤獨情懷的《中呂紅繡鞋・月夜聞雁》，反映婦女們對美好愛情婚姻生活的憧憬追求的《中呂迎仙客・七月》，描寫男女打情罵俏的《中呂四換頭・題情》二首，反映被遺棄的女子對負心漢憤怒譴責的《越調寨兒令・恨負心賊》，描寫輕薄少年與癡情女子對答的《雙調水仙子・風

情》，如此等等，不一而足。這些無名氏的作品較之那些著名作家的作品而言，在共同體現通俗化原則的基礎上顯得更其開放、恣肆、直率、潑辣，也更能代表普通民眾的心理，更具抗爭精神，當然，也就更能體現時代脈搏跳動的頻率。

綜上所述，較之從十五國風到南朝樂府的歷代民歌而言，唐代俗曲俚詞和金元散曲對明清民歌時調的影響更為直接和巨大。這種影響，不僅體現在表情達意的具體內容方面，而且還體現在那種開放、恣肆、直率、潑辣甚至帶有幾分幽默油滑的表達方式方面。只要將那些俗曲俚詞、散曲之類與明清民歌時調作一仔細的比較，就會發現，後者真是前者之嫡傳後裔。準乎此，我們可以得出這樣的結論：明清民歌時調的遠源是自風詩以降的歷代民歌樂府，而其近源則是唐代以來的俗曲俚詞、尤其是金元散曲中的俚俗之作。

二

明代的許多文人將散曲寫成了詞，有的甚至比詞更為雅致；而明代的無名詩人卻將散曲寫成了一種新的民歌體──時調，大致相當於今天所謂流行歌曲。

初步統計，明代的民歌時調流傳至今者至少在一千首以上。其中，《掛枝兒》收錄四百三十五首，《山歌》收錄三百八十三首，《夾竹桃》收錄一百二十三首，三者相加，已占百分之九十以上。此外，還有一些民歌時調之作散見於明人其他集子之中。

這麼多的作品，其內容當然是五花八門，其藝術自然也是五彩繽紛。但概括而言，卻有兩大特點：其一，多半是城鎮中的流行歌曲；其二，多半以寫普通青年男女的愛情生活為主。下面先引兩首，讓我們來領略一下明代城鎮所流行的愛情歌曲那動人的旋律：

「傻俊角，我的哥，和塊黃泥兒捏咱兩個。捏一個兒你，捏一個兒我，捏的來一似活託；捏的來同在床上歇臥。將泥人兒捧碎，著水兒重和過，再捏一個你，再捏一個我；哥哥身上也有妹妹，妹妹身上也有哥哥。」（《南雙調·鎖南枝》）

「要分離，除非天做了地！要分離，除非東做了西！要分離，除非官做了吏！你要分時分不得我，我要離時離不得你，就死在黃泉，也做不得分離鬼！」（《時調·劈破玉》）

上引第一首，金聖歎謂為趙松雪作，在金批《西廂》和金批《水滸》中均有提及。如金批《水滸》第二十回一段夾批云：「趙松雪戲贈管夫人詞云：我儂兩個，忒煞情多。好一似揀一塊泥，捏一個你，塑一個我。卻將來一齊都打破，再團再揀，再捏一個你，再塑一個我，那時節我泥裏有你也，你泥裏也有我。」

或許趙松雪真的有這樣的遊戲之作，但較之上面那首內容相近的民歌而言，到底不那麼潑辣、大膽、直率，因為它畢竟是文人之作。

第二首則用一連串的比喻來表達有情人之間分離的絕不可能，其句法、構思以及比喻、排比、誇張等修辭手法的綜合運用顯然來自唐代民間詞《菩薩蠻》（枕前發盡千般怨）和漢樂府《上邪》。讀這樣的作品，我們似乎可以看到愛情的主人公就站在面前，正在一無顧忌地表達內心的情愫。

諸如此類的作品實在太多，如《掛枝兒》中的《相會》《問信》《解惱》《真心》《專心》《陪笑》《願嫁》《心口相問》《噴嚏》《想嫁》《空書》《發狠》《負心》《寄夫》等等，如《山歌》中的《做人情》《有心》《跳窗盤》《奢遮》《送瓜子》《唱》《久別》《多》《月子彎彎》《借個星》《約》《咒罵》等等。我們不妨再舉幾首讓讀者作一臠之嘗：

「熨斗兒熨不開眉間皺，快剪刀剪不斷我的心內愁，繡花針繡不出鴛鴦扣。兩下都有意，人前難下手。該是我的好姻緣，哥！耐著心兒守。」（《掛枝兒·耐心》）

「可知我疼你因甚事？可知我惱你為甚的？難道你就不解其中意？我疼你是長相守，我惱你是輕別離。還是要我疼你也，還是要我惱你？」（《掛枝兒·疼惱》）

「情郎一去兩三春，昨日書來約道今日上我個門。將刀劈破陳桃核，霎時間要見舊時仁。」（《山歌·舊人》）

「郎種荷花姐要蓮，姐養花蠶郎要綿。井泉弔水奴要桶，姐做汗衫郎要穿。」（《山歌·要》）

諸如此類的明代民歌時調的思想情調是積極健康的，也是真實可信的。誠如馮夢龍《敘山歌》所言：「書契以來，代有歌謠，太史所陳，秉承風雅，尚矣。自楚騷唐律，爭妍競暢，而民間性情之響，遂不得列於詩壇，於是別之曰山歌。言田夫野豎矢口寄興之所為。薦紳學士家不道也。唯詩壇不列，薦紳學士不道，而歌之權愈輕，歌者之心亦愈淺。今所盛行者，皆私情譜耳。雖

然，桑間濮上，國風刺之，尼父錄焉，以是為情真而不可廢也。山歌雖俚甚矣，獨非鄭衛之遺歟？且今雖季世，而但有假詩文，無假山歌。則以山歌不與詩文爭名，故不屑假。苟其不屑假，而吾藉以存真，不亦可乎？抑今人想見上古之陳於太史者如彼，而近代之留於民間者如此，倘亦論世之林云爾。若夫借男女之真情，發名教之偽藥。其功於《掛枝兒》等，故錄《掛枝》詞而次及《山歌》。」

然而，在明代的民歌時調中也並非純然是愛神在大展歌喉，其間，也有苦難生靈發自黑暗現實中的痛苦呻吟或憤怒呼喊。民間歌手們的口吻之間，也不時地帶有令人忍俊不禁的冷嘲熱諷。

且看民眾是怎樣嘲笑無恥文人的：「問山人，並不在山中住，止無過老著臉，寫幾句歪詩，帶方巾稱治民到處去投刺。『京中某老先，近有書到治民處；鄉中某老先，他與治民最相知。臨別有舍親一事干求也，只說為公道沒銀子。』」（《掛枝兒·山人》）

再看百姓對那種為虎作倀、欺壓善良的官府「門子」的諷刺：「壁虎兒得病在牆頭上坐，叫一聲蜘蛛我的哥，這幾日並不見個蒼蠅過；蜻蜓身又大，胡蜂刺又多；尋一個蚊子也，搭救搭救我！」（《掛枝兒·門子》）

以上兩首，前者描繪了山人的厚顏無恥，後者諷刺了門子的貪得無厭；前者用的是白描手法，後者用的是寓言方式。然而，二者可謂異曲同工，都達到了無情揭露和諷刺的效果。

問題在於，明代的民歌時調難道僅僅只是諷刺嘲笑人們身邊的這些小人物嗎？是否對於達官貴人就「噤聲」閉口了呢。不是！明人朱國楨的《湧幢小品》卷九記載了這樣一件事：「嚴氏日盛，京師人又為之語曰：『可笑嚴介溪：金銀如山積，刀鋸信手施。嘗將冷眼觀螃蟹，看你橫行得幾時。』」這就是人民對於炙手可熱、禍國殃民的大權奸的詛咒和批判。尤其值得注意的是，這首民謠是出現在嚴氏「日盛」之時而並非勢敗之日。

明代民歌時調，那些發自人類心靈深處的歌聲，永遠是那麼真實。無論是花前月下的打情罵俏，還是高牆深院的密約偷期；無論是有情人終成眷屬，還是癡情者勞燕分飛。總之，在這裡所展現的都是一種活生生的、不可抗拒的、充滿幸福同時也充滿痛苦的生命的躁動。這些作品中的男女主人公們，有的追求肉慾的滿足，有的追求心靈的共鳴，但更多的則是追求著一種靈與肉的全面結合。為此，他們表現出了驚人的熾烈、執著和勇敢，也表現出了

足夠的坦白、純潔和忠誠。相對於青年男女而言，更大的人群的「集體大合唱」則更為強烈地反映了時代脈搏的跳動。俗話說：「童言無忌。」民歌時調就是人民的「童言」。在這裡，每一個人都回歸到自己的童年——心理上的垂髫之年。從而，每一個人也找回了自己的童心——陽光的、晶瑩的、透明的童心。該愛就愛，該恨就恨，要笑就笑，要罵就罵，想說什麼就說，想幹什麼就幹，人類生命的潮水在這裡放縱奔流，人類心靈的火焰在這裡得到了不可遏制的噴發。這是根本用不著詮釋的詩篇，完全不需要布局謀篇、咬文嚼字。一切寫作學、修辭學、語言學的概念在這裡都變成了零，因為來自大自然的東西是無須雕飾的，也是不需要規定的。所以，對於這樣一些民間歌曲，我們無法分析什麼藝術成就、思想內涵、審美效應，只能將它們捧出來，各人自己去閱讀。至於你用「眼」閱讀，還是用「心」閱讀，那是每個讀者自己的事。但有一個例子似乎可以說明一切，這些民歌時調，就連當時最頑固不化的復古大師李夢陽聽說之後，都情不自禁地發出了「真詩乃在民間」，「予之詩，非真也」（《詩集自序》）的由衷感歎。

　　明代，尤其是明代中後期，是一個率性任情的時代。一方面是人慾橫流，上自帝王將相，下至販夫走卒，人們都對肉慾抱著坦然的態度，這東西本來就是正常人經常性的行為，本來就是人類最偉大也是最卑鄙的事業，沒有什麼值得大驚小怪的，也無須遮遮掩掩。另一方面是真性情的提煉，有些人越過了肉慾的沼澤而展望著情感的光閃。從理論上的「情教觀」，到生為情、死為情，生生死死總為情的文學創作。這樣的時代足以產生《金瓶梅》，也定然會出現《還魂記》，這樣的時代會造就獨抒性靈的詩歌，也會灌溉求新求變的小品文，當然，也就有那「無賴馮生唱掛枝」，將廣大百姓心中的歌搜集攏來，在市井與田野中流行傳唱，直唱他個轟轟烈烈、悲悲切切，直唱到天盡頭，唱到生命的終結，唱到地老天荒，唱到永遠永遠……。

　　什麼樣的時代有什麼樣的歌！「我明」人就是這樣說的。

三

　　延至清代，民歌時調之作品保存下來的數量比明代更多。《中國俗文學史》的作者鄭振鐸先生曾經說：「劉復、李家瑞編的《中國俗曲總目稿》所收俗曲凡六千零四十四種，皆為單刊小冊，可謂洋洋大觀。其實，還不過存十一於千百而已。著者昔曾搜集各地單刊歌曲近一萬二千餘種，也僅僅只是一

斑。(惜於『一二八』時全付劫灰)誠然是浩如煙海,終身難望窺其涯岸。」這樣大數目的民歌,簡直稱得上是雲蒸霞蔚了。今天,可惜我們很難看到這麼多的民間歌唱作品。但令人慶幸的是,《霓裳續譜》《白雪遺音》這樣兩部大的民歌時調集畢竟為我們留下了不少當時人的歌聲,當然,還有某些散見於其他地方的民歌作品。

《霓裳續譜》刊於乾隆六十年(1795),共收民歌時調六百二十一首。《白雪遺音》刊於道光八年(1828),共收民歌時調七百八十三首。二者相加,已經超過一千四百首。這樣的數字相對於鄭振鐸所言一萬多首,自然是小巫見大巫了。但有兩點值得注意:第一,這只是兩個古人的搜集,他們見聞畢竟有限;第二,這只是截至道光間的作品,此後還有大量作品湧現。因此,我們無論如何要感謝馮夢龍、王廷紹、華廣生直至鄭振鐸這樣一些熱愛民歌時調的有心人,正是因為有了他們的辛勤勞動,我們才能讀到這麼多的明清民歌時調,才能沒有任何功利地聆聽這天籟、地籟、人籟之聲。

但是,在數量上取勝的清代流行歌曲,較之明人歌唱的同類作品而言,於質量上卻未必能夠勝出,甚至在一定程度上有退化之嫌。

清代民歌時調,就其所反映的內容而論,仍然以愛情題材的作品佔了絕大比例,這是與明代民歌時調相同的地方。但與明代民歌相比,清代的民歌具有兩點變化:其一,越來越商業化;其二,篇幅越寫越長。

清代民歌時調有很多那種富有商業化特色的、在酒肆歌樓甚或妓院中歌唱的、篇幅較長、比較文氣的作品。如《霓裳續譜》中的一首《西調》:

「恨別後,纖腰瘦損,羅衣寬褪,那更堪花翻蝶夢,柳鎖鶯魂。情緒紛紛,覺柔腸怎當得新愁舊恨。起初時,歸期準在新春。到而今,病紅漸老,瘦綠成林,袖稍兒疊疊啼痕。最難禁繡屏獨倚,寂寞黃昏。(疊)皓月如銀,照孤帷轉添一番憂悶。(疊)」

這樣言辭華美的作品,幾幾乎不像民歌,而是宋代的文人詞或元代喬夢符、張小山之散曲。然而,從本質上講,這樣的作品卻更接近戲劇舞臺上的唱詞。尤其是其中幾處注明「疊」字,則是現場演出的標誌。如此作品,基本上可以算作是民歌商業化的產物。更為引人注目的是,還有些民歌時調之作,簡直就是一種清唱的小曲,甚至是對《西廂記》等戲曲名著某些片斷的集中、概括和改造。我們不妨再看《霓裳續譜》中這樣幾隻曲子:

「淋漓彩袖啼紅淚,伯勞東去燕西飛,老天全然不管人憔悴。夕陽古

道，衰柳長堤，只落得眼中流血，心內成灰。眼底人千里，且盡樽前酒一杯。（疊）到而今總有好夢難尋覓。（疊）」

「步蒼苔月朗風清，花稍弄影，殘紅滿徑。似這等美景良宵，反到添些別恨離情。都只為臨去秋波那一轉，才惹下昏沉沉淒涼相思病。只落得眼中流血，心內成灰，展轉淒涼，無夜無明。可憐我體瘦形衰，掛肚牽腸，夢魂顛倒，坐臥也是不寧。一更之後，萬籟無聲。月兒怎不轉過西樓去，呀！我還獨自個立在空亭。（疊）到幾時才得那寶鼎香濃，繡簾風細，綠窗人靜。（疊）」

「雲斂晴空，冰輪乍湧，香塵滿徑。離恨千端，閒愁萬種，玉容深鎖繡幃中。暗想嬋娥，廣寒宮內，與誰同共。花下徘徊，耳邊忽聽響叮咚。把紅娘問一聲：莫不是步搖的寶髻響？莫不是裙拖環佩聲？莫不是簷前鐵馬鬥？莫不是金鉤磞簾櫳？莫不是銅壺滴漏聲？紅娘說：這音聲，好教我妾身真難辨，呀！原來就在粉牆東。小姐聞言側耳細聽，（疊）卻原來西廂月下把琴聲送。（疊）」

「碧雲天，黃花地，西風緊，北雁南飛。曉來誰染霜林醉，總是離人淚。恨則恨相見得遲，怨則怨歸去得急。淚啼柳絲長，玉驄難繫。倩疏林，你與我掛住斜暉。馬兒慢慢行，車兒快快隨。恰告了相思迴避，破題兒又早別離。聽得一聲去，鬆了金釧，羅衣褪。遙望見十里長亭，減了玉肌。哎！此恨誰知。（疊）再告蒼穹，老天不管人憔悴。（疊）」

對《西廂記》稍有涉獵的人都會知道，這些曲辭，基本上是拼湊甚或照抄其中唱詞而來。還有些曲子，只要一看其曲名，就知道來自何方。如《霓裳續譜》中的《西風起梧葉紛飛》《老夫人鎮日間》《玉宇無塵》《碧雲西風》《張君瑞收拾琴劍書箱》《合歡未已》《相國行祠》《半萬賊兵》《望蒲東》等等，簡直就是一套西廂故事集錦。

《白雪遺音》中也有諸如此類的作品。如：

「步蒼苔來穿芳徑，猛聽的那音韻之聲。莫不是那梵王宮內把金鐘送？莫不是簷前鐵馬當當的磞？莫不是譙樓銅壺滴滴的聲？呀！卻原來是，西廂月下又把瑤琴弄。勾引的我，心猿意馬難栓定。」（《聽琴》）

此外，如《霓裳續譜》中的《魯智深遊戲山門外》《高君寶有公幹》《高君寶把南唐下》《山東秦瓊》《雙鎖山上劉金定》《閻婆惜的魂靈到正三更》《潘氏金蓮》《屈死了大郎》《王昭君去和番》《汴梁瑞蘭來逃難》《王瑞蘭進花園

自解自歎》《王瑞蘭移步進花園》等曲子，《白雪遺音》中的《張角作亂》《桃園結義》《鳳儀亭》《三國志》《過五關》《火燒赤壁》《單刀赴會》《九里山》《醉打山門》《楊雄殺妻》《武松殺嫂》《秦瓊》《羅成託夢》《敬德》《八仙》《雷峰塔》《昭君出塞》《獨佔花魁》《穆閣寨》《轅門斬子》《補雀裘》等曲子，只要是比較喜愛傳統戲曲或古代小說的讀者，一定會知道它們所演唱的是什麼故事。

當然，在清代的時調中也有些作品仍然繼承了明代民歌那種健美開朗的風格，且看：

「欲寫情書，我可不識字。煩個人兒，使不的！無奈何畫幾個圈兒為表記。此封書惟有情人知此意：單圈是奴家，雙圈是你。訴不盡的苦，一溜圈兒圈下去。」(《寄生草》)

「思想妹，蝴蝶思想也為花。蝴蝶思花不思草，兄思情妹不思家。」「妹相思，妹有真心弟也知。蜘蛛結網三江口，水推不斷是真絲。」(李調元《粵風‧粵歌》)

「鄧娘同行江邊路，卻滴江水上娘身；滴水上身娘未怪，表憑江水作媒人。」(李調元《粵風‧猺歌》)

相比較而言，清代民歌時調中直接反映現實生活中的矛盾鬥爭的作品不多，但有些作品讀了以後，給人留下的深刻印象卻是不可磨滅的。且看兩首：

「林則徐，禁鴉片；焚煙土，在海邊；開大炮，打洋船；嚇得鬼子一溜煙。」(阿英《鴉片戰爭文學集》)

「天上星多月不明，地上坑多路不平，河中魚多攪濁水，世上官多不太平！」(劉兆吉《西南采風錄》)

與上面那些描寫男女愛情的作品相比，這樣的作品因為它充滿了不可移易的時代氣息，顯然又是一種風味，同時，也包含和體現了另一種深刻的含蘊。

　　　　　※　　　　　　　※　　　　　　　※

明清民歌時調是傳統民間歌謠和金元散曲相結合的產物，一方面，它帶有傳統民間歌謠的純樸、率真、自然；另一方面，它又具有一定的格式規定，其中某些作品甚至還要受宮調、曲牌的規定或限制。從某種意義上講，明清

民歌時調應該說是金元散曲在明代進一步文人化以後，在民間興起的又一種歌曲形式。它與傳統民歌相同的一面在於它們都是民間歌唱，而不同的一面則在於，明清民歌時調更多的是城鎮居民的歌唱，而且有的甚至就是一種商業性的歌唱。而這，又是與社會的發展有著密切關係的。

（原載《荊楚理工學院學報》2012 年第十期）

從士大夫家樂到民間科班
——明清及民國期間傳統戲曲教育模式說略

　　中國的戲曲形成於何時，至今尚有爭論，但其第一個高潮在金元與南宋對峙時期卻是沒有問題的。中國的戲曲教育形成於何時，至今也沒有定論，但其第一個高潮在二十世紀前半頁的清末至民國年間，也應該沒有問題。清末民初，直至二十世紀四五十年代，中國最主要的戲曲教育模式就是科班。然而，要瞭解科班，首先還得從明清兩代士大夫的家樂說起。而要說到家樂，那更是源遠流長。

一

　　家樂自古有之，漢代的王莽、王允，晉代的石崇，隋代的楊素，都是家樂如雲。到唐代，甚至出現依照官員級別由朝廷供給女樂的現象。據宋‧王溥《唐會要》卷三十四載：

> 神龍二年……九月，敕三品已上，聽有女樂一部；五品已上，女樂不過三人，皆不得有鍾磬。樂令凡教樂，淫聲、過聲、凶聲、慢聲，皆禁之。淫聲者，若鄭衛；過聲者，失哀樂之節；凶聲者，亡國之音，若桑間濮上；慢聲者，惰慢不恭之聲也。……天寶十載九月二日，敕五品已上正員清官、諸道節度使及太守等，並聽當家畜絲竹，以展歡娛。

唐代，像郭子儀那種皇親國戚、功臣名將的家樂之盛自不待言，即便是一般的文人士大夫的家樂也頗為有名，例如：「白居易有愛妓樊素善歌，小蠻善舞，故嘗為詩曰：『櫻桃樊素口，楊柳小蠻腰。』」年既高邁，小蠻方豐豔，乃

作《楊柳枝辭》以託意曰：『一樹春風萬萬枝，嫩於金色軟於絲。永豐西角荒園裏，盡日無人屬阿誰。』」（郎瑛《七修類稿》卷三十二）另一位官員的家樂關盼盼名氣也不小：「徐州張尚書有愛妓關盼盼，善歌舞，雅多風態。……白樂天愛其詩……贈絕句諷之：『黃金不惜買蛾眉，揀得如花四五枝。歌舞教成心力盡，一朝身去不相隨。』」（蔣一葵《堯山堂外紀》）宋代，士大夫蓄養家樂更成為一種風氣。晏殊的「一曲新詞酒一杯」，那新詞應該是寫給家樂們演唱的。晏幾道寫給自家和別人家的「家樂」們的詞作更多，翻開《小山詞》，比比皆是。當然，唐宋時的家樂主要是學習和從事歌舞表演。宋元時期，戲曲人多半生活在瓦舍勾欄，無論是編劇、導演、演員還是作為戲曲教育者的「師傅」，大都是在市井中討生活。那時，並非沒有士大夫的「家樂」，而是無法與日益高漲的市民文化抗衡。但無論如何，隨著戲曲表演藝術的高度發達，士大夫的家樂所習學之藝術範圍可就廣泛得多了。《元詩紀事》卷十載：「顧瑛在元末，為崑山大家，其亭館蓋有三十六處。……有二妓，曰小瓊花、南枝秀，每會必在焉。」據考，顧瑛的家樂陣容強大：「著名的曲伎有天香秀、丁香秀、南枝秀、小桃紅、小瑤池、小瓊華和小瓊英等。她們或以雜劇見長，或以歌舞取勝，角色齊全，色藝兼備，令人歆羨。」（李日星著《中國優伶文化史述》）這時的家樂，某種意義上就是一種採取較為封閉的教育方式培養戲曲人才從而為士大夫家庭娛樂享受服務的中小型戲班子了。

這種中小型戲班的家樂，在中晚明到清中葉期間愈演愈烈，臻於極致。從皇宮內苑到市井之家，但凡有經濟實力和興趣愛好者，都有這種招優伶習而後演的戲曲組織形式。這種風氣，始於正德、嘉靖年間，例如：「嘉、隆間度曲知音者，有松江何元朗，畜家僮習唱，一時優人俱避舍。然所唱俱北詞，尚得金元蒜酪遺風。予幼時，猶見老樂工二三人，其歌童也。俱善絃索，今絕響矣！何又教女鬟數人，俱善北曲，為南教坊頓仁所賞。頓曾隨武宗皇帝入北京，盡傳北方遺音，獨步東南。」（沈德符《顧曲雜言》）萬曆年間，此風更盛，據當時人記載，王朝內廷「始設諸劇於玉熙宮，以習外戲，如『弋陽』『海鹽』『崑山』諸家俱有之。」（沈德符《萬曆野獲編補遺‧禁中演戲》）上有好者，下必甚焉。帝王家都招引「外戲」入宮教習，文武百官、文人墨客家庭就更是百花齊放了。如：「匡吾王府，建安鎮國將軍朱多某之居。家有女優，可十四五人。歌板舞衫，纏綿婉轉。生曰順妹，旦曰金鳳，皆善海鹽腔。而小旦彩鸞，尤有花枝顫顫之態。」（陳宏緒《江城名跡》卷二）達到如此藝術造詣

的演員，都是王府家庭戲班教育薰陶的結果。此外，嘉靖年間的禮部尚書董份，萬曆年間的達官貴人王錫爵、于有丁等都蓄有規模龐大的家樂。時有鄭桐庵，嘗作《周鐵墩傳》，詳細記載了萬曆間首輔申時行的家樂及其魁首周鐵墩驚人的表演才能：

> 吳中故相國申文定公家所習梨園，為江南稱首。鐵墩者，又梨園稱首也。姓周氏。……數歲時，侍相國所。相國目之曰：「此童子當有異。」教之歌，歌；教之泣，泣；教之官，官；教之乞，乞。晝忖宵摩，滑稽敏給，罔不形容曲中，極於自然。時復援引古今以佐口吻，資談笑于相國左右。余素不耐觀劇，然不厭觀申氏家劇。……而鐵墩冷眼看人，四筵之情性畢見，擅名梨園四十年。（褚人獲《堅瓠癸集》）

在輔臣的帶動下，各地方官員更是充分享受著蓄家樂以訓練的快樂。例如：「近年，上海潘方伯從吳門購戲子，頗雅麗，而華亭顧正心、陳大廷繼之。松人又爭尚蘇州戲，故蘇人鬻身學戲者甚眾。」（范濂《雲間據目抄》卷二）至於晚明「大玩家」張岱，他們家的家樂更是盛行了幾代人，數十年的光景。且看他的自我介紹：

> 我家聲伎，前世無之，自大父於萬曆年間與范長白、鄒愚公、黃貞父、包涵所諸先生講究此道，遂破天荒為之。有「可餐班」，以張采、王可餐、何閨、張福壽名；次則「武陵班」，以何韻士、傅吉甫、夏清之名；再次則「梯仙班」，以高眉生、李岕生、馬藍生名；再次則「吳郡班」，以王畹生、夏汝開、楊嘯生名；再次則「蘇小小班」，以馬小卿、潘小妃名；再次則平子「茂苑班」，以李含香、顧岕竹、應楚煙、楊騄駬名。主人解事日精一日，而侯童技藝亦愈出愈奇。余歷年半百，小侯自小而老、老而復小、小而復老者，凡五易之。（《陶庵夢憶》卷四「張氏聲伎」）

明清易代，政治形勢變了，經濟模式變了，民族關係變了，哲學思潮變了，學術氛圍變了，總之，各方面都體現了天崩地坼的變化。然而，社會各階層的享樂主義思想卻沒有變化。尤其是在經濟、文化雙重發達的長江中下游一帶，士夫的雅氣與鹽商的銅臭混合在一起，造成了新一輪的藝術享受，其中最突出的體現便是蓄養戲班子。

> 兩淮鹽務例蓄花、雅兩部，以備大戲。雅部即崑山腔，花部為

京腔、秦腔、弋陽腔、梆子腔、羅羅腔、二簧調，統謂之「亂彈」。崑腔之勝，始於商人徐尚志徵蘇州名優為老徐班；而黃元德、張大安、汪啟源、程謙德各有班。洪充實為大洪班，江廣達為德音班，復徵花部為春臺班；自是德音為內江班，春臺為外江班。今內江班歸洪箴遠，外江班隸於羅榮泰。此皆謂之「內班」，所以備演大戲也。

（《揚州畫舫錄》卷五「新城北錄下」）

「花雅之爭」是清代戲曲發展史上的一件大事，歸根結底，卻是源自鹽商和鹽政衙門的雅俗共賞。除了這種公私兼顧的蓄養戲班子之風而外，鹽商富戶的個體家庭蓄養家樂也成為一時之趨。例如：「程魚門編修晉芳，新安人。治鹽於淮。時兩淮股富，程氏尤豪侈，多蓄聲伎狗馬，先生獨惛惛好儒。」（《嘯亭雜錄》卷九「程魚門」）再如：「嘉慶季年，粵東鹺商李氏，家蓄雛伶一部，延吳中曲師教之，舞態歌喉，皆極一時之選。工崑曲雜劇，關目節奏，咸依古本。」（俞洵慶《荷廊筆記》卷二）

然而，物極必反，也就是在蓄養家樂登峰造極的乾隆盛世，事情發生了斗轉星移般的變化。舊時王謝堂前燕，飛入尋常百姓家。戲曲人才的培養模式發生了由士大夫家樂為主向著以民間科班為主的歷史性轉移。

二

「家樂」之風的收斂乃至衰微有一個過程，也存在多方面的原因，但最高統治者的干預卻是其中很重要的因素。目前所知，最早公開出來干預此事的是為人嚴苛的雍正皇帝。他在上臺的第二年，就出手整治家樂：

十八日，奉上諭：外官畜養優伶，殊非好事。……家有優伶，即非好官，著督撫不時訪查。至督撫提鎮，若家有優伶者，亦得互相訪查，指明密摺奏聞。雖養一二人，亦斷不可徇隱，亦必即行奏聞。其有先曾畜養，聞此諭旨，不敢存留，即行驅逐者，免其具奏。既奉旨之後，督撫不細心訪察，所屬府道以上官員，以及提鎮家中尚有私自畜養者，或因事發覺，或被揭參，定將本省督撫照徇隱不報之例從重議處。（《雍正上諭內閣》雍正二年十二月）

雍正皇帝此諭非常嚴厲，甚至公然喊出「家有優伶，即非好官」的口號。按理說，如此嚴厲的聖旨，所有官員都應該引以為戒吧，不料那些「愛好這一口」的官員又犯到了雍正的兒子乾隆皇帝手上，而後者對於蓄養家樂這一問

題的看法較之乃父有過之而無不及。乾隆三十四年九月庚子，皇帝有言：「諭軍機大臣等：揆義在江西布政使任內，有建昌府知府黃肇隆代買歌童、餽送對象等事，曾交高晉審訊。今據高晉奏，審出各情節屬實。看來揆義在江西，定有與黃肇隆通同舞弊情事，自應從重治罪。(《清實錄·高宗實錄》卷八百四十三「乾隆三十四年九月下」) 布政使是一省之內考核、管理官員的「領導」，各級官吏當然對其巴結有加。建昌知府行賄是很有特色的，除了「對象」以外，還有「歌童」。不料此時被皇帝知道了，嚴詞訓誡。一個月以後，乾隆帝還對此事耿耿於懷，在十月二十一日再次發威：「朕恭閱皇考諭旨，有飭禁外官蓄養優伶之事。……何以近日尚有揆義託黃肇隆代買歌童之事？(《欽定吏部處分則例》卷四十五《刑雜犯》) 皇帝之惱羞成怒，溢於言表。因為這些昏官竟然敢視「皇考」訓令於不顧，明知故犯。

當時的皇帝在禁止官員人等蓄養家樂問題上可謂前赴後繼，乾隆在雍正的基礎上更進一步，而嘉慶則又爬上了乾隆的百尺竿頭。嘉慶四年五月丁丑，皇帝有旨：「朕聞近年各省督撫兩司署內教演優人，及宴會酒食之費，並不自出己資，多係首縣承辦。首縣復斂之於各州縣，率皆朘小民之脂膏，供大吏之娛樂，輾轉苛派，受害仍在吾民。……嗣後各省督撫司道署內，俱不許自養戲班，以肅官箴而維風化。(《清實錄·仁宗實錄》卷四十五) 嘉慶皇帝的言辭在乃祖乃父的嚴厲基礎上，更將「蓄養家樂」提到「禍害吾民」的高度。而且，他不僅注目於內地，就連邊疆的同類事件也絕不放過。嘉慶十三年四月丁卯，上諭有言：

> 據另片所稱：「伊犁現在有戲兩班，恐年復一年，人數加增，引誘農家子弟入班學戲，且將來駐防子弟漸習下流。請嗣後班中不許再添一人，如有引誘入班者，審明懲處等語。」松筠辦理此事，又失之軟弱。伊犁等處，有官兵在彼駐紮，係屬軍營，自當專務訓練，俾知學習技勇、敦崇習尚，何得有演戲等事？從前乾隆四十年，欽奉皇考高宗純皇帝諭旨：「倘有開設酒肆唱戲等事，一經發覺，定將該將軍大臣等一併治罪。」可見禁約綦嚴，聖心早慮及於此。乃歷任將軍等奉行不力，致現在聚有戲班，是該將軍等已有應得之咎。猶不上緊驅逐，祇議令嗣後不許添人。試思此時即不添人，而該處既有戲班，焉有農家子弟及駐防官兵不受其引誘之理？此於該處地方營伍大有關係，不可不力加整飭。著松筠，即將該處戲班立行驅

逐。速令自歸內地，不准在彼逗遛。如尚敢潛留，即當治以違禁之
罪。並通行南北各城一體凜遵，毋得縱容滋事。（《清實錄·仁宗實
錄》卷一百九十四）

蓄養家樂不僅禍害吾民，而且腐蝕軍隊，這樣的絕大禍患，必須堅決制止。
在雍正、乾隆、嘉慶三代皇帝連續不斷的禁止之下，「家樂」要想再像先前那
樣輝煌是不可能的。儘管有些不怕死官員士紳暗中蓄養歌兒舞女，但家樂的
衰落已成必然之勢。甚至皇帝有此癖好，也要遭到臣下的極言相諫：「咸豐季
年，天下糜爛，幾於不可收拾，故文宗以醇酒婦人自戕。其時有雛伶朱蓮芬
者，貌為諸伶冠，善崑曲，歌喉嬌脆無比，且能作小詩，工楷法。文宗嬖之，
不時傳召。有陸御史者亦狎之，因不得常見，遂直言極諫，引經據典，洋洋數
千言。」（《清代野記》卷上）陸御史的「極諫」雖然帶有吃醋的成分，但從明
面上講，他卻是正義凜然的。

就這樣，士大夫家樂於清中葉日益衰微，代之而起的戲曲教育主要模式
乃是民間科班。

何以謂之「科班」？科班本是官場稱謂，後用為招收少年兒童培養為戲
曲演員的訓練班。舊時培訓演員，稱為「教科」，因此，「教科」的培訓機構或
組織就被稱為「科班」。科班有班主、教師、藝徒等重要成員。班主是科班的
主辦者，由其出資、組織、聘請教師。教師是科班的教學者，負責從各方面、
尤其是專業方面教育、培養生員。藝徒即學員，是到科班來學戲的人員，多
半是青少年乃至兒童。生活於道光、咸豐、同治年間的福格對「科班」有一個
很好的說明：「菊部子弟，以童稚教習而成者為科班。京師唱旦者言其投師學
藝之年，亦曰某科。凡同科者，則序弟兄，遲一科者，則論先後輩，無敢抗
禮，亦可噱也。按宋時官妓為出科，私妓為不出科，是賤役竊士大夫之名久
矣。」（《聽雨叢談》卷十一「科班」）

科班學員由班主招收，聘請教師從事教學工作。一般情況下經過百日基
本功訓練，轉入分行當的專業學戲和培訓，通常三年出科，視所學專業，亦
有延時更長者。科班的教師，必須是科班出身。學員年齡和文化程度由各科
班自定。舊時科班藝徒入學時的文化程度多為小學水平，也有文化程度更低
者。學藝期間，科班僅給藝徒提供伙食和極少的零花錢。結業後，一般要「幫
師」一年或一年以上，勞動所得，歸師傅所有。學戲期間，舞臺實踐的演出所
得，也為科班所有。以上所言，乃科班的一般情況，舊時各地科班，還有很多

特殊性的東西。下面作簡略的介紹。

北京的科班有四箴堂三慶班、勝春奎班、全福班、小恩榮班、小春椿班、普天同慶班、小玉成班（小吉祥，崇雅社）、德順和科班、喜（富）連成班、長春科班、鳴盛和班、正樂社、祥慶和科班、斌慶社、小華玉社等等。天津主要科班有永勝和、小四喜班、裕泰和、吉利科班、德勝和、天華錦、隆慶和、德順和、改良戲曲練習所、太平劇社、稽古弟子班、榮慶社崑曲科班、榮玉社、鴻春社聚祥社等等。清朝道光年間，河北梆子就已經倡辦了趙毛陶、黃毛、三慶和、祥泰等科班。同治、光緒年間，河北梆子臻於極盛，科班也因此大盛，保定、滄州、廊坊、石家莊、衡水等地出現了眾多的河北梆子科班。二十世紀三十年代科班銳減，抗戰期間，科班幾乎滅絕。十九世紀中後期的科班，基本上是河北梆子的一統天下。二十世紀之初，情況發生變化，由於河北戲劇舞臺上出現「梆簧兩下鍋」的態勢，科班的戲曲教育也開始了梆子、皮黃兼而授之的局面。尤其是進入民國以後，女徒入科和混合制科班都開始出現。當時崑腔、弋陽腔兼授的科班有益合班、祥慶社等，而平調、落子、京劇三合科班則有范林堂等，但也有單一的梆子科班，如張家口的晉劇科班。

山西定襄一帶在乾隆後期就有梆子科班，至晚清，山西的科班普遍興起，如蒲州梆子的老三義園，中路梆子的三合店娃娃班、三慶班，北路梆子的鄭宜民班等。光緒二十五年（1899），已有男女混合科班，如五臺縣北路梆子的常盛班。民國四年（1915）出現了女科班，如太原中路梆子的奶生堂娃娃班。此外，山西的科班還有雲生班、白三碌碡班、得喜班、張春子娃娃班、保和班、小梨園、喜盛園、祿梨園、二錦梨園、牛席娃娃班、七先生班、紅牡丹班、乾梨園、小祝豐園、劉胖班、燕龕娃娃班、富梨園、小榮梨園、五梨園、小萬福園、小自誠園李發固班、同樂社、三樂二班、爵士學社、雲興學社、三勝班等等。內蒙古戲曲教育初具規模應該在清代，乾隆間，逐漸形成王府科班——王府子弟班。民間最早的科班，今所記載者則為1765年左右在昭烏達盟敖漢旗下窪鎮由晉商開辦的山陝梆子戲班附設的咸益廣科班。清末民初，內蒙古科班較多，盛行學戲之風。在內蒙古，大戲戲班和小戲戲班培養戲曲人才的方式有異，蒙古族儀式劇和民間歌舞戲訓練演員的方法也有異。

黑龍江省最早的科班出現在清代康熙年間，是由當時遣戍寧古塔的山陰

流人祁斑孫、李甲辦的優兒班。清朝末年，梆子、皮黃藝人相繼進入黑龍江，一般採取師徒傳習方式。二十世紀二十年代，各劇種班社在哈爾濱、佳木斯等地相繼出現，如金滿堂科班、義字班、子弟班等。吉林省早期有萬良京劇小科班，筱香水河北梆子小科班，松竹社科班等。還有延邊、四平、磐石、長春、吉林、懷德、永吉、四平、遼源等地所辦的評劇、京劇、河北梆子、吉劇等各劇種學員班。遼寧省主要有常春園科班、金家科班、孫乾一科班、杜家科班、師鳴小科班、岐山戲社科班、山東富連成小富字科班、潘順和科班、詠諷社以及一些學員班等等。

上海於道光年間流行由幼年習戲並組班的女子戲班，世稱「髦兒戲」，主要招收六到十歲的幼女學戲，崑劇、京劇、徽劇兼習，文武不擋。當時上海戲曲科班主要有兩種形式。一是戲班辦科班，如京劇小金臺班、久樂茶園小班、丹桂園夏家班均屬此類。二是以個人名義開辦科班，如京劇「芳」字班、孫家班、厲家班、喜臨堂等，地方戲曲則有揚劇的女子科班新新社、滬劇的婉社兒童申曲班、越劇的陶葉劇團和忠孝班等。清中葉，江蘇的戲曲科班競相出現，如徽劇、京劇、崑劇、揚劇、梆子等均有科班。這些科班可分為以下類型：其一，著名伶人投靠地方勢力倡辦的科班，如1853年徽劇名伶楊玉元在南通投靠地方紳士王藻組建的小福壽科班。其二，豪門巨族雇請名伶舉辦的科班，如1872年贛榆縣官至軍門總兵的王德勝出資從金寶成聘請著名文武老生兼紅淨姚慶祥為總教習而倡辦的皮黃戲「慶盛班」。其三，由社會聲譽很高的名伶獨資倡辦的科班，如1882年豐縣張積堂祖孫三代倡辦並維繫六十六年的五個梆子科班。其四，社會名流贊助名伶創建的科班，如1922年建立的崑劇傳習所。其五，師徒相傳、以班帶班的科班，如1936年在南京倡辦的京劇「鴻春班」。以上各種情況的科班還有李樓科班、滕貢生班、同慶科班、許廟科班、「聚」字科班、大李集「慶」字科班、鴻春社、許家班、「長」字班等。相比較而言，浙江省的科班更多。如馮夢楨女樂，余宅鳳、余宅奶科班，新益奇班，張龔小班，尚武臺，群芳小京班，小天仙班，鄭金玉科班，新慶福科班，施家嶴女子科班，文武紫雲班，喻傳海科班，新新鳳舞臺，高升舞臺，群英舞臺，越新舞臺，大華舞臺，樂天舞臺，魯家班，東安劇社，四季春班，陽春舞臺，龍鳳舞臺，民生舞臺，江南春兒童崑劇社，文化舞臺，天星舞臺，嵊縣（越劇）藝伶訓練班，民樂舞臺，新文化舞臺等。

山東省的科班有：大姚斑，小陽春班，萬字班，慶樂班，益都五里堡子

東山科班，諸城魁字班，曹縣大曾班、小曾班，榮字號科班，慶字科班，郯城縣「全」、「興」、「多」「發」班，山東易俗社，德盛班，沂南「長」「春」「富」「貴」班，恒盛班，臨朐九山科班，同字科班，成字號科班，濰縣高里科班，曹縣火神臺劉建才科班，定陶縣宋樓班，山東富連成。昌邑同樂班，聚樂班，山東省立劇院，青城小班，昌樂埠南莊科班，玉字科班，青島麟祥社，盛字科班等，著實不少。河南省的科班頗多，如天興科班，高崖窩班，白廟集科班，劉榮泰科班，後店科班，德勝班，王老明科班，火石崗煤窯科班，河南省遊藝訓練班，盧殿元科班，遂平縣戲曲訓練班，三清社科班，安陽文華戲劇學社等。安徽省的科班也不少，如華廉科班，武舉班，黃梅戲罐子科班，方立堂校場，丁家班，臨泉縣同城曲劇班，六安小京班等。

江西省的戲曲科班起於清代嘉慶、道光年間，主要有科班、娃娃班、太子班和藝人收徒等形式。其類型有四：其一為藝人家傳祖授式，如瑞昌「瓜山班」六代相承、南城的「官家三腳班」延長百年；其二為藝人收徒傳藝式，如萍鄉的「鳳鳴科班」和宜春的「財周科班」等；其三為同宗同族或異性結義兄弟興辦的科班聯盟式，如南昌的「三長班」、「鳳崗兄弟遊戲班」和新餘的「十兄弟花鼓班」等；其四為鄉紳賢達富戶商賈獨資或集資聘請藝人執教興辦式，如清江的「徐瑩甫科班」、興國的「兒戲園」和樂平的「太子班」等。福建的戲曲教育，一開始是以班代科，聘請教師教戲的方式。光緒二十八年（1902）成立的龍海石碼京劇科班是目前所知最早的福建戲曲科班。隨後，逐步出現了閩西漢劇新舞臺科班、閩劇儒林班、梨園戲蔡尤本科班、高甲戲福慶成科班，還有怡正興科班等。

湖北省的科班也有輝煌的歷史，像康洪興班，桂林班，石牌科班，天元班，天、雙科班，天、子、重、英、豪科班，喜字科班，壽字科班，宏字科班，天、春、長字科班，雙慶班，雲慶班，桂字科班，順字科班，漢劇訓幼女學社，崔松科班，精字科班等，都為當地各劇種培養了大量棟樑之才。湖南的戲曲教育模式主要有科班與堂、館等幾種。最早的科班是乾隆末年（1795）的崑曲「九麟科班」，彈腔進入湖南後的道光年間，各大劇種先後辦起以教唱彈腔為主的科班，同治、光緒間達到極盛。民國之初，科班之風漸歇，但在1914年卻出現了湖南最早的女子科班「神妙班」，隨後的1921年的湘劇「福祿坤班」。1929年，湘劇又開始辦起男女混合科班。抗戰爆發後，科班一度陷入停頓。

廣東省的科班有慶上元童子班，桂天彩科班，採南歌童子班，新少年童子班，廣東優界八和粵劇養成所，新老福順科班等。廣西最早的戲曲科班，始於清光緒八年（1882）英怡隆商行老闆英輔臣創辦於桂林的桂劇班「瓔珞小社」。此外，還有寶華群英科班、蘭斌小社、芙蓉詞館、福珍園女科班、和園甲乙科班、儀園甲乙科班、群芳譜女科班、崇左馱盧科班、大華公司女科班、鳳儀園女科班、會芳園科班、人和園女科班、金石聲科班、錦花臺科班、培英小社、西湖科班、碧雲科班、瑞英樂科班、柳州市郊黃村調子館景發達科班、光明劇社科班、啟明仙樂科班、國瑞科班、桂林桂字科班、桂林文字科班等等。海南在清代有「科班教練館」百餘處，多在海口、瓊山、澄邁、定安、臨高、萬寧、文昌等地。如泰昌班、瓊城梨園班、瓊順班、嘉樂班、福堂班、聯珠公司班、萬年春班、東安利班、色秀年班、瓊漢年班、概順連班、十四公司班、國民樂班、共和樂班、新國民班等等。

四川、重慶一帶舊時科班甚多，如名盛科班，臣字科班，念臨科班，祥泰科班，懷寧科班，自志科班，鈞字科班，桂華科社，升平堂，三益科社，新民科社，天全科班，群樂科社，裕民科社，玉清科社，翠華科社，西華科社，新民講演團，邵俊科社，亦樂科社，品玉科社，清文藝術劇部，明達科社，東方戲劇學校，新又新科社，暢敘科社，三三川劇改進社，重慶又新科班等等。貴州外來科班最早在 1926 年，是川劇科班「天曲社」，成立於貴陽。此後，有 1946 年在貴陽建立的京劇「管家班」等。科班的建成有三種形式：一是名伶倡議、士紳贊助的，如「天曲社」就是由川劇名角魏香庭首倡、當時的貴州省主席周西成支持贊助而建成的。二是商賈出於愛好和牟利的雙重目的而籌辦的，如川劇「祥字科班」就是飯店老闆冉文燦主辦並由其親任經理。三是藝人自費或籌資創辦的科班，如京劇「管家班」就屬這種模式。雲南地處邊陲，戲曲教育發展速度較慢。直到 1939 年才出現滇劇「繼」字科班，四年後，又有附設於雲南戲曲改進社的滇劇學員講習班等。

舊時陝西的科班分布極廣，例如：1912 年，陝西易俗伶學社在西安成立。以「輔助社會教育，移風易俗」相號召，開創了秦腔班社史的新篇章，同時，也培養了大批優秀戲曲人才。同治、光緒年間，咸陽的「玉盛班」「春盛班」都曾設科培養戲曲人才。漢中 1855 年就有孫五存教過的漢調桄桄于字科班，1863 年周壽禧創辦了漢調桄桄于字科班，1878 年又有宋合子等人教過的慶字科班，稍後，又有同字科班，到清末民初，漢調桄桄的科班就有新萬、海、

天、泰、同、順、隆、興、啟、俗、吉慶、同太、喜慶、文化、忠和、五福、林化等三十多個。與此同時，在清道光年間，藝人楊金年在西鄉縣創辦了漢調二黃鴻泰、來泰兩個科班，其傳人又進一步開課收徒，培養了大批漢調二黃演員。1895年，龍駒寨（今丹鳳縣城）成立了二黃戲的「善慶班」，「廣招娃娃」。安康地區的科班興起於嘉慶、道光之際，紫陽縣富戶楊景泰、楊履泰辦過二黃科班。嗣後藝人楊金年在西鄉沙河坎開辦二黃「鴻」「來」二科班，延至民國中期，上百年時間內相繼建立十九個科班，其中有九個是隨演出班社拜師學藝性質的「跟班」。此外，還有湖北人范仁寶於咸豐年間在安康城創辦二黃「瑞仁」科班。1948年在綏德師範學校文藝宣傳隊的基礎上成立「文藝班」，米脂中學也辦過此類的文藝班。1933年至1936年，培養中路秦腔演員的科班新漢社首科創辦，學員從戶縣秦渡鎮一帶招收。培訓班訂有嚴格的練功和生活制度，為寶雞地區以及甘肅的一些秦腔劇團培訓了一批骨幹力量。此外，還有1934年創建的風易社戲曲訓練班等。甘肅戲曲人才的培養，清代主要是私人帶徒的方式，民國以後，才出現科班，如化俗社科班、正俗社科班、覺民學社、平樂社科班、新光學社、振興社科班、新興社科班、聚義社科班、同俗社科班、塞光學社等等。清光緒年間，寧夏出現了帶徒培養的秦腔戲班，如誠益社、劉喜戲班等。宣統三年，中衛縣姬福壽創辦的姬家戲班則是目前所知的寧夏最早的秦腔科班。1927年，銀川出現了專習京劇的女子科班——王子君班。

三

　　回頭我們再來看看從士大夫家樂到民間科班都是怎樣教育、訓練、培養戲曲演員的。

　　明清時代，那些蓄養家樂的文人大都有較高的戲曲藝術修養，其中某些人甚至是兼寫劇本的作家，他們蓄養家樂，除了精神享受之外，還有教育童伶以實踐自己戲曲創作的目的。如《寶劍記》的作者李開先：「罷而治田產，蓄聲伎，徵歌度曲，為新聲小令，謔彈放歌，自謂馬東籬、張小山無以過也。」（《列朝詩集小傳·李少卿開先》）再如戲曲音樂家何良俊：「妙解音律，晚蓄聲伎，躬自度曲，分刌合度。」（《列朝詩集小傳·何孔目良俊》）至於「臨川四夢」的作者湯顯祖就更不用說了，他有《七夕醉答君東二首》，其二云：「玉茗堂開春翠屏，新詞傳唱《牡丹亭》。傷心拍遍無人會，自掐檀痕教小伶。」

還有與湯顯祖分庭抗禮的沈璟，既是《義俠記》等劇本的作者，更是戲曲教育者：「《詩話》：子勺兄璟妙解音律，撰南曲譜，鄉里目為詞隱先生，居家未嘗廢絲竹，有子恒失學。子勺去官，身為塾師，教其兄子。一門之內，一選伎徵聲，一尋章索句，論者比之顧東橋兄弟云。」（《明詩綜》卷六十「沈瓚」）諸如此類的作家、導演、教師三位一體而從事家庭戲曲教育的文人，在明清兩代不勝枚舉。如沈齡、顧大典、屠隆、葉憲祖、梅鼎祚、謝廷諒、許自昌、阮大鋮、吳炳、張岱、查繼佐、吳偉業、李漁、尤侗、曹寅等等。

進而言之，這些文人或藝人在培養「家樂」時，具體是怎樣操作的呢？且看以下幾例：

> 徐州人周全，善唱南北詞。……曾授二徒：一徐鎖，一王明，皆兗人也，亦能傳其妙。人每有從之者，先令唱一兩曲，其聲屬宮屬商，則就其近似者而教之。教必以昏夜，師徒對坐，點一炷香，師執之，高舉則聲隨之高，香住則聲住，低亦如之。蓋唱詞惟在抑揚中節，非香，則用口說，一心聽說，一心唱詞，未免相奪；若以目視香，詞則心口相應也。……高不結，低不噎，此其緊關。所傳音節，一筆之於詞傍，如琴譜之勾踢，二十年曾一見之，今求之，無存者矣。（李開先《詞謔·詞樂》）

> 朱雲崍教女戲，非教戲也。未教戲，先教琴，先教琵琶，先教提琴、弦子、蕭管，鼓吹、歌舞，借戲為之，其實不專為戲也。郭汾陽、楊越公、王司徒女樂，當日未必有此。絲竹錯雜，檀板清謳，入妙腠理，唱完以曲白終之，反覺多事矣。……雲老好勝，遇得意處，輒盱目視客；得一讚語，輒走戲房，與諸姬道之，傸出傸入，頗極勞頓。且聞雲老多疑忌，諸姬麴房密戶，重重封鎖，夜猶躬自巡歷，諸姬心憎之。（《陶庵夢憶》卷二「朱雲崍女戲」）

> 余友祁止祥有書畫癖，有蹴鞠癖，有鼓鈸癖，有鬼戲癖，有梨園癖。壬午至南都，止祥出阿寶示余，余謂：「此西方迦陵鳥，何處得來？」阿寶妖冶如蕊女，而嬌癡無賴，故作澀勒，不肯著人。……止祥精音律，咬釘嚼鐵，一字百磨，口口親授，阿寶輩皆能曲通主意。（《陶庵夢憶》卷四「祁止祥癖」）

> 阮圓海家優，講關目，講情理，講筋節，與他班孟浪不同。然其所打院本，又皆主人自製，筆筆勾勒，苦心盡出，與他班鹵莽者

又不同。故所搬演，本本出色，腳腳出色，齣齣出色，句句出色，字字出色。余在其家看《十錯認》、《摩尼珠》、《燕子箋》三劇，其串架斗筍、插科打諢、意色眼目，主人細細與之講明。知其義味，知其指歸，故咬嚼吞吐，尋味不盡。（《陶庵夢憶》卷八「阮圓海戲」）

《鸞嘯小品》卷三《廣陵散二則有序》記：汪季玄「教吳兒十餘輩，竭其心力，自為按拍協調。舉步發音，一釵橫，一帶揚，無不曲盡其致」。

在這方面，最有見地的當然是李笠翁。他既是文學家，又是音樂家，懂劇本、懂舞臺、懂劇團、懂演員、懂觀眾，總之，但凡與戲曲相關的一切似乎都有深入研究。他將這些心得寫到《閒情偶寄》中，尤其是該書的《詞曲部》《演習部》《聲容部》等章節，更能見出他對戲曲藝術的深刻而獨到的理解。其中，最能體現其戲曲教育理念的是下面這段：

選劇授歌童，當自古本始。古本既熟，然後間以新詞，切勿先今而後古。何也？優師教曲，每加工於舊，而草草於新。以舊本人人皆習，稍有謬誤，即形出短長；新本偶而一見，即有破綻，觀者聽者未必盡曉，其拙盡有可藏。且古本相傳至今，歷過幾許名師，傳有衣缽，未當而必歸於當，已精而益求其精，猶時文中「大學之道」、「學而時習之」諸篇，名作如林，非敢草草動筆者也。新劇則如巧搭新題，偶有微長，則動主司之目矣。故開手學戲，必宗古本。而古本又必從《琵琶》、《荊釵》、《幽閨》、《尋親》等曲唱起，蓋腔板之正，未有正於此者。此曲善唱，則以後所唱之曲，腔板皆不謬矣。舊曲既熟，必須間以新詞。切勿聽拘士腐儒之言，謂新劇不如舊劇，一概棄而不習。蓋演古戲，如唱清曲，只可悅知音數人之耳，不能娛滿座賓朋之目。聽古樂而思臥，聽新樂而忘倦。古樂不必《簫》、《韶》、《琵琶》、《幽閨》等曲，即今之古樂也。但選舊劇易，選新劇難。教歌習舞之家，主人必多冗事，且恐未必知音，勢必委諸門客，詢之優師。門客豈盡周郎，大半以優師之耳目為耳目。而優師之中，淹通文墨者少，每見才人所作，輒思避之，以鑿枘不相入也。故延優師者，必擇文理稍通之人，使閱新詞，方能定其美惡。又必藉文人墨客參酌其間，兩議僉同，方可授之使習。此為主人多

冗，不諳音樂者而言。若係風雅主盟，詞壇領袖，則獨斷有餘，何必知而故詢。噫，欲使梨園風氣丕變維新，必得一二縉紳長者主持公道，俾詞之佳音必傳，劇之陋者必黜，則千古才人心死，現在名流，有不心沉香刻木而祀之者乎？（李漁《閒情偶寄·演習部·選劇第一·別古今》）

此外，李漁還在《授曲第三》《教白第四》中，提出「解明曲意」「調熟字音」「字忌模糊」「曲嚴分合」「鑼鼓忌雜」「吹合宜低」「高低抑揚」「緩急頓挫」等具體的教學要求，可謂深刻而系統。對「家樂」的調教，在李笠翁這兒，可謂登峰造極。

至於民間科班的教學內容和模式，情況頗為複雜。徐珂《清稗類鈔》中的一段話，大體上可以作為當時科班學戲之童伶辛酸生活的概述：

童伶學戲，謂之作科。三月登臺，謂之打炮。六年畢業，謂之出師。鬻技求食，謂之作藝。當就傳時，雞鳴而起喊嗓後，日中歸室，對本讀劇，謂之念詞。夜臥就濕，特令發疥，癢輒不寐，期於熟記，謂之背詞。初學調成，琴師就和，謂之上絃。閉門教演，師弟相效，禁人竊視，凡一嚬笑，一行動，皆按節照式為之，稍有不似，鞭箠立下，謂之排身段。凡此種種，皆科班所必經，其難其苦，有在讀書人之上者。故學者十人，成者未必有五。劇詞滿腹，無所用之，不得已，乃甘於作配角，充兵卒，謂之擋下把。否則為人執役，謂之潤場；料量後臺，謂之看衣箱；前臺奔走，謂之拉前場。伶人至此，一生已矣。（卷十一「優伶類」）

上述乃明清及民國期間傳統戲曲教育模式之大概，有些具體情況，只好另撰文陳述。

（原載《湖北師範大學學報》2018 年第一期）

四功五法・口傳心授・文化蘊含
——略談舞臺藝術教學與戲曲文化培養相結合問題

　　我們的戲曲教育要培養造就具有深厚文化底蘊的傑出人才，就必須將舞臺藝術教學與戲曲文化培養有機結合在一起。舞臺藝術教學的普遍性原則是促使學生掌握舞臺藝術的基本功——「四功五法」。在教學過程中，我們又必須運用「口傳身授」的基礎方法。而這一切，又必須與培養學生深入理解傳統戲曲深厚文化蘊含緊密結合在一起。

一

　　對表演專業的學生而言，教學的普遍性原則是教會他們掌握基本功——「四功五法」。「四功」即戲曲演員必須具備的唱、做、念、打四種表演工夫，「五法」即戲曲演員必須掌握的手、眼、身、法、步五種技術方法。

　　「唱念做打」是戲曲表演的四種藝術手段。「唱」指唱功，戲曲中的歌唱藝術，側重於唱功的戲叫「唱功戲」。「念」指念白，元雜劇叫「賓白」，明清傳奇戲叫「介」，即戲劇中的道白。「做」指做功，戲曲中的動作和表情。以形體的舞蹈和表情體現為主的戲劇叫「做功戲」，與「唱功戲」相對。「打」指武打，傳統戲曲中用武術表演的搏鬥。又稱「武工」，指戲曲中的武術表演的工夫。戲曲演員能綜合達到「四功」俱全，方可在舞臺上立足。

　　「手眼身法步」，本是武俠小說中形容俠客武功的詞彙，例如：「二人各施所能，真是：拳似流星眼如電，腰似蛇行腿如鑽。全憑手眼身法步，挨幫

擠靠。」（《永慶升平後傳》第二十三回）再如：「二人施展平生的武藝，手、眼、身、法、步，心神意念足，躥迸跳躍，閃輾騰挪。」（《小五義》第三十六回）戲曲舞臺借過來，稱為「五法」，指戲曲表演藝術的五種技術方法。「手」即手勢，「眼」指眼神，「身」指身段，「步」指臺步，「法」指以上幾種技術的規格和方法。一說：「法」是「髮」的訛傳，指「甩髮」技術。

對於「四功五法」教學的普遍性原則，很多戲曲教師大有心得。聊舉數例：

我們首先來看對演員「唱功」的培養：「我又教了他一出以西皮唱腔為主的《刺王僚》來開發他的立音、亮音和高音。這齣戲以西皮唱腔為主，有導板、原板、二六、快板、搖板等板式，特別是多句的二六板唱腔接快板，特別能夠訓練氣力和節奏的穩定，因為二六板每句當中的過門很短，基本是一個小節的小墊頭，這要求演唱者瞬間偷氣換氣才能順利完成整段的唱腔。在身段上要求穿蟒袍的腳步，還要挎劍。最後見專諸時還有高音的唱腔。這齣戲的學習在聲音共鳴和嗓音功力上對他又是一次挑戰和鞏固。」（舒桐《循序漸進，薪火相傳——淺談京劇花臉人才的培養》）

以上是一位老師對一名花臉演員「唱功」的培訓，摘錄的文字僅僅是這種培訓的一個階段，可見在這一過程中，教師要付出多麼辛苦的勞動。除了這種常規的指導培訓以外，作為師傅，對身邊的後學也要進行隨時隨地、對症下藥的教誨和糾錯。這方面，梅蘭芳大師堪稱表率。且看他的經驗之談：「扮丫環的演員，念得太慢，是最容易犯的毛病。去年我在京津演出『鳳還巢』和『奇雙會』，都是張蝶芬扮的丫環。也犯了這種毛病。我常常提醒他。有一天我貼『虹霓關』，頭本是他的丫環，出場之前，我讓他不要念得太慢。唱到二本他是改扮東方氏，我又關照他：『這會兒我們掉過來了，你的唱念動作又該比我慢些了。』前年在上海葆玖初次陪我唱『遊園』。他在臺上的經驗更少了。出場念的引子和走的臺步，也不例外地犯了一個慢字的通病。經我糾正了好幾回，才有點進步，可是對於掌握春香的性格和身份，還是不夠理想。凡是後輩的藝人跟我同場，發現了他的缺點，不論是誰，我總是盡可能的指點他。」（梅蘭芳述，許姬傳記《舞臺生活四十年》第二集第三章）

對於身邊後學的嚴格要求，也是戲曲藝術大師的一種風範。這一則記載，梅蘭芳大師對後輩的教誨與糾錯，主要是在「念功」的速度問題上。那

麼，「做功」方面的教學是否也同樣馬虎不得呢？我們先從一個小小的道具「扇子」談起：「扇子是手語的延伸，很早就成為塑造各種不同人物帶有象徵意義的道具了。在戲曲表演中扇子基本功很重要，生、旦、淨、丑各行皆有此行，但以小生、花旦使用最多。而手拿摺扇幾乎成了風流儒雅的公子、書生的主要標誌。如京劇《拾玉鐲》中的傅朋，越劇《梁山伯與祝英臺》中的梁山伯。戲曲舞臺上使用的扇子有大摺扇、小摺扇、團扇、羽扇、鵝毛扇、芭蕉扇等。演員通過舞動扇子，配合身段，可衍化出各種優美的舞姿，以表現人物情緒，刻畫人物性格。」（姚勝《論扇舞組合的產生與價值》）

「扇子功」，理應屬於「做功」範疇，小小一把扇子，能考驗一個演員「做」的基本功。而且，「扇子是手語的延伸」，這是非常深刻的認識。「手語」，是演員體現「做功」的重要途徑。「手上」工夫如此，那麼，「腰上」「腿上」的工夫又該如何？還是來看梅蘭芳的敘說：

> 「貴妃醉酒」為什麼會列入刀馬旦一工，關於這一點，梅先生的解釋是：「這齣戲是極繁重的歌舞劇。如銜杯、臥魚種種身段，如果腰腿沒有武工底子，是難以出色的。所以一向由刀馬旦兼演。從前月月紅、余玉琴、路三寶幾位老前輩，都擅長此戲。他們都有自己特出的地方。我是學的路三寶先生的一派。最初我常常看他演這齣戲，非常喜歡，後來就請他親自教給我。路先生教我練銜杯、臥魚以及酒醉的臺步、執扇子的姿勢、看雁時的雲步、抖袖的各種程序，未醉之前的身段與酒後改穿宮裝的步法。他的教授法細緻極了、也認真極了。我在蘇聯表演期間，對『醉酒』的演出得到的評論，是說我描摹一個貴婦人的醉態，在身段和表情上有三個層次。始則掩袖而飲，繼而不掩袖而飲，終則隨便而飲。這是相當深刻而瞭解的看法。（《舞臺生活四十年》第一集第三章）

觀眾之所以能夠對梅蘭芳大師的表演產生「相當深刻而瞭解的看法」，主要是因為梅先生將一位貴婦人的「醉態」演得活靈活現，為什麼能有這樣的效果？乃是因為梅先生紮實的「腰功」和「腿功」，進而言之，這些紮實的基本功哪兒來的？當然是演員勤學苦練的結果，但我們還得重視路三寶先生「細緻極了、也認真極了」的教學態度和教授方法。幾十年過去了，路先生這種教學精神又被後代戲曲教育人所繼承，有的老師還專門總結了「腿功」的教學方法，甚至是從現代解剖學的角度來探討這一問題：「在中高級訓練階段，腿功

訓練更側重於力量的運用與技巧的呈現，兩者在訓練時是相輔相成的。在戲曲中腿功的技巧主要有：三起三落、射雁、探海、飛腳、鏇子、烏龍絞柱等等。不僅如此，一些跳躍類技巧、翻騰類技巧，雖不能說是純粹的腿部技巧，但也與腿功訓練密切聯繫。因此，基功課有時也被稱之為腿功課，而該課程對腿部訓練的程度還影響著身段、把子、毯子以及劇目課等課程。」（林丹《戲曲腿功訓練的解剖學分析》）

以上討論，既涉及「做功」的教學，也涉及「武打」的教學，已經具有相當程度的「綜合性」了。然而，有的戲曲教育工作者還在此基礎上進行了更帶「綜合性」同時也更具「理論性」的提煉和總結：

> 我們常說演員要具備「七力七感」，「七力」即敏銳細緻的觀察和發現能力，積極穩定、持續發展的注意力，活躍的行動性、形象性的想像力，真摯細膩的感受與體驗的能力，真實準確的思考判斷能力，多彩深湛的適應力，鮮明生動的形體、語言表現力。「七感」即假定情境中的信念與真實感，善於捕捉人物的形象感，適應行動發展的節奏感，掌握不同風格劇本的體裁感，機智的幽默感，美感，整體感。這「七力七感」是在多年的表演教學實踐過程中總結出來的，是培養演員基本素質的重中之重，這些素質又相互聯繫不可分割。（秦輝《當代表演教學基礎訓練階段的一點思考》）

這種「七力七感」的總結，雖然並非單單針對戲曲表演而言，但戲曲教學同樣應該作為一種宏觀把握的東西。這是指導表演專業戲曲教學的經驗之談，也是形而上的總結。接下來還有一個問題，在戲曲表演的教學過程中，教師和學生的關係如何，教師應該做些什麼，又應該引導學生做些什麼？對此，也有人專門研究：「在表演課堂裏，老師就是在不斷培養和挖掘學生的想像力，形體課堂作為輔助，也應在教學中始終貫穿這個理念。需要注意的是：單一的一個動作的假打、假摔等行動，從動作本身而言，是能對表演學生在日後的小品練習中起到一定幫助；可從戲劇動作的三要素本身而言，單一的動作缺乏情感連續性。為了讓學生能更好地將形體課堂學到的動作運用到表演課堂中，授課老師們還是應該將點變為線，把單純動機發展成系列，這樣更利於中專學生在表演課堂的活學活用。」（黃燕《談中專形體課教學融入表演課教學體系》）此處所說的「戲劇動作的三要素」指的是：做什麼（任務），為什麼（目的），怎麼做（適應），這是由戲劇舞臺動作的本質性特徵所

決定的。

以上所言，是教師在戲曲教學中對學生「四功五法」的基本功培養訓練的一些經驗之談，但我們必須明確，這些技法大都是通過「口傳心授」來完成的。

二

「口傳心授」這個概念，過去一直認為源自明代解縉，這其實是錯誤的。因為最遲在宋代就已經有人使用這個概念了：「紛紛唐士學古文，僅僅韓公得真訣。口傳心授門人誰，劉又皇甫湜張籍。」（曾丰《贈別石首尉胡廷直》）

宋代詩人曾丰所說的「口傳心授」，是針對「古文真訣」而言的，與戲曲教學沒有直接聯繫。同樣如此，明代解縉所謂「口傳心授」，則指「書法」奧妙：「學書之法，非口傳心授，不得其精。」（《文毅集》卷十五《書學詳說》）解縉所言，也與戲曲教學沒有直接聯繫。

真正用「口傳心授」這個概念來表現戲曲教育方法的是明末清初大戲曲家李漁，他在《閒情偶寄・演習部・授曲第三・調熟字音》中說：「調平仄，別陰陽，學歌之首務也。然世上歌童解此二事者，百不得一。不過口傳心授，依樣葫蘆，求其師不甚謬，則習而察，亦可以混過一生。」很明顯，李漁這裡的「口傳心授」並非一個褒義詞，甚至還帶有幾分貶損，其實他所說的就是藝人師徒之間口耳相傳，「照葫蘆畫瓢」的意思，是一種較低的教學層次。清代的通俗小說中多次用到「口傳心授」，但與戲曲相關的，筆者只找到一例：「妙玉叫鳳姐：『將譜子掩了，咱們口傳心授，你只用耳聽，手隨我來，就容易會了。』」（《紅樓幻夢》第十六回）這應該是符合現代意義的正格的「口傳心授」的用法。

然而，「口傳心授」這種傳統戲曲教學方法在建國後的六十年卻屢屢遭到批判，被認為是「重模仿」、「輕創造」的舊式戲曲教學方法的代表性產物。但在新時期以來的數十年間也有人為之辯護，認為應該一分為二地對待「口傳心授」。尤其是對於現代意義上的戲曲教育中的「口傳心授」，各人又有不同的理解：

> 考察整個戲曲表演專業的劇目教學方法，我們會發現所有的戲
> 曲院校都在採取一種方法：「口傳心授」。對於這種傳統的教學方

法，我們應該一分為二地對待。所謂「口傳」就是教師通過口頭的
語言表達（而非文字化的教材），對學生進行表演技藝的傳授，其
教學的重點是以傳授「四功五法」為主，使學生通過對教師的直接
模仿和反覆訓練，熟練掌握戲曲的基本表演形式。而所謂「心授」
則是指教師向學生傳授戲曲表演的心得、體驗以及對戲曲人物的感
悟，亦即是指教師在傳授技藝的同時，將自己的審美體悟和表演心
得，通過口語傳授給學生，使學生從內心中領會到其中的「味」並
運用於表演。（杜長勝主編《中國戲曲教育現狀與改革發展研究》第
五章）

這種意見是對「口傳心授」基本肯定的，並且對口傳心授的重要性和必要性
做出了簡明扼要的闡述。在提出一分為二地看待口傳心授的同時，還對「口
傳」與「心授」兩個方面做出了既有聯繫又有區別的解釋，尤其重要的是指
出了「口傳」與「心授」之間的內在邏輯聯繫。與之類似的觀點還出現在陳亞
琴《不立文字 以心傳心——試析戲曲教育中的「口傳心授」》一文中：「從
戲曲教學的實踐層面來理解，『口傳心授』可以分為兩個層面：一為『口
傳』，一為『心授』。二者所涉內容不同，前者授技，後者授法；二者所重亦不
同，前者重摹仿習練，後者重『悟』。中國戲曲也可分為兩個層面：一為外在
的『形』，即它的表演技巧，表現手段；二為內在的『神』，即利用表演技巧將
劇中人物演『活』，讓觀眾為之或喜或悲的方法。『口傳』適應的是戲曲的第
一個層面，『心授』適應的是戲曲的第二個層面，它是中國戲曲自身特點的產
物。」這就在弄清「口傳」與「心授」邏輯關係的基礎之上，進一步指出「口
傳」重在「授技」，是重在戲曲藝術外在形式，而「心授」重在「授法」，是重
在戲曲藝術內在精神的區別。因此，口傳是第一層面的，是戲曲教學的「登
堂」；心授是第二層面的，是戲曲教學的「入室」。但無論如何，「口傳心授」
應該是傳統戲曲教育的必然之法，也是現代戲曲教育對傳統教學方法批判繼
承以求發展的典型例證。

還有的研究者根據「口傳心授」為出發點，重申與之相聯繫的「口傳心
受」，並對二者進行了區別性闡釋：

「口傳心授」是基於教師的視角，它虛空了學生這一教學活動
中不可或缺的實體，著重強調人類將自身創造物質和精神的生產
經驗與生產力及其財富的總和，在傳承教學活動過程中，「傳」與

「授」的方式——「口」與「心」的方法問題。……從戲曲教學方法而言，「口傳心受」更符合戲曲教學方法完整概念的內涵與外延。它包含了教師進行文化傳授的方式「口（傳）」，以及學生作為「傳」的終端，承接的方式「心（受）」，凸現了學生在教學活動中作為核心要素之一的實體地位。相比「口傳心授」，「口傳心受」教學方法的視角則更具有整體性和完整性。（董德光、生媛媛、董昕著《中國戲曲教育六十年》第九章）

其實，在古漢語研究中有「授受同詞」之說，亦即在特殊語境中，「授」就是「受」，反之亦然。查《漢語大詞典》，「授」的釋義有六條，其中有「給予、交付」的意思，如《國語・魯語上》：「為我予之邑，今日必授，無逆命矣。」韋昭注：「授，予也。」也有「傳授、教」的意思，如劉勰《文心雕龍・風骨》：「然文術多門，各適所好，明者弗授，學者弗師。」但同時也有「通『受』、接受」的意思，如《周禮・秋官・司儀》：「登，再拜授幣，賓拜送幣。」鄭玄注：「授，當為『受』。主人拜至，且受玉也。」我們再來看「受」，同樣查《漢語大詞典》，「受」的釋義有十八條，其中，有「接取」的意思，如《禮記・內則》：「男不言內，女不言外，非祭非喪，不相授器。其相授，則女受以筐。」也有「接受」的意思，如《詩・小雅・天保》：「天保定爾，俾爾戩穀。罄無不宜，受天百祿。」但同時，也有「付與」的意思，這個意思後來寫作「授」。例如，李亢《獨異志》卷中引《西京雜記》：「弘成子少時好學，嘗有人過門，受一文石，大如燕卵，吞之，遂明悟而更聰敏。」而這段話，在《西京雜記》原文中，卻小有出入：「成子少時，嘗有人過之，授以文石，大如燕卵，成子吞之，遂大明悟。」《獨異志》引用文字中的「受」，在《西京雜記》原文中作「授」，可見古書中「授受同詞」。因此，在筆者看來，「口傳心授」與「口傳心受」在本質上是一回事。所區別者，乃在於使用這兩個概念時是站在「授者」（教師）的角度還是站在「受眾」（學生）的角度。同樣一個教學過程，在老師而言是「口傳心授」，對學生來說則是「口傳心受」。

如果要向更深的理論層次作縱深挖掘，則圍繞「口傳心授」這種戲曲教學方法可以形成一個三重境界：「口傳身授」——「口傳心授（受）」——「以心傳心」。

「口傳身授」雖然是一種初級狀態，但卻是一切戲曲教育方法的基礎。無論是舊時的師傅教徒弟，還是今天的老師教學生，乃至於藝術大師對弟子

作點撥式指導，首先都必須「口傳身授」。有兩點必須說明：第一，教育的最初狀態就是模仿，「口傳身授」的過程就是一個模仿的過程，學生對老師的模仿，被教育者對客觀事物的模仿。只有在模仿得惟妙惟肖的基礎上，才有可能進一步談創造、談創新。第二，戲曲是一種表演的藝術，「四功五法」如果不通過口傳，不通過身授，怎麼能從師傅身上傳導到學員身上？因此，從這兩點出發，戲曲教育方法必然講究「口傳身授」。誰無視「口傳身授」，誰就丟棄了戲曲教育方法的根本。但是，「口傳身授」畢竟是基礎性的，是戲曲教育方法的初級狀態，如果師傅對徒弟只是永久停留在口傳身授的狀態，那只能是照葫蘆畫瓢，最多複製一個師傅本人而已，而且還極有可能產生畫虎不成反類犬的後果。一切在表演藝術上不能超越師傅的徒弟，究其根本原因，責任主要在師傅，因為師傅只在口傳身授的基礎上裹足不前，沒有向戲曲教育方法的縱深開拓。

在「口傳身授」基礎上邁出的第二步就是「口傳心授（受）」，這是一把雙刃劍，一方面，得看老師是否在「口傳」的基礎上用「心」教授，另一方面，則看學生是否能將老師的藝術精華學到「心」裏去。只有教師「口傳心授」了，而學生也「口傳心受」了，這一過程才算真正完成，這種教學境界才算達到了中級水平。在這種教學方法所達到的境界上培養出來的學生，才有可能在將老師的藝術精華接受到自己身上、心上之後，進而轉益多師，從更多的老師那兒吸取更多的精華，進而超越老師，完成自我，形成自己的表演風格，成為一名表演藝術家。

戲曲教育方法的最高境界是「以心傳心」。這既包括將老師的「心」傳達為學生之「心」進而以學生之「心」超越老師之「心」，更包括以表演者之「心」在舞臺上傳達劇中人物之「心」。戲曲藝術的根本任務是塑造人物形象，因此，一切的戲曲教育方法必須圍繞塑造人物形象來進行。那麼，塑造人物的根本何在？回答很簡單：為人物「立心」。對此，幾百年前的李漁早就意會到了，他說：

> 言者，心之聲也，欲代此一人立言，先宜代此一人立心，若非夢往神遊，何謂設身處地？無論立心端正者，我當設身處地，代生端正之想；即遇立心邪辟者，我亦當捨經從權，暫為邪辟之思。務使心曲隱微，隨口唾出，說一人，肖一人，勿使雷同，弗使浮泛，若《水滸傳》之敘事，吳道子之寫生，斯稱此道中之絕技。（《閒情

偶寄‧詞曲部‧賓白第四‧語求肖似》）

李漁這段話雖然是針對戲曲創作中的人物語言而言，但對於戲曲表演藝術同樣適用。戲曲演員的最高境就是通過一定的行當、一定的程序在舞臺上成功地傳達某一劇中人物的內心世界，從而達到「以心傳心」，將某一人物連軀體帶靈魂活脫脫地展示在觀眾面前。如此，這位戲曲演員就不是一般的「戲曲匠人」了，甚至也不是一般的表演藝術家了，而會成為藝術大師，甚至開宗立派。這方面例子不勝枚舉：梅蘭芳如果沒能成功塑造楊玉環、虞姬、孫尚香、西施、趙豔蓉、程雪娥、杜麗娘等藝術形象，他能成為「伶界大王」並創立「梅派」嗎？馬連良如果沒能成功塑造諸葛亮、蒯徹、張元秀、宋士傑、寇準、喬玄以及程嬰等形象，他能夠成為京劇「四大鬚生」之一並創立「馬派」嗎？同樣的道理，程長庚之為「活魯肅」、盧勝奎之為「活孔明」、楊月樓之為「楊猴子」、徐小香之為「活周瑜」、王鴻壽之為「活關公」、楊小樓之為「活子龍」、金少山之為「金霸王」、郝壽臣之為「活曹操」、蓋叫天之為「活武松」等等，全都是這些藝術大師們在戲曲舞臺上以自己之「心」傳達劇中人之「心」的結果。

三

2017 年 8 月中旬，CCTV 戲曲頻道播出了「中國戲曲大會」現場，這應該是戲曲界和戲曲教育界的一大盛事，極大地培養了許多觀眾對傳統戲曲的欣賞興趣，提高了廣大電視觀眾的文化素養，同時，也給專業的戲曲工作者和業餘的戲曲愛好者提供了一個比試、切磋的平臺。

那麼，這次「戲曲大會」的本質是什麼呢？筆者認為就是一次戲曲文化培養與舞臺藝術教育的有機結合。它一方面可以培養廣大民眾的戲曲文化需求，營造日益濃烈的戲曲文化背景，另一方面，也是對我們各級戲曲教育機構舞臺藝術教學的一次檢驗。選手回答每一道題目的正確與否，百人團對某一問題回答的正確率，所透視的正是我們的文化教育部門對戲曲文化背景營造的成功經驗和失敗教訓。

進而言之，從選手乃至評委的表現來看，基本上是舞臺藝術教育的成績大於戲曲文化培養。選手們在回答關於戲曲舞臺表演本身的問題時錯得較少，而碰到戲曲文化方面的問題則相對錯得多一些。

如問到第一個與崑曲相結合的是哪部劇本時，選手的回答是《張協狀

元》，而正確答案應該是《浣紗記》。崑曲產生於元朝末年，《張協狀元》則是現存最早的南戲作品，產生於南宋。崑曲在明代經過魏良輔改造為「水磨調」後，第一個用這種曲調來演自己劇本的作家是梁辰魚，劇本就是《浣紗記》。這是戲曲史的常識，只要學習過「中國戲曲史」這門課程或看過與「戲曲史」「文學史」相關的教材、書籍的人都不會答錯。

更有甚者，有的評委在評說時，也出了不大不小的「狀況」。譬如有一位評委，在涉及「臨川四夢」時說，湯顯祖年輕時寫的劇本，後來又自己修改，如《牡丹亭》。湯顯祖的劇本現存五個，「臨川四夢」之外還有一個年輕時寫的《紫簫記》，後來，他又在《紫簫記》的基礎上改寫成《紫釵記》，而且改動較大。現在是《紫簫記》、《紫釵記》兩個劇本並存，與《牡丹亭》無關。這也是中國戲曲史和明代文學史的常識問題，不當出錯。

這次中國戲曲大會答題情況告訴我們，但凡在傳統文化與舞臺藝術兩個方面都狠下工夫的選手，答題就無往而不勝，但凡在這兩個方面知識點不平衡的選手就會出問題。而且，問題更多的出在傳統戲曲文化這一方面，這說明我們的戲曲教育在戲曲教學的「文化傳承」方面還存在不足。

中華戲曲傳承至今的魅力源泉，不僅在於其美輪美奐的精湛技藝，更源於其悠遠深邃的人文內涵。一些既具外在形式美更重內在精神美的作品，薰陶著一代又一代的華夏兒女。傳統戲曲中蘊含的一些內在「精神美」，甚至可以給學生的心靈留下難以磨滅的印象，產生不可估量的影響。

如戲劇舞臺上經常演出的「包公戲」，京劇有《柳林池》《鍘美案》《界元關》《雙包案》《五花洞》《雙釘記》《探陰山》《鍘判官》《龍鳳鎮》《路遙知馬力》《鐵蓮花》《血手印》《釣金龜》《烏盆記》《打鑾駕》《鍘包勉》《九頭案》《斷後》《打龍袍》《碧塵珠》《神虎報》《碧油潭》《狸貓換太子》《鍘趙王》《花蝴蝶》等，各地方戲與之相對應的劇目則有：川劇、越劇、豫劇、晉劇、秦腔、河北梆子均有《殺廟》，漢劇、徽劇、楚劇、滇劇、豫劇、評劇、同州梆子、秦腔、晉劇、河北梆子、淮調、湘劇均有《鍘美案》，粵劇有《琵琶詞》，弋腔有《琵琶宴》，川劇有《陳世美不認前妻》，淮劇有《女審》《包斷》，滇劇、湘劇、漢劇均有《雙包案》，徽劇、滇劇、漢劇、秦腔均有《雙天師》，川劇、秦腔、河北梆子、湘劇均有《包公判雙釘》，晉劇有《顏查散》，徽劇有《探陰山》，漢劇、秦腔均有《鍘判官》，評劇、越劇、淮劇均有《龍鳳鎮》，滇劇有《雙插柳》，秦腔有《紅燈記》，漢劇、徽劇、滇劇、秦腔、河北梆子均

有《路遙知馬力》，漢劇、滇劇、徽劇、晉劇河北梆子、評劇均有《鐵蓮花》，川劇有《烙碗記》，漢劇、湘劇、滇劇、徽劇、晉劇、秦腔、豫劇、河北梆子、同州梆子、評劇、越劇均有《血手印》，川劇有《喬子口》，漢劇、湘劇、徽劇均有《釣金龜》，崑腔、高腔、弋腔、徽劇、湘劇、桂劇、河北梆子均有《烏盆記》，川劇有《打鑾清宮》，漢劇有《打金鑾》，滇劇、湘劇、秦腔、同州梆子、河北梆子、豫劇均有《打鑾駕》，川劇有《鍘侄》，潮州戲、粵劇均有《包公截侄》，河北梆子有《包跪嫂》，漢劇、豫劇、秦腔、徽劇均有《鍘包勉》，秦腔有《九頭案》，湘劇、漢劇均有《天齊廟》，河北梆子有《斷后》，滇劇、徽劇、川劇、豫劇均有《打龍袍》，滇劇有《三狀元》，越劇有《追魚》，晉劇有《鯉仙鬧洞房》，川劇、湘劇均有《盤妝盒》《捧盒》，弋腔有《金丸記》，梨園戲有《陳州賑》，漢劇有《拷寇》，秦腔有《抱妝盒》，淮調有《鍘郭槐》，豫劇、紹興文戲均有《狸貓換太子》，豫劇、河北梆子均有《鍘趙王》，同州梆子有《火化司馬莊》，徽劇、秦腔、河北梆子均有《花蝴蝶》等等。

據史書記載：「拯立朝剛毅，貴戚宦官為之斂手，聞者皆憚之。人以包拯笑比黃河清，童稚婦女，亦知其名，呼曰『包待制』。京師為之語曰：『關節不到，有閻羅包老。』」（《宋史》卷三百一十六）這位歷史上本來就「立朝剛毅」的清官，經過民間通俗文學的反覆渲染，就更加成為百姓心目中的「保護神」了。上述劇目多半來自元明清舞臺上的「包公戲」、話本小說《龍圖耳錄》、章回小說《三俠五義》以及民間傳說等等，這裡的包拯完全成為傳奇人物，他彷彿是民間的正直之神。在那個黑白顛倒、是非混淆的社會裏，人民所塑造的包拯形象毫不含糊地指出，什麼是善，什麼是惡，何者為「是」，何者為「非」，什麼人該受到保護，什麼人該受到懲罰。包拯的判決，某種意義上代表了人民的判決，人民借助包拯表達了自己的願望。因此，在包拯身上，我們所看到的並不僅僅是百姓們對已經成為過去的歷史人物的懷戀，而是對公平、公正的期待，對未來美好生活的憧憬。從這個意義上講，包拯形象是一種突破時空觀念的苦難民眾信心和理想的化身。這樣一個包公形象，其剛毅、正直、清廉、睿智，都給人留下不可磨滅的印象，我們的教師在向學生傳授舞臺上包公的唱腔、身段等表演技藝的同時，難道不更應該向學生宣揚包公的美好品質和崇高精神嗎？

再如京劇、川劇、漢劇、滇劇、秦腔、晉劇、河北梆子、同州梆子都有表演的《搜孤救孤》（又名《八義圖》）中湧現出的鉏麑、提彌明、靈輒、韓厥、

公孫杵臼、程嬰等義士捨死忘生、殺身成仁、甚至貢獻自己的親骨肉以救舉國兒童性命的行為，也應該讓學生從中受到教育和鼓勵。再如京劇《五人義》中周順昌的大義凜然，顏佩韋、周文元、馬傑、沈揚、楊念如等人的俠肝義膽、視死如歸，至今仍然有著動人心魄的震懾力和感奮力，同樣也應該能激發學生強烈的正義感和責任感。還有根據湯顯祖原作改編的《牡丹亭》（豫劇、秦腔、崑劇）《春香鬧學》（京劇、川劇）《遊園驚夢》（京劇、徽劇）《鬧齋門》（楚劇）等劇目，歌頌了杜麗娘與柳夢梅出生入死的浪漫情緣。尤其是杜麗娘形象，有著對愛情不顧一切的追求，乃至於脫離和反叛了封建禮教的綱常倫理。在《詩經·關雎》的啟發之下，在美好春光的感召之下，杜麗娘遊園驚夢，有了夢中情郎。從此，她為之進行了生生死死的追求。正如湯顯祖在《牡丹亭》「題詞」中所言：「如麗娘者，乃可謂之有情人耳。情不知所起，一往而深。生者可以死，死可以生。」杜麗娘這麼一個愛自然、愛生命、愛自由的女性，應該能夠激發青年學子在生活中對自由幸福和人生理想的「真善美」的執著追求。

可以說，我們教學過程中每一個經典劇目都承「德」載「道」，有著深刻思想和崇高精神。這些豐富的文化內涵，是中華戲曲文化所體現的最根本的精神，是對人的價值和生存意義的關注與思考，我們必須將這些「文化」通過戲曲教學而傳遞給學生，讓它們在學生的心靈中慢慢沉澱、漸漸萌芽，使學生的思想得到薰陶和昇華，進而，培養他們正確的道德觀、人生觀、藝術觀、價值觀和健全的人格。有了這種思想基礎，我們的才能進一步激發學生對戲曲藝術的由衷熱愛，並樹立為此奮鬥終身的人生理想。

只有我們的戲曲教育工作者真正將戲曲文化培養與舞臺藝術教育的關係處理好了，才能培養出具有深厚文化底蘊的傑出戲曲人才。

（原載《湖北師範大學學報》2018 年第四期）

雛伶清淚如鉛水
——明清小說中的戲曲教育描寫

    明清兩代，對人們社會生活影響最大的「媒體」毫無疑問是通俗小說和戲曲。相比較而言，戲曲是「稍縱即逝」的藝術，而小說則是可以「慢慢品味」的「無聲戲」，因此，通俗小說不愧是當時諸多文化層面的最大載體。政治、經濟、軍事、文化、宗教、倫理、教育、娛樂……，總之是人們生活的各個領域，通俗小說都會有所反映。其間很多問題，前輩學者和時賢俊達均有論述。本文則從一個特殊的角度、亦即通俗小說和戲曲發生重大聯繫的角度來透視這一問題，那就是明清通俗小說中的戲曲教育描寫。

    從通俗小說中吸取材料來反映社會中的某些問題，有一點必須提前聲明：無論小說中描寫的是哪個朝代，然其中所反映的社會文化現象方面的問題，則多半是小說成書的那個時代。

一、教學模式：家樂曲院搭班子

    明清通俗小說所描寫的戲曲教育模式主要有三種：家樂、曲院、搭班子。

    三者之中，家樂應該是最早的。如：「允潛步窺之，乃府中歌舞美人貂蟬也。其女自幼選入府中，允見其聰明，教以歌舞吹彈。」（《三國志通俗演義》卷之二）如果說貂蟬所學的歌舞只能算戲曲基礎技能的話，那麼，全面「學戲」的家樂在小說中也有描寫。《蜃樓志》中的蘇吉士「用三千二百兩銀子買了一班蘇州女戲子，共十四名女孩子、四名女教習」。（第二十回）

    曲院是另一學戲場所，因為曲院中的妓女必須是吹拉彈唱樣樣精通的。

如樂戶女兒柳煙「從幼學過曲本，知書識字」。（《女仙外史》第六回）再如娼家走狗李裁縫娶妻馬氏，是個門戶中人，拐下女孩秋痕，「便逼秋痕學些崑曲」。（《花月痕》第二十回）還有十五歲女子飛霞，被賣在樂戶人家，「那王老媽就把飛霞領回，教他學習吹彈歌唱」。（《仙俠五花劍》第十一回）

更為常見的戲曲教學模式是搭班子，多為招收藝徒的「小班」。如唱花面的贏醜子就將兒子贏陽「送入一小班中做了一個正旦」。（《姑妄言》第六回）而唱戲出身的鮑文卿也「尋幾個孩子起個小班子」。（《儒林外史》第二十四回）下面這個片段，更是對搭班子招收藝徒的過程做了詳細的描寫：

> 劉文卿來到門內說：「合的小班，今已十有八九，要起個班名才好。我兒，你是極聰明的，想出兩個字來。」巍姑說：「既是小班，取個方盛未艾的意思，叫做玉筍班罷。」文卿說：「兩字甚好，只是班中尚少一個腳色。待我寫個招帖，貼在門首，自然有人來做。」
> 上寫云：「本家新合玉筍班，名色俱備，止少淨腳一名，願入班者，速來賜教。」（《戲中戲》第一回）

更有甚者，還有江湖惡少以搭女班教戲來誘騙那些少不更事的冤大頭：「小弟姓吳名友，字處舟，本府京口居住。家君是前朝蔡太師門生，官至開封府尹，止生小弟一人。因好頑耍，略曉些音律，以此教了這一班女戲，費有萬金。」（《金屋夢》第二十七回）如果在固定的地方長時間開班教授藝徒，那就叫做「教戲館」了，擬話本小說《照世杯》卷四中，就有「酒館、茶館、算命館、教學館、起課館、教戲館、招商館」的並列介紹。

二、藝徒出身：黃蓮苦膽野菜花

舊時藝徒大多出身貧苦，有的甚至就是孤兒，他們之所以學戲大都是被迫的，通俗小說對此多有描寫。

一是被親人所賣。《金瓶梅》中的潘金蓮，就是被母親「九歲賣在王招宣府裏習學彈唱」。（第一回）同樣被父母所賣的還有《醒世姻緣傳》中的珍哥：「幼年間失記本宗名姓，被父母受錢，不知的數，賣與不在官樂戶施良為娼。正統五年，梳櫳接客，兼學扮戲為旦。」（第十三回）《八仙得道》中則有人賣侄兒：「他打父叱母，私通弟婦，又把兄弟之子賣到遠方作戲子。」（第八十九回）《白牡丹》中的花大娘更為惡毒，竟將繼女紅芍藥和外甥女白牡丹「教導他吹唱彈弄，意欲落在青樓翠館，圖些厚利」。（第四十回）

　　二是被他人所賣。《彭公案》中的一個「孌子」，就是「被人拐騙出來，賣在戲班之內」。（第六十回）《快心編》中的阿寄也是被旁人「私下把來賣在戲班中學戲」。（初集第二回）《躋春臺》中的班主兼教習毛氏竟然振振有詞地說：「你是我買來的，為甚不從我學戲？」（《比目魚》）而在《後紅樓夢》中，有人居然要將賈寶玉「拐到蘇州去，賣與班裏教戲」。（第一回）

　　三是流落到絕境不得已而學戲。《風月夢》中的鳳林自敘：「母親早喪，父親將我許配到藍家做養媳，七歲就被我家婆把我帶到清江，叫我學彈唱。」（第二十五回）《八洞天》中的畢公子則被嫡出的哥哥「丟在京中。恰遇這對門教戲的侯師父，收養在家，要他學戲」。（《醒敗類》）《品花寶鑒》中的蕙芳也是自幼父母雙而亡淪落風塵之後學戲：「先生苦勸我學戲，我起初不願，後來思想，也無路可走，只得依了先生，學了幾句。」（第十三回）

　　第四種情況最為惡劣，藝徒根本就是被豪強惡霸或搶或逼而學戲的。《橋杌閒評》中的黃同知，「家內有兩班小戲子，都是揹陷去的」。（第八回）《永慶升平後傳》中的夏海龍家中七八個女子，都是「搶來的良民女子，另有教習教給他們幾個人彈唱」。（第八十一回）《彭公案》中的竇百萬「用帳折來的一百小孩，原是戲班打戲的孩子」。（第二百七十二回）但是，這些人如果與《七俠五義》中的襄陽王相比，可是小巫見大巫了：「襄陽王爺那裡要排演優伶歌妓，收錄幼童弱女。」（第六十二回）「甚至有稚子弱女之家無故搜羅入府，稚子排演優伶，弱女教習歌舞。」（第一百一回）下面這位向惟仁的控訴，更能讓讀者看到藝徒出身之苦和被迫學戲之無奈：

> 因前歲借了阮大鍼老爺府上銀五十兩做本錢，又遇著這兩年年程荒歉，人口多，就吃掉了。如今三年整，本利該他百金。終日來索，沒得還他。他的管家看見小女生得乾淨，回去說了。阮大爺要拿小女去學戲，準算本利錢。小人怎肯把親生骨血送去做這樣下流的事？苦苦不依。他前日惱了，把我送到縣中追比。（《姑妄言》第十九回）

三、倡優下賤：清白兒女不學戲

　　上面向惟仁的言語中有一句至為刺眼：「小人怎肯把親生骨血送去做這樣下流的事？」為什麼學戲就是「下流之事」呢？因為在封建時代，士農工商四民中是不包含「倡優隸卒」這些「賤民」的。且看李漁的表述：「天下最賤

的人，是娼優隸卒四種。做女旦的，為娼不足，又且為優，是以一身兼二賤了。」（《連城璧》第一回）尤為悲慘的是那些女戲子，一般情況下，她們是賣藝又賣身的。《小奇酸志》在這方面有詳盡描寫：

> 酒過三巡，老闆拿了傢伙來，四個人下了地，兩個兩個的對唱，每人唱了一個帽兒。官人說：「美姐與鳳兒打花鼓，三元同玉兒唱《雙漁婆》。」……官人見他們不來，趁著酒性，順袋中取出一丸三元丹，用酒送下，把四個婦人都帶到屋裏，脫了衣衫，樂了個夜度四美。只見美姐、三元、鳳兒、玉兒掙強賭勝，頂針緒麻，侍奉官人，把西門慶喜了個事不有餘。（第二十四回）

正因為倡優一體，在當時人的心目中至為下賤，故而戲子一般實行行業內婚配。說得難聽一點，在那個時代，男優無異於妓院中的王八，女伶則等同於妓女。因此，清白人家的兒女絕不學戲。這在通俗小說中多有描寫，如：「鮑文卿因他是正經人家兒子，不肯叫他學戲。」（《儒林外史》第二十五回）「茅拔茹道：『九娃原是我隔縣一個本地學生，人生的有些輕薄，叫班裏一個人勾引進來學戲。他叔不依。』」（《歧路燈》第三十回）《歧路燈》另一人物盛希僑說：「他娘越發有一張好嘴，說他也是有門有戶人家，學戲丟臉。」（第五十回）「並有女學生到戲園中去串戲，與女伶為伍的。」（《續鏡花緣》第三十一回）更有甚者，《型世言》寫建文帝手下鐵尚書為永樂帝所殺，二女發教坊司，拒不學藝。虔婆急了：「二位在我這廂，真是有屈。只是皇帝發到這廂，習弦子簫管歌唱，供應官府，招接這六館監生、各省客商。如今只是啼哭，並不留人，學些彈唱，皇帝知道，也要難為我們。」（《型世言》第一回）

四、基本條件：體貌稟賦如璞玉

儘管清白兒女不學戲，但也不是什麼人都可以學好戲的，舊時招收雛伶有一些基本要求。

首先是年齡，最好在十歲以下，最高也就是十四五歲。如：「我是江西人，七歲上就賣在檔子班裏學唱戲。」（《官場現形記》第三十二回）「自從七八歲學戲，在師父手裏就念的是他做的曲子。」（《儒林外史》第二十四回）「選擇十齡上下之女子八人，重酬身價，帶回得學，且年幼更易入殼。」（《瑤華傳》第三十八回）「藐姑十二三歲的時節，還不曾會做成本的戲文，時常跟母親做幾齣零星雜劇。」（《連城璧》第一回）年幼孩童，可塑性強，如果年齡偏大，

就不好雕琢了。誠如《快心編》中張老所言:「喜兒也大了,學戲學不成了,得個生業兒做做便好。」(三集第十一回)

當然,僅僅年幼還不是決定性條件,更重要還得具有超強的接受能力和記憶力。《醒世恒言》中的張廷秀:「資性本來聰慧,教來曲子,那消幾遍,卻就會了。」(《張廷秀逃生救父》)《老殘遊記》中的白妞更厲害:「甚麼西皮、二簧、梆子腔等唱,一聽就會;甚麼余三勝、程長庚、張二奎等人的調子,他一聽也就會唱。」(第二回)

與此同時,還要看藝徒的體貌、態度、嗓音。《一層樓》中,就有人將十四、五歲健壯少年比作戲臺武生:「只是身材略威武些。挺著胸堂,倒像學唱戲的武生似的。」(第二十一回)《檮杌萃編》寫道:「那女學生更是天生成的一串珠喉,又圓又脆,唱起那《小榮歸》來,雖只十一二歲的人,那一種輕倩柔媚之神,能令人魂消心醉。……那男學生,雖說遜於乃姊,喉嚨卻也不錯,唱起那旦腳的崑曲京調,宛轉如好女一般。」(第四回)

更高的要求則是有文化,甚至精通詩詞歌賦、琴棋書畫。《戲中戲》中的藐姑:「年方一十四歲。他的容顏記性,又在他母親之上。止教他讀書,還不曾學戲。那些文詞翰墨之事,早已件件精通。」(第一回)《花月痕》中的采秋:「生而聰穎,詞曲一過目,便自了了,不特琵琶絃索,能以己意譜作新聲,且精騎射,善畫工書。」(第七回)最有意味的是《劫餘灰》一書中,細緻描寫了識字不多的阿鳳向文化水平很高的婉貞虛心請教的過程:

> 阿鳳卻拿了一疊書來,說道:「姑娘,你是識字的,可肯教教我?可憐我拿了這些書,識一個,不識一個的,無從唱起。」婉貞接來一看,卻是些不相干的小曲唱本。……因笑著說道:「嫂嫂既然備了這些書,自然是識字的了,怎麼又和我客氣起來?」阿鳳道:「我委實是識一個不識一個的,才求姑娘教我啊!」婉貞道:「既如此,嫂嫂先自己念起來,有不認得的,我來告訴你。」阿鳳果然移近燈下,斷斷續續的曼聲唱起來。每句之中,又唱了大半別字,還要想過一會,才說得出來。婉貞聽了,又是可笑,又是可惱,便隨意把他唱錯的字,說了幾個。阿鳳越發歡喜,唱至更深,方才住口。(第六回)

總之,年齡、容貌、態度、身材、聰明乃至於接受能力、記憶力等等,都是招收雛伶學藝時必須綜合考慮的基本條件。

五、師資來源：五花八門無定規

藝徒只是教育的一個方面，另一方面就是教習，又稱之為「老郎」。何以謂之「老郎」？《八仙得道》中張果說：「聽得聖心因怪我忽老忽少，對人談起這事便喊我為老郎。」（第九十二回）這當然有些戲謔成分，而《女開科傳》中的說法更有趣：「如今的梨園，都奉什麼老郎為優祖。你道老郎是怎樣一個人物？實是一個嬰兒的塑像。想必他生前原是小官出身，死後升做老郎的。凡是各腳色裝扮完了，先要到行頭箱上，奉老郎深深一個肥揖，方才上場，聲音響亮，舞蹈自如。」（第五回）其說雖有些荒唐，但老郎的權威性卻是毋容置疑的。不僅如此，老郎的替身——教習的權威性也是毫無疑問的。然而，古代學戲的師資狀況究竟如何呢？一句話，其來源五花八門而水平參差不齊。

最常見的是請專業師傅。《劫餘灰》中阿三姐對婉貞說：「我想叫個先生到家裏來，先教會你一兩支曲子。」（第七回）《繪芳錄》中亦提及「延請曲師教伊二女彈唱」。（第四回）《紅樓夢補》中，林之孝「在原班之外另買了幾個人，雇覓女教習，一齊送進府來」。（第三十回）《一層樓》中的舒二娘則「送來了從南邊來的兩個女教習，領著唱『彈詞曲兒』的四個孩子」。（第二十六回）還有《野叟曝言》中大官僚文素臣的家樂教師：「素臣見女樂內六個女教師，俱甚熟識。……其教習幼女十六人，成此一部女樂，名『花蕊飛仙』，進與上皇，上皇轉賜素臣。」（第一百三十二回）相對而言，這種老師的水平較高。如《鐵花仙史》中元虛宣傳其師傅：「學生幼時從一業師，乃是蘇州人，吹彈得好，傳授學生。」（第九回）《品花寶鑒》中蕙芳的師傅也不賴：「他進京來便天天聽戲，錢都聽完了，戲卻聽會了，認識了許多的相公，遂作了教戲的師傅。」（第十三回）當然，教師的本領最好不要由弟子鼓吹，而讓別人讚頌，且看：

> 這何內相原是知音的，便對殷內相道：「這班盛童唱得絕妙，字眼個個中原音韻，清亮滿足。腔調按著板兒，卻有步驟，急、徐、頓、挫一毫也不亂。至精，至精！」……又問道：「什麼師父教的？」殷內相道：「就是魏進忠，也是淨身的。肅寧人。」何內相道：「這教師本領高，所以教得好徒弟。」（《警世陰陽夢》第十一回）

正因為專業教師水平較高，選擇時便需要十分慎重，《孽海花》中的江知縣奉承巡撫的小姐，「不惜重資，走遍天下，搜訪名伶如四九旦、雙麟、雙鳳等，

聘到省城。」（第六回）而下面這位徐國公則更為挑剔：

> 老國公愛他是河南人，河南為天下之中，歌唱詞曲，正要用中州韻，便著他做個教師，教一班女樂。那知這門氏只曉得唱些盲詞雜調，不曉得唱諸般戲曲。他向聞有個名妓馬幽儀，才藝出眾，因薦與老國公道：「若要教習女樂，須得這個女子來方妙。此女現今在開封府。」老國公聽了他言語，特遣人到開封府尋取馬二娘。（徐述夔《快士傳》第十一卷）

這些專業教師一般說來收入不錯，有的甚至小康。如：「李婆子嫁了南京的一個串戲教師，家內豐足。」（《林蘭香》第四十九回）

另一種方式是，某些家主因為自己戲曲音樂的造詣高深，故不用請教習，可通過教身邊人而自娛自樂。如《醒世恆言》寫盧柟：「後房粉黛，一個個聲色兼妙，又選小奚秀美者十人，教成吹彈歌曲，日以自娛。」（《盧太學詩酒傲公侯》）如果身邊沒有那麼多歌兒舞女，好為人師的戲曲音樂家們就會去培養自己的子女。《禪真逸史》中，舜華的母親告訴別人：「亡夫教以調弦，便解音律；亡夫傳與數曲，俱彈得精妙。」（第三十一回）《後紅樓夢》中芮菊英的「父親芮四相公開過裁衣鋪，一生愛唱個曲兒，結交清客，單生這一女，也學會了多少清曲」。（第二十一回）而《九尾狐》中的「三三」則是由其父間接進行耳濡目染的「教學」的：「他父親是一個翰林，風流瀟灑，最喜宿柳眠花，飲酒叫局，其時三三尚小，無日不帶他出來，所有的曲子都是從小聽會的。」（第八回）上述都是興趣所致，但也有教子女是為了養家糊口的，《水滸傳》中一位老婦人向宋江等人傾訴道：「只有這個女兒，小字玉蓮。因為家窘，他爹自教得他幾曲兒，胡亂叫他來這琵琶亭上賣唱養口。」（第三十九回）

第三種情況則是臨時性的社會中人互為師資，如《熱血痕》中嬌奴望著衛茜道：「妹妹你聽這支曲可是有趣？」衛茜微微地點了點頭。嬌奴道：「妹妹若是喜愛，我慢慢地來教你。」（第二十五回）《紅風傳》中也有類似描寫，伴婆說：「小姐，來學彈唱歌舞罷。」小姐說：「可學寫些字。」伴婆說：「這不是難學的，我教你罷。」（第四回）《警世陰陽夢》中也有這方面的展示：「只有一個小道童，叫做玄朗，要他教曲兒，常時藏些糕餅與他吃。」（第五回）

六、專業設置：劇種腳色須合適

要學戲，必須選對專業。首先是劇種，然後是腳色，這兩個方面最好能符合藝徒的基本條件或基本要求。

明清戲曲史上最大的一件事就是「花雅之爭」。雅部即崑腔，花部即亂彈（地方戲）。明中葉以降，崑腔獨佔鰲頭，亂彈諸腔則只能「在野」。直到清代乾隆年間，花部最終戰勝雅部。這一過程，在雛伶學戲過程中也有反映，而一些通俗小說也予以生動表現。

對於正規戲班出身的伶人和社會中的文化人而言，一般是瞧不起亂彈而獨重崑腔的。《淚珠緣》中的軟玉說：「我瞧那些小孩子唱的京腔梆子，倒不如伶兒們唱的崑曲好。」（第十六回）正因如此，正牌伶人就覺得學亂彈只是小兒科，崑腔則難度極大。《品花寶鑒》中的名伶蕙芳就持這種觀點：「你兒子要學戲，還是到那亂彈班裏好，學兩個月就可出臺。我們唱崑腔的學了一輩子，還不得人家說聲好。」（第三十二回）

當然，崑腔的優越性也有地域限制，如果在大西北，情況卻截然相反。對此，一位學戲者有切身感受：「路上行了兩月有餘，到了甘省。南邊人在彼唱戲者也不少，向同行中打聽，果然大有發財的。但唱的都是梆子腔，最厭的是崑腔。」（《娛目醒心編》卷十四）

不僅是花雅之爭，就是南腔北調，在當時文化人的心目中也是俗雅有別的。大致上是南戲雅，北曲俗。《鼓掌絕塵》中寫一位楊太守，堪稱這方面的代表：

> 殊不知那些山東本地串戲的，人物精妙者固有，但開口就是土音，原與腔板不協。其喜怒哀樂，規模、體格、做法又與南戲大相懸截，是土人看之，都說道：「好！」哪裏入得南人眼中。楊太守是個南人，頗好音律，便南戲中少有差遲的，不能掩他耳目，況土人乎？（第三十九回）

至於腳色，也以符合藝徒「材質」為佳。如：「戲子中生得面目可憎者，只得去學花面。」（《姑妄言》第六回）正因如此，年輕英俊的藝徒大都不願意選擇花面。李漁筆下的譚楚玉就是這樣想的：「這花面腳色，豈是人做的東西？況且又氣悶不過，妝扮出來的，不是村夫俗子，就是奴僕丫環。」譚楚玉不僅不願學花面，對其他腳色也看不上眼，一心學正生：「老旦貼旦，以男子而屈為婦人，恐失丈夫之體；外腳末腳，以少年而扮作老子，恐銷英銳之氣；

只是小生可以做得，又往往因人成事，助人成名，不能自闢門戶，究竟不是英雄本色，我也不情願做他。」最終，戲師父對班主說：「照他這等說來，分明是以正生自居了。我看他人物聲音，倒是個正生的材料。」（《連城璧》卷一）

什麼樣的藝徒學習什麼腳色，並非全由他自願，更重要的是其資質稟賦是否合適。《鼓掌絕塵》第三十九回有精彩描寫：「恰好一班小小後生，年可都只十七、八歲。這幾個裝生裝旦的，聰聰俊俊，雅致無雙，十人看了九人愛。裝外的少年老成，裝大淨的體貌魁偉，大模大樣，恍如生成體相。其餘那幾腳，或是裝一腳像一腳。」

七、教學內容：見仁見智各不同

中國傳統戲曲劇目萬紫千紅，更僕難數。究其內容，最大層面劃分則只有兩類：宣傳道德、張揚個性。藝徒學戲的教學內容謂何？雖然見仁見智，難求一律，但大體不脫上述兩端。

學習鼓吹倫理道德的戲文，是明清戲曲教育的主旋律。《鏡花緣》中唐閨臣說：「人家演戲，那壞人心術之戲也不可唱。若是官長在廟宇敬神，以及父兄在家庭點戲，尤應點些忠孝節義的使人效法才是。」（第八十六回）正因如此，《野叟曝言》中文素臣家樂就必然是「妙選伶童，用心教習。……許演白兔、荊釵、殺狗、琵琶諸孝義之劇」。（第一百四十六回）甚至還有教習根據當時道德模範的故事新編劇本供人習學：「李婆嫁的梨園教師，乃當時名手，演出許多新戲。後因深知夢卿事體，遂演成《賽緹縈》戲文一本。」（《林蘭香》第六十三回）在這種背景下，新學戲的蕘姑才會對父母說：「既要孩兒學戲，孩兒不敢不依。只是一件，但凡忠孝節義，有關名教的戲文，孩兒便學。那些淫詞豔曲，做來要壞廉恥，喪名節的，孩兒斷不學他。」（《戲中戲》第一回）

上述乃正統一面，在這個主旋律之外，也有變奏曲：演習個性追求的曲目。這在《紅樓夢》及其續書中偶有描寫：

> 剛走到梨香院牆角上，只聽牆內笛韻悠揚，歌聲婉轉。林黛玉便知是那十二個女孩子演習戲文呢。……偶然兩句吹到耳內，明明白白，一字不落，唱道是：「原來是姹紫嫣紅開遍，似這般都付與斷井頹垣。」林黛玉聽了，倒也十分感慨纏綿，便止步側耳細聽，又

聽唱道是：「良辰美景奈何天，賞心樂事誰家院。」（《紅樓夢》第二
十三回）

「這一個」林黛玉既然有此愛好，續書《紅樓夢補》中的「另一個」林黛玉就
更會喜愛有加了：「黛玉因在舟中無事，不時叫慶齡們過來唱曲消遣。一日，
慶齡唱了一套《琴心》。」（第二十四回）「黛玉便問：『這些時學了些什麼戲？』
蕊官道：『現在那裡排《蜃中樓》呢。』」（第三十一回）

八、習學技藝：戲裏戲外十八般

從普通的藝徒到合格的腳色，要學的東西很多，主要可分為「戲裏」「戲
外」兩部分。

「戲裏」部分，主要指的是演出本身所具備的技藝。首先是「唱功」，亦
即唱曲子。《戲中戲》中寫一個唱正生的藝徒對師傅說：「曲子是爛熟的，只
有牌名不記得。」先生回答：「這等，免備牌名，只備曲子罷。」（第三回）背
熟了曲子之後，還得講究字正腔圓：「講到唱曲，字面辨得真，板眼按得准。」
（《紅樓夢補》第三十九回）相比較而言，唱新曲比唱舊曲難度更大，《後紅
樓夢》中黛玉云：「有一部《碧落緣》，是南邊一位名公新制的，填詞兒直到元
人最妙處。這些班兒裏通沒有唱出來，倒是咱們這些女孩兒學會了。」（第三
十回）

那麼，唱好曲子又需要具備哪些基本功和技巧呢？《娛目醒心編》的答
案是：「精於音律，凡字之音義及喉唇齒齶，一些也不錯。」（卷十四第二回）
《歧路燈》則寫到：「譚紹聞在盛宅清晨起來，正與崑班教師及新學戲的生旦
腳兒在東書房調平仄，正土音，分別清平濁平清上濁上的聲韻。」（第四十七
回）《蘭花夢奇傳》中的張山人說得更透徹：

> 人只知南曲有四聲，北曲止有三聲，以入聲派入平上去三聲之
> 內，而不知平去兩聲，亦有不合。崇字南音曰戎，北讀為蟲，杜字
> 南音曰渡，北讀為妒。諸如此類，不可枚舉。且北之別於南者，重
> 在去聲，南曲以亢高為法，北曲以字面透足為法。即一韻為音，也
> 有不同，如一東韻東字聲長，紅字聲短，風字聲扁，宮字聲圓；如
> 三陽七江，江字聲闊，藏字聲狹，堂字聲粗，將字聲細，擇其實者
> 而施之，在人自己會晤。分宮立調，是製曲第一要緊。」（第二十
> 八回）

這就將音韻、宮調結合在一起論述，甚至分清了南北曲的區別。更有甚者，《淚珠緣》中的賽兒還將古曲的音樂和西洋音樂的唱名結合在一起進行闡釋：「馱來米法蘇拉既七個字，便是合四乙上尺工凡，乙凡便是變宮變徵，只差半個音，低半個便是四工，高半個便是上六。所以曲子上用著乙凡的最難唱。」（第七十七回）

唱曲而外，還有「做工」。聊舉一例：「那小戲子一個個戴了貂裘，簪了雉羽，穿極新鮮的靠子，跑上場來，串了一個五花八門。」（《儒林外史》第四十二回）

演員之外，伴奏的「文武場」也必須基本功過硬。《紅樓夢》寫寶玉「有服」又「拜堂」時，外頭不能用鼓樂，鳳姐就「傳了家內學過音樂管過戲的那些女人來吹打，熱鬧些」。（第九十七回）

作為藝徒，只學會「戲裏」的工夫是不夠的，要想成為名伶，必須有文化底蘊並且精通多門藝術。《瑤華傳》就涉及學文化的問題：「青黛已選得八個女孩進來，都還生得流麗。無礙子先令認字，讀些小書。」（第三十八回）《彭公案》則進一步涉及音樂素養：「這位姑娘性好撫琴，受過名師指教。」（第八十三回）而有些小說寫紅戲子，則一定是觸類旁通，精於諸多技藝了。《繪芳錄》之金梅仙「於琴棋書畫件件皆精，城內王公大臣沒有一個不深為契重」。（第八回）為什麼要達到如此的藝術造詣呢？《品花寶鑒》中的過來人素蘭說得清楚：「會寫幾個字，會畫幾筆劃，人就另眼相待，先把個好字放在心裏。」（第五十三回）

九、教學過程：循序漸進重積累

學戲講究循序漸進，講究積累，明清小說非常真實地描寫了這一過程。

《秦續紅樓夢》中的夏金桂「學了一個多月，才會了兩個曲兒」。（第十二卷）《九尾狐》中的雛伶「曲子學過仔兩個月，會仔七八隻」。（第五十一回）《施公案》中的小寶道：「我是才學的，唱的不好。小紅姐姐唱的絕好的京調。」（第三百三十七回）《連城璧》中的譚楚玉是戲曲天才：「過目不忘，果然不上一個月，學會了三十多本戲文。」（卷一）

正因如此，雛伶訓練的時候，家主會督促其長進，如賈母所言：「只揀你門生的演習幾套罷。」（《紅樓夢》第四十回）即便是演習得熟悉以後，也還要經常訓練。所謂「三日不彈，手生荊棘，所以拳不離手，曲不離口」。（《海上

塵天影》第四十六章）《補紅樓夢》詳細描寫了這種艱苦訓練的過程：

> 於是，各人寫了篇子，點了板眼，五個人教五個人學，都用手
> 拍著，教了有十幾遍，就上笛子領唱。……於是，又教了十幾遍，
> 再上笛子，將就可以了，還不大熟。宛蓉又要學底下的一支，便一
> 直唱到夜晚才歇。到了次日，便各人又要學唱別的曲子，一連鬧了
> 三四天，也學會了好些曲子。（第四十一回）

上述諸位雖非雛伶練戲而乃公子小姐「玩票」，但學藝之艱苦則是一樣的。真
正是臺上幾分鐘，臺下十年功！

十、教學效果：熟悉本行能發揮

無論是家樂還是戲班，只要教育得法，效果一定是很好的，藝徒都能達
到演出水平。如：「這戲班子叫『笄歲班』，都是新教習出來的十三、四歲的孩
子，唱得很精巧。」（《一層樓》第四回）「四個家樂打扮得齊齊整整，娉娉婷
婷，唱小曲、崑腔戲。」（《小奇酸志》第六回）「眾人見上場的戲子，俱是十
四五歲的小童，唱來並皆佳妙。」（《瑤華傳》第十五回）有的藝徒出師後會唱
的曲子還真不少：「揚州衛一個千戶家女子，十六歲，名喚楚雲。……腹中有
三千小曲，八百大曲。」（《金瓶梅》第七十七回）甚至有的還具備多種登臺表
演的技藝：「相國老爺去年新選的梨園女子，一班共有十人，演得戲，會得歌，
會得舞。」（《鼓掌絕塵》第二回）

家樂、戲班如此，曲院的教學效果也不錯。《九尾狐》中的名妓胡寶玉，
「將姨甥女取了一個名字，叫做月仙，……並且聘請了一位烏師先生教他學
習彈唱。可喜他聰明伶俐，一學便會，喉音清澈，依稀鶯囀喬林，故後來改作
女伶，登臺演劇。」（第五十回）

在熟悉本行技藝的前提下，優秀的雛伶還要善於臨場發揮唱新曲。達官
貴人家的優童，更須具備這種能力。《玉嬌梨》中的白公道：「先生既有高興，
就以此紅梨為題，到請教一套時曲，叫歌童唱出，得時玲珠玉，豈不有趣。」
（第九回）《人間樂》中的居行簡道：「賢侄有此佳章，可惜見得遲了，不然使
優童熟習，在此花間，聽他循腔按板，一字字吞吐清新唱來，又不知酒消幾
何矣。」（第十三回）《野叟曝言》中的文素臣對只十一二歲的優童讚不絕口：
「這幾個優童，亦可謂奇優矣！怎點點年紀，就能曲曲傳寫兩兄心事，使人
忽笑忽罵，欲泣欲歌？」（第七十四回）《樵史通俗演義》中的阮大鋮則乾脆

分付唱曲的小廝丫頭：「就把新學的《泄箋》一套曲子，好好唱來我聽。」（第五回）這種風氣又影響到皇宮內苑，《檮杌閒評》中的客印月「把家中教的一班女樂帶進宮來演戲，皇上十分歡喜，賞賜甚重。」（第三十四回）更有甚者，有的君王也要求宮女如同豪門貴冑優童一樣臨場發揮歌唱新曲，《升仙傳》中的嘉靖皇帝對皇后說：「御妻，今當此佳景，朕要做一套《大四景玉娥》，即叫宮女依韻歌唱，不知能盡善否？」（第一回）

最具奇特意味的是以下二例。一是保媒拉纖的雪婆討好雇主：「幼時學得幾支曲兒，如今還記得在此，待我唱來。」（《吳江雪》第七回）二是兩個女妖精欺騙他人：「自幼學得歌彈唱曲，雅舞技能，專在店鋪宿房，服侍往來商客。」（《飛龍全傳》第二十七回）討好也罷，行騙也罷，都是以「自幼學藝成功」為誘餌的，這充分體現了戲曲教育效果的持久性。

十一、特殊方式：教學相長自成才

除了正式的戲曲教育模式外，通俗小說還向讀者展示了特殊教育方式：業餘教育甚或自學成才。

非專業性的業餘戲曲教育的情況錯綜複雜。有的是家樂教丫鬟乃至小姐公子，如：「紫鵑不懂文義，但覺悠揚入耳可聽，高興起來叫遐齡教曲。」（《紅樓夢補》第二十四回）「湘雲道：『心無二用，這些時新學了曲子，一心只想哼曲。』」（《紅樓幻夢》第十五回）「寶玉……又叫藕官、蕊官同慶齡、遐齡到怡紅院教身段腳步。」（《紅樓夢補》第三十六回）有的是僧尼道姑與公子哥兒廝混在一起學曲兒：「因那小沙彌中有個名叫沁香的和女道士中有個叫做鶴仙的，長的都甚妖嬈，賈芹便和這兩個人勾搭上了。閒時便學些絲絃，唱個曲兒。」（《紅樓夢》第九十三回）還有就是才女也向他人學小曲：「紫芝妹妹向來說的大書最好，並且還有寶兒教的小曲兒。」（《鏡花緣》第八十三回）最有趣的是有一位藩臺少爺：「拉著京調胡琴，口裏唱的是《弔金龜》『母女們得了無價寶，從今後，只愁富貴不愁貧』那一段戲，拉了又唱，唱了又拉，引得一屋的妓女，都團團的圍住他，要他教板眼。」（《冷眼觀》第三回）當然，最常見的還是各種人員混雜的相互間非專業性戲曲教育，聊舉一例：

> 前因林府南邊幾位同事精於音律，清曲最佳妙，寶玉、瓊玉一
> 學便會。瓊玉過了曲，即授李紋（原作「黛玉」，誤）、喜鸞，寶玉
> 又傳授黛玉、晴雯、寶釵、紫鵑、襲人、鶯兒、麝月、蕙香，還有

幾個丫頭也會唱了。（《紅樓幻夢》第十六回）

此外，還有師資來路不明或者可以說是自學成才者，如《石點頭》中的孫三郎：「學唱兩套水磨腔曲子，絃索簫管，也曉得幾分。」（第四卷）

十二、戲房規矩：教習嚴厲禁忌多

舊時學戲，教習對藝徒非常嚴厲，動輒打罵，明清小說對此多有描寫：「怎奈那教戲的先生，比父親更加嚴厲。念腳本的時節，不許他交頭接耳。」（《連城璧》第一回）「遂將他打了十餘下說：『以後再背不出，活活的打死你。快去念來！』」（《戲中戲》第三回）「今兒正在那裡排大淨的戲，師父因他腳步走得不是，打了他幾下。」（《紅樓夢補》第三十九回）

除了挨打挨罵以外，藝徒還得遵守戲房中很多規矩。最大的規矩是男女之大防：「誰料戲房裏面的規矩，比閨門之中更嚴一倍。但凡做女旦的，是人都可以調戲得，獨有同班的朋友，調戲不得。」（《連城璧》第一回）為了防止異性雛伶的相互調戲，有的班主乾脆將他們指派為夫妻以避嫌：「故選五十童男，五十童女，指定夫婦，以便將來配偶，在場演戲，亦無男女擁抱之嫌。」（《野叟曝言》第一百四十六回）不僅藝徒之間如此，就是被請到大戶人家教戲者，也要遵守規矩。《金瓶梅》中的小優李銘，到西門慶府上教丫鬟龐春梅學琵琶，稍有不慎，就釀成大事故：

> 春梅袖口子寬，把手兜住了，李銘把他手拿起，略按重了些，被春梅怪叫起來，罵道：「好賊忘八！你怎的撚我的手調戲我？賊少死的忘八，你還不知道我是誰哩！一日好酒好肉，越發養活的你這忘八聖靈兒出來了，平白撚我的手來了！賊忘八，你錯下這個鍬撅了！你問聲兒去，我手裏你來弄鬼？爹來家等我說了，把你這賊忘八，一條棍攛的離門離戶，沒你這忘八，學不成唱了？愁本司三院尋不出忘八來！撅臭了你這忘八了。」被他千忘八，萬忘八，罵的李銘拿著衣服往外走不迭。（第二十二回）

就是在「課外時間」，身為徒弟者也要頂替師傅伏侍社會中的「大爺」們。如：「一會兒順林出條子去了。有兩個徒弟，一個叫做天喜，一個叫做天壽，走進來伺候他們。天喜便爬在炕上替尹大爺燒煙，天壽無事，幫著上鬥腳紗。」（《負曝閒談》第二十九回）

如此辛苦，收入卻趨向於零。例如，當有人問藝徒鳳林：「一年算起來可

弄得多少錢？」鳳林道：「錢多錢少是師傅的，我們盡靠老爺們賞幾件衣裳穿著，及到出了師，方算自己的。」（《品花寶鑒》第二十三回）

十三、肄業出師：前景莫測實堪傷

藝徒們的生活很艱苦，《儒林外史》曾涉及其日常飲食：「家裏兩個學戲的孩子捧出一頓素飯來，鮑文卿陪著倪老爹吃了。」（第二十五回）因此，他們天天盼望出師，正如《官場現形記》中奎官對賈大少爺所言：「十八歲上出的師，現在自己住家。」（第二十四回）似乎這樣就可以過上自食其力的生活了。其實不然，對於大多數雛伶而言，前景莫測，有的甚至是悲劇結局。

首先是家樂，這方面的藝徒無所謂肄業出師問題，因為此前此後他們都得在主人家服務，而且是隨叫隨到的服務。《紅樓夢》曾經寫賈寶玉要齡官「唱《裊晴絲》一套」，因為方式過於「溫柔」而遭拒絕。但寶官笑著說的一句話，卻揭示了另一種情況：「只略等一等，薔二爺來了他叫唱，是必唱的。」（第三十六回）這尚是主家需要他們的時候，一旦不需要了，這些雛伶的命運就更悲哀。大多分配給主子們做丫鬟：「賈母便留下文官自使，將正旦芳官指與寶玉，將小旦蕊官送了寶釵，將小生藕官指與了黛玉，將大花面葵官送了湘雲，將小花面荳官送了寶琴，將老外艾官送了探春，尤氏便討了老旦茄官去。」（《紅樓夢》第五十八回）到丫鬟也當不成的時候，就只有隨便嫁人甚至送到尼姑庵。《紅樓夢》中的「大善人」王夫人一貫認為：「唱戲的女孩子，自然更是狐狸精了！」並吩咐：「上年凡有姑娘分的唱戲女孩子們，一概不許留在園裏，都令其各人乾娘帶出，自行聘嫁。」（第七十七回）最終，芳官、蕊官、藕官都被「兩個尼姑」領走了。（第七十八回）而《紅樓夢補》寫賈府雛伶的命運更為悲慘：「藥官早已死了，小生藕官、小旦蕊官先跟了地藏庵姑子圓信出家，未曾落髮，仍被教習中人賄買出去，復了舊業。大花面葵官、老外艾官、小淨荳官、老旦茄官，同先前打發教習時早出去這幾個角色，現俱賣歌為活。」（第三十回）

家樂如此，其他的伶人也好不到哪兒去。《水滸傳》中的金翠蓮受鎮關西欺負，走投無路，「沒計奈何，父親自小教得奴家些小曲兒，來這裡酒樓上趕座子。每日但得些錢來，將大半還他，留些少子父們盤纏」。（第三回）《花月痕》中的采秋因病不能演出，只好叫小丫鬟送上歌扇，說道：「我是去年病後嗓子不好，再不能唱了，他們初學，求各位老爺賞他臉，點一兩支吧。」（第

十二回）《繪芳錄》中的「過來人」一番話說得更為透徹、更為憤懣：

> 五官將頭一扭道：「你這句話卻就錯了。那些領班的有幾個好人，不過買了人家不愛惜肉疼的兒子，不顧死活，強打硬逼教會了數齣戲，賺來銀錢供他受用。我們再過幾年，人也大了，戲也不能唱了，他還肯養活我們吃他閒飯麼？亦是將高就低推脫出去，他現成的得宗身價，好再去買那年輕的來頂替。你還認做他們是肉心腸麼！就是那自家親生兒子，得了價也是賣的。何況我們是他銀錢買來的，他都要算就一本十利才肯丟手呢！他們的心腸比鐵石還要硬些。」（第二十六回）

「雛伶清淚如鉛水」，而且是循環不斷的如鉛水之清淚！

以上，我們從眾多的角度較為全面地展現和討論了明清通俗小說中所反映的雛伶學藝生活。毫無疑問，雛伶的生活遭遇是悲慘的，但他們學成技藝以後對中國戲曲的貢獻，對當時人娛樂生活的貢獻卻是巨大的。同時，明清兩代眾多的通俗小說生動地敘寫了雛伶學藝的方方面面，給我們留下了正史難以看到的形象化資料。這些描寫，一方面有利於戲曲史的研究，另一方面也有利於小說史的研究，同時，還有利於教育史的研究。「一石三鳥」，正是上述內容的價值和意義。（本文與人合作）

（原載《明清小說研究》2020 年第一期）

明代散曲鑒賞七篇

王磐四首

《北中呂朝天子・詠喇叭》

【原文】

喇叭，瑣哪，曲兒小，腔兒大；官船來往亂如麻，全仗你抬聲價。軍聽了軍愁，民聽了民怕。哪裏去辨甚麼真共假？眼見的吹翻了這家，吹傷了那家，只吹的水盡鵝飛罷。

【鑒賞】

明蔣一葵《堯山堂外紀》載：「正德間，閹寺當權，往來河下無虛日。每到輒吹號頭，齊丁夫，民不堪命。西樓乃作《詠喇叭》以嘲之。」宦官弄權，為害百姓，是明中期一大患。王西樓的這支小令，所諷刺的就是這些狐假虎威、無惡不作的奴才。

這支小令，在表現方法上有兩點值得注意：其一，明寫喇叭，實指宦官，二者融為一體；其二，語言幽默，感情沉痛，相互反激成文。

喇叭、瑣哪所吹奏的音樂旋律雖然簡單，但它們的音量卻很大。宦官正如同喇叭一樣，地位不高氣焰高，本事不大威風大。喇叭之所以能給來來往往的官船抬高身價，正因為它是由宦官指揮鼓吹的。宦官何以有如此大的威風？又因為他們是皇帝的走狗。在這樣一些耀武揚威的宦官面前，誰也不敢去辨別他所傳聖旨的真與假。宦官本身就代表著皇權的威嚴，在這封建社會

的最高權威面前，誰人不愁，哪個不怕？其結果，直鬧得眾軍民疲於奔命、應接不暇，弄得個千家萬戶鵝飛水盡、蕩產毀家。面對這一夥戕害民眾的惡魔，百姓是痛恨的，作者也是痛恨的，必欲痛罵之而後快。但作者卻沒有採用謾罵的方式，而是借喇叭來比喻，入骨三分地勾畫出宦官的勢焰和醜態。這支小令，從表面上看，沒有一個字提到宦官，通篇都是詠喇叭；實際上，每一句又都是寫宦官，喇叭、宦官是融為一體而後得以體現的。在作者筆下，喇叭那令人厭惡的外在形象與宦官那更令人厭惡的內在實質是和諧有機地結合在一起的。當時那些不堪其苦的廣大民眾，一讀到這支小令，定會由衷地發出讚歎：用那聽得耳中起繭的喇叭來比喻那恨得心頭發癢的宦官，真是太妙了！

作者在寫這支小令時，內心是沉痛的，但他卻沒有用沉痛的筆調來表達內心的憤懣，而是寓憤激於幽默詼諧之中。表面上看：「吹翻了這家，吹傷了那家，只吹的水盡鵝飛罷。」似乎是在悠忽忽地作玩笑語，但實際上，在這種故作輕鬆的筆調中，我們更應當看到作者隱藏在內心的極度哀傷和憤怒。在這裡，輕飄飄的語言與沉甸甸的心情、俏皮的笑面與悸動的心靈是對立地統一在一起的。二者相互反激而後成文，更增強了這支小令的藝術感染力。

《北雙調古調蟾宮曲・元宵》

【原文】

聽元宵往歲喧嘩，歌也千家，舞也千家。聽元宵今歲嗟呀，愁也千家，怨也千家。哪裏有鬧紅塵香車寶馬？只不過送黃昏古木寒鴉。詩也消乏，酒也消乏，冷落了春風，憔悴了梅花。

【鑒賞】

有不少重大的社會問題，往往是通過極小的具體事情而得到反映的。一個敏感的詩人，往往能通過一滴水來顯現大千世界。王磐的這支小令，就具有這樣的藝術效果。元宵節是我國許多地方都很重視的節日，作者家鄉高郵，更是元宵燈火最盛的地方之一。這支小令，就是抓住元宵之夜這一特定的場景，通過對前後兩次元宵節不同景況的描寫，深刻地反映出當時社會所發生的今不如昔的變化。

這支小令所運用的基本藝術手法是對比。去年元宵是喧嘩熱鬧、歌舞千家，到處是「鬧紅塵香車寶馬」；而今年元宵，卻是冷落淒涼、愁怨千家，不

過是「送黃昏古木寒鴉」。通過這種冷熱截然相反的場面的強烈對比，作者已給讀者造成了很深的印象——今不如昔、每況愈下。如果這是一首短詩或一闋小詞，那麼到此為止便可擱筆，但散曲講究把話說盡、說滿、說完，說到十二分為止。因此，作者又將筆鋒一轉，由景況的對比轉入感情的抒發。面對今年元宵的蕭條景象，作者感到詩酒消乏，興致索然，甚至連春風、梅花都受到人的心境的感染，也顯得寂寞、冷落、乏味、憔悴。這種以直白來補充和強化對客觀景況含蘊描寫的做法，是由散曲的藝術表現方式所決定的。它需要的不是含蓄、不是點到即止，而是直露、是盡情抒發。

讀這支小令，很容易使人聯想到歐陽修的《生查子》「去年元夜時」一詞。這一詞一曲，所取的元宵題材和所用的對比手法是基本一致的。不過，歐詞所反映的主要是男女之情，是「詞為豔科」的寫法；而王曲卻通過同一題材，採取相同的手法，進而反映了比較重大的社會問題。雖王曲不如歐詞那麼紙短情長、餘音嫋嫋，卻更能引起人們對當時造成這一現象的諸多社會問題的深沉思索。歷史告訴我們，作者所生活的弘治、正德朝，正是整個明王朝由盛而衰的轉折時期。

《北雙調清江引‧耕》

【原文】

桃花水來如噴雪，鬧動村田舍。犁翻壟上雲，牛飲溪頭月。這其間祇堪圖畫也。

【鑒賞】

這是一首寫農家春耕生產的小令，作者是圍繞一個「鬧」字下筆的。開始兩句，是正面寫「鬧」。桃花開放時節，冰河消融，飛瀉如噴雪。驚醒了沉睡的村莊，也驚醒了冬閒的農人，家家戶戶鬧春耕，到處熱氣騰騰。作者之筆，順著桃花汛一氣而下，由噴雪一般的桃花訊，寫到騷動的村莊；其中，自然已經包含了幹勁十足的人。

接下來，作者突然推出對仗工整的兩句，而意境也隨之一轉，似乎鬧烘烘的人們突然停止了大聲的喧嘩，進入埋頭的耕作。「犁翻壟上雲，牛飲溪頭月」，這兩句寫得很美。由於曲牌格式的需要，這兩句字字對仗，十分工穩，音節和諧。這是一層美。再深一層看，這兩句看似無色卻有色，聽似無聲卻有聲。你看：天上的雲影投射到土壟上，而被鐵犁翻過的土地又如同天上的

雲彩一般；初升的明月反映在溪水中，而清亮的溪流又如同天上的月兒一樣。
這中間的雲色、土色、月色、水色，究竟是白、是黑、是黃、是藍？或是其他
的什麼顏色，讀者自可想像，但這畫夜景色之迷人卻是肯定的，這鄉間景色
之為農夫所喜愛也是肯定的。你聽：這裡還有犁兒翻土的沙沙聲，有牛兒飲
水的滋滋聲。這又是農夫們內心世界中最為動聽的音樂，也是人世間的天籟。
要知道，農人的一切，都寄託在這裡，土地與耕牛，正是農人最注目、最關
情、最喜愛的東西。作者也只有從農夫的著眼點出發，才能把春耕之「鬧」寫
得有聲有色。這是第二層美。再看第三層的美，即靜中有動、以靜寫動。這兩
句，如同王維《山居秋暝》中的「竹喧歸浣女，蓮動下漁舟」一樣，都是動靜
相反相成的寫法。不過，王維那兩句詩是借動而寫靜，是以環境之動來反寫
人的心境的寧靜。自然，那是「秋」的寫法。而王磐這兩句卻是借靜而寫動，
是以自然之寧靜來反寫人的心潮之動盪。自然，這又是「春」的寫法。沉睡了
一冬的土壟，被犁兒翻了個過，休息了數月的溪流讓牛兒飲個不停，可見，
在春耕季節，豈止村舍在鬧，農夫在鬧，那山山水水，壟雲溪月，不都在一個
勁地「鬧」起來了嗎？靜中有鬧，一切原本很靜的東西都正在鬧，這才有鬧
春耕的氣派。當然，這兩句略有雕琢之嫌，已不完全是曲的寫法，這裡就不
多說了。

　　小令的最後一句，是對上文描寫景象的概括。作者面對著那麼歡快的鬧
春耕情景，無法形容，名之曰「祗堪圖畫」，也就是風景如畫的意思。這雖然
有點簡直，卻也是樸素的讚美。

《北南呂一枝花套·久雪》
【原文】

　　亂飄來燕塞邊，密灑向程門外，恰飛還梁苑去，又舞過霸橋來。攘攘皚
皚。顛倒把乾坤礙，分明將造化埋。蕩磨的紅日無光，限逼的青山失色。【梁
州】凍的個寒江上魚沉雁杳，餓的個空林中虎嘯狼哀。不成祥瑞翻成害。侵
傷隴麥，壓損庭槐，眩昏柳眼，勒綻梅腮。遮蔽了錦重重禁闕宮階，填塞了綠
沉沉舞榭歌臺。把一個正直的韓退之擁住在藍關，將一個忠節的蘇子卿埋藏
在北海，把一個廉潔的袁邵公餓倒在書齋。哀哉，哀哉！長安貧者愁無奈。
猛驚猜，忒奇怪。這的是天上飛來的冷禍胎，遍地下生災。【尾聲】有一日赫
威威太陽真火當頭曬，有一日暖拍拍和氣春風滾地來，就有千萬座冰山一時

壞。掃彤雲四開，現青天一塊，依舊晴光瑞煙靄。

【鑒賞】

古往今來，詠雪的詩、詞、曲、賦不勝枚舉。但王磐的這曲《久雪》卻自具特色。作者不是為詠雪而詠雪，而是借雪以諷刺邪惡小人。

全曲分三段。第一段【一枝花】九句，寫的是雪的猖狂不可一世。一開始，作者用四個排比句寫雪的來勢兇猛。燕塞指北方邊塞，程門用宋代楊時和游酢立雪程頤之門的典故借指洛陽，梁苑在今河南商丘縣東，灞橋在長安以東的灞水上。這裡有邊塞、有都市、有園囿、有郊野，四處一點，令人感覺到整個北國都受到大雪的威逼。下面幾句，是進一步寫雪的鋪天蓋地，把自然界攪得一片混亂。寫到這裡，已經讓人感到大雪的可怕了。

第二段【梁州】十九句，寫的是雪的惡劣影響。自然界的魚雁虎猿，麥槐梅柳，無一不受到雪的戕害和摧殘。那麼，人類呢？更是在劫難逃。正直如韓愈，忠節如蘇武，廉潔如袁安，或雪擁藍關馬不前，或北海餐旃歸不得，或僵臥寒門志不移，都是在雪的重壓之下掙扎、抗爭。這是寫雪嗎？不！這是象徵，這是寫人，是寫當時社會中那些邪惡、奸佞、污濁之人對社會的危害。更其可憐的是那些鬧市中的貧民，他們在大雪的包圍下衣不蔽體、食不果腹，好比在奸人的荼毒下垂死掙扎，痛苦呻吟。他們驚懼，他們困惑，他們深深感到天降大禍，遍地生災。這一段，從自然界寫到人類，從歷史寫到現實，縱橫交錯，寫盡了大雪的危害。使人對大雪不僅感到可怕，而且感到可恨、可惡。

第三段【尾聲】六句，是寫正義終將戰勝邪惡。不管大雪有何等的淫威，有朝一日太陽當頭、春風和暖，它就會化為一灘污水；就好比不管邪惡勢力如何猖狂，正義的力量終將戰勝它、取代它。到那時，雲開日出、雪融冰消，到處是瑞氣蒸騰、和風吹拂、青天湛湛、春日洋洋。光明是永久的，正義是永久的。那些邪惡勢力所倚靠的只是冰山，而冰山終究是靠不住的。作者這種良好願望在當時雖難以實現，但它與所有受迫害的人們的期待是一致的，它代表著光明的未來。因此，它能夠為廣大讀者所接受。

這個散套，在藝術上也有其特點。先寫雪之威勢，次寫雪之危害，最後寫大雪必將消融的下場，條理清晰，層層推進。在寫雪的威勢時，尤能扣住雪的特點下筆，以隱喻的手法，再現了惡勢力的猖獗。全曲文字都寫得有氣勢，流轉自如，其中的排比句、鼎足對都用得很好。有些動詞，如飄、灑、

飛、舞、蕩磨、限逼、侵、壓、眩、勒等，都下得很準確，也很生動，有很強的造句功能，也能為全篇的總體氣勢服務。

（原載《詩詞曲賦名作鑒賞大辭典》，

北嶽文藝出版社，1989 年 12 月出版）

唐寅《南商調山坡羊》

【原文】

數過清明春老，花到荼蘼事了，光陰估值、估值錢多少？望酒標先拚典翠袍，三更尚道、尚道歸家早。花壓重門帶月敲。滔滔、滔滔醉一宵；蕭蕭、蕭蕭已二毛。

【鑒賞】

這支小令，就其內容而言，並沒有什麼突出的意義，無非是感歎年華易逝，借酒澆愁的文人一套。但由於作者將自己風流倜儻、桀傲不馴的個性特色滲入作品之中，又加上運用了特殊的表現手法，便使這支小令頓然生色，蘊含著豪爽狂放之情，充滿著落拓不平之氣，給人以強刺激。

曲中所詠的是人之將老、無可如何的慨歎。一開始，寫春光已過，花事已了，已暗傳出人亦將老。光陰究值幾何？金錢無法買到。怎麼辦？只好在酒杯中求得暫時的慰藉與解脫。於是乎看到酒旗便不要命地典賣衣服，換一個「醉裏乾坤大，壺中日月長」。醉了，不知天南地北，不知白天黑夜，忘了憂，忘了愁，忘了年華將盡，忘了身世沉浮。醉眼朦朧看世界，一切都是那麼美好：花香帶著酒氣，月色映著重門，樂陶陶搖回家，美滋滋睡一覺。殊不知，濃酒依然淹不殺時光老人，長醉仍舊磨不盡心頭壘塊，大夢醒來，黑髮中添白髮，舊愁上加新愁，仍然是人之將老。

這支小令是破格的。按【山坡羊】正格，其正字應為：「清明春老，荼蘼事了，光陰估值錢多少？望酒標，典翠袍，三更尚道歸家早。花壓重門帶月敲。滔，醉一宵；蕭，已二毛」。其他的均為襯字，而襯字在散曲創作中不僅允許，且是它比詩詞更為靈活的一種表現形式。尤其是某些襯字用作反覆、排比、比喻、誇張等修辭手法時，更能加強作品的表現技巧和藝術魅力。這支小令中的襯字多用為頂真的修辭手法，如「估值」、「尚道」、「滔滔」、「蕭蕭」都是。所謂頂真，又叫頂真續麻，或稱連珠格，就是把前一句結尾的詞語

用作後一句的開頭，如此一句一句頂下去，能使全篇語言連貫，一氣呵成。而此篇在運用頂真法時，又將正格中的好幾句話都拆成兩個半句，如「光陰估值、估值錢多少」，「三更尚道、尚道歸家早」，作故意的停頓。這就使整支小令猶如一段美妙的樂曲，既流利暢達，又有適當的休止，一唱三歎、一波三疊，極富於節奏感。

（原載《詩詞曲賦名作鑒賞大辭典》，
北嶽文藝出版社，1989 年 12 月出版）

陳鐸散曲二首

《北雙調水仙子·瓦匠》

【原文】

東家壁土恰塗交，西舍廳堂初窯了，南鄰屋宇重修造。弄泥漿直到老，數十年用盡勤勞。金張第遊麋鹿，王謝宅長野蒿，都不如手鏝堅牢。

【鑒賞】

「樂王」陳鐸的《滑稽餘韻》，以城市居民生活作為描寫對象，這是很有意義的。尤其是像這一支【水仙子】《瓦匠》，充分肯定和高度讚揚了下層人民的辛勤勞動，從一個方面開拓了散曲創作的新領域，這正標誌著作者在散曲創作史上作出了不可抹殺的貢獻。

這支小令一開始，作者就以一個鼎足對來寫瓦匠忙碌奔波的生涯。這種以三句鼎足對仗的形式，是散曲的一大特點。它是從詩詞中的偶句對仗發展而來的，但又比對偶句更有表現力。在這裡，作者通過「東家」、「西舍」、「南鄰」的接二連三的工作，一步緊似一步地寫出了瓦匠的身手不閒。這邊的牆壁剛抹完泥，又去那邊的廳堂上蓋瓦，而第三家的屋宇又緊催著重新修造，還有第四家、第五家……一年到頭，忙得不亦樂乎。這樣的和漿弄泥的工作，他們辛辛苦苦地幹了幾十年，甚至一輩子。他們自己的生活怎麼樣？作者沒有寫，留給讀者去補充。其實也不難想像，「泥瓦匠，住草房」，是封建社會的普遍現象。因為泥瓦匠們如果有資格住進「金張第」、「王謝宅」那樣的高堂深院的話，他們就沒「資格」去做一個真正的泥瓦匠了，從而也就沒資格被作者放到《滑稽餘韻》中去歌唱了。金、張指的是漢宣帝時的金日磾、張安世

等貴家顯宦，王、謝指的是六朝時的王導、謝安等望族名門。這裡將金張、王謝對舉，是泛指所有的富貴之家。如今，他們連雲的宅第、美麗的庭園都已成為廢墟，成為鹿群的遊戲所、野草的孳生地。百代綺羅成舊夢，千年宅第盡荒涼。這一切都成為過去，成為歷史，都是過眼煙雲。擁有一切的人實際上一無所有。只有一樣東西才是永久的、長存的，是源頭活水。這便是勞動，便是像泥瓦匠們那樣的一磚一石的辛勤勞動。一無所有的勞動者實際上擁有一切。這支小令，所給予我們的正是這樣的一種啟示。

《北正宮醉太平·挑擔》

【原文】

麻繩是知己，扁擔是相識。一年三百六十回，不曾閒一日。擔頭上討了些兒利，酒房中買了一場醉，肩頭上去了幾層皮。常少柴沒米。

【鑒賞】

「詩莊詞媚」之說，古已有之。如果加上曲，則應是「曲俗」。這些說法，當然不準確，也不全面，但也有一定的道理。至少它說明了詩就是詩，詞就是詞，曲就是曲，各是一家，不容混淆。曲之俗，當然不是庸俗，而應是內容的通俗，語言的俚俗，也就是要以大眾化的語言來表達大眾化的內容。從元代開始，已有某些曲家寫曲不像曲，而像文人詞，大概就是忘記了曲的這個本質特點。然而，沒有忘掉這個特點的曲家更多，陳鐸就是一個。尤其是他的《滑稽餘韻》，從取材到表現技巧，都有很濃厚的民歌風，而這支【醉太平】則更典型。

這支小令，真夠通俗了，全都是大白話。大白話也有技巧嗎？自然有。請看：這支小令寫的是挑夫，挑夫是很苦的。苦在哪裏？首先是離不開麻繩、扁擔。作者連用兩個「是」字，寫出麻繩扁擔是挑夫的知己相識，既符合挑夫的口吻，又寫出挑夫的辛酸，而且又是一個對仗句。自然，對得不工。如改成「麻繩乃知己，扁擔猶相識」，似乎工整一些，但太文氣，挑夫沒工夫咬文嚼字，乾脆用「是」吧，明白了當。下面兩句，卻是對比的寫法。三百六十回，時間多長！一日，時間多短！但挑夫的辛苦是長時間的、無限的，而空閒卻不曾有、等於零。這麼一對比，苦就在其中了。以下三句則是鼎足對，拼得幾個錢，買了一場醉，而且是用血汗錢去買辛酸醉，這難道還不苦嗎？到這裡，似乎已把話說完了，收場吧！但——且慢！作者在最後又突然推出五個字：

「常少柴沒米」。這一句非同小可，仔細讀全篇，可知這一句是與前面七句總對照的。讀過前幾句，可能會產生一個感覺：挑夫雖苦，飯總有得吃吧！他們還喝酒哩！但是，那不是酒，那是麻醉藥！這最後一句不是寫得再明白不過了嗎？「常少柴沒米」，飢寒交迫對挑夫而言是常事。這一句抵七句，真是秤砣雖小壓千斤！這樣的大白話，不是也很講究技巧嗎？不是也有很強的藝術魅力嗎？至於這支小令的思想性，自然是很高的。諸如「真實反映」、「大膽揭露」、「深切同情」、「有力控訴」一類的話，盡可以說。但簡便一點，似乎只說一句也就夠了：曲牌【醉太平】，寫的卻不是「太平醉」！

（原載《詩詞曲賦名作鑒賞大辭典》，
北嶽文藝出版社，1989 年 12 月出版）

明代民歌時調鑒賞三十二篇

《正宮叨叨令》(「東來的」)
【原文】

　　東來的也寫在牆兒上，西來的也寫在牆兒上，南來的也寫在牆兒上，北來的也寫在牆兒上。兀的不羞殺人也麼哥，兀的不羞殺人也麼哥，再來的休寫在牆兒上。

【鑒賞】

　　本篇出自李開先《詞謔》，嘲諷那些會幾句歪詩便到處題壁亂寫亂畫的淺薄之徒。

　　本篇表面看來是最沒有藝術性的，因為全篇的語句大量重複，而且是那麼囉嗦。你看，前面四句除了「東」「西」「南」「北」四字不同而外，其他全是重複。不僅如此，最後一句除了兩個字不同外，還要再次重複！不僅如此，沒有重複的兩句居然還要重疊！！這樣的歌唱能算是佳作嗎？

　　當然能算！因為「重章疊句」乃是民間歌唱的生命線，所謂「一唱三歎」指的就是這種境界。

　　《詩經》中的作品、尤其是「風詩」，大量運用了重章疊句的修辭手段。例子實在太多，毋庸列舉。此後，漢魏六朝的樂府詩中運用重章疊句的例子也不在少數，不妨舉出一篇大家最熟悉的作品為例：「江南可採蓮，蓮葉何田田。魚戲蓮葉間，魚戲蓮葉東，魚戲蓮葉西，魚戲蓮葉南，魚戲蓮葉北。」（《樂府詩集》卷二十六）毫無疑問，這就是本篇前四句的娘家，由此亦可見得明代散曲時調是從《詩經》到樂府詩的嫡派子孫。當然，上引樂府詩中的

重複手法是為了寫青年男女純潔的愛情，而本篇的重複手法則是為了對某些不良現象進行辛辣嘲諷，但二者之間所要達到的藝術效果卻是一樣的。就本篇而言，反覆描寫「東」「西」「南」「北」的「寫在牆兒上」，是為了表明這種現象的嚴重程度，同時，也表現了作者對這種現象極其厭惡的心理。至於一連兩句「兀的不羞殺人也麼哥」，一方面是【叨叨令】曲牌的規定，另一方面也強化了這種在公共場所亂寫亂畫的淺薄輕佻行為的極其可恥。最後，作者從正面提出忠告，希望這種不良行為不再發生。這種直抒其意的做法，也是由散曲的特點所決定的。

直白、直白，絕不遮遮掩掩的直白，利用重章疊句反反覆覆的直白來表達一種情緒，這就是本篇最大的藝術價值。

有時候，表面看來最沒有藝術性的作品其實最有藝術性。

（原載《明清散曲鑒賞辭典》，商務印書館，2014 年 1 月出版）

《正宮醉太平》（「奪泥燕口」）

【原文】

奪泥燕口，削鐵針頭，刮金佛面細搜求；無中覓有，鵪鶉嗉裏尋豌豆，鷺鷥腿上劈精肉，蚊子腹內剜脂油——虧老先生下手！

【鑒賞】

本篇出自李開先《詞謔》，是諷刺貪婪慳吝之徒的佳作。

李開先云：「《醉太平》譏貪狠小取者，無名氏作。」這位佚名的作者通過種種尖酸刻薄的比喻，對那種為了蠅頭微利而「奮鬥」不已的貪小利者進行了辛辣而又詼諧的諷刺。

問題在於，什麼是諷刺？筆者認為，諷刺手法的成功運用具有以下要點：其一，諷刺對象必須具有真實性；其二，諷刺常常運用誇張手法，但「誇張」後的變形物象要為一般讀者所熟悉；其三，在運用誇張手法進行諷刺時一定要注意掌握應有的「度」；其四，諷刺的最佳效果應該是出人意料之外而又在情理之中。

本篇完全達到了上述四點要求。其一，篇中所諷刺的慳吝之徒，在現實生活中並不罕見。他們的行為，或許沒有達到曲中所寫的那樣「奪泥燕口」云云，但也相差不遠。那些錙銖必較、雁過拔毛的人，想必每一位讀者在日

常生活中都會碰到。其二，本篇主要運用誇張手法進行諷刺，而且誇張後變形的七大物象全都為一般讀者所熟悉。燕子與泥、針頭與鐵、佛像與金、鵪鶉與豌豆、鷺鷥與肉、蚊子與油，大家都曾經看到過或理會過。這樣，就使得讀者對作品有一種親切感。其三，諷刺不是「譴責」，不是「謾罵」，而是要追求一種冷峻的幽默、誇張的調侃。要達到這種效果，關鍵就在於要掌握一個「度」，適可而止，不能誇張過度。就本篇而言，如果過分誇張——到螞蟻口中奪泥、到芒刺尖上削鐵、到陶俑臉上刮金、到蜂鳥嗉子尋豌豆、到螳螂腿上劈精肉、到跳蚤腹內剋脂油，那就不能令讀者產生「可信度」了。通過誇張手法來進行諷刺，如果失去了讀者的可信度，它的藝術生命也就趨向於零了。其四，本篇有兩個在上述七大物象之外的關鍵詞：「無中覓有」和「虧老先生下手」。而且，這兩者之間是相互矛盾的。既然是「無中覓有」，那老先生又從何下手呢？但結果是，老先生真的下手了，而且取得了「輝煌」成果。這麼一來，強烈的諷刺效果就油然而生了。一般人連想都不敢想的摳門「境界」，慳吝的「老先生」居然努力達到了。我們不得不佩服老先生是「貪狠小取」之極致！諷刺藝術所要達到的最佳效果是出其不意而又在情理之中。沒有「出其不意」，讀者會覺得索然無味，缺乏刺激性；但如果僅僅是出人意料而不符合情理，則給人以有意尋找噱頭的感覺，淺薄、做作，同樣會失去藝術魅力。而本篇是成功的，它是誇張與諷刺有機結合的最佳範例。

（原載《明清散曲鑒賞辭典》，商務印書館，2014 年 1 月出版）

《南雙調鎖南枝・風情》

【原文】

　　傻俊角，我的哥，和塊黃泥兒捏咱兩個。捏一個兒你，捏一個兒我。捏的來一似活託，捏的來同床上歇臥。將泥人兒摔碎，著水兒重和過，再捏一個你，再捏一個我——哥哥身上也有妹妹，妹妹身上也有哥哥。

【鑒賞】

　　本篇出自陳所聞《南宮詞紀》，寫青年男女之間如膠似漆而又淫媟放浪的摯愛深情，在明代文壇影響甚大。

　　李開先《詞謔》載：「有學詩之於李空同者，自旁郡而之汴省，空同教以：『若似得傳唱〔鎖南枝〕，則詩文無以加矣！』……何大復繼至汴省，亦酷愛

之，曰：『時詞中狀元也。如十五《國風》，出諸里巷婦女之口者，情詞婉曲，有非後世詩人墨客操觚染翰，刻骨流血所能及者，以其真也。』每唱一遍，則進一杯酒，終席唱數十遍，酒數亦如之，更不及他詞而散。」李夢陽、何景明極其賞識、推薦的就是本篇。蔣一葵《堯山堂外紀》卷七十載：「趙松雪欲置妾，以小詞調管夫人云：『我為學士，你做夫人。豈不聞，陶學士有桃葉桃根，蘇學士有朝雲暮雲。我便多娶幾個吳姬越女何過分？你年紀已過四旬，只管占住玉堂春。』管夫人答云：『你儂我儂，忒煞情多。情多處，熱似火。把一塊泥，撚一個你，塑一個我。將咱兩個，一齊打破，用水調和。再撚一個你，再塑一個我。我泥中有你，你泥中有我。與你生同一個衾，死同一個槨。』松雪得詞，大笑而止。」趙義山先生認為這「顯屬附會，因為〔鎖南枝〕是在明代才出現的曲調」。（《明清散曲史》第九章）其說甚辯，可供參考。

本篇最妙之處，在於從以下三點成功地寫出了一個癡情女子的口吻。第一，正話反說。明明是自己愛得不得了的聰明伶俐的阿哥，卻偏要叫他「傻俊角」，就像今天很多嬌嗔的女子叫自己的心上人為「傻帽」一樣。不過，在「傻」的後面並列一個「俊」字，還是自然流露了女子對心上人愛得有些情不自禁的賣弄。第二，反常舉動。多情女子告訴心上人，自己要有一個幼稚得反常的舉動：「和塊黃泥兒捏咱兩個」。而且說到做到，她真的捏成了了兩個「活託」的戀人，而且是同床共枕、如膠似漆的戀人。這已經不是訴說、不是暗示、不是邀約了，這簡直就是一種挑逗！一種淫媟放浪的深情挑逗！第三，渾然一體。在古代小說中我們可以經常看到，一個男人看到喜愛的女人就恨不得一口水將對方吞到肚子裏去！但究其實，這種愛意的表達是「我本位」的，過於自利。過分「我本位」的情感表達是不公平的，因此也是不可能持久的。因為，愛情不是單方面的，更不是一種佔有，而是平等的、互利的，是雙方意願的共同表現。我們這位純情的女主人公較之那些濁氣的男人當然要清純得多、「他本位」得多。她居然大膽提倡戀人之間全方位的不分彼此的融合：「哥哥身上也有妹妹，妹妹身上也有哥哥」。這才是真正的愛情，因為真正的愛情對於第三者而言是排他的、自私的，而對於兩人世界而言則永遠是平等的、無私的、互融的、全身心的。全篇作品，就是通過這些奇思妙想十分真切而又深刻地表達了一個堪稱愛悅精靈的女子對心上人愛得無以復加的熾烈情感。

這樣一種想像奇特、構思新穎的曲子，真正是「三百篇」「漢樂府」……

的後裔，也真正是陝北民歌、閩南小曲……的先祖。它是質樸的，又是瀟灑的；它是活潑的，又是深刻的。如膠似漆的行為，外化的是瀝血滴髓的摯愛的靈魂；淫媟放浪的表象，昭示的是喧囂不息的生命的真諦。

對這樣的「清水出芙蓉，天然去雕飾」的民間創作，只有陶淵明的兩句詩可以概括：「此中有真意，欲辨已忘言。」（《飲酒》第五首）

（原載《明清散曲鑒賞辭典》，商務印書館，2014 年 1 月出版）

《南商調山坡羊》（「熨斗兒」）

【原文】

熨斗兒熨不展眉間折皺，竹撫兒撫不開面皮黃瘦，順水船兒撐不過相思黑海，千里馬兒也撞不出四下裏牢籠扣。俺如今吞了倒須鉤，吐不的，咽不的，何時罷休？奴為你夢魂裏抓破了被角，醒來不見空迤逗。淚道也有千行喇，恰便是長江不斷流。休，休，閻羅王派俺是風月行頭；羞，羞，夜叉婆道你是花柳營對手。

【鑒賞】

本篇出自李開先《詞謔》，寫女子對男子的相思相戀之苦。

開篇便用四個排比句寫出相思的痛苦和無奈，是第一層次。四個排比句同時運用了誇張和比喻的修辭手法。主人公眉間褶皺如同衣上褶皺，不！應該說比衣間褶皺深刻的多。因為衣間褶皺是可以用熨斗平服的，而眉間褶皺、也可以理解為心間褶皺，卻是熨斗無法平服的。同樣，主人公缺乏光澤和彈性的黃瘦面皮也是繡花撫兒撫不開的，因為滋潤容顏的心血已日趨乾涸。這兩句除了用誇張、比喻、排比的修辭手法而外，還有一點值得注意：「熨斗兒」「竹撫兒」均為女子日常所用之物。用身邊的物事寫主人公的內心世界，誠可謂信手拈來，自然天成。下二句進一步引發開去，用更為誇張的筆調寫女子內心無奈的相思、相思的無奈。世界上最寬的海洋應該是「相思黑海」，無論怎樣順風順水的船兒都無法渡過。人世間最牢的套頭自然是「情絲」造就，任憑是赤兔、烏騅、黃驃、白龍都頓不開、衝不脫。這兩句寫得極其陽剛，與上兩句之陰柔形成對照，共同闡述了主人公的特定心理。

接下來，作者用錯綜的句法表現了主人公痛苦的狀態和心理。其中，吞了倒須鉤，是寫相思的纏綿，故用徘徊不定的參差句法來完成這個巧妙的比

喻。而「夢魂」一句則是直抒胸臆，這正是散曲的本色：將話說到十二分。本來，「抓破被角」的夢中行為已經將相思的苦痛寫盡寫絕，卻要再加一層——醒後的「迤逗」。迤逗者，引惹也，是無窮無盡的牽腸掛肚。隨後又宕開一筆，用誇張之法寫淚水的無窮無盡。值得注意的是，這裡與宋詞的表達方式不大一樣。柳永詞云：「惟有長江水，無語東流。」（《八聲甘州》）是暗示，比較委婉含蓄；而此處的「恰便是」，卻是暗喻，表現得強烈直率。這也正是詞與曲的區別之一。

最後兩句是第三層次，寫主人公用俏皮的自嘲和謔罵來壓抑和掩蓋自己對情人苦澀的思戀。「閻羅」與「夜叉」都是隨著佛教而傳入中國的外來詞彙，古代的通俗文學作品中常常以之進行調侃。如《牡丹亭》最後一齣《圓駕》中，當杜寶責怪杜麗娘不該「無媒而嫁」時，女兒便以反唇相譏的調侃對父親進行了的針鋒相對的回答：「（外）誰保親？（旦）保親的是母喪門。（外）送親的？（旦）送親的是女夜叉。」嬉笑怒罵，皆成文章。此處與之有異曲同工之妙。

（原載《明清散曲鑒賞辭典》，商務印書館，2014 年 1 月出版）

《掛枝兒》二十首鑒賞

《解惱》

【原文】

想親親，念親親，親親來到。倒靠在奴懷內撒什麼嬌？為甚的珠淚兒腮邊弔？一定是家中淘了氣，說來奴聽著。休得嘿嘿無言也，且向繡房中去解你的惱。

【鑒賞】

本篇出自馮夢龍編《掛枝兒·私部一卷》，寫男女私會時女子對如意郎君的殷殷情意，故而馮氏在篇後批曰：「這一番解惱，回去又是淘氣了。」

開篇直抒胸臆：「想親親，念親親，親親來到。」表達了女子對情人早也盼、晚也盼的急切心情以及盼來情郎後的極度喜悅。然而，盼來的情郎卻沒有絲毫的興奮，而是一片憂愁煩惱。一連兩個問句：「倒靠在奴懷內撒什麼嬌？為甚的珠淚兒腮邊弔？」寫出一個又想偷情、又沒有擔待的孱弱無能的男子

形象：在家裏受了妻子的氣，跑到情人「懷裏」來「淚眼愁眉」。女子倒比男子強多了，居然直截了當地發問：在家裏受了一些什麼氣？說給我聽聽！儼然是洞察一切的口吻，儼然是可以解決問題的口吻。僅僅這兩句，就寫出了女子的有主見、敢做敢為的性格。然而，無論多麼有擔待的女子也無法解決這中間的矛盾。因為這種「所愛者不成婚姻、成婚姻而不相愛」的矛盾，是持久而頑固地存在於封建時代的，是任何人都無法解決的。要解決這一問題，除非你解決這個時代！因此，這女子面對「嘿嘿無言」的心上人，只有採取暫時取樂的方式：「且向繡房中去解你的惱。」用短暫的尋歡作樂來消釋心頭持久的痛苦煩惱。可愛的女人，她這樣做了；可憐的女人，她只能這樣做。

全篇寫了一個軟弱而多情的男人和一個可愛而可悲的女性。

怎麼寫的？至少有兩點值得一提。

首先，通過女子的眼睛寫男子。你看，那個沒有用的男人所有的行為都是通過女子的眼睛展現的：懷內撒嬌，腮邊弔淚，嘿嘿無言。這樣一種方法，可謂一刀兩刃。既寫出了男人的窩囊相，又寫出了女人對男人的關情、略略有點看不上眼的關情。因為在這一場景中，女人看男人的眼光是俯視的。所謂「說來奴聽著」，正是一種居高臨下的口吻。

其次，本篇成功運用了敘事、狀貌、抒情三者結合的手法。全篇並不長，但真情實感的抒發、入骨三分的狀貌、一波三疊的敘事卻能融為一體。作者的筆法極其簡練、極其傳神、極其生動。

最後說一句題外的話。本篇中的男子儘管當時有幾分狼狽，但最終狼狽的其實還是那位女子。她的結局只有兩個：或被拋棄，或被出賣，而這兩者都是可悲的。

《罵杜康》

【原文】

俏娘兒指定了杜康罵：你因何造下酒，醉倒我冤家？進門來一交兒跌在奴懷下，那管人瞧見，幸遇我丈夫不在家。好色貪杯的冤家也，把性命兒當做耍。

【鑒賞】

本篇出自馮夢龍編《掛枝兒·私部一卷》，寫女子在情郎突然造訪時的心

旌搖動和心虛膽怯。

　　杜康者，傳說最早造酒的人。《書·酒誥》「『祀茲酒。』惟天降命，肇我民，惟元祀。」孔穎達疏引應劭《世本》：「杜康造酒。」本篇題曰「罵杜康」，其實就是罵酒，進而言之，就是罵飲酒過量之人，也就是篇末所說的「好色貪杯的冤家」。

　　為什麼要罵心愛的冤家呢？那是因為他的行為太莽撞，竟敢在沒有「預約」的情況下，借著酒勁貿然闖進女方的家中，並且不管不顧地「一交兒跌在奴懷下」。須知，「奴家」可是有正正規規的丈夫的。如果讓正規的丈夫撞見你這不正規的丈夫如此不正規的行為，那該怎麼辦哪？因此要罵！活該罵！但這位婦人罵得很巧，不！應該說是作者讓這婦人罵得很巧。欲罵「冤家」先罵酒，欲罵美酒先罵造酒人。如此一來，就活該「杜康」倒楣了。

　　其實，本篇的高明之處尚不止於婦人的巧罵，更在於一個「好色貪杯」的形象活生生地展現在女人那激情燃燒而又恐懼顫抖的罵聲之中。這是對那種特定的複雜心理極其成功的描繪。首先，女子罵冤家其實是愛冤家，罵得越狠就是愛得越深的表現。難道你沒有看到這女子罵到最後的「關鍵詞」——「把性命兒當做耍」嗎？她所關心的只有冤家的安危，而沒有自身的榮辱。其次，女子對冤家莽撞的行為其實也是愛恨交加的，男子不管不顧的粗野表現，所表達的其實正是對女子的「刎頸」之愛，並不是世界上所有的女子都能得到這種至愛的。因此，女子對冤家的罵，又何嘗不是一種又嬌又嗔的罵？她這時的情感是甜蜜與恐懼共存的。更為重要者，乃是全篇的「詞眼」——「好色貪杯」。誠如馮夢龍在本篇篇末所言：「語云：『酒是色媒人。』」這本來是人人都知道的道理，篇中的女子也「罵」到了這一點。然而，這位女子對「色」的「媒介」是真罵還是假罵呢？應該是假罵！因為酒不僅是色的媒介，而且是色的「膽氣」！而篇中的男主人公之所以敢在眾目睽睽之下表現得如此色膽包天，主要是因為他首先是酒精充沛的。如果沒有「酒神」鼓動其間，他未必敢這樣。

　　故而，本篇貌似罵杜康，實乃贊杜康，因為杜康造了酒，而「酒」是「色」的驅動力。進而，本篇貌似罵「好色貪杯的冤家」，實是讚美冤家，因為「酒壯英雄膽」的「他」，讓「她」在所有渴望偷情的女人中具有了魅力的最大化！

《專心》

【原文】

滿天星當不得月兒亮，一群鴉怎比得孤鳳凰，眼前人怎比得我冤家模樣。難說普天下是他頭一個美，只我相交中他委實強。我身子兒陪著他人也，心兒中自把他想。

【鑒賞】

本篇出自馮夢龍編《掛枝兒·歡部二卷》，寫女子對心中「極品」情郎的心往神馳和刻骨銘心。

俗話說：「情人眼裏出西施。」當然，這是就男性而言。同樣的道理也應該是存在的：「情人眼裏出潘郎。」當然，那就是對女性而言了。本篇的主人公就是這樣一位用情專一的女子。在她的眼中，她的如意郎君就是情人中的「極品」。儘管她也知道，她的心上人並非世界上最美好的，但是，他卻是她「相交」中的極致。這就夠了！世上雖然有比她的「他」更美的男人，但那不屬於她，她要不到，她也不想要。「任憑弱水三千，我只取一瓢飲。」（《紅樓夢》第九十一回）她的心裏只有他，其奈她何？

更有甚者，為了表達自己的這份愛的專一，她不惜扯到天涯海角的老遠老遠。拿滿天星斗襯托明亮的月光，拿一群烏鴉襯托美麗的鳳凰，最後，又用眼前一切人的一切襯托那美妙無比的冤家。其實，在這一過程中，她甚至已經暗暗地用月亮、鳳凰比襯了她明亮而美麗的所愛。因此，襯托，乃是本篇所採用的最為熱烈而自然的修辭手法。

全篇結末，作者讓這位開放而又專一、執著而又率性的女性說出了一句不知羞恥的話：「我身子兒陪著他人也，心兒中自把他想。」這是什麼話？一個女人和一個男人在從事人類最隱秘同時也是最公開的活動的時候，心裏居然想的是另一個男人，是自己心目中的「極品」情郎，這不是有點匪夷所思嗎？這不是有點不近人情嗎？這不是有點恬不知恥嗎？其實，這樣一種感覺在人類社會中是有可能發生的，在某種意義上講也是正常的。甚至在有些人的情感生活中是曾經發生過的，即便沒有清楚明白地發生過，也會有似是而非或似曾相識的感覺。因為，如果世界上所有的人都沒有這樣一種感覺的話，那就意謂著世界上所有的婚姻都是幸福的，世界上所有的兩性之關係都是完美的。而事實上不是這樣、不可能是這樣！那種明明有這種感覺而不願意承認的人，只不過是因為被倫理道德的遮羞布「包裝」了而已。

「曾經滄海難為水，除卻巫山不是雲。」這就是本篇的女主人公用自己的坦率與誠摯向我們展示的情慾格言。我想，至少有兩個人物對這句格言有深刻的感受。他們，就是曾經生活在現實塵寰的陸放翁和藝術世界的寶二爺。

《分離》

【原文】

要分離除非是天做了地，要分離除非是東做了西，要分離除非是官做了吏。你要分時分不得我，我要離時離不得你。就死在黃泉也做不得分離鬼。

【鑒賞】

本篇出自馮夢龍編《掛枝兒・歡部二卷》，充分表現了青年男女對愛情的執著和永不分離的決心。

中國詩歌史上，在這首題為《分離》的小曲之前，至少已有兩首題材、風格相近似的民歌。一是「漢樂府民歌」中的《上邪》：「上邪！我欲與君相知，長命無絕衰。山無陵，江水為竭，冬雷震震，夏雨雪，天地合，乃敢與君絕！」二是「敦煌曲子詞」中的一首《菩薩蠻》：「枕前發盡千般願，要休且待青山爛。水面秤錘浮，直待黃河徹底枯。　　白日參辰現，北斗回南面。休即未能休，且待三更見日頭。」讀了這兩首分別出自漢代與唐代的民間歌曲以後，我們可以明顯地看到《分離》一歌的淵源有自。

三篇作品一脈相承，所表達的都是「分離」的不可能性。而所運用的藝術手法也是一樣的，都是通過絕對不可能實現的事物來比附情侶分離的不可能。可見，三者之間的遺傳因子是十分明確的。接下來的問題是，這一首《分離》，與上引兩首相比，是否具有遺傳變異？如果有，這種變異又具有哪些特色？

筆者看來，至少有四點：

第一，句句點題，造成了一種纏綿悱惻的情致。全篇一共六句，句句點明題目，絕無旁騖，絕不轉彎抹角，絕不分散讀者的注意力。這樣一種纏綿中的直率、直率中的纏綿，正是明代民歌時調有別於歷史上任何一個時代的民間歌唱的一大特色。

第二，排比句法的使用，使全篇充滿一往無前的氣勢。開篇三句，用鼎足對，又名「三槍」，這是自金元以來散曲常用的表現方式。而這種鼎足對實

際上也就是一種排比句法，它具有一種旋風般的氣勢，勇往直前，絕無回頭的餘地。

第三，重複句法與嵌字法的運用，一唱三歎，讓人讀後盪氣迴腸、感歎不已。開始三句「要分離」是重複句法，而六句之中全都有「分離」二字，或合併使用，或分開使用，這就是嵌字法。將這兩種方法結合使用，就使得全篇格外迴旋反覆，造成一種一唱三歎、盪氣迴腸的藝術效果。

第四，最後一句決絕語，尤其顯得有張力。「就死在黃泉也做不得分離鬼」，這是愛情誓言的絕唱。如「生願同衾，死願同穴」；如「哪個九十七歲死，奈何橋上等三年」；如「不求同年同月同日生，但求同年同月同日死」等等，民間有很多與此具異曲同工之妙的愛情誓詞，但說到底，都不及此句那麼乾淨利落，那麼斬釘截鐵，那麼義無反顧！

《變》
【原文】

變一隻繡鞋兒在你金蓮上套，變一領汗衫兒與你貼肉相交，變一個竹夫人在你懷兒裏抱。變一個主腰兒拘束著你，變一管玉簫兒在你指上調。再變上一塊香茶也，不離你櫻桃小。

【鑒賞】

本篇出自馮夢龍編《掛枝兒‧歡部二卷》，狀寫青年男子對所戀女子瀝血滴髓、如膠似漆的愛。

這首題名為《變》的小曲，其實是從一千多年前東晉時的一篇賦中「變」過來的。謂予不信，請看陶淵明《閒情賦》中的創意：「願在衣而為領，承華首之餘芳。……願在裳而為帶，束窈窕之纖身。……願在發而為澤，刷玄鬢於頹肩。……願在眉而為黛，隨瞻視以閒揚。……願在莞而為席，安弱體於三秋。……願在絲而為履，附素足以周旋。……願在晝而為影，常依形而西東。……願在夜而為燭，照玉容於兩楹。……願在竹而為扇，含淒飆於柔握。……願在木而為桐，作膝上之鳴琴。」該篇寫男主人公前後十次變為心中美人的衣領、腰帶、髮膏、眉黛、睡席、鞋子、影子、蠟燭、扇子、桐琴……環繞在心上人的上下左右，形影不離、如膠似漆、夢繞魂牽。這真是一種「纏綿」「膩味」到極點的愛！

其實，這也不能算是陶淵明的首創，更早的漢代，班婕妤就有《怨歌行》

寫道：「新裂齊紈素，鮮潔如霜雪。裁為合歡扇，團團似明月。出入君懷袖，動搖微風發。」然而，這卻是男權社會裏女人取悅男人的歌，雖然比喻生動、想像奇特，但總顯得有些自卑和悲涼。

我們現在讀的這一首，比漢代的自信而熱烈，比晉代的明白而曉暢，而且比前兩首都更加恣肆、更加露骨。在明代的民間小曲中，歌手們總是習慣讓感情的潮水放縱奔流，沒有遮遮掩掩，沒有吞吞吐吐，沒有扭扭捏捏。說什麼在「身邊環繞」，那遠遠不夠！勇敢的多情哥哥要變成與妹妹最貼身的東西：套在她腳上的鞋子、穿在她身上的汗衫、躺在她懷裏的竹夫人、圍在她雙乳的抹胸兒、拿在她手上的玉簫、含在她嘴裏的香茶……總之，要與她零距離接觸！這是多麼狂放的愛情表白呀！

世界上任何樹木都會枯萎，惟有愛情之樹常青；世界上任何流水都會乾涸，惟有情感之水長流。這種「變」為心上人身邊「什麼什麼」的歌唱，從古代唱到今天，從城市唱到草原。難道你沒有聽見嗎？

「我願做一隻小羊，守在她身旁，任憑她用著放牧的鞭子，不斷輕輕地打在我身上」。

《陪笑》

【原文】

慣了你，慣了你偏生淘氣；慣了你，慣了你倒把奴欺；慣了你，慣了你反到別人家去睡。幾番要打你，怎禁你笑臉陪，笑臉兒相迎。乖，莫說打你，就罵也罵不起。

並不曾，並不曾與你淘氣；並不曾，並不曾把你來欺；並不曾，並不曾到別人家去睡。你的身子兒最要緊，那閒氣少尋些。我若是果有甚虧心，乖，莫說罵我，就打也是應該的。

【鑒賞】

本篇出自馮夢龍編《掛枝兒‧歡部二卷》，通過對話，寫出了情人間的責怪與陪笑。

全篇分兩段，上段是女子的埋怨與責怪。一連三個「慣了你」，層層升級，由「淘氣」、「把奴欺」直至揭老底：「反到別人家去睡。」這是女子最惱火的，也是情人間最難容忍的。愛情是自私的，不容許第三者。故而女子發怒了，竟至要動粗。但是，面對涎皮賴臉的男人，她硬是下不了手。於是感情

來了個一百八十度大轉彎：「乖，莫說打你，就罵也罵不起。」

面對女子的埋怨與責怪，下段寫男子陪笑。其實，「陪笑」二字在上段就已經涉及到了。難道沒有看到嗎？面對女人憤怒的「粉拳」，男人送過去的只能是「橡皮臉」。即便是粉拳真的打在了橡皮臉上，那也是「軟著陸」，保險係數極大的，根本不會有任何的內傷和外傷。更何況女子並沒有打。儘管沒有打，但笑臉還得繼續「陪」下去！於是男人一連三個「並不曾」，正面消解了女子的埋怨和指責。接下去，好像沒有什麼可寫了，但作者忽然筆鋒一轉，從反面寫來：「你的身子兒最要緊，那閒氣少尋些。」男人的這句話似乎與自我表白沒有什麼直接的關係，其實關係緊密，這是男子向女人進行效益最高的表白哩！你看，就在你責罵我的時候，我的心裏仍然只有你！你還要怎麼樣？你還能怎麼樣？最後，猶恐這樣的極度「關心」不夠分量，只好再次涎皮賴臉地陪笑了：「我若是果有甚虧心，乖，莫說罵我，就打也是應該的。」於是，男人的「防禦戰」大獲全勝。

全篇分兩段，每段又分兩層。每段的前半都用綿延的重複句來進行指責或表白，已經很具趣味性。然而，更有趣味的則是每段的後半。在各自叫了對方一聲「乖」以後，或言要「打」卻連「罵」都罵不起來，或言別說是「罵」就連「打」都應該。雙方都把話說到對方心坎裏去了，而且顯得很俏皮，情味盎然，當然是在有點「肉麻」的基礎上的情味盎然。無怪乎馮夢龍在本篇的後面要提筆批道：「一對肉麻。」「襯入莫說打莫說罵句，更覺生姿。」

《帳》

【原文】

為冤家造一本相思帳，舊相思，新相思，早晚登記得忙。一行行，一字字，都是明白帳。舊相思銷未了，新相思又上了一大椿。把相思帳出來和你算一算，還了你多少也，不知還欠你多少想。

【鑒賞】

本篇出自馮夢龍編《掛枝兒·想部三卷》，馮氏篇末附記：「琵琶婦阿圓，能為新聲，兼善清謳，余所極賞。聞余廣《掛枝兒》刻，詣余請之，亦出此篇贈余，云傳自婁江。」可見這篇題為《帳》的小曲乃是琵琶婦阿圓提供給馮夢龍的，來自婁江（今江蘇太倉）一帶。

人生在世，誰都免不了欠點兒帳。這些帳有「實」的，也有「虛」的；有

物質的，也有精神的。譬如說，有人欠別人的經濟帳，也有人欠別人的感情帳。就感情帳而言，又可分成很多種類。子女欠父母的養育之恩，是帳；「駿馬」欠「伯樂」的知遇之恩，也是帳；就是親戚朋友之間，也往往會欠別人一些感情的債務。然而，在所有的感情帳中，最為「頓不開、解不脫」或「剪不斷、理還亂」的卻是情人之間的相思帳。難道沒有看見偉大的《紅樓夢》中最偉大的篇章就是「苦絳珠魂歸離恨天，病神瑛淚灑相思地」嗎？本篇所寫，就是這種青年男女之間的相思帳。

作者以一「帳」字統攝全篇，可謂構思奇特。全篇可分三層：第一層，總寫一筆，女子為心上人「打造」了一本相思帳，裏面記滿了所有的相思。「早晚登記得忙」一句，尤為傳神，顯示出女子為「情」所忙的勞碌情狀。第二層，突出表現這些相思帳的確確實實、明明白白、無窮無盡、層層疊疊。俗話說：「舊的不去，新的不來。」但這句話在相思帳面前徹底失效了。相思最大的特點就是纏綿無盡：「舊相思銷未了，新相思又上了一大樁。」第三層，拖出一條漫長而沉重的尾巴：以前的相思帳已經夠多了，今後更不知還有多少。這樣的帳算得清嗎？作者雖然擺出一幅「算帳」的架勢，其實，包括作者、包括讀者都在內，所有的人都知道，這筆帳是永遠也算不清的。算不清卻偏要算，這其實就是一種寫作技巧，一種欲擒故縱的寫作技巧。

本篇還有一個值得注意的地方，就是動詞的運用。全篇幾乎每句都有動詞，有的非常明顯，如「造」「登記」「銷」「上」「把」「算」「還」「欠」等等，有的則比較隱晦，如「一行行，一字字」，表面上沒有動詞，實際上指的是「寫」了一行行，一字字。而說到底，全篇的詞眼「相思」也是一種動作——心理活動。故而，通過連續不斷的「動」來表現抒情主人公心潮滾滾、相思不已，也正是本篇寫作特點之一。

《泣想》

【原文】

青山在，綠水在，冤家不在；風常來，雨常來，書信不來；災不害，病不害，相思常害。春去愁不去，花開悶不開。淚珠兒汪汪也，滴沒了東洋海！

【鑒賞】

本篇出自馮夢龍編《掛枝兒·想部三卷》，寫多情女子對心上人永無止境、無以復加的想念。

開篇一個鼎足對，是為全篇第一層。三句的結構一樣，「青山在，綠水在」是反襯「冤家不在」；「風常來，雨常來」是正襯「書信不來」；「災不害，病不害」又反襯「相思常害」。三句之中，前兩句又是襯托第三句，亦即「冤家不來」「書信不來」襯托「相思常害」。三句之間，不僅是「襯」與「被襯」的關係，還是具有內在聯繫的「遞進」關係。因為冤家不在面前，所以不得已求其次，見不到人見了書信也好；誰知不僅人不見，就連書信都不來，令主人公更加痛苦，這便是所謂「加一層」寫法；在見不到人的甚至連書信都沒有的情況下，多情的女子不害相思都不行！這樣寫相思，就顯得很自然、很合理，很有點瓜熟蒂落、水到渠成的意味。

第二層則是通過比喻和誇張相結合的方法來寫相思。春天去了又來、來了又去，而「愁」卻沒有隨之而去，這是寫相思的持久；花兒開了又謝，謝了又開，而「悶」卻沒有隨之而開釋，這是寫相思的濃重。那麼，這又長又重的相思究竟有多少呢？那可說不清！旁的不說，就看相思化作的淚珠兒吧，它可是「秋流到冬盡、春流到夏」！它流到了天涯海角，連東洋大海都被它包容！

全篇最大的寫作特點是通過有形之物來陪襯或狀寫無形的相思。山來了，水來了，風來了，雨來了，痛苦的災難和疾病來了，美好的春天和花兒來了，最後，淚珠兒也如約而至。一的一切，一切的一，都來了！它們來幹什麼？來幫助主人公，幫助讀者，表現那無盡的相思和相思的苦痛！

用具體的事物寫抽象的情感，此法古人常用之。尤其是以具體事物寫心中愁苦，古人用得更為精到。別的不說，僅以「曲」的近親「詞」而言，這方面的例子就不勝枚舉。如：「問君能有幾多愁，恰是一江春水向東流。」（李煜《虞美人》）如：「離愁漸遠漸無窮，迢迢不斷如春水。」（歐陽修《踏莎行》）如：「只恐雙溪舴艋舟，載不動許多愁。」（李清照《武陵春》）讀到這裡，我們可以明白「有名氏」和「無名氏」的詞曲作者們是怎樣用江河、溪流以至「東洋海」來寫相思、愁懷的一脈相承了吧？

《空書》

【原文】

寄情書，淚珠兒滴在封皮上。奴親手拆開看，只見紙半張。俏冤家啞謎兒鶻突帳，話兒沒一句，字兒沒半行。教我獨對著空書也，白白的把你想！

【鑒賞】

本篇出自馮夢龍編《掛枝兒・想部三卷》，是一篇構思頗為奇特的作品。

男人給女人寄來一封情書，卻沒有一個字，而只有素紙半張，這就是所謂「空書」。然而，女人讀懂了空書。她知道「此處無聲勝有聲」，這空書中藏著無限的情意。世界上的事情就是這麼奇怪，有時候，千言萬語橫亙胸中，臨時卻默默無言。難道沒有看見嗎？情人分離，「蘭舟催發」時，所有的甜言蜜語都被「屏蔽」，只留下這樣的情景：「執手相看淚眼，竟無語凝噎。」當然，柳七所寫的乃是當面無語的分離，那麼分離後寄來的情書又會怎樣呢？人同此心，心同此理。同樣是千言萬語橫亙胸中，卻無法寫在紙上。有人採取了「寄物」的方式，一枝梅、一根釵、一面鏡子、一個同心結……，而我們的男主人公別出心裁，卻寄來了一紙空書。見到這樣的空書，女主人公為什麼沒有認為受到戲弄而生氣呢？因為她感受到空書封皮上的一種信息——淚珠兒的痕跡。封皮上滴有淚珠兒的書信，不管是千言萬語還是一紙空白，它都是被情感浸透的。

其實，「空書」傳到女人手上的時候，從「科學」的角度講，她應該無法看到上面的淚珠兒。但是，「小曲」是文學、是藝術而不是科學。不僅不是科學，在有些時候，它還是反科學的。不管三七二十一，女主人公反正就是感受到了封皮上的淚痕，其奈她何！她說有淚痕就是有淚痕，這就是文學超越科學的力量！具體到本篇而言，其實正是一種表現技法：通過「無理」而寫「有情」。古今中外有很多文學名篇都是這樣寫的，而本篇第一句就具有這樣無窮的妙處。

其實，不僅第一句，全篇採取的都是這種方法。女主人公拆開情人來信，卻只有半張紙，這難道是合理的嗎？不合理，但它合情。男人大老遠給情人的情書居然是「鶻突」帳，居然「話兒沒一句，字兒沒半行」，這難道合理嗎？不合理，但它合情。可憐的女子對著一紙空書，卻愈加要「白白」地把這「鶻突」的男人想，這難道合理嗎？不合理，但它合情！就是在這一連串的「無理」之中，作者寫出了寄書男子的「有情」和收書女子對男子之情的領悟。這真是「心有靈犀一點通」呀！

無須明確表達雙方就能深刻領悟的「情」才是至情！

《送別》七首選二

【原文】

送情人，直送到丹陽路。你也哭，我也哭，趕腳的也來哭。「趕腳的，你哭是因何故？」道是「去的不肯去，哭的只管哭。你兩下裏調情也，我的驢兒受了苦！」

送情人，直送到河沿上。使我淚珠兒濕透了羅裳，他那裏頻回首添惆悵。水兒流得緊，風兒吹得狂。那狠心的梢公也，又加上一把槳。

【鑒賞】

在《掛枝兒·別部四卷》中，馮夢龍接連收錄了七首以「送情人」開頭的《送別》小曲，這裏介紹的是其中的第五首和第六首。

馮夢龍在上引第一篇的後面，有一段長長的讀後感，最後是這樣說的：「名為相愛，猶未若趕腳者之於驢也。妙哉！趕腳的也來哭，語詼而意諷。『送情人』諸篇，此為第一。」愚以為這段話的最後一句是對的，在這七首「送情人」的作品中，該篇是為第一。但是，該篇之所以成為第一的關鍵，卻並不在於「語詼而意諷」。實在話，該篇語言之詼諧的確是一大特色，但其中如馮夢龍所言是通過對「趕腳的」真正的心疼他的「驢」來諷刺現實中某些人「愛情」的虛假性，卻未必是其特色。

那麼，作者在一篇描寫男女愛情的作品中何以突然楔入「趕腳的」之插科打諢呢？答曰：此「背面傅粉」法也。何謂「背面傅粉」法？先看一個例子：《紅樓夢》第三十八回寫林黛玉評價史湘雲《供菊》詩曰：「據我看來，頭一句好的是『圃冷斜陽憶舊遊』，這句背面傅粉。『抛書人對一枝秋』已經妙絕，將供菊說完，沒處再說，故翻回來想到未折未供之先，意思深透。」由此可知，所謂「背面傅粉」，就是在對某些情景的正面描寫已頗為充分，似乎無可再寫的情況下，乾脆暫時放下描寫中心，而從側面或反面來描寫其他事物以反襯之，使中心情景的描寫更為深透的一種藝術手法。這與繪畫時利用同一畫面中其他景物來襯托中心景物的手法是有相通之處的。本篇也是如此，題為《送別》，而正面寫男女之間戀戀不捨的卻只有一句「你也哭，我也哭」。接下去突然筆鋒一轉，大寫特寫趕腳的痛哭自己的驢兒受了苦。這就使得讀者自然而然會發問：驢兒為什麼受苦？答曰：因為一直騎在驢子身上那人「不肯去」。再問：那人是誰？答曰：被送之人。再問：被送之人為什麼「不肯去」？答曰：因為有人「只管哭」。再問：哭的是誰？答曰：送行之

人。再問送行的和被送的為什麼這樣？答曰：他們不忍分別。再問為什麼不忍分別？答曰：因為他們是「情人」。經過這樣一連串的「逆推」之後，讀者恍然大悟：作者大寫特寫「驢兒受了苦」，就是為了寫「兩下裏調情」，而兩下裏無窮無盡的調情，正寫了感情的深厚和離別的痛苦。這就是「背面傅粉」法的成功運用。

第二篇寫「送別」也很別致，是步步緊逼的寫法。背景是河邊，當然抓住「水」與「船」大做文章。先寫送別之人淚滿衣襟，次寫被送之人頻頻回望，這是第一層。再寫「水兒流得緊，風兒吹得狂」，環境烘托，是第二層。最後突然加上一筆，「狠心的梢公也，又加上一把槳」，使送別的悲苦達到頂點。梢公哪裏是用「槳」劃在「水」上，分明是用「刀」劃在送別者的「心」上！這種表現技法，古人稱之為「加一倍寫法」。所謂「加一倍」寫法，其實就是一種更高層次的烘托墊襯。誠如馮鎮巒所言：「用墊襯加一倍寫法，所謂寫煞紅娘正是寫雙文也。」（《聊齋誌異·促織》夾批）依此類推，此處寫煞「梢公」正是寫透「離人」也。如此看來，本篇的「加一倍寫法」又與上一篇的「背面傅粉」法有相通之處。

《負心》

【原文】

俏冤家，我待你是金和玉，你待我好一似土和泥。到如今中了旁人意。癡心人是我，負心人是你。也有人說我也，也有人說著你。

【鑒賞】

本篇出自馮夢龍編《掛枝兒·隙部五卷》，寫被辜負的女子對負心漢堅定而又纏綿的譴責。

俗話說：多情女子負心漢。在中國古代的戲曲小說作品中，就有許多這樣的故事。而本篇，則以小調的形式，表達了一個被辜負的女子內心的痛苦和憤懣。然而，其表現形式卻是纏綿而又迴旋往復的。

首先是回憶。即便是兩人相好時，也是女子付出的厚重，男子回報的輕薄。「金和玉」、「水和泥」，對比鮮明，充分表現了女子的情真意切和男子的敷衍了事。這實際上已經暗示了男子後來負心的必然性。

緊接著是女主人公內心憤怒的爆發。按照常情，此處發洩的對象應該是那「負心的賊子」之類。然而，女子卻沒有這樣罵，而是極其無奈而哀怨地說

出了「到如今中了旁人意」這樣一句責怪「第三者」的話。然而，女子越是不惡氣狠狠、直截了當地罵負心男子，讀者就越發感到負心漢的可惡和女子的可憐。

下一句，女子只是平淡地說出一個事實：「癡心人是我，負心人是你」，仍然沒有對負心漢嚴厲譴責。然而，深深的譴責正包含在平淡的話語之中。讀此處，如同咀嚼橄欖，須慢慢回味，須從平淡中品嘗出內在激烈。女子是要把自己和負心漢的「心」放在人性的天平上去衡量一下：那「癡心」是多麼高貴，如同「金和玉」；那「負心」是多麼卑賤，好像「土和泥」。涇渭分明、黑白分明、善惡分明、貴賤分明！「今眾人各有耳目，共作證明，妾不負郎君，郎君自負妾耳！」（《警世通言》卷三十二）杜十娘這斬釘截鐵的言辭，與本篇女主人公那紆徐平淡的話語實在具有異曲同工之妙。

更妙的還在最後兩句，說女子癡心和男子負心的並非女子本人，而是眾口一詞：「也有人說我也，也有人說著你。」說「我」什麼？無非是「癡心」；說「你」什麼？只能是負心。那負心人兒，你可曾知道：壇口封得住，人口可是封得住的？從此以後，「癡情女」就是我的別名，「負心漢」就是你的外號！正如同杜十娘所言：「今眾人各有耳目，共作證明。」眾口鑠金，這是永遠都無法抹掉的！

毫無疑問，多情女子對負心漢的譴責是纏綿中的堅定、堅定中的纏綿。而這一切又都是在從容不迫的訴說中表現出來的。這就是一種境界，一種譴責別人的高級境界。

《夜鬧》

【原文】

明知道那人兒做下虧心勾當，到晚來故意不進奴房，惱得我吹滅了燈把門兒閂上。畢竟我婦人家心腸兒軟，又恐怕他身上涼。且放他進了房來也，睡了和他講。

【鑒賞】

本篇出自馮夢龍編《掛枝兒·隙部五卷》，寫女子對虧心的男子漢既怨恨又體貼的複雜心態。

本篇緊扣「夜鬧」二字下筆，敘事連帶抒情一氣而下，可分為三層轉折。

第一層，寫「鬧」的原因和「鬧」的行動。因為「那人兒做下虧心勾當，到晚來故意不進奴房」，因此，奴家就「惱」，惱了就要「鬧」。其實像這種癡情的女子「鬧」起來也沒有什麼了不起的招數，無非就是賭賭小氣兒：「吹滅了燈把門兒閂上」。甚至，那可憐的婦人就連這樣的小打小鬧也堅持不了多久。可不是嗎？第二層隨即就寫了她的軟心腸兒：「又恐怕他身上涼。」從第一層到第二層，描寫了女子的軟弱，但這種軟弱其實是非常可愛的，因為它是以愛情為基礎的，是「愛」的軟弱，為「愛」而軟弱。世界上只有這一種「軟弱」是最可貴的，也是最難得的。如果一個人因為「愛」在另一個人面前示弱，那其實不是軟弱，而是一種堅強，一種為愛情而拋棄一切、包括自己的面子的堅強。更何況這位女子雖然在負心男子面前有所「軟弱」妥協，但卻並沒有完完全全地放棄自己愛的權力、尤其是為了愛而對負心漢譴責的權力。因此，第三層就必然是「且放他進了房來也，睡了和他講」。帳還是要算的，皮還是要扯的，該說的就得說，該罵的就得罵，女子為了自己的「愛」，必須鬥爭到底！

全篇三層，層層轉折而又一氣呵成，既有「夜鬧」的過程，又有感情的抒發。尤妙在全篇所寫的「鬧」自始至終是在「夜」的籠罩下進行的。且看那些與「夜」相關的詞彙：「到晚來」、「吹滅了燈」、「門兒閂上」、「身上涼」、「睡了」。正是這些詞彙的準確運用，組成了一幅生動活潑的「夜鬧圖」，而且是在閨房中的「夜鬧」。本篇還有一個妙處，結末處餘音嫋嫋。那女人將怎樣盤問男人，譴責男人，甚至嗔罵男人，甚至揪擰男人，作者一概不寫，但不寫並不等於沒有故事。在這裡，「夜鬧」還只是剛剛開始，還有很多精彩的節目在夜幕的掩蓋下即將表演。這些節目極有可能是五味雜陳的：辛辣的、苦澀的、酸不溜秋的，或者竟是帶有幾分甜蜜的。作者不用寫了，全部都寫了讀者就沒事幹了。一篇作品，如果讓讀者讀過之後覺得再也沒有回味的餘地了，那將是最大的失敗。然而，本篇是絕對成功的，因為在它剛剛「發表」的同時，就有人感覺到了它的深刻。請看馮夢龍那簡捷而又俏皮的讀後感：「宛轉可憐。雖怕他講，亦不得不進房矣。」

《漏言》

【原文】

俏冤家，睡夢裏溜出句偷情話。我一字字、一句句，聽得不差。半夜裏

搖醒了把你的讒癆罵：你身子兒近著我，你心兒裏戀著他。你從今縱有百樣兒溫存也，百樣兒都是假！

【鑒賞】

本篇出自馮夢龍編《掛枝兒・隙部五卷》，寫女子對「腳踩兩隻船」的用情不專的男子的滿腔怨憤。

事兒是由一句夢話引發的。那是一句偷情的夢話，從男人的嘴裏嘰嘰咕嚕地溜出來，但接受對象卻不是睡在他身邊的女主人公。這是讓人難堪的，更是令人難受的。妒火中燒的女人開始收集「證據」，將耳朵貼近男人的嘴唇「一字字、一句句，聽得不差」。於是，她憤怒了。她搖醒男人，罵他「讒癆」，恨他「身子兒近著我」「心兒裏戀著他」。而且，「身子兒近著我」是虛情假意，「心兒裏戀著他」才是真情實意。不僅過去如此，現在如此，將來也必定如此：「你從今縱有百樣兒溫存也，百樣兒都是假！」多麼決絕，多麼憤怒，同時，又是多麼傷心！這女子簡直氣壞了。

本篇最大的特點是敘事人稱的轉換。全篇分為兩大部分：男子漏言，女子怒罵。前半第一人稱敘事，寫「我」聽到那男人嘰裏咕嚕的漏言。後半忽而改成第二人稱敘事，女人罵男人「你」怎樣怎樣。而且，全篇的風格也隨著這不同的敘事人稱發生變化。前半暗流潛湧，後半劍拔弩張。表面看來，前半的描寫是風平浪靜的，甚至還帶有幾分深閨的甜蜜。你看，一個女人，趴在熟睡的情人身邊，靜悄悄地聽著他的夢話。如果不問這夢話的內容，那該是一幅多麼溫馨和諧的畫面呀。然而，貌似寧靜的漣漪掩抑下的卻是暗流漩渦。因為這女子聽到的甜言蜜語是說給另一個女人的，是說給她的情敵聽的。這樣一來，波瀾不驚的局面立馬就會變成驚濤駭浪。至此，我們就會突然明白，前面的寧靜恰恰是為即將的爆發起到了「蓄勢」的作用。最妙之處還在於，這種「蓄勢」全都是通過對「我」的描寫體現出來的。緊接著，風雲突變，當充滿醋意的女人聽到心愛的男人在她身邊夢繞魂牽於她的情敵之呼喚時，暴風驟雨驀地來臨，那就是一片劈頭蓋臉的「罵」。這裡，有對比著罵：「你身子兒近著我，你心兒裏戀著他。」有複沓著罵：「你從今縱有百樣兒溫存也，百樣兒都是假！」更為妙不可言的是，這種「罵」，居然也形成了一種敘述，是夾敘夾罵。不僅如此，還是一連用了四個「你」字的第二人稱的夾敘夾罵！

連罵人都罵得獨富特色，這樣的諧趣的「才女」哪兒去找？本篇中的男

人居然辜負了這樣的妙人兒，真是大傻，真是該罵！

《心虛》

【原文】

遠遠的望見我冤家到，見他的動靜有些蹊蹺，使奴家心裏突突跳。不合我做了虧心事，被他瞧破怎麼好？且昧著心兒也，罷，拚著和他攪。

【鑒賞】

本篇出自馮夢龍編《掛枝兒‧隙部五卷》，寫女子做了「虧心事」以後碰見老相好時的膽怯心虛和豁出去了的複雜心態。

我們不妨先看馮夢龍對本篇的評說：「既昧了心，攪他做甚？『拚著和他攪』，畢竟心不容昧。又曰：『我縱與別人好，怎肯把你丟。』真心中之虧心。『拚著和他攪』，虧心中之真心。」

馮夢龍的評論很到位，因為他抓到了本篇的關鍵詞──「心」。做了虧心事的女子見了「冤家」覺得心虛，但她卻又對這男子有一份戀戀不捨的真情。這種複雜的心理，就是本篇表現的核心內容。這裡有一個基本觀點必須辨明：做了虧心事的女子是否還能夠對原來的相好有真心？馮夢龍的回答是：有！而且有兩種情況：一種是向老相好表白：「我縱與別人好，怎肯把你丟。」馮夢龍認為這是「真心中的虧心」。什麼意思呢？就是這「心」雖真，但不純，且有點居高臨下垂憐的意味加上一點甜言蜜語哄騙的意味。這種「真心」，即便有，也是頗為淺薄的。另一種是向老相好胡攪蠻纏：「拚著和他攪」。馮夢龍認為是「虧心中之真心」。何以言之，就是一開始真心雖然受到腐蝕，但基本功能還在，又有些後悔，又有些企求，儘管是以「攪」的方式出現的企求。這種真心，反而純粹一些，透明一些，還沒有昧了良心。否則，馮夢龍為什麼要自問自答：「既昧了心，攪他做甚？『拚著和他攪』，畢竟心不容昧。」可見馮夢龍是比較同情這「虧心中之真心」的。

至於本篇的寫作技巧，恰恰也在於緊扣一個「心」字進行複雜而又真實的心理描寫。前三句寫女子見了「冤家」心裏發虛，很符合一般人的正常心理。遠遠地看見冤家，覺得他行動蹊蹺，禁不住心裏突突跳。或許，冤家的行動很正常，並沒有什麼蹊蹺，但女子做賊心虛，主觀認為他行為蹊蹺。這種自己嚇唬自己的事，在很多心虛者身上都曾經發生過，如此寫來便覺得非常真實。接著，女子內心自白：為什麼見了冤家會心虛呢？因為做了對不起他

的虧心事。因此而恐懼，因此而焦慮，因此而不知如何是好。最後，經過短暫而激烈的思想鬥爭，她決定豁出去了！不管三七二十一，昧著心兒和他攪！攪完了再說，攪完了以後才見我這「虧心人」情感深處的「真心」！這真是一種奇特的心理，但又是一種正常的心理。本篇的妙處，就在於真實、細膩而又生動地捕捉、展現了這種奇特而又正常的心理。

《管》

【原文】

難丟你、難捨你、又難管你！不管你，恐怕你有了別的；待管你，受盡了別人的閒氣。我管你又添煩惱，我不管你又捨不得你。你是我的冤家也，不得不管你！

【鑒賞】

本篇出自馮夢龍編《掛枝兒‧隙部五卷》，寫女子對用情不專的冤家又愛又恨、想管又不敢管的複雜心理。

現代的中國人習慣上將那種怕老婆的人稱之為「氣（妻）管炎（嚴）」，但在古代中國，「妻管嚴」一定沒有現在這麼多。因為那是一個「夫為妻綱」的時代，妻子膽敢管丈夫，難道不怕被「出」嗎？然而，妻管嚴或許沒有今天這麼嚴重，但妻子之外的另一種女人卻對男人管得很嚴，這種女人就是相好的冤家。尤其是對那些用情不專的登徒子，那些傻乎乎的多情女子卻是管得尤其的嚴。本篇所寫，就正是這種妻管嚴以外的「管」。

全篇抓住一個「管」字，寫了女主人公情感思路的四層轉折。第一層，寫「難丟」「難捨」與「難管」之間的矛盾。女子對冤家無法捨棄，這是想「管」的前提，但這個令人難以捨棄的冤家卻偏偏很難管住，於是，女人的煩惱自然而然就產生了。第二層，寫女子對情人想管又不敢管的矛盾心理及其原因。本來，女子為了討好如意郎君，可以不管他，但又怕他「有了別的」相好，又必須管；但一旦「管」下去，麻煩可就多了，有許多相關的不相關的閒言閒語會接踵而來，會使自己遭受許多意想不到的閒氣。第三層，寫女子在「管」與「不管」的心理矛盾鬥爭中備受煎熬。「我管你又添煩惱，我不管你又捨不得你。」這裡的矛盾不安、萬分焦灼，寫得十分真實，從而，使得一個多情的女子面對用情不專的冤家那種既愛且恨的心態躍然紙上。第四層，寫女子經過艱苦的思想鬥爭，終於下定決心，一管到底。「你是我的冤家

也，不得不管你！」天崩地裂、海誓山盟，無論以什麼為代價，總之這輩子「我」對「你」管定了。為什麼？因為「你是我的冤家」。我不管冤家，管誰？冤家不歸我管，誰管？女子情感的熾烈，幾乎將歌喉燒破，幾乎將素箋燒穿。

重疊使用某些字眼、詞彙，從而造成一種纏綿而又熱烈的情感效果，是本篇寫作方面最大的特點。短短的一首小曲，不計標點符號，共計五十九字，其中「你」字出現了十一次，「管」字出現了六次，「不」字出現了五次，「我」「難」「又」「的」各出現了三次，「捨」「得」「了」「別」各出現了兩次，其他的，「丟、恐、怕、有、待、受、盡、人、聞、氣、添、煩、惱、是、冤、家、也」十七字各出現一次，由此可見，重複使用的字眼大大多於單獨使用的字眼。這種復疊，正是一種高超的修辭手法，而且是民間歌曲經常成功使用的。

《告狀》

【原文】

鬼門關，告一紙相思狀。不告親，不告鄰，只告我的薄倖郎！把他虧心負義開在單兒上，欠了我恩債千千萬，一些兒也不曾償。勾攝他的魂靈也，在閻王面前去講！

【鑒賞】

本篇出自馮夢龍編《掛枝兒·怨部六卷》，該卷接連有兩首題為《告狀》的小曲，此乃第一首，寫多情女子對負心郎的憤怒和絕望。

先看本篇在流傳過程中所產生的異文，馮夢龍篇末有云：「末二句，一云：『那一個掌情事的靈神也，聽我把冤情細細講。』亦可。然首句曰『鬼門關』，則『閻王面前』較確。」馮夢龍言之有理，開篇既云「鬼門關，告一紙相思狀」，則篇末又云「掌情事的靈神」，似有點牛頭不對馬嘴。惟有用「閻王面前」，才與開篇相應，最為準確。除馮夢龍所言而外，最後一句依本文而不依異文，筆者還認為，本文反映女子的情緒更為激烈，因此也更具震撼力。

其實，這首小曲全篇都是很具震撼力的。開門見山，提出「告狀」，而且是到「鬼門關」告狀，如異峰突起，令人震撼。緊接著，一連兩句排除：「不告親，不告鄰」，隨即逼出「只告我的薄倖郎！」又如劍鋒直指，再次令人震

撼。接下來，又通過算帳的方式，說負心漢欠下女子的恩情債「千千萬」，而且點滴沒有償還，並且都被苦命而純情的女子一樁樁、一件件記得清清楚楚、明明白白。這裡，作者雖然有意放鬆一筆，寫得比較舒緩，似乎有點纏綿。但這三句實際上如同兩座險峰之間幽深而又綿延的峽谷，令人感覺到另一種莫名的恐懼，同樣產生震撼的效果。最後兩句，如長江之出夔門、黃河之噴壺口，憤怒的潮水奔流迸發：要勾負心漢的魂靈，要他見閻王！這已經不是一般的震撼，而是一種振聾發瞶的黃鐘大呂的和鳴齊奏，是足以驚天地、泣鬼神的超強震撼！

讀罷這樣一篇解穢文字，讀者可能會在心靈震撼的同時感到一種發洩後的心靈釋放。但是，平心靜氣地想一想，這位多情卻被無情誤的女子為什麼要把狀子遞到鬼門關呢？為什麼要把負心漢揪到閻王面前呢？道理很簡單，因為塵寰中沒有她說理的地方，因為人世間沒有鐵面無私的閻羅天子來管這弱女子的風月閒事。其實，在女子通過夢囈般的言辭譴責、控訴負心漢的同時，她已經在靈與肉兩方面準備與負心男兒同歸於盡了。因此，正如同女子的悲哀是無助而憤怒的悲哀一樣，女子的憤怒是只能是絕望而悲哀的憤怒！

讀到這首小曲的「憤怒」，並為之精神震撼，那只是暫時的、表面的審美觸動；只有讀到它的「悲哀」，並為之靈臺顫抖，這才是永久的、深層的審美感染。

《貓》

【原文】

紗窗上亂寫的都是人薄倖，一半真，一半草，寫得分明。貓兒錯認做鵲兒影，爪去紗窗字，咬得碎紛紛。薄倖的人兒也，貓兒也恨得你緊！

【鑒賞】

馮夢龍作有一首南〔南呂·一江風〕《譜掛枝兒詞》小令：「恨冤家，寫著他名兒掛，對著窗兒罵。怪貓兒、錯認鵲兒，抓碎紛紛，就打也全不怕。你心虧做事差，貓兒也恨他，我不合錯把貓兒打。」（《全明散曲》第3585頁）通過女主人公罵人又怨人、怪貓又諒貓的複雜心理活動過程的描寫，充分表達了癡心女子對薄倖人兒的怨恨。然而，馮夢龍的這首小令，卻是對民間小曲的模仿之作，所模仿者，就是本篇，亦即馮夢龍編《掛枝兒·感部七卷》中題

為《貓》的兩首小曲的第二首。

相比之下，雖然馮曲更為曲折多致，更具諧趣之美，大有青藍之勝。但無論如何，沒有藍也就沒有青，論其精妙構思之濫觴，我們還得盛讚這位佚名作者。

這是一篇類似「童話」的作品，作者借「貓」寫人。開篇第一句中的「人薄倖」，其實是倒裝句法，亦即「薄倖人」，說得更明確一點，就是薄倖人的名字。女主人公在書寫這些往昔於心靈深處不知呼喚過多少次的代表那人的「符號」時，心情極其紊亂。難道沒有看見嗎？那字跡有「真體」「草書」，說不定還有別的什麼「書體」，可見這位「女書法家」寫得很隨意，也很認真。而這種隨意而又認真的「諸體並用」，恰恰反映了她的全神貫注而又心不在焉。但無論是什麼字體，無論是何等情緒，所寫的卻全都是那幾個原本親愛而今憤恨的「字」。女主人公對薄倖人恨到極致而辭不盡意時突發奇想，何不讓貓兒來進一步表達我心頭的憤懣？好主意！於是，那只可愛的貓兒便「粉墨登場」了。它表現得果然不錯！非常「正確」地「錯認」那「鳥人」的名字是鵲兒的影兒，於是，用爪兒將那字兒所代表的人兒抓了個稀巴爛。這真是歪打正著，而且是世界上最令人愜意的歪打正著！女主人公異常興奮，對著那已然碎紛紛的字兒的「遺骸」大聲呼喊：「薄倖的人兒也，貓兒也恨得你緊！」這喊聲，既是一種童話中的飄忽，也是一種現實中的堅定。不，應該說是通過童話的飄忽所表現的現實的堅定！

本篇構思之奇妙無與倫比。前半寫「人」的憤怒，是給後面「貓」的憤怒進行鋪墊。但反過來，後面寫「貓」的憤怒行為，又實實在在代表了「人」的憤怒心理。「貓」的「大手筆」，乃是「人」的心靈在一片童話氛圍中的外化和物化。

這樣的作品，是連剛懂事的小兒讀起來都會興味盎然的。

《粽子》

【原文】

五月端午是我生辰到，身穿著一領綠羅襖，小腳兒裹得尖尖趫。解開香羅帶，剝得赤條條。插上一根梢兒也，把奴渾身上下來咬。

【鑒賞】

本篇出自馮夢龍編《掛枝兒·詠部八卷》，馮氏於曲末有評語云：「字字

肖題，卻又自然，詠物中最為難得！」

如果不看題目，這首小曲句句說的都是「美人」，而實際上說的什麼，從頭到尾始終不曾說破。然而，謎底一旦揭開，卻產生了令人捧腹噴飯的奇妙效果。

其實，這首小曲也是一個謎語，古人稱之為「隱語」。謎面是「美人」，謎底是「粽子」。二者之間之所以能關聯到一起，主要是作者成功運用了象徵、雙關的手法。其中，尤為傳神的是以下幾個要素：時間，吃粽子的端午節被說成是美人的生辰；顏色，綠色的粽葉被說成是美人的綠羅襖；小腳，粽子的尖尖趾被說成是美人的三寸金蓮；裸體，剝開粽葉後雪白的粽子被說成是美人脫得赤條條；最後，又將取食粽子說成是將美人渾身上下又舔又咬。經過這一連串活生生的象徵、雙關，讓讀者在「似是而非」之間獲得一種奇妙的審美快感。因為世界上正常的人都免不了好吃，也免不了好色，所謂「食色，性也」，其實是永恆的真理。本篇用美色暗喻美食，進而又給人以雙重審美享受，實在是高明得很！

更有甚者，這種謎語式的小曲在中國民間流傳廣泛，有人稱之為「葷打素猜」。意謂謎面「葷」得很，簡直就是「黃色」，但謎底卻實在素雅，完全是純潔的「白色」。進而言之，這樣的作品通過聽覺使你產生視覺，然後，又通過視覺勾引起你的味覺。這暗中卻又用了「通感」的修辭手法：就聽覺而言，它一定是琅琅上口的；就視覺而言，它一定是炫人眼目的；就味覺而言，它一定是讓人垂涎三尺的；三者的交融，則自然是妙不可言的綜合享受了。

有趣的是，這種「葷打素猜」的謎語式的小曲，不僅明代有，就是在今天依然未曾絕跡。讀罷粽子那迷人的綠色，我們不妨來看一首以誘人的紅妝美人「射」可口美食的小曲吧：「輕輕拉著你的手，掀起你的紅蓋頭，深情吻一口；解開紅肚兜，拉下紅褲頭，讓你吃個夠！」（引自《今古傳奇》2010年第十一期）這正是流行在當今食場中的一首「葷打素猜」的謎語小曲，它的謎面是紅妝女郎，謎底是盱眙龍蝦。除了語言的時代感以外，這首「龍蝦」小曲與本篇「粽子」小曲實在有著太多的相似之處。

美色和美味的交融永遠是誘人的，這就是此類利用通感手法的謎語小曲之所以長存於永遠的原因和理由。

《金針》

【原文】

金針兒，我愛你是針心針意。望著你眼兒穿，你怎得知？偶相縫，怎忍和你相拋棄。我常時來挑逗你，你心腸是鐵打的！倘一線的相通也，不枉了磨弄你。

【鑒賞】

本篇出自馮夢龍編《掛枝兒·詠部八卷》，馮氏於曲末有評語云：「字字關生，可與《粽子》作雙美。」《粽子》篇以人喻物，本篇卻以物喻人。二者「出發點」雖然不同，而所用技法和所取得的效果殊無二致，可謂具異曲同工之妙。

題為《金針》，妙在語語雙關，牽合無痕，句句寫金針，句句寫情人。那麼，本篇究竟運用了哪些手法才達到這種藝術效果呢？主要是諧音和雙關。諧音者，如「針心針意」諧「真心真意」，「偶相縫」諧「偶相逢」，「磨弄」諧「摩弄」。雙關者，如「穿針引線」與「望眼欲穿」，縫紉手法的「挑逗」和男女調情的「挑逗」，「鐵打」的針兒和「鐵打」的心腸，針線「相通」衣服和男女相通肉體。正因為十分妥帖地運用了這些諧音和雙關的手法，才能將「針」與「人」關合在一起，才能做到表面上句句寫針，實際上句句寫人。

全篇充滿了「動作」，而動作的發起者全都是「我」，動作的承受者又全都是「你」。主人公對著「金針」的充滿「動態」的言說，實際上就是對著情人滿腔熱情的傾訴。全篇五句，第一句是愛情直白，關鍵詞是「針心針意」；第二句是愛情期盼，關鍵詞是「望」「眼兒穿」；第三句是愛情回憶，關鍵詞是「怎忍」「拋棄」；第四句愛情怨恨，關鍵詞是「鐵打」「心腸」；第五句是愛情憧憬，關鍵詞是「不枉」「磨弄」。五層意思，層層遞進，最後逼出心底深處的美好願望。讀完全篇，我們會猛然明白，本篇所要表達的原來是癡情的男兒對可望而不可及的心中「女神」熱烈而又執著的追求。

讀到這裡，我們會自然而然地聯想到這種追求可望而不可及的心中女神的歌聲早在幾千年以前就已然唱響寰宇，請聽：「蒹葭蒼蒼，白露為霜。所謂伊人，在水一方。溯洄從之，道阻且長。溯游從之，宛在水中央。」（《詩經·蒹葭》）只不過，古老的周朝民歌運用了比興、複沓、疊句等藝術手法，造成了一種蒼涼、迷茫、朦朧的意境，讓讀者從這種意境中去解讀歌唱者內心的渴望與追求；而時新的明代小曲卻運用了比喻、諧音、雙關等表現手段，形

成了一種率直、敞亮、詼諧的激情表達，令聽眾隨著歌唱者澎湃的心潮去領受那一份情感的熾熱與執著。但無論如何，二者的內在精神卻是相通的，而且後者毫無疑問是前者的嫡傳後裔。

（原載《明清散曲鑒賞辭典》，商務印書館，2014 年 1 月出版）

《山歌》八首鑒賞

《做人情》

【原文】

二十去子廿一來，弗做得人情也是騃。三十過頭花易謝，雙手招郎郎弗來。

【鑒賞】

本篇出自馮夢龍編《山歌》卷一，寫青春少女對年華易逝的深沉感歎。馮氏在篇後附言：「少壯不努力，老大徒傷悲。當權若不行方便，如入寶山空手回。此歌大可玩味。」這當然是有點誇大本篇的含義而又帶有點調侃的意味的借題發揮。下面，我們還是回到這篇作品本身的分析。

先從題目說起。什麼叫做「做人情」？就是戀愛，就是去愛某一個異性並且被他所愛。這，本應是每一個青春少女心底深處必然會萌發並且糾纏的情結，卻被這位歌者勇敢地高聲「唱」了出來。

這裡，首先讓讀者感受到的是那些青春少女對年華易逝的一種發自內心的焦慮。「二十去子廿一來，弗做得人情也是騃。」過了二十緊接著就是二十一，轉眼又是一年春，生命的潮水永遠不可能倒流。在這樣的年齡，如果沒有能夠體會到「愛」，如果沒有得到異性的溫柔體貼，如果沒有向如意郎君射出愛神之箭，那簡直就是白活了。從某種意義上講，一個沒有經歷過愛情的女人就不是一個完整的女人。一個女人如果活得不完整，那就是「騃」，就是癡呆，就是傻乎乎，就是太可惜了！正因為有這種情結縈繞在女主人公的心頭，因此前兩句就充分表達了這種年華易逝、青春不再的焦灼感。

接著，歌唱者更為直接更為坦白也更為大膽地道出了內心焦慮的底蘊。為什麼女人過了二十歲就會產生這種焦灼感呢？因為「三十過頭花易謝，雙手招郎郎弗來」。時下有一句很流行的話：「男人四十一朵花，女人四十豆腐

渣。」古人的平均壽命比今人短，因此，古人的性成熟期比今人早，女人年過三十便被稱為「半老徐娘」。在古代中國，三十歲以上的女子要想得到男人過濾了「義務」和「情感」後單純的「性愛」是不大容易的。這首歌的後兩句所反映的就是這麼一種社會現實，一種讓生性風流的女子焦慮不安的生活真實。其實，在某些與這首歌同時的通俗文學作品中，這種感受已經成為某些女子的共識。請看：「有朝一日花容退，兩手招郎郎不來。」（《浪史奇觀》第十八回）「二十去了廿一來，不做私情也是呆。有朝一日花容退，雙手招郎郎不來。」（《警世通言》第三十八卷）

至於本篇的寫作特色，有相關的兩點值得注意：其一，女主人公焦慮不安的情緒是通過異常急促的節奏而得到充分體現的；其二，急促的節奏感又是由一連串的代表年齡的數字作為載體而形成的：二十、廿十一、三十……。

《穿青》

【原文】

姐兒上穿青下穿青，只有腳底下三寸弓鞋也是青。小阿奴奴上青下青青到底，見子我郎君俏麗一時渾。

【鑒賞】

本篇出自馮夢龍編《山歌》卷二，寫純潔的女子見了俏麗郎君後忘情的愛悅與迷戀。

四句歌唱，倒有三句寫的是一個「青」字，而且，在寥寥四十一字的篇幅中，「青」字竟然反覆出現了六次。這是一種什麼樣的寫作方法呢？四兩撥千斤！前面這麼多「青」的描寫是為了最後的反撥——「渾」。畫龍點睛！前面三句寫「青」是畫龍，後面一句寫「渾」是點睛。這種最後一句突然逆轉的寫法，本是唐人絕句的絕妙手段，居然被這位不知名的歌者借了過來並且運用自如。君不見以下名篇名句嗎？「蘭陵美酒鬱金香，玉碗盛來琥珀光。但使主人能醉客，不知何處是他鄉。」（李白《客中行》）「閨中少婦不知愁，春日凝妝上翠樓，忽見陌頭楊柳色，悔教夫婿覓封侯。」（王昌齡《閨怨》）「寂寂花時閉院門，美人相併立瓊軒。含情欲說宮中事，鸚鵡前頭不敢言。」（朱慶餘《宮中詞》）「宣室求賢訪逐臣，賈生才調更無倫。可憐夜半虛前席，不問蒼生問鬼神。」（李商隱《賈生》）「千里鶯啼綠映紅，水村山郭酒旗風。南朝

四百八十寺，多少樓臺煙雨中。」（杜牧《江南春》）這些唐人絕句，都是前半寫一種請調，後半突然轉換，而且，往往都是借助第三句的鋪墊、蓄勢，第四句突轉，逼出另一番境況。本篇也是如此。

另外，本篇還借助了諧音的手段來達到最後突然逆轉的效果。前三句的「青」，表面上是寫穿著打扮的「青」色，而實際上是以「青」諧「清」，暗指女主人公頭腦的清醒。然而，這位頭腦一貫清醒的女子，見了「俏麗郎君」，居然一下子就犯「渾」了。通過「長期」的「清」與「瞬間」的「渾」的強烈對比，郎君容貌風姿的迷人自不待言，女子對美貌風流的郎君的愛悅與迷戀亦不用言說。這又是本篇的另一高明之處。

《唱》

【原文】

姐兒唱只《銀絞絲》，情哥郎也唱隻掛枝兒》。郎要姐兒弗住介「絞」，姐要情郎弗住介「枝」。

【鑒賞】

本篇出自馮夢龍編《山歌》卷二，寫青年男女通過唱歌而傳達的無比纏綿的情致。

表面上看，女主人公是在要求情郎與自己對歌，但實際上卻是要求情郎與自己交心，而且是持續不斷地交心。何以如此？因為他們對唱的並非一般的歌曲，而是地地道道的「情歌」，而且是當時流行的時調情歌。且看當時人陳弘緒《寒夜錄》引卓人月語：「我明詩讓唐，詞讓宋，曲又讓元，庶幾吳歌〔掛枝兒〕〔羅江怨〕〔打棗竿〕〔銀絞絲〕之類，為我明一絕耳。」

本篇之前的二十多首和以後的幾首，就是這種堪稱明代一絕的民歌時調。這種時尚小曲的傳播速度和為廣大民眾所喜愛的程度是驚人的，正如晚明沈德符《萬曆野獲編》卷二十五《時尚小令》所云：「元人小令，行於燕趙，後浸淫日盛。自宣正至成弘後，中原又行〔鎖南枝〕、〔傍妝臺〕〔山坡羊〕之屬。……自茲以後，又有〔耍孩兒〕、〔駐雲飛〕、〔醉太平〕諸曲，然不如三曲之盛。嘉隆間，乃興〔鬧五更〕、〔寄生草〕、〔羅江怨〕、〔哭皇天〕、〔乾荷葉〕、〔粉紅蓮〕、〔桐城歌〕、〔銀紐絲〕之屬，自兩淮以至江南，漸與詞曲相遠，不過寫淫媟情態，略具抑揚而已。比年以來，又有〔打棗竿〕、〔掛枝兒〕二曲，其腔調約略相似。則不問南北，不問男女，不問老幼良賤，人人

習之，亦人人喜聽之。以至刊布成帙，舉世傳誦，沁人心腑。其譜不知從何來，真可駭歎！」

本篇就是上述情況的生動體現。青年男女在一起，你唱一首《銀絞絲》，我唱一遍《掛枝兒》，當然還有別的，非常熱鬧，也非常熱烈。而且，他們唱得還是那麼執著，那麼忘情。他們不希望對方停頓，自己也不準備停頓，就這樣沒完沒了地唱下去、費心費力地唱下去。他們是用靈魂在歌唱，用生命在歌唱，用各自一的一切、一切的一在歌唱！

如此熾熱而又悠長的情感，作者卻用平白無奇的語言表達出來。如話家常，如小兒女語，親切、自然，沒有絲毫的修飾，沒有絲毫的做作。這，就是本篇與眾不同的特點。

《舊人》

【原文】

情郎一去兩三春，昨日書來約道今日上我個門。將刀劈破陳桃核，霎時間要見舊時仁。

【鑒賞】

本篇出自馮夢龍編《山歌》卷三，寫女子得知分別已久的情人突然相約見面時無比喜悅的心情。

前兩句，自然而然形成時間上的強烈對比。情郎離開的時間是多麼漫長，兩三年之久；情郎約見的時間又是多麼快速，昨日到今天。因此，那一千多個日日夜夜對情郎的思念，就在短暫的一天時間內猛然爆發。這就好比長江三峽的水，積聚、積聚，積聚到開閘放水的時候，那將是驚天動地的，那將是移山填海的，總之是無比巨大的奔流迸發。此二句，實乃下兩句的鋪墊、造勢，為下兩句感情的抒發打下了牢固的基礎。

後二句，緊承前兩句而來，寫萬分激動時候的典型動作：用利刃咔嚓一聲劈破陳年的核桃，十分急切地要見到核桃仁。此處，「仁」諧音「人」，兼之上句「陳核桃」之「陳」，合在一處，便是所謂「舊時仁（人）」。此處也就是老情人的意思，亦即開篇所謂「一去兩三春」的「情郎」。這種諧音手法來自南朝樂府，例多不舉。進而言之，這裡的一刀劈破核桃仁的典型動作，其實多半不過是女主人公的想像而已，是一種宣洩感情的想像而已，並不一定說她真的拿起刀來劈核桃。但是，這種將想像「化」動作的描寫，實際上也是一

種情感外化的表現方法，它遠比直接描寫女子的內心激動「我馬上就要見到心上人了，多麼高興呀」之類要具有更大的藝術魅力、藝術張力。

本篇最大的特點是在時間概念上做文章。你看：「兩三春」、「昨日」、「今日」「霎時間」，緩緩而起，逐步加速，當進入到風馳電掣之際，唪嗻一聲，戛然而止。這樣，就形成了一種頗具力度的「美」的決斷。宛如利刃劈破核桃一般，讓你在震驚的同時得到雋永的享受。

《要》

【原文】

郎種荷花姐要蓮，姐養花蠶郎要綿。井泉弔水奴要桶，姐做汗衫郎要穿。

【鑒賞】

本篇出自馮夢龍編《山歌》卷四，青年情侶之間的卿卿我我、相互依傍被表現得纏綿不已、如癡如醉。

此歌可以分成兩個層面來解讀。第一層是字面的意思：「要」。情郎種荷花阿姐就要蓮蓬，阿姐養了蠶兒情郎就要絲綿，阿姐井邊打水要郎做水桶，阿姐做件汗衫情郎就要在身上穿。當然，這裡筆者的解釋是相當死板的，而山歌卻唱得更為靈活。從句法上看，前兩句是對舉的，雖然夠不上對仗，但大體上是一種對仗句法，大體工整。如果改變「郎」「姐」二字的重複使用，它就是較好的對偶句了。第三句的句法是一種突變，與前兩句完全不一樣。這是歌者故意的頓挫，使得全詩四句有些波瀾。如果將這一句寫成「姐取泉水要郎做桶」，那就太死板，太沒有迴旋餘地了。第四句，又是前兩句的大致回歸，但又略有不同。相對於第三句而言，它卻形成又一次轉折。因此，全詩的句法結構是：工整──突變──回歸工整。這樣，就有一點迴旋往復的意味。否則將短短的四句歌詞都寫成四扇屏風一般的「一套」，那還叫民歌嗎？那還有民歌生動活潑的韻味嗎？

相對於第一層字面反覆強調的「要」而言，第二層則是字裏行間蘊涵著的「是」。何以言之？解釋如下：姐就是郎種的荷花中的蓮子，郎就是姐養的花蠶吐的絲兒，郎君還是奴家井邊打水的桶，阿姐還是阿郎身上穿的汗衫。在這裡，「是」比「要」更深一層。情侶之間相互「要」些什麼，雖然也很親熱，但多少有些生分、有些間隔、有些理智，只有變成了「我是你的什麼」，

那才是零距離的親密無間，百分之一百的狂熱！

從「要」到「是」，是一種情感的進步。而情感的每進一步都需要雙方的共同努力。《紅樓夢》有言：「癡情女情重愈斟情」。愛情是需要培養的，本篇所寫，就是有意無意間對情感「仙草」的滋潤。

《多》

【原文】

天上星多月弗明，池裏魚多水弗清，朝裏官多亂子法，阿姐郎多亂子心。

【鑒賞】

馮夢龍曾與名妓侯慧卿有一段滴血瀝髓的情緣，在《山歌》卷四選錄本篇之後，他附有一段與侯慧卿的對話：「余嘗問名妓侯慧卿云：『卿輩閱人多矣，方寸得無亂乎？』曰：『不也！我曹胸中，自有考案一張。如捐外額者不論，稍堪屈指，第一第二以致累十，井井有序。他日情或厚薄，亦復升降其間。倘獲奇材，不妨黜陟。即終身結果，視此為圖，不得其上，轉思其次，何亂之有？』余歎美久之。雖然，慧卿自是作家語，若他人未必心不亂也。世間尚有一味淫貪，不知心為何物者，則有心可亂，猶是中庸阿姐。」

男女相愛，貴在用情專一，女子在這方面表現尤為充分，是以古來多癡情女子。良家婦女自不待言，即便是青樓女子，雖有肉體上不得已之「閱人多矣」，然一旦遇到終身可託之人便魂銷心定而不移，這便是侯慧卿所謂「不亂」。當然，濫用情慾的女子也不在少數，本篇所嘲諷的就是這種「郎多亂子心」的阿姐。

在寫法上，本篇採用的是三虛一實法。這也是民歌常用的一種表現方式，先以一連串相類的事物來比喻，然後「興起」本意。一般而言，用來比喻的事物就是「虛」，作者的本意即為「實」。如本篇，先以「天上星多月弗明，池裏魚多水弗清，朝裏官多亂子法」來作比喻性的鋪墊，隨後自然而然引出「阿姐郎多亂子心」的敘述本意。運用這種方法的要點有三：一是虛寫部分必須「虛中有實」。相對於最後一句而言它們都是虛寫，但它們自身卻又都是符合實際的實寫，一點都假不得。而且，最好是「大實話」。例如，自然界中天上的星星多了就會影響月亮的光芒，池塘的魚兒多了就會影響水兒的清澈，同樣的道理，在社會中，官兒多了，政出多門，就會使得形勢混亂，人民無所適

從。這些都是人人都能看到的「真理」。二是虛寫部分與實寫部分必須具有類比性，能夠達到「興起」——由此及彼的效果。而且，最好在表達時與前三句形成句式相同的排比句。三是在虛寫與實寫之間要有一個契合點，而且這個契合點必須自始至終貫串在每一句之中。如本篇的契合點就是「多」。有此三點，這種三虛一實的方法必然取得成功。

最後要說明的是，如果此詩的重心不在諷刺「亂子心」的阿姐而是譴責「亂子法」的官兒的話，只要稍作調整便可達到目的：將第三句移到最後。當然，那就是另外一篇作品了，一篇具有政治諷刺意味的作品。這大概可以算作是賞讀此篇額外的收穫了，但有的時候，額外的收穫或許比分內的收穫還要大。

《月子彎彎》

【原文】

月子彎彎照九州，幾家歡樂幾家愁。幾家夫婦同羅帳，幾家飄散在他州。

【鑒賞】

此篇來歷頗為複雜。目前所知，最早應該是宋代的舟行之歌。宋·趙彥衛《雲麓漫抄》卷九云：「彭祭酒學校馳聲，善破經義。每有難題，人多請破之，無不曲當。後在兩省，同僚嘗戲之，請破『月子彎彎照幾州，幾家歡樂幾家愁。』彭停思久之，云：『運於上者，無遠近之殊；形於下者，有悲歡之異。』人益歎服。此兩句，乃吳中舟師之歌。每於更闌月夜，操舟蕩槳，抑遏其詞而歌之，聲甚淒怨。」這裡所記僅前兩句，但已指出其來歷及基本特點。至於全篇的引錄，則在明代，而且不止一處。如葉盛《水東日記》卷五云：「吳人耕作或舟行之勞，多作謳歌以自遣。名唱山歌中亦多，可為警勸者。謾記一二：『月子彎彎照幾州，幾家歡樂幾家愁，幾家夫婦同羅幬，多少漂零在外頭』」再如田汝成《西湖遊覽志餘》卷二十五云：「吳歌惟蘇州為佳，杭人近有作者，往往得詩人之體。如云：『月子灣灣照幾州，幾人歡樂幾人愁，幾人高樓行好酒，幾人飄蓬在外頭。』」還有王世貞《弇州四部稿》卷一百五十云：「吳中人棹歌，雖俚字鄉語不能離俗，而得古風人遺意，其辭亦有可採者。如陸文量所記：『月子彎彎照九州，幾家歡樂幾家愁，幾人夫婦同羅帳，幾人飄散在它州。』」

由上可見，這是一首流傳久遠的民歌。它十分生動而真切地表達了長年飄泊在外的舟師們生活的艱辛與內心的痛苦，情景交融、感人肺腑。凡曾經有飄泊經歷者，聆聽此歌定當百感交集，潸然淚下。而其之所以如此動人，主要是它直指正常人最令人留戀的環節——夫妻團聚。自古及今，夫妻間的生離死別乃是一切文學作品所表現的永恆的主題，同時也是人類感受生活最敏感的一根神經。本篇之成功，就在於它用一唱三歎的句式挑動了人們神經的敏感。另外，本篇還有一大特點——「月照萬川」。後三句是重複與排比的交相為用，毋庸細論。值得提出的是，「幾家歡樂」也罷，「幾家愁」也罷，「夫婦同羅帳」也罷，「飄散在他州」也罷，統統籠罩在同樣的月光之下。但是，這月光在不同的人看來其實又是迥然不同的，或清冷、或溫柔、或明媚、或淒涼……，誠如彭祭酒所言：「運於上者，無遠近之殊；形於下者，有悲歡之異。」但無論如何，歌者心中的月亮則是無比淒涼的，就如同他們此時此刻的心境一樣淒涼無比。

源於勞動的歌聲是最感人的，而源於為生活勞碌奔波且不得不拋棄至愛的眾多勞動者心中的歌更其感人，因為這既是孤獨靈臺的顫抖，更是億萬心扉的共振。

《鄉下人》

【原文】

天昏日落黑湫湫，小船頭矴子大船頭。小人是鄉下麥嘴弗知世事了撞子個樣無頭禍，求個青天爺爺千萬沒落子我個頭。

【鑒賞】

本篇選自馮夢龍《山歌》卷五所收《鄉下人》一曲的後記，馮氏說：「莫道鄉下人定愚，盡有極聰明處。余猶記丙申年間，一鄉人棹小船放歌而回，暮夜誤觸某節推舟，節推曰：『汝能即事作歌，當釋汝。』鄉人放聲歌曰：『天昏日落黑湫湫，……千萬沒落子我個頭。』節推大喜，更以壺酒勞而遣之。」

一位駕船的鄉下人在「闖禍」之後，面對地市級官員，居然可以即興作歌而唱之，並博得那位官員的愛賞。此事至少可以說明以下問題：第一，民間小曲在丙申（萬曆二十四年，1596）年間已經非常深入人心，尤其是在下江太湖一帶，就連沒有什麼文化的下層民眾都可以即興創作，而且是在達官

貴人面前即興創作。第二，正如馮夢龍後記的旁批所言：「此節推亦不俗。」那位節推大人也是一個民歌的愛好者，鄉里小民的船兒衝撞了他的船，他居然以能否當場歌唱小曲作為是否處罰對方的標準。而當小民現場創作並歌唱了自己的作品以後，這位大人不僅沒有責罰他，居然還請他喝了一壺酒而後放行。第三，既然鄉里小民也喜歡小曲，達官貴人也喜歡小曲，可見這種民間俗唱在當時所具有的巨大的感召力量。從某種意義上講，這種民歌時調正是明代最有代表性的詩歌形式。無怪乎卓人月要說它乃「我明一絕耳」。

至於本篇的表現技法，其實達到了詩歌藝術的最高境界，那就是沒有任何表現技法。隨口而唱，隨心而唱，我口唱我心，天然無雕飾。尤其是口語的運用，更體現了其「脫口而出」的特點。如「黑湫湫」、「砰」、「麥嘴」、「無頭禍」、「青天爺爺」等等。所有這些口頭語，都是那些死讀書本的文人面壁九年、嘔血十斗也想像不出來的。這是純天然的語言，純綠色的精神糧食。聽到這樣的歌聲，我們才能真正明白什麼叫做「天籟」。

更為有趣的是，就是在脫口而出的過程中，這位鄉下人居然也暗合了詩歌中的嵌字法。該篇的「頭」字猶見風采。你看：「小船頭」、「大船頭」、「無頭禍」、「沒落子我個頭」。一連串的「頭」字的穿插使用，使得全篇具有了流貫其中的特別的神韻。聽了這樣的歌唱，我們才能更為深刻地體會「天籟」無窮無盡的美的蘊涵。

（原載《明清散曲鑒賞辭典》，商務印書館，2014 年 1 月出版）